MAKE ME *Bad*

Ce livre est une fiction. Les noms, caractères, professions, lieux, événements ou incidents sont les produits de l'imagination de l'auteur utilisés de manière fictive. Toute ressemblance avec des personnages réels, vivants ou morts, serait totalement fortuite.

Image de couverture :
© Pascal Uehli
© Getty images – Paper Boat Creative
Couverture : Marion Rosiere

Collection dirigée par Arthur de Saint Vincent
Ouvrage dirigé par Marine Flour

Dépôt légal : mai 2017
Imprimé en Espagne
ISBN : 9782755633986

ELLE SEVENO

TOME 1

MAKE ME Bad

Hugo Poche

NEW ROMANCE®

CHAPITRE 1

Laure

Je trie les derniers papiers qui traînent sur mon bureau et éteins mon ordinateur, avant de ranger dans mon sac le contrat que je dois faire signer ce soir. Je soupire, ma soirée est loin d'être terminée. Et pourtant, je suis épuisée.

Fin de semaine. Plus de soixante heures de cirage de pompes pour de futurs clients à mon actif. Je n'en peux plus. Je n'ai qu'une envie : m'emmitoufler dans une couette chaude et oublier mon stress dans les bras protecteurs de Matt.

Malheureusement, je ne suis pas près de rentrer chez nous. Je dois encore assister à un concert, finaliser ce fameux contrat et boire quelques verres pour fêter ça. Conclusion : j'aurai de la chance si Matt est encore éveillé lorsque j'arriverai.

Les journées se suivent et se ressemblent…

Je suis assistante commerciale dans une entreprise de distribution de musique en ligne : mon premier emploi, et déjà mon lot de responsabilités. Je suis en première ligne pour contacter de nouveaux labels et promouvoir nos offres.

J'ai conscience de ma chance. Travailler dans la musique, côtoyer des artistes émergents, être invitée à des concerts privés, cela pourrait ressembler à un rêve, mais je commence à ressentir le poids du rythme auquel cela m'astreint. Entre les heures au bureau et les soirées avec les artistes, je n'ai plus une minute à moi.

Je m'apprête à partir pour retrouver Adèle, ma meilleure amie – que j'ai réussi à faire inviter ce soir –, quand la porte de mon bureau s'ouvre : ma boss, Rachel. La voir débarquer n'augure rien de bon.

– Il faut que tu m'appelles ce label, lance-t-elle en entrant sans prendre la peine de frapper, et en déposant un mail imprimé sur mon bureau. Je devais le faire cet après-midi mais je n'ai pas eu le temps. Ils sont encore sous contrat avec leur distributeur mais j'aimerais commencer à parlementer avec eux.

– Tu veux que je fasse ça ce soir ?

De toute évidence, je n'aurais pas dû poser cette question. Le regard noir qu'elle me jette signifie clairement qu'elle désapprouve ma protestation. Comme beaucoup d'autres choses, d'ailleurs.

Depuis six mois, c'est la même rengaine. Je m'éternise des heures durant au bureau pour l'aider pendant qu'elle part retrouver son mari ou se pavaner dans des soirées privées pour « représenter l'entreprise ».

– Oui, ce soir.

– Mais le concert…

– J'y vais à ta place, coupe-t-elle. Je veux m'assurer qu'ils signent. Il y a trop longtemps qu'ils nous passent sous le nez. On ne peut pas se permettre de tout faire foirer maintenant !

Je tique. *Elle croit que je ferais tout foirer ?*

– Tu as leur propale avec toi ? me demande-t-elle ensuite.

Bien sûr que je l'ai avec moi ! Elle me prend pour qui ? Cela fait des mois que j'ai repris le dossier et que je bosse comme une dingue pour recruter ce label. Comment pourrais-je oublier le plus important le soir où je dois enfin finaliser notre accord ?

Avec un sourire contraint, je ressors les feuilles que je viens de mettre dans mon sac pour les lui tendre. Elle les attrape sans rien dire, puis me regarde, avant d'ajouter :

– Je veux un compte rendu de ton appel dès que possible.

Je m'oblige à rester silencieuse et à sourire. Ce n'est pas la première fois qu'elle me fait un coup comme celui-là : attendre la dernière minute pour me refiler le travail qu'elle n'a pas fait ou pour tirer les bénéfices de mon avancée sur des dossiers importants. Je ne dis rien et me répète une fois de plus que je le fais pour l'équipe. Je suis dans une petite boite. Se mettre en avant ne fait pas partie de leur politique. Du moins, c'est ainsi que je le vois.

Et si, au fond de moi, me voir retirer des clients me reste en travers de la gorge, je devrais trouver le courage de m'affirmer. Sauf que je ne l'ai jamais fait, ici ou ailleurs. Pourquoi maintenant ?

– Si tout est ok pour toi, j'y vais.

Non, tout n'est pas ok. Mais est-ce que j'ai mon mot à dire de toute façon ? Je la regarde sortir de la pièce et disparaître aussi vite qu'elle est apparue. *Et c'est tout ? Pas un « bonne soirée », « bon courage » ni même « merci » ?*

En soupirant, je tire mon portable de mon sac.

Moi : Changement de programme. J'ai un truc à finir.

Adèle : Encore ta chef ?

Moi : Oui…

Je ne m'étends pas plus en explications et attrape le téléphone pour terminer au plus vite ma « mission surprise, si importante qu'elle ne peut attendre le lendemain ». Le coup de fil s'éternise. Je dois rester professionnelle et à l'écoute. Surtout pour ce genre de client un peu réfractaire au changement. Lorsque je raccroche, une heure de plus est passée.

Je jette un œil sur mon portable. Finalement ce changement de programme a un point positif : il est encore assez tôt pour que je ne loupe pas Matt. Il ne doit pas s'attendre à ce que je rentre maintenant et sera d'autant plus content de me voir. Je me réjouis à l'idée de pouvoir passer du temps avec lui au lieu de négocier au milieu de la foule, sur fond de musique assourdissante.

Nous nous sommes rencontrés il y a cinq ans, alors que j'entamais ma première année à la fac. J'avais dix-huit ans et étais encore une jeune étudiante perdue dans l'immensité de la ville. J'avais poussé la porte de son agence immobilière pour trouver un appartement et le coup de foudre avait été immédiat. Il faut dire que j'avais un physique plutôt pulpeux à l'époque et qu'il avait plus d'un atout pour me faire succomber. J'étais grande, avec une poitrine opulente, des hanches voluptueuses et un ventre légèrement arrondi, de belles courbes féminines dont je ne me servais jamais. L'unique fois où je les avais offertes, à mon premier et seul amour du lycée, celui-ci m'avait quittée une semaine après. Je n'avais donc pas l'habitude d'user de mes charmes, ni la confiance nécessaire pour cela. Mais le regard de Matt s'était illuminé dès qu'il m'avait vue et il m'avait ensuite fait la cour à la manière des plus grands séducteurs. J'avais d'abord résisté pour la forme, puis je m'étais laissée gagner par l'ivresse de ce corps d'apollon qu'il m'offrait sur un plateau.

Aujourd'hui, mon physique n'a plus la même saveur. Entre le stress des examens, celui de ma recherche d'emploi, et maintenant ce boulot pour lequel je cours partout en sautant régulièrement des repas, j'ai peu à peu perdu ma belle silhouette. J'ai vu avec désespoir ma poitrine rebondie s'aplatir, et je n'ai plus vraiment de chair sur les cuisses, les fesses ou la taille. Des chairs auxquelles Matt aimait s'accrocher. Il ne m'en a jamais fait le reproche mais je sens que le regard qu'il pose sur moi n'est plus tout à fait le même. Et il lui arrive de me glisser que mes formes du début lui manquent.

Malgré mes efforts, il semble que je ne puisse malheureusement pas y faire grand-chose. La pression engendrée par ce premier job me reste constamment en tête. Je veux faire mes preuves, montrer que je suis capable, ramener de l'argent, aussi. Parce que Matt, de trois ans mon aîné, a largement assumé notre quotidien. Et ce malgré l'aide de mon père.

Je veux bien faire. Autant dans ma vie professionnelle que personnelle, ce qui commence par faire en sorte que Matt ne cesse pas de me regarder. Qu'il me désire encore et toujours. Je vois bien qu'il s'efforce de me rassurer. Mais c'est plus fort que moi, je me dis que mon corps ne lui est plus si agréable. Ce qui n'arrange rien à la situation car ce nouveau complexe ajoute une couche supplémentaire à la tension qui m'anime en permanence. J'essaye de me laisser aller, mais même les cochonneries que j'ingurgite n'y font rien. Je ne reprends pas un gramme. Une seule chose sait me faire tout oublier : le contact de nos corps. Je ne pense alors à rien d'autre. Juste à nous. Au fond, je devrais prendre un peu de recul et relativiser : même si je n'ai pas forcément eu les bons exemples, je pense pouvoir affirmer sans craintes que notre amour va durer et cette certitude me comble de bonheur.

Cette soirée de retrouvailles arrive au bon moment, elle me permettra d'évacuer tout ce stress pour affronter une nouvelle semaine. À cet instant je n'aspire plus qu'à une chose : passer enfin un moment avec lui. Pour que la surprise soit complète, je décide d'aller chercher un bon repas thaï dans son restaurant préféré et de le lui rapporter pour que nous le partagions ensemble.

Lorsque je rentre dans l'appartement, je suis surprise de voir que tout est éteint. Nous sommes à la fin de l'été, il ne fait donc pas encore tout à fait nuit, mais assez pour que je n'y voie pas grand-chose.

Nous habitons un trois pièces, à l'ouest de Paris, dans une banlieue assez prisée. Il appartient à Matt, qui l'avait acheté avant notre rencontre. Je suis venue y habiter pour nos deux ans de relation quand il me l'a demandé de manière romantique lors de l'une de nos balades au bord de la Seine.

Mes yeux s'habituant à la pénombre, je décide de ne pas allumer et me dirige vers le canapé pour y déposer ma veste, mon sac à main et notre repas. Je m'en occuperai plus tard. Mon envie d'embrasser mon apollon est plus forte que tout. Il doit être dans son bureau, au fond du couloir séparant les pièces de vie de la partie nuit, parce qu'il n'y a aucun signe de sa présence dans le salon ou la cuisine.

Matt était un célibataire endurci avant de me rencontrer : fêtard, parfois queutard, le cliché mâle dans toute sa splendeur. Son appartement était le reflet de sa personnalité : masculin et ordonné. Un lieu décoré sobrement qui montrait son goût pour les belles choses. Je suis fière d'y avoir su trouver ma place. Je n'ai pas encombré ses murs de cadres aux mille couleurs ou son couvre-lit de coussins à moumoutes et de peluches de chiens. Non. Nous avons su mélanger nos goûts et, aujourd'hui, nous nous retrouvons dans un décor moderne avec quelques touches de fantaisie. J'ai eu, tout de même, le droit de rapporter quelques bibelots !

J'entame mon avancée vers une des deux pièces où je suis certaine de trouver mon homme, la main frôlant les placards à ma droite pour me permettre de mieux m'y repérer. J'ai vraiment hâte de me loger entre les bras de Matt et de sentir son odeur envoûtante.

L'eau qui coule dans la salle de bain accessible depuis notre chambre me fait mentir. De toute évidence, il n'est pas dans son bureau. Mais c'est encore mieux. J'esquisse un sourire à l'idée de ce que je pourrais faire en le rejoignant : me serrer contre son dos, caresser son torse, ses fesses, éveiller son désir. Ma fatigue semble subitement bien loin.

Je m'apprête à ouvrir la porte discrètement pour me glisser dans notre chambre puis à ses côtés. Mais mon geste reste suspendu. Je me fige et perds mon sourire coquin. Un gémissement aigu vient de retentir. Suivi d'un autre beaucoup plus viril. *Qu'est-ce que… ?*

D'autres râles s'enchaînent soudain. De plus en plus forts. Accompagnés de mots crus qui me dégoûtent. Je suis glacée d'effroi, paralysée par ce que j'entends.

Ma main est toujours en équilibre au-dessus de la poignée ; mon cerveau refuse d'analyser ce que lui transmettent mes perceptions. Je n'arrive plus à bouger. Ma respiration est bloquée, suspendue à l'inacceptable. *C'est impossible, n'est-ce pas ? Matt ne ferait pas une chose pareille ! Pas chez nous ! Pas alors que je me tue au travail ! Pour nous. Pour notre avenir.*

Les gémissements féminins redoublent d'intensité, me faisant sursauter et reculer d'un pas, comme heurtée de plein fouet. Mes yeux ne clignent plus, ils sont fixés sur ce battant clos.

Je me mets à trembler. Mon cœur se brise dans ma poitrine. Ce que j'entends ne laisse pas de place au doute.

Je ferme les paupières mais c'est encore pire. Les images montent en moi tel un raz-de-marée. Je me la dessine blonde et voluptueuse, aux yeux bleus. Tout l'inverse de moi. Il n'a pas pu prendre une fille qui me ressemble, ça n'aurait pas de sens. Il avait forcément besoin d'exotisme, de changer ses habitudes.

Un cri de jouissance retentit. Immonde harmonie mêlant sonorités masculines et féminines.

L'eau s'arrête quelques minutes plus tard. Ils doivent être en train de s'essuyer, peut-être même de le faire l'un l'autre, tel qu'ils ont dû procéder en se lavant.

Je suis en train de me torturer. La vision des mains de Matt sur un autre corps que le mien finit de m'achever. Je m'écroule sans bruit et je rampe sur les fesses jusqu'à m'adosser au mur de notre chambre. Puis je reste là, pantin désarticulé, alors que plus aucun son ne s'élève.

J'attends, aux aguets. S'ils recommencent, je serai aux premières loges. Je dois réagir mais mon corps en est incapable. Je dois me redresser, hurler, fuir.

La porte de la salle de bain s'ouvre dans notre chambre. Puis elle se referme. Ils ne parlent pas.

Après avoir été coupée, ma respiration s'accélère. Si un d'eux a une petite soif, ou décide simplement de sortir de la chambre, il ne pourra pas me louper. Je suis en plein passage.

Hélas, aucun d'eux ne semble vouloir quitter la pièce, bien au contraire.

Les rires m'atteignent de la même façon que les halètements un instant auparavant. Le son grave de celui de Matt se répercute en moi comme un tambour. Battant au rythme effréné de mon cœur.

– Laure a de la chance, déclare la voix de femme.

Cette voix...

Le ton sonne comme envieux.

Cette voix…

Ce timbre m'est familier. Je le reconnaîtrais entre mille même au travers de toutes les portes closes. Je l'entends tous les jours au téléphone. Il est identique au mien.

Ma sœur… *Léa.*

Quelqu'un s'amuse à arracher le poignard qui trône au milieu de la plaie béante dans ma poitrine puis à le replanter. Ce n'est pas possible autrement. *Ma sœur se tape mon petit ami et j'entends tout, bordel !*

C'est une chose de découvrir que son enfoiré de petit copain s'envoie en l'air avec une pouffiasse. C'en est une autre de découvrir l'identité de ladite pouffiasse, de se rendre compte qu'il s'agit de son propre sang.

Le bruit d'un nouveau gémissement me tire de ma rage et de ma tristesse si étroitement entremêlées, pour les alimenter l'instant d'après.

– Ne parle pas de Laure maintenant, s'il te plaît.

La voix plaintive de Matt est à vomir. Comme tout ce qui sort de sa bouche ensuite, qu'il s'agisse de ses mots ou des baisers que je distingue très clairement.

– Je n'ai pas envie qu'on gâche un si beau moment, reprend-il.

Est-ce que la situation peut être pire ?

– Pourquoi as-tu remis ta serviette ? lui demande-t-elle en riant.

– Tu as l'intention de me l'enlever ?

– Oh oui ! susurre-t-elle. Et de faire bien d'autres choses encore…

Et ils remettent ça.

Avant que les halètements ne s'accentuent, je retrouve l'usage de mon corps, la force de me lever sans faire de bruit, glissant sur le parquet tel un fantôme. Je me sens vide, brisée. La gorge brûlante, le cœur en miettes, une colère sourde prend vie tout au fond de moi. Elle grossit comme un tsunami balayant tout sur son passage.

Juste le temps d'attraper les affaires que j'ai laissé traîner – effaçant ainsi toutes mes traces –, et je m'enfuis de chez moi.

CHAPITRE 2

Laure

Dire que je suis en colère, dévastée, que j'ai l'esprit ravagé est encore loin de la vérité. Je marche aussi vite que possible pour m'éloigner de mon appartement, de ceux qui s'y trouvent.

Les rues de Paris ne sont jamais calmes. Ce soir, j'aimerais qu'elles le soient ; pour avoir le temps de remettre de l'ordre dans mes idées, pour apaiser mon chaos.

Je ne sais plus ce que je fais. J'erre une dizaine de minutes avant de m'engouffrer dans le premier bar venu. Un verre de whisky sec est le seul remède qui me vienne. N'est-ce pas le remède miracle à toutes les déceptions dans les films ? Une connerie ! Même après trois verres, c'est toujours aussi répugnant !

Cela a au moins le don de repousser la brûlure au fond de ma gorge pour un temps, refoulant vers mes entrailles la bile qui menaçait d'en sortir. Je suis étonnée de ne pas pleurer. Pourtant, les visages de Matt et de Léa se superposent devant ma rétine. Leurs corps l'un sur l'autre, leurs gémissements.

J'ai beau fermer les yeux, les ouvrir pour m'assurer que je ne suis plus chez moi, rien n'y fait. Le temps s'est suspendu à ce que j'ai entendu dans ce couloir. Je dois être dans un état de choc plus avancé que je ne l'aurais cru.

Mes deux meilleures amies, Adèle et Maeva, arrivent vingt minutes après l'appel en catastrophe que je leur ai passé. Je suis alors en train d'engloutir mon quatrième verre. J'ai besoin de divertissement. Et de mettre des mots sur ce qu'il s'est passé pour savoir quoi faire.

– Laure ! clame Adèle en accourant près du bar. C'est quoi ce coup de fil paniqué ? J'ai cru que tu t'étais fait agresser !

Je ne leur ai encore rien dit. Au téléphone, c'était trop dur. Il faut qu'elles m'aident. Pour le moment, je suis perdue, sans savoir comment réagir. Je suis furieuse, déçue et anéantie : savant mélange, difficile à affronter seule. La révélation de la soirée est brutale. Le pire scénario qui m'ait jamais traversé l'esprit. J'ai toujours eu une confiance aveugle en mon couple. *J'ai toujours eu une confiance aveugle en ma sœur...*

– Matt me trompe, annoncé-je la voix brisée.

– Quoi ? répliquent-elles en chœur, comme pour s'assurer de ce qu'elles viennent d'entendre.

Elles ont l'air aussi stupéfait que moi. Mes idéaux n'étaient peut-être pas si infondés que ça, finalement.

Et oh la... C'est quoi ces manières de hurler dans les oreilles de quelqu'un qui a déjà beaucoup trop bu ? Quatre whiskys dans la tête, ça bourdonne.

– C'est quoi ces conneries ?

– Attends ! interrompt Maeva d'un geste de la main. Tu es sûre ? Que s'est-il passé ?

– Je suis plutôt sûre, oui, ricané-je en m'enfilant un... quatrième ? cinquième verre ? *Peu importe !* Je suis rentrée et je les ai entendus. Ils avaient l'air de beaucoup s'amuser, si tu vois ce que je veux dire...

Je rigole. *Pourquoi je rigole ?*

– Comment ça tu les as entendus ?

– T'es débile ou quoi ? marmonné-je devant tant d'incompréhension. Ce n'est pas clair, ce que je dis ? Je suis restée derrière la porte de la chambre, détaillé-je. Ils sont sortis de la douche, ont fait une allusion graveleuse puis ont réitéré l'opération sur le lit. Celui où je dors ! Ils doivent y être encore, d'ailleurs.

– Et tu n'es pas intervenue ? s'indigne Maeva. Dis-moi que tu as pris ce connard sur le fait, rompu, et que c'est pour ça que tu es ici, continue-t-elle avec une note d'encouragement dans la voix.

Si elles savaient avec quelle pouffiasse le connard s'envoyait en l'air... Hors de question de leur en parler ! Affronter à voix haute une seule trahison est déjà bien suffisant.

– Non.

Je laisse traîner un silence lourd de sens.

– Non. Je n'ai rien fait.

Et me voilà : embrouillée dans des vapeurs d'alcool. Mais pas encore suffisamment a priori vu que la situation me paraît toujours insurmontable. Je suis totalement paniquée à l'idée de devoir rentrer chez moi, de renoncer à la si belle vie que m'a fait miroiter cet homme, lui qui est si profondément ancré dans mon cœur.

C'est la première fois que je ressens une peine aussi intense. D'habitude j'arrive à gérer mes émotions, mais là…

– J'ai tout entendu, me sens-je obligée d'ajouter d'une voix forte et bourrée. Dans les moindres détails… Après, j'ai eu envie de vomir, alors je me suis dit qu'il fallait que je me tire. Ils ne sont rendu compte de rien. De rien ! J'ai été aussi furtive qu'un ninja !

Je ris devant leur air effaré, mais mon ricanement n'a rien de joyeux. Il est trop douloureux pour cela. L'envie de pleurer remonte alors. Plus forte qu'avant.

Qu'est-ce que j'aurais aimé ? Que Matt se rende compte de ma présence et me coure après pour se faire pardonner ? Certainement pas ! Je me maudis de ma stupidité. Je suis vraiment aveugle ! Et totalement stupide ! *Qu'il reste au plumard avec ma connasse de sœur ! Ma sœur… pourquoi ?*

– Qu'est-ce que tu vas faire ? s'enquiert Adèle en posant sa main sur la mienne.

Elles n'ont toujours rien commandé. C'est dire si la situation est critique.

– Si j'étais toi, je lui broierais ce qui fait de lui un mec, à ce connard, crache Maeva.

L'image est drôle mais je grimace en entendant cette insulte. *Matt n'est pas vraiment un connard, n'est-ce pas ? Je n'ai pas pu me tromper pendant cinq ans !* Ça me fout trop les boules de me dire ça. Je suis quelqu'un de foncièrement gentil. On ne fait pas de mal à quelqu'un de gentil. Si ?

Ma sœur n'est peut-être pas la première. Et s'il y en avait eu d'autres ? La douleur dans mon cœur s'intensifie. Oui. Il y en a eu d'autres. Au moins une : son ex, tout au début de notre histoire. Et j'avais pardonné car, dès le lendemain, il m'avait tout avoué. J'avais décidé de lui faire confiance… *Celui qui me traite de « godiche naïve » maintenant a absolument raison. Voilà où je me trouve cinq ans plus tard, au point de départ !*

J'ai beau chercher, il ne m'a jamais donné de raison de douter de sa fidélité. S'il a joué avec moi de nouveau, il l'a fait en toute subtilité. Mais ce doit être le cas de tous les infidèles, non ? Dire que je le croyais repenti, chagriné de ce qu'il m'avait fait. Romantique, aussi. Si romantique. N'ayant d'yeux que pour moi. *Ce que je peux être naïve.*

Il a fallu qu'il choisisse ma sœur. Pourquoi ? Elle me ressemble. Je ne vois pas vraiment l'intérêt… Ah si, ses formes sont divines. À elle, il peut se cramponner !

J'ai envie de m'arracher les cheveux. Mes pensées partent en vrille et s'emmêlent. Qu'on me donne un coussin pour que je m'écrase la tête dedans. Que je dorme enfin. Que j'oublie ce cauchemar.

– Tu dors chez moi, ce soir ! annonce Adèle d'une voix qui ne laisse aucune place à l'objection.

J'acquiesce d'un mouvement de tête.

Un nouveau verre plein se matérialise près de moi. Je l'avale. Les filles me regardent en fronçant les sourcils.

– Depuis quand tu bois du whisky, toi ? s'étonne Maeva.

En général, je suis plus bière ou vin. Les trucs forts, très peu pour moi. Mais les découvertes semblent être le thème de la soirée !

– Je bois à la santé de Matt ! Garçon !

Le barman tourne la tête vers moi, hésitant. Il observe ensuite mes deux amies.

– Vous n'allez pas la laisser prendre la voiture, hein ?

Depuis quand les barmen s'inquiètent-ils de leurs clients ? Depuis quand se donnent-ils le droit de refuser des verres ? Qu'il me serve et basta ! Je ne lui demande pas de se transformer en psy, et encore moins en bonne conscience. Qu'il aille jouer les bons samaritains avec d'autres, si ça le démange !

C'est étrange, il y a cinq minutes, je déprimais. Je suis en colère contre le monde entier. Alors c'est comme ça que l'on se sent quand on découvre un truc moche ?

C'est impossible, hein ? Je l'aime tellement…

Finalement, je préfère la phase furieuse.

L'alcool n'est décidément pas mon ami. Voilà qu'il me fait tanguer sur mon tabouret. Le bras de Maeva me retient tandis que j'enfouis mon visage dans son cou.

– Je promets de le faire payer, ce connard !

J'ai parlé à voix haute ? Tant pis !

Mon esprit est subitement happé par un autre centre d'intérêt. Ce comptoir m'a l'air confortable. Un coussin comme un autre. Je ferais bien une petite sieste.

CHAPITRE 3

Laure

J'émerge peu à peu. Un martèlement assourdissant dans la tête, des paupières lourdes que je parviens à ouvrir ; je m'aperçois non sans mal que je ne suis pas chez moi. Une commode, un tableau représentant une branche de cerisier japonais : je suis donc chez Adèle, dans le lit de sa chambre d'amis. Ma soirée d'hier semble dissimulée derrière un voile. Je n'en ai que peu de souvenirs et je ne retrouve pas la présence rassurante de Matt à mes côtés.

Matt. Penser à lui agit comme un électrochoc et me ramène à la réalité avec fracas. Ma respiration se coupe. Le manque d'oxygène accentue le marteau-piqueur dans ma tête. Le brouillard se disperse sous le coup de la déception, aussitôt remplacé par une autre étincelle jusque-là inconnue, celle de la vengeance. La chaleur qui semble en irradier me donne la force de parcourir le fil de ma soirée en quête d'éclaircissements.

Je n'ai aucun souvenir de mon arrivée chez Adèle. Mes deux amies n'ont pas pu me porter seules. Même si je suis plus légère qu'à une époque, il y a des limites. Un cadavre, c'est très compliqué à déplacer, surtout pour deux filles aussi frêles qu'elles.

Ma tête me fait vraiment un mal de chien. Et cette haleine… *Si on est capable de porter quelqu'un, on peut lui brosser les dents, non ?*

Je crois que je suis encore bourrée. Pourtant, j'ai bu quoi, quatre verres à tout casser. En fait je n'en sais rien. Une vraie connerie, ce whisky ! Je comprends pourquoi c'est le meilleur moyen d'oublier ses problèmes.

Bon sang, je ne suis pas rentrée hier soir. Matt va se demander où je suis passée. Il ne faut pas qu'il sache !

Je tâtonne sous les oreillers, puis sur la table de chevet, avant de me forcer à scruter autour de moi. Mon téléphone ne se trouve nulle part dans la pièce. Adèle a dû le garder avec elle pour que je dorme. C'est une perle, elle est toujours si attentive au moindre détail !

Elle me connaît tellement bien. Depuis les bancs de l'école, nous ne nous sommes jamais quittées. J'avais déjà une sœur, mais elle l'est devenue au même titre que la vraie. Maeva, elle, nous a rejointes au lycée et a su très vite trouver sa place.

À nous trois, nous formons un vrai melting-pot de caractères. Maeva est la casse-cou. Sanguine, elle part au quart de tour à la moindre contrariété. Adèle est la grande sœur, l'âme qui réfléchit avant d'agir. Et moi, la bonne copine, gentille et sincère, qui déteste le conflit par-dessus tout, accorde sa confiance trop facilement et a en permanence besoin de se sentir protégée.

Ce matin, mon état d'esprit n'est plus tout à fait le même, et si je pouvais faire en sorte d'écraser cette image de fille bienveillante, cela m'arrangerait. À l'heure qu'il est, on ne peut pas dire qu'elle m'ait beaucoup réussi.

Je suis difficilement en train de sortir du lit lorsque Adèle pousse la porte.

– Je venais voir si tu étais réveillée, déclare-t-elle en ouvrant en grand.

– Il est quelle heure ?

– Pas loin de midi.

– Merde.

– Depuis quand tu n'as pas dormi ? s'inquiète-t-elle en prenant place sur le lit, tout en me tendant mon téléphone.

Je ne prends pas la peine de lui répondre, pas besoin de lui rabâcher que mon boulot me stresse et que Matt rattrape le temps perdu en ne me laissant pas vraiment dormir, et ce même lorsque je rentre à pas d'heure. Elle sait déjà tout ça. Nous avons passé de nombreuses soirées à l'évoquer.

– Tu as des messages, enchaîne-t-elle avec un regard encourageant.

Il va bien falloir que j'affronte la situation. J'acquiesce donc en ouvrant le dernier texto reçu. Son contenu me fait vite déchanter :

Rachel : Ils ont signé la proposition ! Le patron va être content de moi. J'attends ton coup de fil avant 14 h.

Je grimace et balance le téléphone sur le lit avant de soupirer. Ce n'est vraiment pas le moment pour lire ce genre de truc. Ma chef commence sérieusement à me taper sur les nerfs. Elle veut se faire mousser auprès du patron ? Qu'elle fasse donc le boulot qu'il faut pour le mériter.

– Rachel ! lâché-je devant l'air interrogatif de mon amie.

– Elle a essayé de t'appeler, répond Adèle en me regardant grogner. Et Matt aussi.

Mon souffle se bloque. Finalement, je ne sais pas si je préfère affronter une boss égocentrique et carriériste ou ma stupidité d'accorder une confiance aveugle à mon petit ami et à ma sœur.

– Je t'avoue que j'ai eu très envie de lui dire d'aller se faire foutre, poursuit-elle. Mais je n'ai pas voulu te gâcher ce plaisir. Je me suis donc contentée de le rassurer. Je lui ai raconté que je m'étais fait larguer et que tu avais accouru sans réfléchir. Il s'inquiétait. Pauvre enfoiré de merde qu'il est !

Elle marque une pause dans sa tirade assassine. C'est rare de l'entendre jurer.

– Il devrait passer te chercher cet après-midi. C'est mignon, tu ne trouves pas ? ironise-t-elle avec mépris.

Je n'ai pas envie de le voir, pas la volonté de l'affronter tout de suite. Qu'est-ce que je vais lui dire ? Je dois le quitter et mettre fin à cette mascarade, j'en ai bien conscience. Mais une toute petite voix – qui ne m'est, en toute franchise, pas entièrement inconnue – me souffle de ne pas le laisser s'en tirer à si bon compte. Et pour cela, hors de question de rompre. Je m'efforce d'éteindre le feu de la revanche qui s'est allumé dans mon esprit. Je ne suis pas ce genre de fille. Le mot « vengeance » ne fait pas partie de mon vocabulaire.

– Comment vous m'avez ramenée ? questionné-je pour changer de sujet.

Elle hésite, ce qui ne sent pas bon en général.

– On a appelé Alex. On avait besoin de quelqu'un d'assez fort et disponible au beau milieu de la nuit, ce qui ne court pas les rues !

Mais c'est pas vrai...

– Alexandre ? éructé-je.

La simple évocation de son prénom me procure des nausées. J'espère qu'elles lui ont fait enfiler une combinaison étanche avant qu'il ne me porte. Je n'ai pas envie d'être contaminée par de l'herpès ou toute autre maladie hautement transmissible de serial baiseur.

– Vous êtes cinglées ou quoi ? C'est le meilleur ami de Matt. Il a déjà dû tout balancer, à l'heure qu'il est.

– Calme-toi ! Maeva est une vraie pro pour embobiner les mecs, il ne s'est posé aucune question, me rassure-t-elle maladroitement. Elle lui a expliqué avec des sourires à tomber que tu avais eu un souci au boulot et que tu avais bu trop vite sans t'en rendre compte pour tenter de te changer les idées. Elle lui a aussi précisé que tu ne nous le pardonnerais jamais si on laissait Matt te voir dans cet état. Il a eu l'air de gober. Il nous a promis qu'il ne dirait rien.

Je ricane face à tant de naïveté.

– Vous n'avez toujours pas compris, ce type est un vrai salaud. S'il peut saisir la moindre occasion de faire souffrir quelqu'un, il n'hésite pas.

Elle sait déjà tout ça. Cela fait des années que je lui rabâche.

Tout à coup, je suis parfaitement éveillée. Je ne veux rien devoir à Alexandre. *Impossible !* Il trouverait forcément un moyen de me le faire payer, de retourner la situation contre moi. À son avantage. Il fait toujours les choses à son avantage.

– Pourquoi tiendrait-il sa langue ? Où est l'intérêt pour lui ? Il ne fait jamais rien sans contrepartie.

Le sourire espiègle qui orne subitement son visage ne me dit rien qui vaille. Je sens l'amoncellement de problèmes à gérer arriver et il me semble que mon quota a atteint son seuil critique !

– Tu connais Maeva… Elle avait très envie de le revoir depuis la dernière fois. Je crois qu'elle lui a proposé une « contrepartie » tout à fait à son goût, si tu vois ce que je veux dire ! Ils sont repartis ensemble après t'avoir déposée.

– Quoi ?

Non, mais elle est vraiment inconsciente, cette fille ! Une fois ça ne lui suffit pas ? Elle ne comprend pas qu'il ne lui apportera rien de plus ?

Je me souviens de la dernière fois. Il doit y avoir un an, maintenant. Cela faisait un moment qu'elle avait flashé sur lui – quelle femme ne l'aurait pas fait ? –, mais ce soir-là, après une énième sortie en boîte à le chercher, il lui avait donné satisfaction. Malheureusement leurs attentes n'étaient pas tout à fait les mêmes. Quoi qu'elle ait bien voulu affirmer, ma meilleure amie s'était entichée, quant à lui, il s'amusait, comme à son habitude.

Et même si je savais qu'Alexandre ne lui avait rien promis, le découvrir au bras d'une autre fille à peine vingt-quatre heures plus tard m'avait convaincue qu'il était quelqu'un qui n'en valait pas la peine et qu'il valait mieux fuir. Et ce sentiment n'avait été que renforcé en les voyant s'échanger de petits sachets de poudre blanche en toute discrétion.

Cet homme est un poison. Je ne peux pas imaginer que Maeva tente encore de se rapprocher de lui. Elle sait pourtant tout ça. Les exemples de sa perfidie n'ont pas manqué, en cinq ans à le voir côtoyer Matt sans que je puisse comprendre ce qui les réunissait.

Mon état de nervosité me fait momentanément oublier ma tristesse. Alexandre est tordu, sans la moindre morale, pas du tout pour une fille merveilleuse comme Maeva, pour aucune, de toute façon.

– Ne me dis pas que tu ne l'as pas vu la reluquer ? Il voulait remettre ça, c'était évident !

Bien sûr que c'est évident. Qui ne reluquerait pas Maeva ? Elle est loin de ressembler à une planche à pain, elle...

Mon amie me regarde, complice, le sourire jusqu'aux oreilles. Comme si le simple fait de se faire mater par Alexandre le sournois était un ticket gagnant pour le prince charmant assuré. *Faut qu'elle arrête ! C'est pas croyable !*

Adèle, la si charmante et si raisonnée, est en train de se bidonner, de se vanter, presque, parce que l'une de ses meilleures amies s'est envoyée en l'air avec un mec aussi mauvais qu'immoral. Où va le monde ?

– Et elle est loin de s'en plaindre, ajoute-t-elle avec un clin d'œil évocateur. Ce mec est une vraie bombe !

Ouais. Une vraie bombe doublée d'un hypocrite et d'un manipulateur : le parfait mélange pour un gendre idéal, c'est certain !

Où est passée ma tendre et modérée Adèle, celle avec la tête sur les épaules ? Qu'est-ce qu'il a bien pu leur raconter pour les mettre, elle et Maeva, si facilement dans sa poche ? En effet, l'état d'excitation qu'il fait naître chez mes deux meilleures amies – aux cerveaux bien plus remplis que ceux de toutes ses blondasses réunies – n'est pas nouveau. Il remonte à leur rencontre, il y a trois ans de cela. Moins de dix minutes avaient suffi pour qu'elles deviennent toute mièvres et lui sourissent béatement. Des poules face à un coq !

De mon côté, il m'avait fallu un regard, et quelques paroles odieuses de sa part, pour déceler qu'il cachait quelque chose. Puis une soirée pour comprendre que cette chose n'était pas vraiment belle. *Est-ce que la beauté suffit pour manipuler les gens ?*

Oui, cet homme est à tomber, mais il n'en est pas moins quelqu'un d'abject, surtout avec les femmes. Alexandre a un goût prononcé pour briser leurs espoirs.

Combien de fois s'est-il vanté auprès de Matt d'avoir fait chavirer des femmes dont le cœur était déjà pris ? De les avoir arrachées à leur couple en les piégeant dans ses filets pour mieux les jeter ensuite ? Je ne les compte plus.

Cet homme est attiré par le vice, attiré par tout ce qui représente un nouveau défi. Comme pour assouvir un besoin maladif de prouver qu'il peut avoir ce qu'il souhaite. Il ne pense à personne. Je suis presque certaine qu'il ne pense même pas à son meilleur ami. Son attitude ambiguë avec moi n'en est-elle pas la preuve flagrante ? Je dois représenter un challenge de plus, mais malheureusement pour lui, je ne suis pas de ces pimbêches dégoulinantes devant le bel Alex. Très peu pour moi. Adèle et Maeva sont intelligentes, elles auraient dû se rendre compte qu'il n'est pas ce qu'il semble être.

– Me regarde pas comme ça, dit-elle en fronçant les sourcils. Elle vient de rompre, elle a besoin de passer à autre chose. Et pour ça, rien de tel que de s'envoyer en l'air ! Et arrête de t'inquiéter, elle sait ce qu'elle fait.

– Je maintiens que vous ne le connaissez pas, répété-je bornée.

Alors que moi, oui. Bien plus qu'elles ne peuvent l'imaginer.

– Fais chier, soufflé-je en rabattant un bras sur mes yeux. Comme si je n'avais pas assez de problèmes…

– Laure, il ne lui arrivera rien. Ce n'est pas un psychopathe, quand même. Il ne va pas la découper en morceaux pour les disséminer dans les bois !

Je grogne. L'exemple est un peu extrême, mais pour moi il n'y a aucun doute possible. Ce mec est capable de tout. Et surtout du pire. Maeva n'a rien à faire avec un type pareil, même pour une nuit. Enfin, une deuxième.

Je repousse les draps d'un coup de pied et me relève dans un léger étourdissement. L'avantage, quand on a des amies qui font n'importe quoi, c'est qu'elles réussissent à vous faire oublier tout le reste. Que Matt vienne me chercher dans quelques heures ne me fait même plus peur.

– Qu'est-ce que tu comptes faire, avec Matt ?

Pas de doute, cette fille lit dans mes pensées. Plus le temps passe et plus elle anticipe. Je hausse les épaules. D'abord le revoir en face, après on avisera.

– Hier soir… commence-t-elle d'une petite voix. Tu as dit que tu allais le faire payer…

– Ah oui ? Sûrement l'alcool, conclus-je avec un haussement d'épaule.

Ouh la petite voix toujours tapie dans mon esprit alors que je suis parfaitement sobre.

– Tu avais l'air de le penser, contre-t-elle la mine inquiète. Je ne t'ai jamais vue avec un tel regard. Je t'avoue que je ne serais pas contre lui broyer son engin, comme Maeva semble se réjouir à l'idée de le faire, mais je ne t'ai jamais vue avoir de telles pensées. Ça ne te ressemble pas.

Oui, parce que moi, je suis plutôt du genre mère Theresa : à donner aux autres sans penser à recevoir, à être polie en toutes circonstances, à respecter les règles, même les plus infimes, par peur des représailles. Pas du tout du genre à avoir l'esprit revanchard. Pas du tout ! Encore une belle connerie, tiens ! Quand je disais que c'était la matinée.

– Romps avec lui. Tout simplement.

Oui, ça pourrait être aussi simple que ça... Elle ne sait pas qu'il y a un deuxième facteur.

Effectivement, je pourrais très bien lui envoyer un coup de genou bien placé, avant de claquer la porte une fois pour toutes. Il regretterait son acte, mais ma sœur... en quoi rompre avec mon petit ami pourrait faire comprendre à cette garce « qu'on ne fait pas ces choses-là » ?

– Ne tente pas quelque chose de stupide, continue-t-elle en prenant sa voix de maman poule. Tu es une fille bien trop gentille et réfléchie pour ne pas voir que c'est une mauvaise idée.

Bien sûr que c'est une mauvaise idée. *Très mauvaise.* Et les gentilles filles ne font jamais rien de mauvais. Pas vrai ?

– Et puis… insiste-t-elle. Tu es incapable de faire du mal à quelqu'un.

J'acquiesce sans réfléchir. Les yeux déjà perdus dans le vague alors qu'une seule pensée trotte dans ma tête. Peut-être, effectivement, suis-je incapable de faire du mal à quelqu'un.

Ou peut-être pas.

CHAPITRE 4

Laure

Mon téléphone vibre au fond de ma poche. Encore.

Une semaine est passée depuis mon humiliante découverte. Sept jours durant lesquels ma sœur m'a envoyé de nombreux textos, comme si de rien n'était, et où Matt ne s'est pas départi de son comportement attentionné. Leur comédie se déroule à la perfection.

Depuis quand ? Depuis quand trichent-ils et me bernent-ils de cette façon ? Était-ce un épisode isolé ou se retrouvent-ils dans mon dos dès que je sors un peu tard du travail ? Mangent-ils ensemble à leur pause déjeuner ou ne font-ils que baiser ? Derrière ma colère, les réponses me font peur.

Jusque-là, j'ai réussi à éviter Matt et ses assauts. Le premier jour je lui ai fait croire que j'étais fatiguée et trop alcoolisée de ma soirée à consoler Adèle. Pour le reste, cela n'a pas vraiment été difficile. Je n'ai eu qu'à rester encore un peu plus tard au bureau et à inventer quelques concerts pour qu'il ne se pose aucune question. Ma boss n'a cessé de me complimenter sur mon travail acharné pour elle, d'ailleurs, probablement persuadée de pouvoir s'en attribuer les mérites rapidement. J'ai veillé à rentrer en pleine nuit, alors qu'il dormait déjà.

Je commence à manier l'art du mensonge comme lui le fait si bien. Et dire que j'ai toujours détesté le mensonge. Quelle ironie !

Matt n'est pas revenu sur ma soudaine absence de la semaine passée. J'en déduis qu'Alexandre a tenu parole et ne lui a pas parlé de mon état désastreux. Mais à quel prix ? Je ne suis pas certaine que le fait de coucher avec Maeva soit une monnaie d'échange suffisante. Je m'attends donc au retour de bâton, en priant pour que celui-ci n'ajoute pas un problème supplémentaire au casse-tête qu'est devenue ma vie.

J'ai bien conscience que cette situation n'est pas durable et qu'elle deviendra bientôt intenable pour moi. Déjà parce que Matt finira fatalement par se poser des questions sur mon comportement fuyant, mais aussi parce que je ne supporterai pas longtemps que mes absences prolongées lui permettent de continuer ses rencards clandestins en toute impunité.

Le week-end qui arrive à une vitesse intolérable n'arrange rien. C'est le premier week-end totalement libre dont je dispose depuis ma prise de fonction. Pas de concerts, pas de dossier à finir en urgence. Aucune excuse valable pour gagner du temps.

Adèle et Maeva me somment de mettre un terme à cette situation, mais je ne peux pas m'y résoudre. Pas comme ça. Je veux trouver une solution. Un moyen de riposter. Je ne veux pas laisser une petite blessure à leur amour-propre, je veux trouver comment leur porter un coup fatal. Et pour cela, j'ai besoin de ce temps. Juste un peu plus de temps.

Une nouvelle vibration se fait ressentir, comme un rappel à la réalité. J'attrape mon portable sans regarder de qui il s'agit. Je m'en doute. Cela fait une semaine que j'évite de lui répondre, préférant me cacher derrière des messages.

Je n'ai pas arrêté de tourner et retourner la situation dans ma tête. De faire le point sur ma vie, mon enfance avec ma sœur. Je nous ai revues gamines. Moi qui l'admirais, qui voyais en elle un modèle à suivre, et elle, si libre, capable de faire tout ce qui lui passait par la tête sans réfléchir.

Ces plongées dans notre passé ont éveillé quelque chose en moi, comme une impression fugace qui me titille. Je ne parviens pas à comprendre encore ce dont il s'agit. Pourtant je sens que quelque chose cloche dans le tableau idéal que je dresse de notre relation. Est-ce la colère, qui me laisse croire que ses sourires ont toujours sonné faux ? Qu'elle m'accusait sciemment de ses bêtises en sachant que je ne détromperais pas nos parents ? Qu'elle s'est bien souvent retrouvée au milieu d'embrouilles avec d'anciennes amies ?

Sept jours que le moindre souvenir de nous devient suspect. Je cherche à tout décrypter. Tout ce qui m'a paru anodin, petite, prend soudain une dimension problématique. Et si ses taquineries, ses piques gratuites sur mon apparence, ses bousculades involontaires n'étaient finalement qu'un aspect caché de sa personnalité ? Je n'arrive pas encore à croire que cela soit possible. Pourtant, je ne peux plus me leurrer : quelque chose ne va pas.

Je décroche et porte le téléphone à mon oreille en soupirant.

– Allô ? lâché-je durement, sans parvenir à cacher ma rancœur.

– Laure, ma puce.

Ma puce ? Sérieusement ? Elle se fout de moi.

La Laure d'avant aurait réussi à rester zen. Pas moi !

– Quoi ? Qu'est-ce qu'il y a ?

Je devrais faire attention, me montrer plus calme, ne rien laisser transparaître tant que je n'ai pas de tactique pour les contrer. Mais c'est plus fort que moi. L'entendre me rappelle les cris qu'elle a poussés dans MA salle de bain. Avec MON mec.

– Enfin, j'arrive à te joindre ! s'exclame-t-elle avec un brin de reproche. Tu ne fais que m'envoyer des textos. Je commençais à me demander ce que tu avais.

Je n'avais jamais remarqué – sûrement parce que je l'aimais – son égocentrisme évident. Mon ton est pourtant parfaitement reconnaissable. N'importe qui pourrait déceler que je l'agresse. Mais elle ne remarque rien. Trop centrée sur ce qu'elle désire me dire.

– Extinction de voix, marmonné-je rapidement.

Ridicule, comme excuse ! Mais bon, je n'ai pas mieux.

– Hein ?

– Non, rien. J'étais souffrante. Alors, ça va ? enchaîné-je rapidement pour détourner la conversation.

J'ai beau détester l'hypocrisie, à cet instant-là, je l'emploie assez bien. J'apprends des meilleurs, il faut dire.

– Oui, j'ai une super nouvelle à t'annoncer.

Tu te tapes aussi ton prof de yoga ?

– Stéphane m'a demandé de l'épouser.

CHAPITRE 5

Laure

Le coup de téléphone de Léa a fini par avoir raison de ma patience. Je ne l'aurais jamais crue capable d'une telle hypocrisie. C'est surprenant, lorsqu'on apprend la vérité, de voir à quel point certaines personnes sont capables de jouer la comédie. J'ai toujours regardé ma sœur avec admiration. Elle a fait les meilleures études, obtenu les meilleurs résultats et sortait avec des garçons gentils et fidèles : une vraie pro du bonheur, une parfaite petite amie, fille et sœur. Une sœur qui, désormais, aime se retrouver à quatre pattes et à poil devant le copain de sa frangine. Un paradoxe total !

Elle nous a ensuite invités chez nos parents. Un repas en famille pour célébrer sa fabuleuse nouvelle. Elle était tout excitée à cette idée. J'ai voulu décliner. Je ne me sentais pas la force de me retrouver avec Matt et elle dans la même pièce, mais Léa a bloqué ma tentative d'esquive par des mots qui ont fait couler un nouveau flot de colère et d'incrédulité.

Elle a osé. Je l'ai entendu dans sa voix avant même qu'elle ne prononce la phrase : elle va se marier et veut que je sois la demoiselle d'honneur. Moi ? Alors qu'elle passe des nuits dans les bras de mon petit ami ? Alors que je crève d'envie de lui infliger le même mal qu'elle n'a pas hésité à me faire ? *Je ne peux pas laisser passer ça...*

Une nouvelle Laure prend peu à peu possession de moi. J'ai finalement accepté l'invitation de ma sœur et ai couché avec Matt, le soir même. Autrement dit, hier soir. J'ai beau chercher, je ne sais pas ce qui m'a motivée. La force de l'habitude, le souvenir de notre amour ou la rage que j'ai sentie monter en moi à l'annonce de Léa ?

De toute façon, je n'ai trouvé aucune excuse. Nous étions vendredi. Pas de travail le lendemain, un dîner romantique qui m'avait attendue une bonne partie de la soirée. Je l'ai laissé faire. J'ai simulé. Pour la première fois de ma vie. Je me suis sentie mal le reste de la nuit. C'est presque risible quand on connaît la situation, mais qu'est-ce que je peux y faire ? Je ne peux pas refouler vingt-trois ans de bons sentiments en un claquement de doigts. Je ne suis pas quelqu'un de mesquin. Je n'ai pas pour habitude de mentir sans me sentir mal. Par le passé, les rares fois où ça m'est arrivé, je n'ai pas aimé celle que j'étais.

On m'a souvent dit que j'étais naïve, trop indulgente. Je n'ai jamais compris. J'ai été élevée avec l'idée que le pardon est difficile, peut-être même la chose la plus difficile à accorder. Surtout en toute abnégation. Mais qu'il est essentiel. C'est du moins ce que ma mère m'a répété pendant des années. Quand je vois ce qu'elle est devenue aujourd'hui, ce que Je suis devenue aujourd'hui, je me dis que j'aurais mieux fait de ne pas l'écouter. Elle m'a pollué l'esprit avec sa bonté maladive.

Je suis idiote. Idiote, stupide et faible : une proie facile pour ce monde de faux-semblants, pour les menteurs tels que Matt. Je pourrais pardonner, ou le mettre devant le fait accompli et le quitter. Ce serait simple, juste, loyal. Quelque chose qui me ressemble. Non. Je ne le veux pas. Je ne le veux plus. C'est trop facile de s'en tirer à si bon compte, trop facile de commettre des actes égoïstes et de ne jamais prendre le revers de la médaille. Cette fois, je veux qu'il le prenne en pleine face. Je veux qu'il voie ce qu'il m'a fait. Je veux qu'il voie ce que ça fait quand on ne pense pas à l'autre. Quand on s'en fout ! En fait, les gens avaient raison, j'ai toujours pardonné trop facilement.

Une rage malsaine grandit au fond de moi. Elle était encore minime il y a une semaine, enfouie sous la colère sourde du moment. Mais maintenant, plus je le vois avec son sourire bienveillant – qui sonne tellement faux –, plus elle grandit.

Je n'ai jamais éprouvé de tels sentiments. Ils sont comme un poison, lent et dévastateur, qui infecte mon sang au fil des jours en ne me laissant qu'une seule envie : me venger.

Je n'ai jamais fait une telle chose. Je n'y ai même jamais pensé. Mais là, c'est plus fort que moi. Sauf que je ne sais pas comment m'y prendre.

La simulation de la veille est déjà un bon point de départ, non ? J'ai réussi à me déconnecter de mon corps. À passer outre ma haine et à me jouer de cet homme si sûr de lui et de ses atouts. Hier soir, ceux-ci ne m'ont rien fait. Ils m'ont dégoûtée. J'ai été une si bonne comédienne que j'ai même failli prendre mon pied à le regarder s'activer alors que mon corps ne s'éveillait pas sous ses caresses. Il était si concentré sur mon plaisir. Si appliqué la tête entre mes cuisses. Si brutal une fois en moi. Et rien. Pas une once de jouissance. Pas même un début. J'ai failli laisser échapper un rire victorieux à plusieurs reprises.

Certes, il a pris son pied et ne s'est rendu compte de rien, mais pour moi, c'était un premier pas. Vers quoi ? Je ne sais pas vraiment. Peut-être mon émancipation de cette fille « trop bonne, trop conne » que j'ai toujours été. Malgré tout, je me plais à croire que j'ai fait un pas en avant. Un pas qui m'a libérée de la ceinture me reliant à lui.

J'ose me dire qu'un jour prochain j'arriverai à trouver comment lui faire du mal. Cette pensée m'obsède.

Je me retrouve donc là, face à mon dressing, à chercher désespérément ce que je pourrais porter pour cette soirée en « famille ». Que met-on pour féliciter quelqu'un qui vous trahit ? Qu'enfile-t-on pour rayonner lorsque la noirceur prend possession de notre âme ?

Une image s'impose à moi en me filant des frissons : celle d'une robe à couper le souffle, à faire oublier la raison au diable en personne. Une tenue qui remettra tout en question, qui me confortera dans l'idée que je suis prête à tout, ou du moins que je m'y prépare. Sauf que je n'en ai pas. On ne se refait pas.

Ce constat amène avec lui une vague de doute : je ne suis pas cette fille, loin de là. Je ne suis pas douée, pas faite pour ces tromperies. J'ai besoin qu'on me donne une solution, qu'on m'empêche de rompre avec lui sans me poser de questions et de refaire ma vie. Sinon je retomberai sur le même genre de mec, si tendre, drôle, charmant, et je me ferai avoir de nouveau. Non, non et non : fini d'être crédule.

Épuisée par ces tergiversations, je parcours mon dressing à la recherche de la tenue la plus affriolante qui soit. Tant pis pour mes complexes. Ce soir, je dois passer outre. Montrer à Matt ce qu'il pourrait perdre, le faire trembler à cette idée. Mais serait-ce vraiment le cas ? Après tout, mes formes ne lui plaisent-elles pas moins qu'il fut un temps ? Celles de ma sœur ont l'air de lui avoir tapé dans l'œil. Cherche-t-il un substitut ? L'image de celle que j'ai été ? Cela ne prouve-t-il pas qu'il m'aime toujours ? Je soupire, au bord des larmes.

Si seulement je pouvais me défaire de ces pensées douteuses, assumer pleinement mon besoin de faire mal. Au lieu de ça, je replonge inlassablement dans mes questions et imagine une autre issue : celle où je n'aurais pas découvert la vérité.

La fatigue me gagne bien avant que je n'aie entamé mon combat contre eux, contre moi-même. Ai-je vraiment le mental pour les prendre à leur propre jeu ?

CHAPITRE 6

Laure

Le dîner commence à dix-neuf heures trente précises. Mon père attache une importance toute particulière à la ponctualité, nous arrivons donc une demi-heure avant.

J'ai finalement choisi la robe fourreau noire que Matt m'a offerte pour mes vingt-deux ans. Elle n'est plus vraiment moulante, et le décolleté plongeant ne laisse plus apparaître le galbe de mes seins. Je n'en ai plus. Mes jambes semblent être la seule chose à n'avoir pas trop changé. Longues et fines, elles sont parfaitement mises en valeur par une légère fente sur le côté. Remontant vers mes fesses, ou ce qu'il en reste.

J'ai attaché mes cheveux bruns à l'aide d'une barrette, mais ils sont indisciplinés et s'en échappent en ondulant. Ils deviennent trop longs et encombrants, je devrais les faire couper. Mais jusqu'à présent, Matt aimait pouvoir me les attraper pendant nos étreintes.

Dans la voiture, il n'a pas cessé de caresser mes cuisses découvertes. Je ne l'ai arrêté que lorsqu'il s'est aventuré plus haut. Non sans lui avoir fait un sourire rassurant. Il ne faut pas qu'il se doute de quelque chose. Je ne suis pas prête.

Mes parents nous accueillent sur le perron tout sourire. À croire qu'ils nous attendaient de pied ferme. J'ai l'impression d'observer une photo d'un ancien temps : l'homme devant, la femme droite dans son dos, attendant ses ordres. Ma mère est en retrait, comme toujours. Je n'y faisais plus attention – l'habitude, sûrement –, or ce soir, ce constat me dérange. Ce sentiment se renforce encore lorsque mon père serre la main de Matt avec chaleur, se penche vers moi pour me déposer un rapide baiser sur la joue puis se détourne aussi vite, mon petit ami sur ses pas, en balançant par-dessus son épaule :

– Tu vas aider ta mère, Laure !

Je fronce les sourcils en les regardant disparaître l'un et l'autre dans le salon. Je ne bouge pas de l'entrée alors qu'ils s'installent autour de la table basse pour se servir un premier verre de whisky. Je me rends compte qu'ils font ça chaque fois ; les femmes d'un côté, les hommes de l'autre. L'image m'a toujours perturbée sans que je dise rien. Avant, j'aurais refréné mon envie d'en découdre avec mon père sans souci. Ce soir, je dois me mordre la langue avec force.

De l'autre côté du couloir, dans la cuisine où elle est retournée sans un mot, ma mère continue de terminer ses préparations avec le sourire. *Est-ce tellement ancré en elle qu'elle le fait maintenant avec plaisir ?*

Je me dirige vers elle sans aucune intention d'obéir à mon père.

– Ça va, ma chérie ?

En l'entendant, je me rends compte que mon visage est crispé, mes poings serrés, mon expression fermée. Je lui adresse un sourire forcé qu'elle ne voit même pas. La cuisson de son poulet monopolise toute son attention !

Je reste silencieuse pendant qu'elle s'affaire. Je n'ai pas envie de parler. Pas ce soir. Pas alors que je vais affronter ma sœur dans si peu de temps.

Mon regard se perd dans la pièce. Ma mère reste silencieuse en finissant d'enfourner son plat. Je la regarde sans la voir dans son environnement. Là où elle doit passer des heures à attendre un geste tendre de son mari.

Je soupire de la savoir si docile. Elle finira ici, de plus en plus seule pendant qu'il la délaissera, car c'est tout ce qu'il sait faire : la tromper pour mieux revenir. Nous sommes toutes au courant de ses agissements. Il ne s'en cache même plus. Après tout, pourquoi le ferait-il ? Ma mère lui pardonne systématiquement. Amoureuse et soumise. Elle nous a d'ailleurs éduquées pour que nous suivions ses pas. J'ai l'impression de me voir dans un miroir.

Mes yeux glissent sur les recoins impeccables de la pièce avant de se poser sur les photos accrochées au mur, témoins d'une époque révolue. Moi, les yeux rieurs, le visage souriant en toutes circonstances, cherchant le regard de ma mère – son jugement ayant toujours été la seule chose importante pour moi –, ma sœur qui fait des grimaces à l'appareil pour se rebeller.

Je fronce les sourcils en sentant une gêne douloureuse envahir mon cœur. Je regarde ces photos, pourtant accrochées sous mes yeux depuis des années, sous un autre angle. Ce soir, les choses sont différentes.

Les souvenirs de mon adolescence sont soudain trop présents. Un événement, surtout. Un moment que je n'oublierai pas, que je n'ai jamais pardonné malgré ce que j'ai voulu me faire croire. Vais-je continuer de me laisser dicter ma conduite comme elle le fait ?

Je me retourne vers elle. Le moral plus bas encore que lorsque je suis arrivée.

– Tu sais pourquoi j'étais si souriante, ce jour-là ? demandé-je la gorge serrée, en lui désignant l'un des cadres accrochés au mur.

Ma question la prend au dépourvu. Son air se trouble quand elle essaye de se souvenir. Sauf qu'elle ne peut pas savoir. Personne ne le sait.

– Je venais d'avoir un vingt en arts plastiques. Le premier d'une longue liste. Je n'ai eu que ça ensuite…

– C'est vrai que tu étais douée.

Est-ce tout ce qu'elle a à me répondre ?

Elle retourne à son repas sans rien ajouter. Je ferme les yeux devant son manque d'enthousiasme flagrant.

– Tu n'as jamais aimé ce que je faisais.

– Tu ne peux pas m'en vouloir. Avec le recul, tu dois admettre que ton père a eu raison de t'obliger à tout arrêter.

Sa réponse achève de rouvrir une plaie mal cicatrisée dans mon cœur déjà meurtri.

– Il ne m'a pas obligée à tout arrêter, riposté-je en me sentant gagnée par l'amertume et l'énervement. Il a pris tous mes dessins et les a mis au feu alors que je le suppliais de ne pas le faire.

Je me souviens très bien de cette scène. J'avais quinze ans. Je dessinais depuis toujours mais mes parents ne comprenaient pas cette passion. Ils auraient pu apprécier mes dessins, s'ils n'avaient pas été si noirs, si lugubres, morbides. Je ne faisais que ça, à longueur de temps. Des squelettes sur les coins de mes cahiers. Des insectes sur de simples feuilles blanches. Des silhouettes effrayantes et un peu mystiques.

Mes parents ne le supportaient pas. Ils étaient persuadés que j'avais un problème. Et ils ne le toléraient pas. Ils ne pouvaient concevoir, avec l'éducation qu'ils me donnaient, que mon inspiration ne se base que sur la mort et ses représentations. Alors ils m'ont simplement interdit de continuer. Ils ont jeté toutes mes esquisses pour que je comprenne la leçon et que je ne recommence plus.

Sauf que je l'ai fait, en cachette. En me servant de mon argent de poche pour acheter mon matériel. En y repensant, c'était peut-être l'unique moyen que j'avais trouvé à cette époque de garder mon libre arbitre, de ne pas me taire, de ne pas faire sagement ce qu'ils attendaient de moi. Dessiner était ma manière de me sentir vivre dans une maison à l'atmosphère étouffante.

Pendant des années ils ont cru que j'avais arrêté. Je ne dessinais plus devant eux, plus à l'école sur mes cahiers. Je continuais dans ma chambre. À l'abri de leurs regards. Loin de leur jugement, avec pour rêve de vivre de ma passion. Même si je savais cela impossible. Jamais ils ne m'auraient laissé faire. Ils n'auraient jamais payé mes études.

Je prenais garde de ne rien laisser traîner. Mes pinceaux ou mes crayons étaient toujours rangés avec soin au fond de mon armoire. Jusqu'à ce que mon père les découvre et les détruise une nouvelle fois. Ma mère impassible à ses côtés.

Je le revois, rouge de colère, entrant dans ma chambre comme une furie et se dirigeant droit vers l'endroit où se trouvaient toutes mes créations. Il les avait déchiquetées devant mes yeux, avait déchiré mes dessins et jeté tout mon matériel alors que je l'implorais de ne pas le faire. Ni lui ni ma mère n'avaient montré la moindre réaction face à mes protestations.

Pire encore que les faits en eux-mêmes, aujourd'hui un autre point me saute aux yeux : Léa était la seule à savoir. La seule à qui j'avais fait confiance.

Je l'avais crue quand elle m'avait assuré n'avoir rien dit. Pourtant, comment mon père aurait-il pu trouver mes affaires, sans hésiter une seconde, si elle ne lui avait rien dit, comme elle me le jurait ?

Ma colère refait surface. Comme si elle s'était mise en retrait le temps d'un souvenir et qu'elle se gargarisait de me dévoiler ma vie sous un nouveau jour.

– Ne fais pas l'enfant gâtée, Laure ! lance ma mère. Il a bien fait de t'interdire de continuer dans cette voie. C'était un hobby passager. Et malsain. Ce que tu dessinais… ça me faisait froid dans le dos.

Ça, je le sais. C'est en partie pour elle que j'ai arrêté, pour qu'elle ne cesse pas de m'aimer, pour ne plus voir la déception dans ses yeux. J'ai tout mis de côté. Je n'ai plus touché à une feuille ni à un crayon depuis ce jour-là. Même Matt ne connaît rien de cette part de moi.

J'étais stupide. Pourquoi m'en vouloir alors qu'elle pardonnait tout à son mari ?

– Et ça ne te fait pas froid dans le dos, de savoir qu'il te trompe ?

Le saladier qu'elle tient dans les mains claque sur le plan de travail. *Si elle a trouvé la force de m'interdire de dessiner, pourquoi le laisse-t-elle la trahir encore et encore ?*

– Ça n'a pas l'air d'être un hobby passager, pour lui, continué-je en essayant de retenir mon venin. C'est pour ça que tu le laisses faire ?

Je voudrais lui crier dessus, la faire descendre de son nuage. Mais je sais que c'est inutile. Elle sait très bien comment est son mari. Elle a juste choisi de fermer les yeux. Comment peut-on vivre comme ça ? S'oublier totalement au profit d'un autre ? Suis-je comme ça ?

– Ton père a toujours été présent quand j'en ai eu besoin, réplique-t-elle sans se démonter. Toujours là pour vous. Je te souhaite de connaître ça ! Il n'y a pas de plus grand bonheur que de s'occuper de sa maison et de ses enfants.

Je rêve, ma mère me souhaite-t-elle vraiment d'être au service d'un homme ? De le laisser me traiter comme un objet à sa disposition ? Me demande-t-elle de fermer les yeux sur ses écarts et son manque de respect ?

– Tu me souhaites d'être trompée par mon mari ou j'ai mal entendu ?

– Laure, soupire-t-elle. Tu n'es pas juste avec ton père. Il a un travail stressant.

Entend-elle à quel point ses arguments peuvent sonner creux ?

– Et il doit donc décompresser en fourrant sa secrétaire ?

– Ne parle pas de lui de cette façon !

Voilà, elle s'énerve. C'est ce qu'elle fait toujours lorsqu'elle se retrouve face aux fautes de son mari sans pouvoir s'en détourner. Elle le défend. Elle le défendra toujours : il a sur elle un ascendant, un pouvoir que je n'ai jamais compris.

Mon Dieu, je ne veux pas vivre ça. Je ne veux pas me retrouver comme elle dans dix ans. Aveugle, à m'occuper de la maison pendant que mon mari ira lever des étudiantes ou des collègues. Ou les deux en même temps. Est-ce que ma vie aurait été la même si je n'avais pas découvert les incartades de Matt, huit jours plus tôt ? Aurais-je choisi de rester, de fermer les yeux, pour nos enfants, notre situation ou n'importe quelle autre excuse, en ne l'apprenant que quelques années plus tard ?

Je prends conscience que ce qu'il se passe ici, avec cette femme que j'aime pourtant de tout mon cœur, me répugne. Je ne peux pas comprendre une telle chose. Je ne peux pas comprendre qu'elle accepte. J'ai toujours attendu, croyant qu'elle finirait par se rebeller, par voir le mal qu'il lui fait ; mais c'est tout l'inverse : il est trop tard pour elle. *Mais pour moi, non.*

Comme pour répondre à mes pensées, la porte d'entrée s'ouvre. De ma place, je peux parfaitement voir les deux nouveaux arrivants pénétrer dans la maison : Léa et Stéphane.

Mon père et Matt accourent pour les saluer. Je les observe de loin tandis qu'ils s'échangent des accolades. Je ne sais pas si je suis parano mais j'ai l'impression que la main de Léa sur le bras de Matt s'attarde plus que nécessaire. C'est ce qui me fait sauter du tabouret où j'étais installée à la cuisine pour les rejoindre. J'entends ma mère soupirer dans mon dos. Ce n'est pas la première fois que nous avons cette discussion, et pourtant, elle a le chic pour me faire pulser un sang bouillant dans les veines. Elle n'a donc aucunement calmé mes envies de faire mal, bien au contraire.

C'est la première fois que je revois ma sœur depuis que je sais que mon petit ami me trompe avec elle. Son regard sur moi n'a pas changé. Je ne vois pas la moindre trace de culpabilité derrière ses yeux noisette. Ses yeux qui ressemblent tant aux miens. Cela me torture de savoir qu'il l'a choisie elle. Que peut-être, il la préfère. Il n'y a aucune logique dans tout ça. Pourquoi elle ? Pourquoi elle alors que je suis là ?

Mon attention se porte vers sa poitrine tandis que tout le monde se tourne vers moi. Ses seins sont tellement beaux. Ronds et fermes. Un rapide regard vers Matt me confirme qu'il les apprécie grandement. Son coup d'œil est bref, mais je l'ai perçu. Mon ventre se serre. Il l'a peut-être toujours regardée avec envie et je ne m'en suis jamais rendu compte.

– Ça va, les amoureux ? nous salue Léa.

Les amoureux... Quelle hypocrite !

La colère devient plus puissante dans mes veines. Je ne la savais pas si talentueuse dans le mensonge. Mais je ne suis pas la seule à avoir été dupe, Stéphane ne se doute de rien. Il lui a demandé sa main alors qu'elle ne lui est pas fidèle. À moins qu'il ne le sache très bien et ne le soit pas lui non plus. Voilà que je me mets à douter de tout le monde.

Pendant que je regarde le futur mari de ma sœur, une idée terrible vient à moi, provoquant un léger frisson d'excitation. Je détourne les yeux aussi sec et me concentre sur ma sœur. Ce dessein est mauvais. Très mauvais.

– Regarde-moi ça, Laure !

Léa exhibe sa main gauche devant moi. Le solitaire qui se trouve sur son annulaire est magnifique : tout en or blanc. Deux cercles fins s'entremêlent l'un à l'autre sous un diamant de plusieurs carats. Stéphane n'a pas lésiné sur les moyens. Et Léa ne se fait pas prier pour en parler, encore et encore.

Le bouchon de champagne saute lorsqu'elle arrive aux détails de sa demande en mariage. Elle s'extasie, sourire et air béat sur le visage, alors qu'à l'intérieur se cache une femme qui ne mérite pas tout ce bonheur.

– Tu aurais vu ce restaurant, Laure… Je ne suis jamais allée dans un endroit si luxueux ! J'en avais les larmes aux yeux lorsqu'il m'a fait sa déclaration.

Pourquoi ai-je cette impression qu'elle ne s'adresse qu'à moi ? Qu'elle fait en sorte que je sois attentive à tout cet étalage d'amour faux dégoulinant ?

Je me retiens de soupirer ou de bâiller. Elle peut bien me raconter ce qu'elle veut, je n'écoute que d'une oreille.

La discussion se poursuit autour de l'apéritif. J'entends vaguement chacun parler de son travail et des déboires qu'il rencontre. Je ne prends pas part à la conversation. En fait, je ne dis presque rien. Et une fois à table, ce n'est pas mieux.

Ma mère et Matt me lancent quelques œillades agacées. Leurs sourcils se froncent chaque fois que je détourne les yeux de leurs visages inquisiteurs. La main de mon petit ami se pose sur ma cuisse.

– Et vous, alors ? Quand est-ce que vous allez sauter le pas ? demande Stéphane innocemment.

Cette question a le don de me ramener *illico* dans la réalité. *Ils sont en train de parler mariage, là ?* Matt tourne la tête vers moi avec un sourire radieux. *À quoi joue-t-il, bon sang ? Peut-on arrêter cette mascarade ?*

– Ça te plairait ? m'interroge Matt, en ne me quittant pas des yeux.

« Ça m'aurait plu » est la seule réponse qui me vient à l'esprit. Impossible pourtant de le lui dire. Mes yeux se posent sur Léa qui regarde mon homme. Ses yeux se teintent une fraction de seconde d'un soupçon de regret lorsqu'elle comprend qu'il serait prêt à m'épouser. Ne pensant pas un mot de ce que je vais dire, je me focalise sur mon petit ami et lui souris. Un sourire éblouissant derrière lequel se cachent des pensées assassines.

– Bien sûr que ça me plairait.

Je ne suis plus dictée que par le ressentiment, la douleur et la haine. L'expression ravie et ébahie que j'adresse à ma sœur n'est là que pour lui faire mal. À cet instant, j'espère de tout mon cœur qu'elle ressent quelque chose pour Matt.

Les deux amants ne se regardent pas, ou très peu. Ne se sourient pas, ne se parlent pas. De vrais étrangers. Je n'ai pas le souvenir qu'ils aient été si froids l'un envers l'autre dans le passé.

À part son écart furtif, Léa ne fait plus de faux pas. Elle se concentre totalement sur son futur mari, tandis que Matt fait de même avec moi. Leur petit jeu m'agace et continue d'alimenter cette partie de moi très énervée et prête à tout.

Est-ce qu'ils se font du pied sous la table ? Aucun moyen de le vérifier. Je ne vais pas commencer à faire tomber ma serviette pour le savoir.

Le dîner se passe de la même façon que l'apéritif et le dessert arrive finalement assez vite. Je suis bien trop concentrée à épier les moindres mouvements des deux amants pour participer aux conversations qui vont bon train autour du mariage du siècle. Tant pis si je dois subir un interrogatoire de ma mère ou de mon petit ami plus tard.

Au moment d'aller chercher le gâteau, Léa se propose de remplacer la maîtresse des lieux. Je la regarde faire et mes yeux s'arrondissent lorsque Matt décide de ramasser les assiettes pour la suivre jusqu'à la cuisine. Personne ne remarque leur manège, si ce n'est moi, évidemment.

– Je vais aider ta sœur, ose me prévenir Matt.

Je comprends qu'il essaie de s'assurer que je ne vais pas, à mon tour, suivre leur exemple. Il se fourre le doigt dans l'œil !

Je les laisse partir, prendre un peu d'avance et se croire tranquilles, tandis que j'attrape les saladiers vides. Sans un regard vers les trois personnes restantes qui continuent de discuter paisiblement, je m'avance dans le couloir. Tout droit vers ma destination.

Je m'arrête dès que j'entends leurs voix distinctement. Ils n'ont pas été longs et sont déjà en train de parler.

– Tu ne devrais pas être là, gronde Léa à voix basse.

– Il fallait que je te parle.

– Matt ! On pourrait nous surprendre.

– Je veux juste te parler. J'en avais besoin.

Elle soupire d'aise. Qu'est-il en train de faire ?

Des bruits de bouche répondent à ma question. Nouveau coup de poing dans le ventre. Je ferme les yeux et serre les dents.

– On ne devrait pas continuer, proteste Léa sans conviction. Je suis avec Stéphane. Et il vient de me demander en mariage. Je ne peux pas lui faire ça.

Un peu tard pour t'en rendre compte !

– Je sais, soupire-t-il à son tour. J'aime Laure aussi. De tout mon cœur. Tu n'imagines pas à quel point je me sens coupable. Ça fait une semaine que ça me ronge. J'ai même failli lui en parler.

Ah bon ? Quand ça ? Je n'ai pas eu le sentiment qu'il était rongé par la culpabilité.

– Mais…

Ne finis pas cette phrase, s'il te plaît…

– Je ne peux pas m'en empêcher. J'ai envie de toi, Léa. Encore.

La bile me remonte en travers de la gorge.

Si je n'étais pas pleinement consciente qu'en laissant tomber ce que je tiens dans les mains ils découvriraient ma présence, je l'aurais fait. Parce que mes membres tremblent de toute part. Ça me ravage à l'intérieur. Peut-on avoir le cœur brisé quatre fois de suite ? Oui, quatre. Double trahison, deux fois. Quatre.

Qu'est-ce que je fous là ? Qu'est-ce que je fous encore là ? J'aurais dû piquer une crise et me tirer, il y a une semaine déjà. Déchirer ses vêtements au cutter à défaut des couilles. Balancer ou détruire les affaires qui lui sont chères. Lui décocher une gifle à lui décalquer la mâchoire. Au lieu de ça, je me retrouve dans ce couloir, au même point que sept jours auparavant : à attendre et à les écouter. Je ne peux m'en prendre qu'à moi-même.

Mon espionnage tourne court lorsque je me rends compte que plus aucun bruit ne sort de la cuisine. Malgré mon corps tétanisé, mon cerveau réagit à toute vitesse. J'ai la présence d'esprit d'esquisser un mouvement vers l'avant pour éviter qu'ils ne me trouvent en plein couloir, complètement immobile, à l'affût.

Une seconde après, Léa apparaît devant moi. Elle se fige net, le visage horrifié. Si je ne connaissais pas la vérité, j'aurais pu me demander pourquoi. Mais je sais. Et s'ils veulent continuer à jouer la comédie, je trouverai la force d'en faire de même, pour un moment.

Un sourire bienfaiteur se déploie sur mes lèvres et je la regarde avec tout l'amour que j'ai pu ressentir pour elle dans le passé.

– Laure. Tu es là depuis longtemps ?

Elle parle assez fort, sûrement pour que Matt entende. Ce dernier sort de la pièce et vient vers moi tout mielleux, pour passer un bras autour de ma taille. Je souris toujours à ma sœur tandis qu'il pose un baiser contre ma tempe et resserre son étreinte.

– Non, je venais juste rapporter les plats, annoncé-je en montrant mes bras chargés.

– Tu n'aurais pas dû t'en occuper, me murmure Matt à l'oreille avec un souffle chaud. On l'aurait fait.

Son bassin frotte contre ma hanche. Je sens son érection. Un frisson de rage parcourt ma colonne vertébrale. Ce salaud est excité par une autre, mais trouve l'audace de se frotter contre ma jambe comme un chien en rut.

Mes doigts sont en train de broyer ce que je tiens. Je me retiens de le gifler.

Il me faut une solution, une putain de solution. Quelqu'un qui me dise quoi faire, comment et jusqu'où... Quelqu'un qui sait pratiquer la tromperie, le mensonge, la vengeance. Oui, surtout la vengeance. Quelqu'un qui pourrait faire mal.

Bordel... Je ne comprends pas pourquoi je n'y ai pas pensé plus tôt. La révélation qui vient de me percuter fait naître le premier sourire sincère de la soirée sur mes lèvres. Je connais la personne idéale. *Je ne peux tout de même pas faire ça, si ?* Si. Je peux.

Un souffle vengeur balaye toutes les pensées raisonnables de mon esprit pour mettre au jour le scénario idéal. Et bien plus vicieux.

Si je fais ça, il n'y aura pas de retour en arrière possible. Si je fais ça, je suis comme eux. Si je fais ça, je ne serai plus jamais la même. Mais peu importe. J'en ai trop besoin. Cela devient vital, comme de respirer.

– Ça vous dit de sortir en boîte pour fêter l'événement ? lancé-je d'un ton faussement enjoué.

Ils me regardent interloqués. Il est vrai que je ne sors pas beaucoup. Du moins pas avec eux. Je participe à tellement de concerts depuis six mois que sortir danser me rappelle le boulot. Alors quand je propose une soirée comme celle-là, ils sautent sur l'occasion. Surtout Matt. Je sais qu'il aime se déhancher.

– Je vais demander aux filles si elles veulent nous rejoindre, ajouté-je en feignant l'enthousiasme.

Je me tourne vers Matt.

– Tu pourrais aussi inviter Alex, non ?

Je sais que je fais une connerie. Mais je n'ai qu'une hâte : la faire.

CHAPITRE 7

Laure

Ce n'est pas sans arrière-pensées si j'ai proposé de sortir et mentionné Alexandre. Et c'est très intentionnellement que je l'ai appelé par son surnom. Je ne le fais presque jamais. Les diminutifs sont réservés à mes amis. Et dire que nous ne sommes pas amis est encore loin de la vérité. Moins je le vois, mieux je me porte. Mais ce soir, j'ai besoin de lui.

Matt sait que je ne supporte Alexandre qu'à petite dose. Je le tolère uniquement parce qu'il est son meilleur ami, chose que j'ai toujours du mal à comprendre, d'ailleurs.

Cela fait des années que ce dernier cherche à me mettre dans son lit et que Matt ne voit rien, des années qu'Alexandre envisage de trahir son meilleur ami. Chaque fois que je l'ai repoussé, je me suis demandé comment il pouvait se conduire ainsi et être en accord avec lui-même. Je lui ai toujours résisté et je ne l'ai jamais compris.

Je me laisse aller à l'appeler par son petit nom uniquement quand je suis de bonne humeur et que sa présence ne peut, en aucun cas, la ternir. C'est ce message subliminal que j'ai voulu faire passer à Matt. Avec l'utilisation de ce mot affectueux, je m'assure de deux choses : que mon petit ami n'hésitera pas à l'inviter et, mieux encore, qu'il le convaincra de nous rejoindre. Il faut à tout prix qu'il vienne, à tout prix que je le voie et que je lui parle. Avant que ma résolution et mon courage ne s'étiolent.

Il est près d'une heure du matin lorsque nous arrivons devant la boîte de nuit. J'ai vraiment bien fait de choisir cette robe car le videur nous laisse entrer immédiatement, non sans m'avoir adressé un sourire des plus aguicheurs et reluqué longuement les fesses. Je déteste que les hommes fassent ça. Comme s'ils ne pouvaient pas se retenir. Et en sentant le sexe durci de Matt contre ma cuisse alors qu'il me colle contre lui, je me dis qu'il ne sort pas du lot. Je devrais être ravie qu'il ne me quitte pas des yeux, cherche mon contact et me témoigne son désir. Je devrais me réjouir de me sentir jolie, enfin, après des mois à complexer de mon propre corps. Mais quand on sait à qui mon cher et tendre pense, qui il saute et avec quelle facilité il me ment, ma joie est vite balayée d'un coup de vent rageur.

Depuis que nous avons quitté la maison de mes parents, une heure avant, il me regarde avec envie.

Nous ne sommes ni seuls ni dans un endroit approprié, aussi se contient-il, mais ses intentions – qu'il a clairement exprimées en sortant de la cuisine – sont loin d'avoir disparu. Et ce n'est pas faute d'avoir tenté la douche froide, en lui refusant un soulagement rapide avant de partir. *Un coup vite fait dans les toilettes de mes parents alors qu'il fantasme sur ma sœur ? Même pas en rêve ! C'est de ma dignité dont on parle, là !*

Je suis dans un état de fureur difficile à contenir. Pourtant je m'y emploie. Ayant enfin trouvé ma solution, il n'est pas question qu'une colère mal contrôlée fasse tout foirer maintenant.

Nous pénétrons à l'intérieur tous les quatre, les uns derrière les autres. Léa est comme une gosse, la main accrochée à celle de son fiancé. Elle sourit jusqu'aux oreilles et transmet son entrain aux deux garçons. Je ne sais pas ce qui est le plus répugnant : se coltiner ma sœur totalement – et faussement – amourachée de son futur mari ou sentir les mains entreprenantes de Matt sur moi.

Ils ne se rendent pas compte de mon état, ne voient pas que je ne suis plus capable de sourire sans serrer les dents, ni de penser à autre chose qu'aux rouages d'un plan revanchard. Plus rien ne m'arrêtera. J'irai jusqu'au bout pour les faire souffrir à leur tour. J'offrirai mon âme au diable s'il le faut pour avoir une chance d'y parvenir. D'ailleurs, n'est-ce pas ce que je m'apprête à faire avec Alexandre ?

N'est-il pas ce diable sans morale auquel je vais abandonner mon âme ?

Je vais devoir le manipuler habilement pour parvenir à mes fins, réussir à éveiller son esprit tordu, faire appel au pire en lui. Mais s'il se rend compte de mes véritables intentions, il me le fera forcément payer.

La musique est assourdissante. Nous rejoignons Adèle et Maeva qui, arrivées quelques minutes avant nous, ont réservé une banquette dans un coin surplombant la salle. L'espace détente forme un arc de cercle autour de la piste de danse. De nombreux corps recouverts de sueur remplissent l'espace, dansant aux sons des baffles. Au-dessus de nos têtes, une mezzanine avec le bar.

La boîte est assez proche du centre de Paris et plutôt réputée, l'un des territoires de chasse de ce cher Alexandre. Bien évidemment, c'est moi qui ai soumis cette destination à tout le monde, histoire d'être certaine qu'il vienne. Lui, ce salaud si idéal à mon plan.

Nous nous affalons sur les coussins près de mes amies. Je me rapproche d'elles le plus possible. Comme si le fait de m'éloigner de Matt permettait de m'écarter de son venin.

Les filles me regardent sévèrement. Elles ne parviennent pas à comprendre que je sois toujours avec mon petit ami, ni que je propose une telle sortie comme si de rien n'était. Je dois continuer de jouer la copine modèle, de faire comme si tout allait bien. Pour que la chute soit d'autant plus rude au moment voulu. Sauf que ça, je ne peux pas le leur dire.

Tout au long de la semaine, et ce soir encore après mon invitation, elles n'ont pas hésité à me faire savoir par textos à quel point elles désapprouvent mon choix de rester avec lui. Je crois n'avoir jamais reçu autant d'invectives *via* messages instantanés. J'ai même dû éteindre la sonnerie et ranger mon portable au fond de mon sac pour ne plus le sentir vibrer. Heureusement, tous leurs verbiages ne m'étaient pas destinés. Enfin, pas tous !

Elles me font rire. Même maintenant, alors qu'elles ne peuvent retenir leurs regards mauvais, elles sont tordantes. J'ai vraiment eu de la chance de les trouver parce qu'elles sont toujours loyales et franches. Ce sont elles qui rouspètent et me grondent quand je ne prends pas les bonnes décisions. J'espère être là pour elles, comme elles le sont pour moi.

C'est pour cette raison qu'une part de moi se sent coupable. Parce que je ne leur révélerai pas ce que j'ai en tête. Parce que je ne leur parlerai pas de ma sœur. À aucun moment. Il n'est pas question qu'elles soient au courant. Je les connais. Si elles ont la moindre idée de ce que je compte faire, elles m'arrêteront. Adèle, en tout cas essaiera.

Et je suis bien trop décidée pour me stopper en si bon chemin. Même si le plus dur reste à faire.

À peine un quart d'heure après nous être installés, Matt, Stéphane et Léa s'élancent sur la piste de danse. Ils ont attendu que nous passions commande puis se sont éclipsés. J'ai décliné l'invitation de mon petit ami à venir le rejoindre en prétextant une discussion entre filles. Je préfère me tenir à l'écart de lui le plus possible.

Les voir ainsi tous les trois, tellement complices, à se déhancher en rythme sur la musique me procure un bien-être malsain. Je m'enivre de leur jeu stupide et retiens difficilement le petit rire sarcastique qui menace au bord de mes lèvres. *Si le futur marié savait...*

Je les observe un moment, à la recherche d'un autre geste de trahison, avant de me rendre compte de ma bêtise. En continuant dans cette voie, je risque de devenir cinglée. Je ne peux pas tenir ma résolution en alimentant une nouvelle obsession. Une qui ne me fera pas aller de l'avant, en plus ! Je dois m'accrocher à ma rage. Oublier les sentiments qui me rattachaient à eux. Passer outre.

Je me détourne. Ils peuvent bien faire ce qu'ils veulent, dorénavant. Ce n'est plus mon problème.

Sur la banquette, mes meilleures amies sont tordues de rire. Elles sont en pleine conversation osée, si j'en crois les sourires coquins sur leurs lèvres.

– La meilleure nuit de ma vie. Oh mon Dieu ! Rien que d'y repenser…

Je les interromps pour bien cerner le sujet.

– De quoi vous parlez ?

– Alex ! me répond tout de suite Maeva, le visage rayonnant.

Je lève les yeux au ciel. J'avais oublié qu'elle se l'était tapé. On est partis pour parler cul toute la nuit, je le sens !

– Laure, reprend-elle. Tu aurais vu ce corps ! Encore mieux que la dernière fois…

En fait, je l'ai déjà vu... Alexandre est plutôt du genre exhibitionniste, en soirée, quand il a un peu abusé de l'alcool.

– J'ai rarement admiré un mec si bien gaulé ! Je n'avais qu'une seule envie : le lécher. Partout !

– Il a dû s'en plaindre, le pauvre, ironise Adèle plus fortement.

Voilà qu'elle se marre. Parfois, ma plus vieille amie est bien éloignée de l'image de grande sœur sage que je lui attribue. La voir si libérée et détendue me tire un sourire attendri. Je les rejoins dans leur bonne humeur. Les premiers instants de bonheur de la soirée. Non feintés. Enfin !

Nous abordons les détails croustillants quand l'atmosphère change du tout au tout. Les filles stoppent net leurs éclats de rire salaces et se figent. Elles paraissent tout à coup subjuguées, hypnotisées par quelqu'un qui se tient derrière moi.

Il s'agit d'un homme, si je me fie à l'odeur musquée qui parvient à mes narines. Je sens sa chaleur tandis qu'il se rapproche dans mon dos. Venant presque me frôler.

Une seconde plus tard, une voix chaude et caressante retentit dans un souffle. Près de mon oreille. Dans le creux de ma nuque.

– Mesdemoiselles…

Je jette un rapide coup d'œil sur le côté tout en m'écartant légèrement, et je le vois. Penché par-dessus mon dossier. Imposant sa présence, près de moi. Trop proche de moi.

Il est là. Alexandre vient d'arriver.

Je me recule ostensiblement en me rendant compte qu'il se tient à quelques centimètres de mon visage. Son arrivée me trouble. Il a ce sourire en coin sur les lèvres, celui que je ne supporte pas. Celui qui crie haut et fort qu'il lit dans mes pensées. Celui qui lui donne un côté voyou et provoque chez moi une envie de le gifler.

Mais il ne semble provoquer ce type de réaction que chez moi. Mes amies, elles, sont sous le charme. Comme toujours. Maeva la première. *On ne se demande pas pourquoi…*

Il est certain qu'Alexandre est un homme comme on a rarement l'habitude d'en voir. Il fait se retourner les femmes, qu'elles soient célibataires ou pas, grâce à une beauté animale, virile, presque sauvage. Un mélange de sale gosse et de mec sûr de lui. Bien loin de ce à quoi je suis accoutumée avec mon petit ami. Matt est plutôt du genre garçon propre sur lui. Les cheveux bruns bien coiffés, costard cravate toute la journée, rasé de près, carrure massive de rugbyman un brin superficiel. Alexandre est tout son contraire.

Il porte constamment une barbe de plusieurs jours, a les cheveux clairs et ébouriffés en permanence, comme s'il sortait de son lit, et sa silhouette est tout en muscles, élancée et sportive. Il pratique l'athlétisme, si je me souviens bien. N'importe qui se laisserait embobiner par ses yeux verts cristallins et ses expressions enfantines, en apparence dénuées de toute arrière-pensée. Mais je sais bien qu'il n'en est rien. Alexandre a toujours des arrière-pensées. À force de le côtoyer, depuis cinq ans, je commence à bien le cerner.

Je me rappelle la première fois que j'ai vu ce type. De ma première impression : celle d'un fauve indomptable.

Je sortais avec Matt depuis plus d'un mois, à ce moment-là. Durant ce laps de temps, celui-ci avait trouvé le moyen de coucher avec son ex. *Décidément…* Étant donné la jeunesse de notre relation, ses remords évidents et ma gentillesse excessive – à la limite de la connerie, soyons honnête –, je lui avais accordé une seconde chance.

Alors que nous venions de nous rencontrer, Alexandre n'avait rien trouvé de mieux, après s'être présenté, tout de même, que de me rappeler la faute de mon petit copain. Ses premiers mots : « Il a baisé avec son ex. Tu es au courant ? »

J'avais d'abord trouvé étonnant qu'il arbore un air si satisfait. Puis il avait poursuivi, en se rapprochant de moi pour me susurrer à l'oreille : « C'est moi qui lui ai arrangé le coup. Je crois qu'elle n'attendait que ça. »

N'importe quelle fille lui aurait collé une baffe en entendant ces mots. Moi, j'étais restée de marbre, essayant de cerner qui était cet homme qui me parlait pour la première fois. C'est à ce moment-là que je l'ai perçue, au fond de ses yeux : la flamme du vice, de la fausseté, et de la convoitise. Oui, de la convoitise. Parce qu'il ne s'était pas gêné pour me mater d'un air équivoque.

Il espérait peut-être que je ferais une crise, romprais avec mon petit ami et me vengerais dans ses bras. Sauf que je n'avais rien fait de tout cela. Je l'avais juste observé en silence pour essayer de le troubler, puis je m'étais retournée vers mon petit ami sans un mot.

Ce moment m'avait persuadée d'une chose : Alexandre n'avait pas la moindre loyauté. Envers personne. Pas même ses propres amis. Pas même celui dont il était censé être le plus proche.

Matt ne semble pas y faire attention, ou alors il s'en moque. Et ce n'est pas à moi de lui en parler. Ça n'a jamais été mon rôle. Mais honnêtement, leur relation me dépasse. Ils paraissent tellement différents.

Jusqu'à maintenant, je ne comprenais pas pourquoi un tel homme pouvait être ami avec Matt. Lui si tendre et sincère. Quand je vois à quel point je me suis trompée, je commence enfin à saisir. Je ne parviens même pas à décider si mon petit ami a toujours eu ce penchant pour le mensonge ou si l'influence de son meilleur ami l'a fait changer pour le pire.

De nombreuses personnes me jugeraient parano. Mais Alexandre est un pro de la manipulation avec un sourire charmeur et des répliques cultivées. Il repère ses proies, leur fonce dessus, les retient prisonnières entre ses griffes et joue avec elles.

C'est précisément pour toutes ces raisons que j'ai besoin de lui. Pour attraper une nouvelle proie. Une qui ne pourra pas résister à son corps, ni à ses mots.

Mais d'abord, c'est à moi de passer aux choses sérieuses.

CHAPITRE 8

Laure

Alors que je reste silencieuse et continue de le fixer avec dédain, Alexandre contourne la table et fait la bise à mes amies. Maeva lui lance un regard suggestif dont il se détourne rapidement pour me faire face, un sourire ambigu planté sur les lèvres. Il revient vers moi avec une lenteur déconcertante, se penche et laisse sa bouche glisser vers ma joue, bien trop près de mon oreille. Sa barbe écorche ma peau alors que je me sens frissonner malgré moi. *Qu'est-ce qu'il m'arrive ?*

– J'ai l'impression que je te fais de l'effet, ce soir, chuchote-t-il, toujours baissé vers moi.

Il se redresse mais ses prunelles cristallines ne me quittent pas. Il se permet même de hausser un sourcil et d'accentuer son sourire, dévoilant ainsi ses dents blanches. Alexandre est un maître pour déceler les faiblesses des autres. Et ce soir je suis à fleur de peau. *Cela explique la réaction épidermique qu'il a ressentie, n'est-ce pas ?* C'est du grand Alexandre : à peine quelques mots et il m'a déjà foutue en rogne.

Notre relation a toujours suivi ce schéma : lui essaye de flirter, multiplie les contacts et les sous-entendus, auxquels je riposte sur un ton toujours calme mais assassin. Il a le don de faire voler en éclats les filtres de politesse que j'applique habituellement. Je ne me pose pas de questions pour le remettre à sa place, ne me torture pas l'esprit pour savoir si je suis blessante ou non. Il est le seul avec qui j'agis ainsi, sans aucun self-control.

Il parle, me mate, ment ou joue avec moi et attend la réplique. Je crois que ça l'amuse, parce qu'il continue sans cesse. Depuis cinq ans, c'est notre marque de fabrique. Lorsque sa présence m'est insupportable, je l'ignore. Il reste le meilleur ami de Matt et je ne voudrais pas être au cœur d'un conflit ouvert entre eux. Enfin, l'ancienne Laure n'aurait pas voulu. Mais cette technique a ses limites et l'incite parfois à redoubler d'efforts pour se faire remarquer. Un vrai gosse en manque d'attention.

Il agit exactement de la même façon ce soir et je me retiens de ne pas lui dire de se barrer. J'ai besoin de lui. Il va falloir que je la joue serrée. S'il comprend mon manège, je suis foutue ! Hélas pour mon impatience et ma frustration, Alexandre est un vrai courant d'air : insaisissable et fuyant. À peine nous a-t-il saluées qu'il s'éloigne vers une autre table, où deux mecs et plusieurs nanas l'accueillent avec de grandes exclamations. J'observe la bête dans son milieu naturel. Jouant parfaitement son rôle de mec populaire.

À côté de moi, mes amies en font autant. Maeva ne le quitte pas des yeux tandis qu'il passe de table en table, saluant toujours plus de monde. Des filles, essentiellement. J'ai mal pour elle, rien n'a changé depuis la dernière fois. Alexandre ne tient pas en place et ne se pose jamais avec une fille. Elle va tomber de haut si elle s'attend à plus.

Et cela ne loupe pas. Lorsque l'une de ses conquêtes se rapproche de lui et passe un bras autour de sa taille avant de l'embrasser, je la vois tressaillir. *Elle est adulte. Elle devrait savoir que les hommes comme lui prennent pour jeter ensuite, non ?*

Ma détermination vacille un instant, ce que j'ai imaginé pour la suite de cette soirée pourrait lui faire du mal. Cela va-t-il m'arrêter ? Je ne crois pas. Mon désir de piétiner Matt et Léa est trop fort. Et puis ce n'est pas comme si j'allais coucher avec Alex… Je soupire. Ma bonne conscience me fatigue !

Quand je n'en peux plus de la voir jeter des coups d'œil appuyés aux tables alentour, écoutant à peine Adèle qui tente d'attirer son attention, je me lève. Je vais commander une autre tournée. J'ai besoin de m'éloigner un peu d'elle, de reprendre mes esprits. Et si possible de retrouver Alexandre dans un coin plus tranquille pour essayer de mettre en œuvre ce que j'ai en tête.

En traversant la foule, j'essaye de distinguer sa silhouette, mais ce type a la bougeotte. La fille qu'il a embrassée est seule et il n'y a plus aucune trace de lui à leur table ni à celles autour. C'est bien ma veine, comment je vais le retrouver, maintenant ?

À proximité du bar, mes yeux tombent sur lui. Il est en train de discuter avec le barman. Il a ses habitudes ici. Je ne suis pas étonnée de les voir échanger comme deux bons potes. Je le détaille une seconde sans qu'il s'en aperçoive. Je reconnais qu'il est sexy. Sauf qu'il le sait beaucoup trop !

Comme s'il avait entendu mes pensées, sa tête se tourne vers moi. Pendant les secondes interminables où je me rapproche, il me fixe avec une intensité déconcertante. Il n'y a pas la moindre trace d'amusement dans son regard. Au contraire. On dirait qu'il se maîtrise pour ne pas me bouffer ! *J'ai déjà vu cette lueur.*

Alors que je commence à rougir, et comme sur la banquette quelques minutes plus tôt, un petit sourire vicieux et satisfait prend forme sur ses lèvres. Il faut dire que je marche d'un pas outrageusement chaloupé. Je le fais exprès sans cesser de le dévisager : j'entre en scène.

Comme le laissent supposer mes joues rosies, je ne maîtrise pas encore tous les codes de la drague, encore moins ceux du double jeu. Mais je me plais à croire que mon cerveau, en accord avec mes envies, me donnera la possibilité d'arriver à mes fins.

Je respire profondément. Je ne suis plus qu'à quelques centimètres de lui. J'aurais aimé être le prédateur fondant sur sa proie. En vérité je ne suis qu'une brebis égarée qui tente de braver le loup. Et pour la première fois, j'ai la sensation de perdre mon envie de le combattre. Est-ce parce que je me suis mis en tête de me rapprocher de lui pour me venger ? Il est trop tard : je suis prise au piège entre ses griffes. Soit je parviens à être plus rusée que lui, soit je vais me faire dévorer.

Il était la pomme dans mon jardin d'Éden, le fruit défendu auquel je n'avais pas le droit de toucher. Évidemment, j'ai toujours su qu'il était très beau, mais je n'étais pas libre, et je ne me suis pas attardée sur lui. De plus, sa personnalité est venue entacher son physique assez rapidement. Comment m'extasier devant lui alors que je connaissais son tempérament ?

Maintenant, tout est différent. Cela serait-il toujours pécher que de croquer dans ses chairs ? Je devais être bien trop amoureuse pour ne pas regarder cet homme. Il n'y a pas de mots pour le décrire. Dire qu'il est beau ou « à tomber » serait encore en dessous de la réalité.

Arrivée près du bar, je m'installe à ses côtés, assez proche pour que mon bras effleure le sien. Ses yeux descendent sur notre point de contact. Il hausse un sourcil en me dévisageant mais je l'ignore et passe ma commande en essayant de rester impassible. Je dois calmer les battements de mon cœur. Avec mon décolleté, j'ai l'impression qu'on peut le voir battre à travers ma peau. Cela ne m'aide pas à mettre mes idées au clair.

Pendant ce temps-là, lui me toise de sa hauteur. De toute sa hauteur. J'avais oublié à quel point Alexandre est immense. Plus grand encore que Matt. Même accoudé au bar, il me dépasse. Mes talons de dix centimètres n'y font rien, sa tête me surplombe. Je ne serais pas étonnée qu'il lorgne sur ma poitrine. Il le fait toujours. Ses yeux translucides me transpercent. Il ne se cache pas pour me montrer qu'il aimerait beaucoup plus avec moi. Matt ou pas.

– Ton mec ne te colle pas au train, ce soir ? demande-t-il alors que le barman s'écarte de nous pour aller chercher ma commande.

Je me retourne vers lui.

– Une blonde ne colle pas au tien ?

Ses yeux se mettent à pétiller. Il se marre ouvertement. La tête un peu rejetée en arrière, une fossette de chaque côté de la bouche.

– Question de timing, il est encore trop tôt. J'en aurai une plus tard, répond-il toujours en souriant. Et j'en ai eu une que tu connais très bien la semaine dernière…

Je me renfrogne.

– Plutôt un joli coup, renchérit-il. Elle a l'air de déjà vouloir remettre ça !

– Ce n'est pas une proie un peu facile dans ton tableau de chasse ? Je te pensais plus ambitieux.

J'essaie de le contrer en le prenant à son propre jeu, mais Alexandre maîtrise son terrain.

– Je croyais que tu aimais les défis, insisté-je avec condescendance. Maeva n'en est clairement pas un.

– Disons que c'est un moyen comme un autre de s'occuper.

– Ta vie ne doit pas être très excitante, en ce moment, pour que tu oublies l'attrait de la nouveauté.

– Tu t'inquiètes de ma vie, maintenant ?

Son ton est moqueur.

– Disons que je m'efforce de me mettre à ta hauteur. Ce serait dommage de ternir ta réputation ! dis-je avec sarcasme. Elle qui paraît si importante pour toi !

Encore ce rire. Apparemment je suis, moi aussi, un bon moyen de l'amuser !

– Tu sais, je lis assez clair dans ton jeu, Laure ! Je vois très bien que tu essaies de détourner mon attention de ta copine. Ça te gêne donc tant que ça que je me la tape ?

Son sourire s'étend sur sa bouche. Il sait que je suis acculée. Je le mitraille du regard.

– Je ne vais pas lâcher une telle distraction, ajoute-t-il.

Qu'est-ce que ça veut dire encore ? Je ne veux pas qu'il lui fasse du mal !

Il doit voir que je cille un peu car sa réponse vient ensuite. Lentement, il se penche vers moi. Si près que son souffle caresse la peau de mon épaule. Je le laisse faire.

– Chaque fois que je me rapproche d'elle, tes yeux lancent des éclairs. Il n'y a rien de plus « excitant », finit-il en reprenant mon mot.

Ses mots me perturbent. *Ne fait-il tout ça que pour m'énerver ? Je ne comprends pas.*

– C'est exactement ça, dit-il pour répondre à ma question silencieuse.

Sa main se déplace sans que je voie vers où. Soudain, une mèche de mes cheveux se retrouve entre ses doigts. Malgré toute ma volonté de me calmer, mon cœur s'affole et je sens mes joues devenir chaudes. *Merde !*

Alexandre se recule de nouveau pour observer mon état. Le seul mot qu'il ajoute augmente encore ma confusion :

– Distrayant.

On dirait qu'il aime ce qu'il voit. Mais pourquoi ?

– Ne t'en fais pas pour moi, reprend-il en regardant ses doigts tourner autour de mes boucles. J'ai déjà un défi de taille à relever.

Son regard sur ma bouche ne me laisse aucun doute : il parle de moi. Ses intentions à mon égard sont brutales et avides. Elles l'ont toujours été et il ne s'en est jamais caché. Ma poitrine se comprime sous l'effet de ses yeux qui me clouent sur mon tabouret. Son doigt passe sur mon bras et je me force à croire que le frisson qui l'accompagne n'est rien d'autre qu'un élément de mon rôle. Mon pouls accélère alors qu'il se rapproche encore. J'ai du mal à respirer, du mal à me focaliser sur ce que je veux faire. Une chose est sûre, je dois entrer dans son jeu si je veux pouvoir l'attraper.

– Donc, si je te cédais… je ne serais plus un défi, déduis-je d'une voix plus caressante. Tu me ficherais enfin la paix ?

– Possible. Ou alors j'y prendrai goût et tu ne pourras plus t'échapper.

Je ne sais pas si cela sonne comme une menace ou comme une promesse.

– Tu serais prête à ruiner ton couple pour te débarrasser de moi ? questionne-t-il les yeux toujours plantés dans les miens pour tenter de me déstabiliser.

– Possible.

Nous nous fixons en silence. La musique autour de nous est forte, les gens sont agglutinés les uns aux autres, pourtant j'ai l'impression d'être seule avec lui.

– Tu es étrange, ce soir, dit-il en plissant légèrement les paupières. Bien trop joueuse pour être honnête !

Je hausse les épaules pour donner le change. Mais dans mon esprit tout s'emmêle. Alexandre me trouble. Son assurance est perturbante.

Le barman apporte nos commandes : une bouteille de champagne payée avec la carte de Matt pour moi, et une bouteille de vodka et des shots pour lui.

– Vous fêtez quelque chose ? demande Alexandre en s'écartant enfin.

Je reprends mon souffle avant de lui répondre :

– Ma sœur va se marier.

Je jette un coup d'œil sur la piste. Léa et Stéphane sont collés l'un à l'autre, toujours en train de danser. Par contre, Matt a disparu. Je ne le vois nulle part dans la salle. Je me retourne donc vers Alexandre pour continuer notre conversation. Il a servi deux verres de vodka et m'en tend un que j'accepte sans rechigner avant de l'avaler d'une traite sous ses yeux rieurs. *J'ai bien besoin de ça pour parler de Léa !*

– Et ça te contrarie ? me questionne-t-il en désignant du menton le verre que je viens de siffler pour me donner du courage.

– Non. Je suis plutôt envieuse. Ce n'est que la suite logique : ils sont faits l'un pour l'autre. Aussi amoureux qu'au premier jour, précisé-je avec une admiration feinte.

Mensonge. Mensonge. Mensonge.

– Elle, par exemple, tu n'arriverais jamais à l'ajouter à ton tableau de chasse ! Totalement hors de tes capacités !

– Ah oui ?

Il ricane en affichant un air moqueur. Comme s'il voyait clair dans mes manigances et s'en amusait. Mais je ne me démonte pas, ne laissant rien paraître du foutoir qui m'agite.

– Certaine. Elle ne gâcherait jamais tout pour un mec comme toi, assuré-je presque avec dédain. Tu peux essayer tout ce que tu veux, je sais qu'il ne se passera jamais rien. Elle est trop loyale. Et trop folle de lui. On pourrait même parier, si tu veux : si tu y arrives, tu pourras me demander ce que tu veux. Tu vois à quel point j'en suis sûre !

– Laure, si je ne te connaissais pas si bien, je dirais que tu fais exprès de me dire l'inverse de ce que tu penses pour me pousser dans les bras de ta sœur.

Je m'efforce de ne pas détourner les yeux afin de ne pas me trahir. À côté de moi, Alexandre se rapproche de nouveau. Son torse collé à mon bras.

– Tes yeux sont trop expressifs, Laure. Si tu veux jouer avec moi, il va falloir t'entraîner !

M'entraîner… je ne demande que ça !

– Alors… À quoi joues-tu ? reprend-il après une pause d'observation.

– Comment ça ? feins-je de ne pas comprendre.

– Ne te fous pas de ma gueule ! Je ne suis pas aussi naïf que tes potes. Jamais tu ne me dirais des trucs pareils. Jamais tu n'aurais fait d'allusions sur ta sœur et jamais tu ne prendrais un verre tranquille avec moi. Tu es en train d'essayer de m'embrouiller, Laure. Et je déteste qu'on se foute de ma gueule.

Je me dégage brusquement, piquée au vif.

– Tu devrais aller baiser un coup, l'afflux de sang te monte au cerveau… ou de ce qu'il en reste !

Je n'arrive pas à la jouer fine. D'abord le flirt à côté de la plaque, et maintenant je redeviens la Laure irascible qu'il côtoie habituellement.

Sa poigne s'abat autour de mon bras et ses doigts me rentrent dans la peau férocement.

– Et toi tu devrais faire gaffe à ce que tu fais. Y a un truc pas clair avec toi, ce soir.

Et t'as intérêt à me dire ce que c'est, sinon je n'hésiterai pas à te le faire regretter.

Je sais qu'il est sérieux. Toute son attitude me le crie. Il s'est redressé et son torse est tendu.

– Le regretter ? Et qu'est-ce que tu comptes faire ?

– Tellement de choses… Je pourrais commencer par raconter à ton petit ami ce fameux soir où tu étais complètement torchée et où j'ai dû te porter jusqu'au lit de ta copine.

Je me fige en repensant à cet épisode.

– Tu te souviens de cette soirée ? Si Maeva a cru que je gobais tes problèmes de boulot, elle s'est plantée lamentablement. Je crois qu'il s'est passé un truc pas joli joli pour que tu te mettes dans un état pareil. Et je suis sûr que Matt y est pour quelque chose…

Non ! Non ! Non ! Il ne peut pas tout faire foirer. Pas maintenant. J'ai besoin de respirer de nouveau. J'ai besoin qu'ils souffrent, il ne peut pas m'enlever ça. S'il parle de cette nuit-là, Matt fera le rapprochement, c'est évident ! Surtout qu'on lui a raconté que j'étais allée soutenir Adèle qui venait de se faire larguer.

– Alors réfléchis, Laure ! Vu ta réaction, j'ai l'impression que tu aurais beaucoup à perdre si tu ne m'expliques pas.

– Que je te dise tout reviendrait au même, soupiré-je en regardant ailleurs une minute.

– Au contraire, je suis sûr que ce sera « intéressant ». Je te l'ai dit, tu es un divertissement à toi toute seule… Tu pourrais être surprise de ce que j'ai à te proposer.

Son expression affamée me confirme que j'ai perdu la partie. Je n'arriverai pas à retourner la situation. Je joue dans la cour des grands. Et lui est trop fort.

– Qu'est-ce que vous faites ?

Je sursaute en me dégageant de la main d'Alexandre qui me laisse faire sans se démonter.

Matt nous a rejoints et il semble surpris de nous découvrir ensemble. Ses yeux font des allers-retours entre son meilleur ami et moi.

– Matt ! Salut mon pote ! On buvait un coup, répond-il le plus naturellement du monde.

Mon petit ami paraît sceptique. Il a croisé ses bras et continue de nous observer comme s'il avait atterri dans une autre dimension.

– Tous les deux ?

J'acquiesce d'un mouvement de tête, sans pouvoir m'empêcher de paniquer. Que va répondre Alexandre ? Va-t-il dire la vérité sur mon attitude ?

– Faut croire, dit-il tout simplement pendant que j'expire en silence.

L'expression de Matt change tellement vite qu'elle ne me soulage pas d'avoir été prise en flagrant délit.

– Eh bien, il était temps ! s'exclame-t-il. J'ai cru que ça n'arriverait jamais !

Je le regarde saluer son meilleur pote sans se départir de son sourire. Sa réaction me sidère. N'importe qui aurait trouvé ça louche que deux personnes censées ne pas se supporter soient si proches physiquement l'une de l'autre. Lui, non. Cela signifie qu'il n'a aucun doute sur moi. Aucun doute sur ma fidélité. Sur ma loyauté. Et ça m'énerve. Parce qu'elle est bien trop gentille, la petite Laure ne pourrait rien faire de mal ? Ils se gourent tous autant qu'ils sont s'ils croient cette connerie !

Je souris timidement à Matt. S'il est assez bête pour se glorifier de n'avoir rien à craindre de moi, je ne vais pas le démentir. *J'espère que sa chute fera mal...*

– C'est à nous ? demande-t-il en attrapant la bouteille de champagne.

Je n'ai même pas le temps de répondre qu'il me dépose un baiser sur la tempe, se détourne et commence à partir.

– Vous venez ? lance-t-il plus fort par-dessus son épaule.

– On arrive.

Quand je saute de mon tabouret pour le suivre, Alexandre s'écarte à son tour du bar pour se mettre en travers de ma route.

– Réfléchis. Mais réfléchis vite !

Il saisit ensuite sa bouteille puis me devance jusqu'à notre table.

Je suis sur un fil tendu. Après notre discussion au bar et l'intervention de Matt, Alexandre n'a pas cessé de s'amuser de mes réactions. Ayant parfaitement compris qu'un truc me torturait l'esprit, il s'est installé aux côtés de Maeva et a entamé un jeu de regards équivoque auquel j'ai été bien trop réactive. Je me suis refermée comme une huître. Hermétique aux attouchements pressants de Matt ou aux rires de mes meilleures amies.

En réalité, je ne crois pas avoir décroché mon regard de lui. Il m'a clairement fait comprendre qu'il ne lâcherait pas le morceau, que ce soit au sujet de ma meilleure amie, mais aussi et surtout concernant mon petit ami.

Il a même eu l'audace de lancer un « il faudra que je te parle, tout à l'heure » à Matt pour enfoncer le clou de mon désespoir. Je me suis sentie me liquéfier sur place. Il ne me laissera même pas une nuit pour m'en sortir, il va lui parler dès ce soir. À moins que je ne lui explique ce que je tramais.

Après quelques verres et des discussions auxquelles je n'ai pour ainsi dire pas pris part, turbinant pour trouver une solution rapidement, nous rejoignons, sur la piste de danse, Léa et Stéphane toujours dans les bras l'un de l'autre.

Alexandre nous a laissé partir et depuis je m'attends à un coup fourré. Je ne lâche pas Matt mais suis consciente qu'il va falloir que j'aille désamorcer la bombe avant qu'elle ne m'éclate en plein visage. Aussi, quand mon petit ami commence à montrer des signes d'ivresse et à se déhancher sans faire attention à ce qui l'entoure, je quitte la piste, en prétextant un besoin pressant. Je parcours la boîte à un rythme soutenu pour retrouver Alexandre le plus vite possible mais j'ai moins de chance que la première fois : il est introuvable. *Il me fait chier !*

J'ai beau chercher, parcourir la salle des yeux de long en large, je ne le vois pas. Ce mec s'est volatilisé. Je remonte sur la mezzanine, pour accéder à une vue d'ensemble. Rien.

Dix minutes plus tard. Je suis toujours en train de tourner en rond autour du bar, épiant tous les recoins. Il fait sombre, chaud, la musique me tape sur le système et mes yeux commencent à me piquer, à force de me concentrer sur la foule. Je soupire, encore cinq minutes et mes amis vont se demander ce que je fous et venir me trouver. Non. Je dois mettre la main sur lui. Maintenant !

J'entame un nouvel aller-retour quand une pensée me frappe de plein fouet. Il n'y a qu'un seul endroit où je n'ai pas cherché. Et si j'ai raison, ce mec n'est vraiment pas croyable ! Mais ce n'est pas comme s'il ne m'avait pas prévenue…

Je redescends à toute vitesse les escaliers vers la salle principale, jetant au passage un coup d'œil sur la piste pour vérifier qu'aucun de mes camarades ne me remarque, et pars à toute allure vers les toilettes.

Mon élan est stoppé non loin du but. Une file digne des plus grands concerts de rock s'étale le long du mur, depuis la porte des sanitaires. *Bien sûr, elles vont toutes pisser en même temps, classique !*

Impossible de me rapprocher, il y a trop de monde. Mais ce n'est pas nécessaire. Les bruits qui en ressortent sont parfaitement reconnaissables. De toute évidence, mon intuition était fondée.

Elle n'est vraiment pas discrète. Même d'où je suis, j'entends ses cris. Il a le chic pour les choisir. Il ne peut pas se retenir ? Il a une maladie, pour devoir se vider toutes les cinq minutes ? Oui, j'exagère. Mais lui aussi, merde !

Les filles devant moi gloussent et se font des messes basses, les yeux exorbités. De vraies godiches ! On dirait qu'elles ont quinze ans et qu'elles n'ont jamais entendu des gens baiser.

Ce qui est bien, avec le genre de filles qu'il choisit, c'est qu'on sait exactement quand il finit son affaire. Et celle-ci est très proche de la fin. Un dernier cri et Alexandre sort enfin des toilettes, complètement débraillé, une mèche de cheveux dans les yeux et une cigarette éteinte au-dessus de l'oreille. Le connard dans toute sa splendeur !

Les rires de poule s'accentuent pendant qu'il remet sa chemise dans son pantalon et referme les boutons de sa braguette, le tout accompagné de sourires mielleux et aguicheurs. Il est si détendu et désinvolte que je l'envie. Une part de moi voudrait lui ressembler.

Je le connais suffisamment pour savoir qu'il se fout de l'image qu'il donne. Il se la joue et fait ce qui lui chante, se moquant complètement du reste. S'il veut aller se taper une fille dans les toilettes pourries d'une boîte de nuit, sans aucune discrétion, il le fait. Point barre.

Je lève les yeux vers son visage. À la fois consternée et nerveuse. Le voir si arrogant augmente mon impatience. Je ne suis pas venue là pour attendre pendant qu'il s'occupe de ses petites affaires.

– T'as fini ? je m'enquiers effrontément.

Il me scrute un moment. En silence. Le visage impénétrable. Je n'arrive pas à savoir s'il veut m'étriper ou me déshabiller. Souvent, quand on se retrouve tous les deux, l'un et l'autre se mélangent. Il me l'a déjà avoué.

Son mutisme est insupportable, comme lui, finalement. Je me retiens de lever les yeux au ciel. Ce n'est pas le moment de le titiller.

Je crois qu'il attend que je parle. Il sait que ses derniers mots grondent en moi et il profite de me voir déstabilisée sans trouver le moyen de faire autrement que de tout lui révéler.

J'enchaîne donc, très sérieuse :

– Très bien. Tu as gagné. Il faut que je te parle.

CHAPITRE 9

Alexandre

Je continue de l'observer en silence, pour l'emmerder. Si je souris, je suis sûr qu'elle m'en collera une. Au fond, c'est une impulsive. Une impulsive cachée sous une montagne de bons sentiments. Cette gonzesse est une bombe à retardement.

Cela fait cinq ans que je l'observe. Cinq ans que je me dis qu'un jour elle va péter un câble et que ça fera mal. Cinq ans que je me prends des revers alors que ses yeux me crient qu'ils ont envie de moi. Cinq ans qu'elle se contente d'une relation avec un mec infidèle alors qu'elle mérite tellement mieux. Cinq putains d'années que j'attends qu'elle ouvre les yeux et envoie valser la vie parfaite qu'elle tente de construire alors qu'elle ne lui ressemble pas. Si je la provoque constamment, ce n'est pas pour rien.

Je sais qu'elle dissimule un diamant brut de sincérité. Qu'elle tait ses colères et ses ressentiments pour ne blesser personne. Qu'elle préfère sourire et encaisser plutôt que pleurer. Il n'y a qu'avec moi qu'elle ne se retient pas. Il n'y a plus de filtre.

Plus de petite fille mignonne. Plus de bonne copine aimable. Plus de boniche serviable. Elle dit ce qu'elle pense – souvent des conneries –, ne réfléchit pas, ne se refrène plus. Ce sont ses rares moments sans faux-semblants, de vrais shoots de vérité pure. Des moments électriques que je me surprends à chercher de plus en plus. *Il faut qu'elle se libère...*

C'est comme façonner un monstre en se prenant pour Frankenstein. Laure est une expérience entre mes doigts. Je rêve de la voir tout détruire lorsqu'elle se réveillera. D'être le marionnettiste qui la guidera, le sculpteur qui la modèlera. Je me la dessine forte, libérée, guidant mes mains sur son corps nu, ma marque apposée au creux de ses reins.

Et la voir devant moi, sûre d'elle, impatiente, insolente n'arrange en rien mon envie de faire d'elle celle qu'elle mérite d'être. Celle qui oubliera ses carcans, enverra valser ses limites, se foutra de ce que les autres pensent.

Cette idée est tentante. Très tentante. Laure a le don de me faire partir en vrille. Dans des fantasmes inavoués, où son caractère de lionne prend le pas sur sa grâce de danseuse. Elle est l'image même de la tentation. Un visage de poupée sur un corps de diablesse. Une incarnation diabolique de la féminité. Une pureté sans pareille que j'ai envie de bafouer et de salir.

Ce soir, sa beauté s'invite dans mes visions érotiques. Elle a attaché ses longs cheveux ébène dans un fouillis sans nom derrière sa tête et maquillé les cils épais qui entourent ses yeux couleur châtaigne. Sa peau de lait contraste avec la noirceur de sa robe échancrée. Le gouffre qui s'étend au niveau de sa fine poitrine m'appelle. Elle est sublime. Un véritable péché pour les sens !

Cela fait cinq ans que je ne souhaite qu'une seule chose : la voir se libérer et prendre ce qu'elle veut vraiment, moi. Je rêve de la sentir me percuter avec toute la force qu'elle met à me repousser, qu'elle met à repousser ce qu'elle ressent, ce qui l'attire. Elle ne se rend pas compte de la torture qu'elle provoque chez moi au quotidien. Le simple fait qu'elle humecte ses lèvres ou les mordille m'hypnotise. Dans ces moments-là, je ne parviens pas à détourner les yeux. C'est comme un besoin, pour combler une envie d'elle, qu'elle s'obstine à ignorer.

Elle s'oublie pour un idéal qu'on lui inculque depuis gamine, pour Matt, l'homme parfait : bonne présentation, situation intéressante, futur père de famille attentionné ; arriviste autocentré, infidèle notoire, manipulateur expérimenté.

Malgré ce qu'il peut croire, Matt n'a jamais été mon ami. Je me suis rapproché de lui avec une idée bien précise en tête. Mais l'arrivée de Laure a fait exploser une bombe dans mes plans. Si je suis encore à ses côtés, ce n'est plus que dans un seul objectif… assouvir un besoin irrépressible qui m'échappe depuis cinq ans. Je veux la voir échapper à cette situation qui la tue à petit feu, arrêter d'essayer d'être celle que l'on veut qu'elle soit, et être elle, celle que je veux.

J'ai passé des nuits à y penser. J'ai cru devenir fou, me dessinant des courbes que je ne pouvais avoir parce qu'elle me les refusait. Ce soir, cet appétit s'est rappelé à moi. Juste l'image de sa nuque si blanche et offerte. Juste son parfum de pêche. Mais surtout, ses yeux qui me foudroient ou ses reparties houleuses me rappelant l'audacieuse qui sommeille en elle. J'étais à deux doigts de perdre mon self-control. À deux doigts de me pencher un peu plus et de glisser ma bouche sur sa peau.

Je vais finir cinglé. Il faut que j'aille fumer ma clope si je veux éviter d'assouvir cette pulsion.

Je dois m'éloigner d'elle, si près de moi, me regardant d'en bas, son décolleté à la limite de frôler mon torse.

Je m'aventure enfin à lui sourire pour voir ses yeux s'assombrir et sa patience la quitter. Je sais pourquoi elle est là – j'ai sciemment provoqué ce moment – et je me délecte de ce que je lis sous son masque.

L'idée qu'elle ait attendu sagement pendant que je baisais et qu'elle me dise contrainte et forcée qu'elle veut discuter réveille mes instincts manipulateurs. Elle entame peut-être sa libération mais il lui reste un long chemin à parcourir. Un chemin dont je modèlerai le parcours.

– Très bien. Tu as gagné. Il faut que je te parle, l'entends-je dire.

Parler ? On ne sait pas faire, elle et moi. S'engueuler, se provoquer, oui.

– Maintenant ? reprends-je, ne dissimulant pas ma surprise.

– Oui, maintenant. Ce n'est pas ce que tu voulais ? Tu as changé d'avis et décidé de louer les toilettes pour le reste de la soirée ?

Je ris. J'adore qu'elle sorte tout ce qui lui passe par la tête.

– Ça pourrait se faire, dis-je avec un sourire, mais j'avais plutôt l'intention de m'en griller une. Tu viens ?

Elle lève les yeux au ciel. Je ne lui laisse pas le choix.

– Ok.

Nous nous frayons un chemin parmi la foule. Devant moi, son corps se faufile, se glisse, frôle ceux des autres plutôt que le mien. Pendant un instant fugace, je m'imagine passer un bras autour de sa taille, prétextant de ne pas la perdre. Je n'en fais rien, savourant cette promiscuité divine.

Une fois dehors, elle marche le long de la boîte pour s'écarter de la foule. Je la suis. Une vue imprenable sur sa cambrure. Quand elle s'arrête à la première rue déserte, je ne pense plus qu'à une seule chose : la plaquer contre le mur, et passer enfin le bout de ma langue sur chaque centimètre de son cou.

Je porte ma clope à mes lèvres et l'allume dans une grande inspiration. J'enchaîne les bouffées, les yeux toujours rivés à elle. Laure s'adosse au mur, les mains à plat contre le béton dans son dos. Ses yeux s'attardent sur le bitume pendant une minute, elle semble réfléchir.

Elle me gonfle déjà. Si j'avais su que j'aurais droit à la Laure de monsieur et madame Tout-le-Monde, je lui aurais dit d'aller se faire foutre.

– Matt couche avec ma sœur. Tu le savais ? demande-t-elle en brisant le silence de sa voix.

La tournure de sa phrase me fait marrer. J'ai l'impression d'être remonté cinq ans en arrière, où tout ce que je voulais, c'était de trouver un moyen de faire souffrir Matt. J'avais cru parvenir à mon but lorsque son histoire de cul s'était transformée en histoire d'amour. Je croyais que, en provoquant Laure, elle se tirerait vite fait et le laisserait effondré. Mais non. Elle était restée là à me regarder comme pour diagnostiquer ce qui ne tournait pas rond chez moi. Et elle y était parvenue. Là où personne n'avait jamais réussi. Tout comme j'avais immédiatement décelé chez elle ce que les autres ne remarquent pas.

– Quel rapport avec moi et ton cirque de tout à l'heure ?

Je laisse tomber le reste de mon mégot puis l'écrase avec le pied. Je la fixe, attendant qu'elle s'explique. Elle relève alors les yeux vers moi, me permettant ainsi d'y découvrir une flamme meurtrière. *Intéressant.*

À partir de cet instant, elle ne s'arrête plus. Je l'écoute me raconter ce qu'elle a imaginé et qu'elle a bien l'intention de voir se réaliser. Je l'observe pendant qu'elle déverse sa colère sans jamais tomber dans le mélodrame. Elle parle d'une voix monotone, froide. Sa bouche se déforme dans un rictus cynique. Ses mains se sont serrées en poings dans son dos. Elle est amère. La pilule n'a pas l'air d'être très bien passée.

Mes yeux ne quittent pas sa bouche. Même avec toute la volonté du monde, je n'y parviens pas. Je me noie dans ma faiblesse. Totalement perdu dans ce pouvoir hypnotique. On pourrait croire que je ne suis pas attentif, que je n'écoute pas un traître mot de ce qu'elle dit. Pourtant, ce n'est pas le cas. Je suis attentif. Je l'ai été dès sa première phrase. Elle ne plaisantait pas : sa décision, son but sont arrêtés. Tout est parfaitement réfléchi.

Est-elle vraiment en train de me demander ce que je crois ? Je suis à deux doigts de me jeter sur ses lèvres en découvrant que, enfin, le moment que j'attendais est arrivé : elle sort de son sommeil. Derrière sa façade aimable et polie se terre une jolie vicieuse. Je ne doutais pas de sa capacité à s'émanciper de tout, mais là… elle dépasse mes espérances !

Matt n'imagine pas ce qui va lui tomber dessus. Une femme blessée dans toute sa splendeur, avec vingt-trois années de retenues à soulager !

Elle n'a jamais été aussi sérieuse. Son regard est saturé de cette intention d'aller jusqu'au bout.

Quand je disais qu'elle allait péter un câble… Quand je disais que je serais à ses côtés le jour où ça arriverait, que je ferais tout pour alimenter sa détermination…

Je me réjouis. Un gosse devant sa console de jeu préférée ! Je suis la pièce maîtresse de son plan, et même si son intention première est tombée à l'eau, elle a depuis écrit un rôle digne de mon goût pour la manipulation.

Tout cela me confirme que je ne m'étais pas trompé : elle m'a cerné depuis bien des années. Elle sait que rien ni personne ne m'empêchera de faire ce pour quoi je suis le plus doué : blesser et détruire. Ce qu'on a fait pour moi.

Laure ne se rend pas compte du cadeau qu'elle vient de me faire. De l'ascendant qu'elle me donne. Si j'accepte, il est hors de question qu'elle m'échappe avant d'avoir obtenu ce que je désire. Ce sera fini. Je ferai en sorte de libérer ce qu'il y a de plus mauvais en elle. D'enfouir celle qu'elle laisse paraître la plupart du temps.

Ses explications arrivent à leur fin. Elle n'a pas détourné une seule fois le regard. Je l'ai même vu s'assurer que je comprenais chaque parole. Maintenant, elle attend que je parle. Que je lui dise si, oui ou non, je marche. Que je lui dise si je choisis d'être loyal à mon « meilleur ami » et d'enterrer ici sa vengeance ou si je laisse libre cours à ma nature et accepte de l'aider à parvenir à ses fins.

– J'espère que tu as conscience que je pourrais t'envoyer chier, l'asticoté-je sans en penser un mot. Qu'est-ce qui te fais croire que je vais t'aider ? Que je vais trahir Matt ?

Trahir Matt. Si elle savait que je n'attends que ça depuis des années…

Elle ricane méchamment puis lève les yeux au ciel. Geste assez courant quand je me trouve dans son périmètre.

– Ne me fais pas rire ! dit-elle en secouant la tête. Si tu en as quelque chose à foutre de lui, dis-moi à quoi tu joues depuis cinq ans. Si je t'avais laissé la moindre ouverture, il y a longtemps que tu m'aurais foutu dans ton lit. Matt ou pas. Tu serais peut-être même allé t'en vanter auprès de lui, alors ne te fous pas de ma gueule !

Son air est sérieux, exaspéré, irrésistible ! Je me demande soudain pourquoi je ne me suis toujours pas collé contre elle, la plaquant contre ce mur…

– Tu es un joueur, Alexandre. Je le sais. Et tu sais que je le sais. N'essaie pas de t'en cacher. Ma proposition t'intéresse. Je l'ai vu dans ton regard.

Elle bluffe. Malgré tout son discours, son attitude assurée, je vois qu'elle est dans l'attente. Elle veut savoir si je vais la suivre sur ce coup-là.

– Très bien. Admettons que j'accepte. Qu'est-ce que j'y gagne ?

Elle mordille le coin de sa lèvre avec l'une de ses canines. *Il faut vraiment qu'elle arrête ça !*

– Tu ne croyais tout de même pas que je n'allais rien réclamer en échange ? continué-je quand elle ne répond pas.

– Bien sûr que non, soupire-t-elle en détournant les yeux. Je te connais suffisamment.

Pendant une minute, elle se perd dans ses réflexions. Puis, prenant son courage à deux mains, elle redirige son regard sur moi. Prête à tout entendre.

– Qu'est-ce que tu veux ? me demande-t-elle, pressée d'en finir.

Satisfait, je laisse un sourire naître doucement sur mes lèvres.

– Tu ne t'en doutes pas ?

Je me rapproche d'elle. Bientôt, mon torse effleure le sien. Ma main, mue par sa propre volonté, monte lentement pour se poser sur son épaule dénudée et venir se loger dans sa nuque. Je me regarde faire. Sans pouvoir m'arrêter. Mes doigts se mettent à jouer avec le grain de sa peau. *De la pêche au creux de ma paume.*

Je glisse, pianote sur son épiderme qui réagit instantanément sous ma caresse. Sa chair de poule rend mon toucher rugueux, mais totalement enivrant. Ses lèvres s'entrouvrent comme pour reprendre une inspiration, et ne se ferment plus.

Elle n'a pas bougé. Elle m'a regardé approcher, a compris mon intention, et pourtant elle ne s'est pas reculée. Ses yeux sont rivés aux miens.

– Toi. C'est toi que je veux.

CHAPITRE 10

Laure

– Moi ?

Ma voix n'est qu'un murmure. Je ne suis pas en état de faire plus, de réfléchir à ce qu'il sous-entend. De penser à autre chose qu'à cette main sur moi. Cet unique contact sur ma nuque qui me paralyse, endort ma raison et me frustre. *Pourquoi ne va-t-il pas plus loin ?*

Je le vois se pencher très légèrement. Mon corps semble suspendu à lui, à ce qu'il pourrait faire. Je suis au bord d'un précipice, sans savoir si je dois sauter ou m'enfuir.

Tout est trop soudain. Même si cela fait cinq ans que nous nous côtoyons, cinq ans que nous jouons à un drôle de jeu dans lequel je suis la souris toute désignée, nous ne pouvons pas dire que nous nous sommes apprivoisés. Aussi, je ne parviens pas à comprendre les sensations qui me traversent. Me suis-je menti tout ce temps ? C'est impossible, n'est-ce pas ? On ne peut pas, du jour au lendemain, se réveiller et éprouver du désir pour un homme que l'on déteste ! Mais est-ce que je le déteste vraiment ? Toutes ces piques, toutes ces joutes verbales, tous ces regards meurtriers échangés ne sont-ils finalement qu'une sorte de relation ambiguë ? Non. Définitivement impossible.

– Tu as parfaitement compris, me répond-il avec sérénité. Je te propose un marché. Je fais ce que tu me demandes. Tout ce que tu me demandes. Mais en échange, je veux pouvoir faire ce que je veux de toi. Tout ce que je veux de toi. Quand je le veux.

Il n'est pas sérieux, pas vrai ? Il ne peut pas me demander ça ? Personne de normalement constitué ne penserait à un truc pareil ! Mais personne de normalement constitué ne penserait à se venger comme je veux le faire non plus !

– C'est un de tes coups tordus ? Tu n'es pas en train de me demander ce que je pense ?

Son rire résonne dans le silence de la rue.

– Dis-moi clairement à quoi tu penses, je te dirai si c'est un de mes coups tordus !

Il tourne les choses à son avantage. C'est une impression très désagréable. Comme le tic-tac d'une horloge ou le bourdonnement incessant d'un insecte. Quelque chose qu'on a envie d'anéantir mais qu'il nous est impossible d'atteindre.

Je suis en train de me faire avoir ! Il a les cartes en main.

– Tu débloques complètement ! riposté-je. Comme si je pouvais accepter une chose pareille.

– Bien sûr que tu peux, assure-t-il sereinement.
Je n'aime pas ces mots.
– Il te suffit de lâcher prise...

Félin, dominateur, diabolique. Ces trois mots le désignent à la perfection alors qu'il me dévore des yeux comme si j'étais son quatre heures. Il s'avance vers moi. Un pas, et le mur dans mon dos me rappelle son existence lorsque j'essaye de m'échapper. Je ne peux plus bouger. Pas avec lui si proche, ses bras prêts à me ramener contre son torse en cas de fuite. Me voici de nouveau petite souris en cage !

La main qui me tenait se pose à plat sur le béton, au-dessus de ma tête. Aussitôt suivie par la deuxième. Je suis acculée. Totalement prise au piège, rivée à son regard qui ne me quitte pas.

Si seulement il s'arrêtait là. Mais non. Il continue son approche. Son corps s'imprime bientôt dans le mien. Grand, ferme et terriblement chaud. Une de ses jambes se fraye un chemin entre mes cuisses et s'y presse, pendant que le haut de son corps amène sa tête contre la mienne, son souffle dans mon cou. Celui-ci est profond. J'ai la sensation qu'il détient mon oxygène et ne me le donne que par à-coups. S'il continue, s'il se laisse aller plus fort contre moi, mon corps va s'embraser. Je vais fondre.

Je ne crois pas avoir déjà été aussi proche de lui, offerte et vulnérable. Durant toute notre « relation », il n'est pas allé plus loin que de subjectives œillades ou caresses qu'il prétendait involontaires. Il ne s'est pas gêné pour me tenir des propos ambigus, me faire rougir à la suite de quelques compliments graveleux, mais jamais il ne s'est permis un tel rapprochement, ni une telle intimité.

Sa présence contre moi est en train de renverser toutes mes certitudes. Il me fait perdre les pédales. Il me faut un verre, et un moyen de me reprendre, vite ! Si je ne riposte pas, si je ne m'impose pas maintenant, je suis perdue.

– Lâche prise, Laure, m'invite-t-il en interrompant le fil de mes pensées.

Sa voix sonne comme une supplique.

– Ton corps ne réclame que ça…

Il a si atrocement raison. Il en est si atrocement conscient. Il en profite. Pourquoi s'en priverait-il, après tout ?

Une de ses mains roule de mon épaule jusqu'à mes reins, créant dans son sillon une vague de désir que je me force à repousser. Le combat que je mène depuis dix minutes ne s'estompe pas, et il le ressent. Son sourire s'agrandit sous mon oreille, alors que ses lèvres ne cessent de frôler ma peau. De haut en bas, sans jamais s'y déposer.

Ma faiblesse le gorge d'orgueil. Il me renvoie l'image d'une pauvre petite biche prisonnière d'un piège sensuel !

– Cela fait cinq ans que j'attends, déclare-t-il, la tête toujours penchée vers moi. C'est donnant donnant, Laure. Et non négociable !

Toujours cette caresse le long de mon bras, passant sur mes côtes, s'arrêtant à ma taille. De son autre main, il attrape une de mes mèches brunes qui s'est détachée du reste de mon chignon et la fait rouler entre ses doigts. Il ne la quitte pas des yeux et semble intrigué de sa texture.

Pendant une minute il ne dit rien, puis trop vite, son air supérieur revient.

– Alors, à moins que tu n'aies quelqu'un d'autre qui fasse l'affaire, je te conseille de bien réfléchir. Si tu refuses, tu peux dire adieu à ta vengeance, car je n'hésiterai pas à tout déballer à Matt… Et pourquoi pas à ta très chère sœur aussi ! Je crois qu'elle serait ravie d'apprendre ce que tu comptes lui faire subir !

Mes yeux s'arrondissent de stupeur. Ses mots entrent en moi comme un refrain lancinant. Horriblement percutant. Si je n'étais que combustion l'instant d'avant, mon désir s'est évanoui avec ses dernières répliques.

Mais quelle conne ! Alexandre est un enfoiré. Je le sais, pourtant. Pourquoi me suis-je mis en tête que je pourrais le duper ? Comment la gentille petite Laure pourrait-elle être de taille à l'affronter ?

Seule ma colère me guide au moment où mes mains s'abattent pour la première fois contre son torse et le repoussent loin de moi. Je n'ai pas la force de le faire reculer mais il esquisse tout de même un pas en arrière, un geste suffisant pour me permettre de respirer. La vague d'oxygène dont il me privait me revient enfin, me ramenant vers une stabilité émotionnelle rassurante.

Il n'est pas étonné de ma réaction. Non. Il a même l'audace d'en rire. La tête en arrière, la pomme d'Adam bien visible, il jubile devant la tournure que prennent les événements. Se délectant de tout ce qui vient de se passer, qu'il s'agisse de mon comportement plus que réceptif ou du retournement de la situation à son avantage. Le voir ainsi ravive ce que j'ai cru une minute disparu alors qu'il me tenait entre ses bras : je le déteste.

Ce mec est un sale type. Pourquoi me suis-je laissée aller comme ça ? Je me suis jetée tout droit dans la gueule du loup. Qu'est-ce que je croyais, que subitement il se transformerait en un mec compréhensif et sympa, pour jouer le rôle que je lui ai attribué sans rechigner ? Ce qu'il me demande était prévisible.

Je suis furieuse. Furieuse et dégoûtée de moi-même. Encore un exemple de ma naïveté légendaire. Pourtant, c'est Alexandre. Je le sais, bon sang ! Je sais que c'est un connard ! Je n'arrête pas de le répéter aux filles.

– J'aime ce que je vois dans tes yeux…

Il a le chic pour interrompre mes pensées. Il ne peut pas me laisser tranquille deux minutes ? J'ai besoin de reprendre mon souffle, là ! Ça fait une minute que je le fusille du regard, alors je ne vois vraiment pas ce qui peut lui plaire.

– De quoi as-tu envie, Laure ? De m'en coller une ?

Quel est le rapport ?

– Bien sûr que j'ai envie de t'en coller une ! clamé-je, plus pour affirmer ma position que pour lui faire peur.

Toutes mes émotions sont en train de s'entrechoquer. Le regarder si sûr de lui me débecte et, étrangement, m'attire. Il a l'allure d'un fauve. Prêt à bondir une nouvelle fois. Et je le redoute. Je le redoute comme je l'attends…

– Alors vas-y. Arrête de te contenir et fais ce dont tu as envie ! Si cela peut te rassurer, je ne te demanderai jamais de faire quelque chose que tu ne désirerais pas.

– Quoi ?

Il se fout de moi, là ? Il me demande de coucher avec lui comme dédommagement de son implication et ose clamer qu'il ne me demandera jamais de faire quelque chose que je ne veux pas ?

Il ne me laisse pas le temps de me poser plus de questions. En une seconde, il est sur moi. Revenu pour me torturer. Reprendre les rênes de la partie. Recouvrant ma bouche de la sienne, étouffant les mots que je veux lui assener.

Je ne lutte qu'un instant. Lorsqu'il repose ses mains sur moi et force le passage de sa langue entre mes lèvres, je redeviens poupée de chiffon.

À attendre plus. L'effet qu'il déclenche en moi me fait perdre toute notion de temps et d'espace. Peu importe où nous sommes, peu importe qui nous sommes, son baiser me fait tout oublier. Une main appuyant sur ma nuque, l'autre au-dessus de mes fesses, il me plaque, me retient contre lui. Avec lui. Pour lui. Dans cette ruelle. Contre ce mur.

Je ne peux pas m'échapper. Je suis obligée d'accepter qu'il m'embrasse, d'accepter ses caresses, d'accepter qu'il me transforme en marionnette. Il reprend la même place que tout à l'heure. S'insérant entre mes jambes, se massant contre mon aine, réveillant le feu qu'il venait tout juste d'éteindre par son affreux chantage. Il me colle toujours plus contre lui. Nos bouches sont totalement accrochées l'une à l'autre. La sienne dominante et victorieuse. La mienne, captive et désireuse. Je réponds à toutes ses étreintes, sans pouvoir me contrôler. Au fond de moi : un magma en fusion s'agite, prêt à s'écouler ou à exploser.

Je ne sais même plus si cela dure une minute ou une heure. Mes mains s'accrochent comme elles le peuvent à son tee-shirt, les siennes sont partout. Il sait très bien ce qu'il fait. Il prend ce qu'il veut, comme à son habitude, et cette fois, c'est moi la victime consentante. Même ma façon de m'abandonner lui crie que j'en veux encore.

– Putain, Laure… souffle-t-il contre ma bouche avant de reprendre son assaut.

Le ton de sa voix n'est plus ni autoritaire, ni sarcastique. Pendant une seconde, je me dis qu'il perd pied, puis je me rappelle qui il est et cette pensée s'envole.

Son excitation est tangible tout contre moi. Je la sens frotter contre mon ventre tandis qu'il ne cesse de m'engloutir dans sa volupté. Penché au-dessus de moi pour affirmer son emprise.

Il faudrait que je retrouve la raison, tout ce qui fait que je ne l'aime pas, mais je n'y parviens pas. Je crois avoir abandonné toute chance de riposter. Au contraire, je laisse échapper un gémissement. Le meilleur moyen de lui prouver l'emprise qu'il a sur moi ! Il rigole contre mes lèvres.

– Je crois que tu vas adorer ça, se vante-t-il tout en s'écartant pour me regarder.

– Je n'ai pas dit que j'étais d'accord.

– Ah oui ? Je n'ai pas cette impression, se moque-t-il en accompagnant ses dires d'un mouvement de bassin lascif.

Je frissonne et ferme les yeux pour savourer la sensation. Je m'apprête à répliquer quand mon sang ne fait qu'un tour :

– Laure !

Mon prénom me ramène à la raison. Je sursaute contre sa bouche. *Mais qu'est-ce que je fais, bordel ?* Mes mains essaient de le repousser une seconde fois, mais cette fois il ne bouge pas. Sa prise se raffermit dès qu'il sent que je lui échappe. Je ne peux pas me dégager.

Il laisse résonner de petits rires complaisants sur mes lèvres. Discrets et vibrants contre ma peau. La situation l'amuse ? Parce que moi, non. Me faire surprendre en train de l'embrasser n'est pas du tout une bonne idée ! Lui semble s'en foutre complètement. Je dirais même qu'il ne cherche que ça. Je n'ai plus qu'une solution.

– Aïe… putain ! grogne-t-il en faisant un pas en arrière, la main appuyée sur sa bouche.

Oui, je l'ai mordu. Il se frotte la mâchoire en me foudroyant du regard. Je me retiens de jubiler. Le voir blessé dans son orgueil, vexé, n'a pas de prix. Je dirais même que c'est jouissif ! J'aimerais prendre le temps de lui montrer que je savoure enfin une victoire et que je me félicite de mon petit acte de rébellion, mais la personne qui m'a appelée a décidé d'être curieuse et de s'obstiner.

– Laure ?

Mon cœur se glace. Je me retourne vers l'entrée de la rue. Adèle vient d'arriver près de nous. Alors qu'Alexandre est proche de moi. Trop proche. Il n'y a pas beaucoup d'options possibles sur ce que nous sommes en train de faire. Ça ne peut que paraître suspect. Et quand je vois son regard inquisiteur qui nous scrute et jongle entre nous deux, je ne réalise que trop bien à quel point ça l'est.

L'air de rien – et surtout pas coupable –, je fais un pas de côté pour m'écarter d'Alexandre et rejoindre ma meilleure amie qui ne bouge pas et nous fixe d'un air perplexe.

– Qu'est-ce que vous faites ici ? Ça fait une heure qu'on vous cherche.

Une heure ? C'est encore pire que ce que je croyais. Je jette un coup d'œil à Alexandre toujours à la même place. Disparu, l'agacement. Les mains dans les poches, il me regarde avec son air de sale gosse qui prend son pied devant un spectacle amusant. Il se demande sûrement comment je vais m'en sortir. Je déteste vraiment cette expression.

– On discutait, lancé-je à ma meilleure amie.

Je dis la chose la plus débile du monde, mais c'est la seule qui me passe par la tête. Comme si ce qu'il venait de se dérouler avec Alexandre m'avait retiré toute repartie. Je dois avoir les joues cramoisies. Preuve flagrante de mon mensonge.

– Discuter ? siffle Adèle en nous dévisageant toujours.

Les bras croisés, le regard noir, elle a l'air furax. Qu'a-t-elle vu exactement ?

– Et depuis quand tu discutes avec lui ? me demande-t-elle les sourcils froncés.

Elle met le doigt sur un point ! Cela fait des années que je critique Alexandre devant elle. Que je n'hésite pas à le descendre et à me plaindre de lui. Je ne me rappelle pas avoir déjà eu un mot gentil à son égard. Ni la moindre empathie. Donc me retrouver là, littéralement collée à lui, doit être déstabilisant. Moi, en tout cas, j'en suis profondément déboussolée.

Rien de tout cela ne serait arrivé si mon enfoiré de petit ami n'avait pas décidé d'enfoncer son pénis n'importe où. Fait chier. Sa trahison me fait toujours mal.

Aucune autre excuse ne me vient tandis que ma meilleure amie continue de patienter. Attendant que je lui révèle le fin mot de cette histoire.

– Depuis qu'on a l'anniversaire surprise de Matt à organiser.

Alexandre s'est rapproché de nous. Il a réagi vite et sans la moindre trace de culpabilité. Digne du menteur aguerri qu'il est. Son intervention me sauve la mise. Ce qui est étrange. Je ne vois pas pourquoi il ferait ça. Peut-être espère-t-il ainsi que je céderai plus facilement à son chantage.

Adèle fronce un peu plus les sourcils mais ne dit rien. Ses yeux ne me quittent pas, elle me jauge pour découvrir la vérité. Un poids descend dans mon ventre. Cela fait mal. Lui mentir est la chose la plus difficile au monde. Parce que je ne le fais jamais, mais aussi parce que j'ai bien trop peur de la décevoir. Mais encore une fois, je ne peux pas lui en parler. Elle me ferait tout arrêter, me persuaderait que c'est mauvais pour moi. Et je ne veux pas arrêter, pas alors que mon cœur continue de se dessécher.

Je surpasse ce sentiment de culpabilité. Il faut que j'arrive à détourner son attention et à m'éloigner d'Alexandre.

J'attrape Adèle par le bras, la rapproche de moi et la tire hors de la ruelle. Nous n'avons fait qu'un pas lorsqu'une poigne me retient. Je suis stoppée net dans mon élan, ma meilleure amie avec moi. Je me tourne vers l'homme derrière nous, énervée. À quoi joue-t-il encore ?

La main enroulée autour de mon poignet se resserre quand mes yeux trouvent les siens. Leur couleur verte s'est assombrie. Impatience, retenue et désir s'y mélangent.

– Nous n'avons pas fini, grogne-t-il entre ses dents serrées. Et si tu ne veux pas que le plan tombe à l'eau, il va falloir réserver rapidement.

Le ton grave se répercute en moi alors qu'il insiste sur ce dernier mot.

– Lâche-moi ! ordonné-je d'une voix que j'aurais préféré plus affirmée. Je suis sûre que nous ne sommes pas à quelques jours près. Je prendrai le temps de regarder la proposition en détail avant de confirmer ou non.

Son sourire s'épanouit. Son rire éclate sur les murs. Ma réaction le déride. Son attitude commence sérieusement à me gonfler. Il sait très bien que sa menace lui accorde l'avantage, qu'il ne me laisse pas le choix. Et il savoure cette idée.

Je force sur mon bras pour le faire céder. En réponse, ses doigts se nouent davantage, puis se défont l'instant d'après.

– Très bien. Prends le temps de tout analyser et fais le bon choix. Je te libère…

Il s'écarte.
– … pour l'instant.

Mes yeux s'agrandissent de nouveau en comprenant son sous-entendu. La langue provocante qu'il glisse sur ses lèvres ne laisse aucune place à une fausse interprétation. Bon sang, rien que par ce geste, il réveille mon corps et me fait perdre le contrôle de mon souffle.

Je ne le quitte pas des yeux, même quand il se décide à bouger. Le torse droit, l'allure fière, il vient jusqu'à nous, passe près de moi, me frôle, ose poser ses doigts sur ma taille puis finit par me bousculer avec un ricanement avant de s'éloigner vers la boîte de nuit.

Adèle, bien sûr, a tout vu. Son instinct la pousse à vouloir en savoir davantage. Alors, dès qu'Alexandre disparaît, elle se tourne vers moi.

– Il se passe quoi, avec Alex ? demande-t-elle la voix dure.

– Quoi ? Rien. Pourquoi ?

Merde ! Deux questions qui fusent en même temps, n'importe qui comprendrait que c'est louche !

– Je ne sais pas, répond-elle sceptique. On vous a cherchés dans toute la boîte et je vous retrouve tous les deux, seuls, quasiment collés l'un à l'autre. Alors ? C'est quoi ce plan ?

Je hausse les épaules et détourne les yeux une seconde. Solution stupide pour me dérober.

– Y a pas de « plan ». Je te l'ai dit, on discutait.

Ne surtout pas changer de version.

– Tu te fous de ma gueule, en plus !

Et merde !

Ses yeux qui me connaissent par cœur me scrutent. Je n'arrive pas à soutenir ce que j'y discerne, ce reflet qui me crie qu'elle me juge et sait que je mens. Ça ne fait aucun doute. Adèle n'est pas du genre à me tirer les vers du nez. Elle n'en a pas besoin. En m'accordant sa confiance, elle s'attend à une totale sincérité de ma part en retour. Et moi, sa meilleure amie, je suis en train de rompre cet engagement tacite.

Elle soupire pour me montrer sa désapprobation sans, pour autant, revenir sur le sujet ou insister. Au lieu de ça, elle préfère jouer les mères poules, me dire ce que je ne veux surtout pas entendre, le tout avec une patience exemplaire. Son attitude est tout à son image : entière et compréhensive.

– Laure, je ne sais pas ce qu'il se passe avec ce mec. Ça fait des années que je t'entends nous dire à quel point il est horrible et que tu le détestes. Mais là, je n'ai pas vraiment eu l'impression que vous étiez en train de vous étriper.

Elle a raison. Mais que pourrais-je dire ? La vérité ? Révéler que j'étais à deux doigts de prendre mon pied en embrassant un mec que je suis censée mépriser ?

– Est-ce que tu fais ça parce que Matt te trompe ? interroge-t-elle curieuse. Tu essaies de te venger ?

Effectivement, c'était ma première idée : me venger avec Alexandre. Mais cela aurait été bien trop simple et n'aurait eu de répercussion que sur Matt. Mes intentions sont bien pires. Si elle savait… Un baiser avec son meilleur ami n'est rien en comparaison.

– Bien sûr que non. Il ne s'est rien passé, dis-je avant de marquer un temps. Il a vu que je n'allais pas bien et, pour une fois, a fait ce qu'il fallait : il m'a réconfortée. J'ai juste eu un moment de faiblesse, continué-je sans la regarder. Et il était là. Il était en train de me repousser quand tu es arrivée.

J'ai envie de vomir. Mentir à Adèle me dégoûte. J'ai cette impression que ma langue est celle d'un serpent. Que je manie les mots avec dextérité. Que je l'hypnotise pendant que mon poison atteint son cœur. J'utilise les sentiments qu'elle a pour moi, la confiance qu'elle me porte, contre elle. Deux parts de moi s'affrontent. Celle qui s'accroche à ce qui se déverse de ma bouche et pose les premières pierres d'un plan inacceptable. Et l'autre, qui voudrait que ma meilleure amie voie clair dans mon jeu et me ramène à la raison. Qu'elle trouve une autre solution pour sauver mon cœur blessé.

Je bataille en pleine dualité. Comment Alexandre fait-il pour mentir constamment ? Cela doit être épuisant !

Adèle semble accepter mon explication.

– Je vais te croire pour ce soir, déclare-t-elle bien malgré elle. Même si j'ai de gros doutes sur toutes les conneries que tu me sors depuis tout à l'heure.

– Adèle… commencé-je.

Elle m'arrête d'une main levée.

– Je ne sais pas ce que tu as fait avec ce mec. Et vu vos réactions, je préfère certainement ne pas le savoir. Mais toi, il faut que tu saches une chose : Maeva ne t'a rien dit parce qu'elle connaît ton animosité envers lui, mais depuis une semaine elle n'arrête pas de me parler de lui, de me raconter leur nuit et de s'en extasier. Tu l'as très bien vu par toi-même ce soir : il lui a retourné la tête. Je ne me souviens pas que son ex lui ait fait un effet pareil et tu as vu dans quel état leur rupture l'a laissée. Elle ne pense qu'à lui, Laure…

Je sais ce qu'elle insinue.

– Alors te voir avec lui, ça ne me rassure pas vraiment. L'une de vous va souffrir dans cette histoire. Si ce n'est les deux.

Je déglutis. Cela fait longtemps que je connais le béguin de Maeva pour Alexandre. Ce soir en est la parfaite représentation. Mais à ce point-là, non. Maeva est une fille intelligente.

– Il ne s'est rien passé, m'entêté-je encore.

Elle souffle de contrariété.

– J'espère que tu sais ce que tu fais.

Oui, je sais ce que je fais. J'ai même parfaitement conscience des conséquences que cela pourrait avoir, de tout ce que je risque de perdre, mais je dois le faire. J'ai trop de rancœur à évacuer.

La conversation s'éteint, emportant mon cœur avec elle dans son silence. Je suis en train de commencer à mentir. Aux personnes que j'aime. Et je vais devoir continuer si je veux faire payer Matt et Léa.

Adèle accepte mes excuses bidon, mes actes stupides, parce qu'au fond elle espère que je lui expliquerais. Que je lui dirais tout comme je le fais toujours. Elle ne sait pas qu'elle se trompe.

Elle retourne vers la boîte en silence. Je lui emboîte le pas. Nous marchons côte à côte sans nous regarder jusqu'à l'entrée de la discothèque. Elle s'y engouffre et je la suis. Mes pas semblent s'alourdir à mesure que je me rapproche de notre table. Je n'ai pas envie de voir Matt. Je veux repartir dans cette ruelle et retrouver un instant volé, loin de tous mes problèmes terre à terre. *Mais à quoi je pense ? N'importe quoi !*

C'est dans ces moments-là que le destin s'amuse. Nous croisons Alexandre et la fille blonde qu'il a embrassée à son arrivée. La main qui vient de me toucher, de me caresser, de me presser contre lui enroulée autour d'elle. Ils se dirigent vers nous, vers la sortie. Sans doute pour aller continuer leur soirée ailleurs. En privé.

Étrangement, cette idée me déplaît. Peut-être parce qu'il y a dix minutes j'étais à sa place. Il me dégoûte de se conduire ainsi. Et dire que je risque de passer après elle.

Alexandre ne regarde que moi alors qu'ils avancent dans notre direction. Adèle ne s'arrête pas, les dépasse sans leur accorder d'importance et s'éloigne vers notre table. Je la suis. Puis à l'approche d'Alexandre, je m'écarte de son chemin.

Si je crois m'en sortir sans encombre, c'est mal le connaître. Une fois que je suis à sa hauteur, sa main retrouve la voie vers mon corps. Il m'arrête en agrippant mon poignet, rapproche son buste du mien puis chuchote à mon oreille :

– Je te laisse trois jours pour te décider.

Et il repart. Emmenant dans son sillage la blonde qui lui tiendra compagnie cette nuit.

CHAPITRE 11

Laure

Les paroles d'Adèle ont eu du mal à me quitter pendant le reste de la soirée. De retour dans la boîte, après le départ d'Alexandre, je me suis donc focalisée sur Maeva, la sublime et fougueuse blonde qui ne m'a pas du tout parlé de son aventure de la semaine précédente. J'ai essayé de lancer le sujet, de voir où elle en était. Si son béguin avait tourné en quelque chose de plus sérieux, mais elle a éludé la question : ce n'est qu'une histoire de cul et ça n'est arrivé que deux fois. Sa réponse m'a rassurée, je ne veux pas qu'Alexandre la rende malheureuse. Je ne veux pas la rendre malheureuse. Cet aparté avec elle m'a allégée d'un poids que je ne soupçonnais pas. Elle m'a permis d'envoyer valser mes derniers doutes.

Après ça, je ne suis pas restée assise une minute. Pour éviter de penser. Lorsque Matt m'a proposé de danser avec lui, je l'ai suivi. Et nous n'avons plus arrêté. J'ai enchaîné les pas, les baisers, les danses sensuelles, les ondulations de bassin, mais surtout, un nombre de verres suffisant pour m'enfermer dans une bulle d'ivresse. Loin de tout. Et surtout de mon petit ami qui ne s'est pas gêné pour faire de même.

Nous sommes rentrés vers quatre heures du matin. Pas vraiment frais et loin d'être sobres. Matt s'est écroulé après un rapide baiser dans un grognement de bête mal léchée, tandis que je prenais le temps de passer sous la douche, de m'engloutir dans un brouillard brûlant, m'excluant de toutes pensées haineuses ou passionnées. J'ai attendu qu'il se mette à ronfler avant de le rejoindre.

Ce matin, mon réveil a le même goût que mon coucher : l'impression d'être seule, le cœur en vrac, des images d'une certaine étreinte plein l'esprit.

À tête reposée, je peux enfin me questionner sur les événements de la veille. Que s'est-il passé ? Avais-je vraiment laissé Alexandre me toucher ? M'embrasser ? Y ai-je vraiment pris du plaisir ? Et si Adèle n'était pas arrivée, jusqu'où l'aurais-je laissé aller ?

Nous avions été si proches. Je pouvais encore sentir son odeur de tabac froid mélangée à son parfum masculin sur moi en rentrant. En temps normal, cela m'aurait déplu. Mais hier soir, je m'en étais délectée.

Et cet ultimatum… Je ne peux pas faire ça, n'est-ce pas ? Je ne peux pas me donner à un homme que je n'aime pas, à un homme qui ne désire qu'ajouter un trophée à sa collection. Pourtant mon corps me crie le contraire.

Dès que sa main s'est posée sur moi, toutes mes pensées se sont envolées, me laissant uniquement concentrée sur l'instant présent. Ses yeux qui admiraient les réactions de ma peau. Sa bouche rose, ses lèvres gonflées que j'ai désirées si ardemment. Que m'arrive-t-il ?

Alexandre ne peut pas déclencher ces sensations en moi. C'est une mauvaise chose. Mais n'est-ce pas ce que je cherchais, au fond ?

Je n'ai aucune idée de l'heure qu'il est, mais Matt n'est plus avec moi. En général, il s'efforce de se lever aux aurores, même les lendemains de cuite, pour aller courir. Je trouvais ça sexy, avant.

Je repousse la couette trop chaude de mon corps à peine réveillé puis me lève dans un bâillement pas du tout féminin. Je sors de ma chambre, les yeux démaquillés mais cernés, les cheveux emmêlés dans une tignasse noire peu glamour. Je n'ai pas envie de faire d'effort aujourd'hui, me dis-je avant de voir qui se tient face à Matt dans notre salon.

C'est une blague ?

Ils ne m'ont pas vue. Je suis encore dans le couloir, dissimulée à leurs yeux mais avec une vision imprenable sur leurs doigts qui se frôlent sur la table et leurs regards accrochés l'un à l'autre.

Un peu plus et ils se sauteraient dessus ! Un peu plus et ils se déshabilleraient à même le sol ! Ils ne manquent pas de toupet. Croient-ils que je ne pourrais pas entrer maintenant et les surprendre ?

Me perçoivent-ils si naïve que je ne verrais pas la vérité, même si elle était exposée clairement devant moi ?

Mon sang bouillonne. Ils se foutent vraiment de la gueule du monde. Pourquoi ne rompent-ils pas simplement avec leur conjoint avant de faire des trucs si dégueulasses ? Et qu'est-ce qu'elle fiche ici, d'ailleurs ? Toute une soirée, c'est déjà plus que je ne peux supporter dorénavant.

Que ferait Alexandre à ma place ? Une réponse me vient tout de suite. Je repars dans ma chambre. Direction la salle de bain.

Cinq minutes plus tard, me voici avec nuisette, crème hydratante fraîchement étalée sur la peau et un trait fin de crayon sur mes yeux, pour que ça paraisse assez naturel.

Cette fois, je ne m'arrête pas dans le couloir et j'entre directement.

– Je dérange ?

Ils s'écartent tout de suite, l'air coupable.

La question qui tourne en boucle dans ma tête depuis plus d'une semaine revient immédiatement : depuis combien de temps me prennent-ils pour une conne ?

Dans mon malheur, je savoure le regard embrasé de Matt sur moi qui ne me quitte pas. Il n'est plus du tout intéressé par Léa.

– Laure, ma puce, ça va ? lance Léa rapidement, avant de se lever pour venir me faire la bise.

Elle détourne mon attention. Je jubile de voir qu'elle croit si bien le faire. *Est-ce que je dois lui dire qu'il faut qu'elle arrête avec ses « ma puce » à la con ?*

C'est terrible. Dès que je suis loin d'eux, avec mes meilleures amies, par exemple, ma colère s'amenuise, emportant mes sentiments rageurs. Mais dès que je les vois, je ne pense plus qu'à tout ce que j'aimerais leur faire subir. *Je ne pourrais pas éprouver un sentiment de haine et m'y tenir ?*

– Qu'est-ce que tu fais là ? demandé-je à ma sœur, les nerfs à vif.

– Je suis venue pour déjeuner avec toi, répond-elle tout sourire. On en a discuté hier soir, tu te souviens ? Je voudrais qu'on parle de l'organisation du mariage.

Elle est surexcitée. C'est vrai qu'elle m'avait demandé un coup de main. Et je n'ai aucune intention de la repousser. Après tout, il vaut mieux être proche de ses ennemis. Cette pensée guide mes pas. Je me colle contre Matt et presse mon corps à moitié nu contre lui. Une de ses mains trouve le chemin de ma cuisse, l'autre celui de ma taille. Sous mon déshabillé.

Je cache mon mépris en feignant d'aimer ce qu'il me fait. En face, Léa fronce les sourcils. Elle est jalouse, j'en suis persuadée.

– On y va ? demande-t-elle pour couper notre élan.

Je retiens un sourire.

– Très bien. J'arrive, abdiqué-je avant de regagner ma chambre pour me préparer.

Une fois seule près de mon lit, j'attrape mon téléphone pour utiliser un numéro auquel je n'envoie jamais de message. J'oublie toute réflexion : mes doigts pianotent directement un texto. Je laisse les deux enfoirés seuls tandis que tout mon dégoût, ma fureur, ma répulsion se déversent dans un SMS unique.

Je suis d'accord.

Peu m'importe son chantage. Peu m'importe ce qu'il me demande. Peu m'importe les conséquences. Dans trois jours, je me donnerai à Alexandre.

CHAPITRE 12

Alexandre

Trois jours. Trois putains de jours que je tourne comme un lion en cage. Le boulot ne m'occupe pas. Frapper des mecs ne me déride pas. Baiser ne me renvoie que des images de sa nuque sous mes doigts. Des projections d'elle me parviennent en continu depuis son texto.

Trois mots et je suis déjà en train d'imaginer la suite, d'avoir des visions d'elle se déchaînant pour trouver sa liberté. Tout ce que j'attends depuis cinq ans vient de m'être servi sur un plateau : elle, nue, vulnérable, offerte, et la possibilité de la rendre forte, conquérante, désinhibée. Oui, surtout désinhibée.

J'ai la tête en vrac. Impossible de penser à autre chose. Impossible de ne pas imaginer mes doigts dévalant sa silhouette, découvrant ses chairs fines, s'agrippant pour la garder près de moi. Impossible de refréner mon envie de prendre possession de chaque parcelle de son corps, mais surtout de ses pensées. Je veux m'infiltrer sous sa peau, lui apprendre à écouter ses envies et qu'elle succombe à celle qu'elle repousse depuis des années : moi.

Les fantasmes les plus inassouvis se mettent en place dans ma tête. Je la ferai jouet pour qu'elle devienne maîtresse. Je la rendrai esclave pour qu'elle soit reine. Je la veux, mais je la veux survoltée. Je ne pense plus qu'à ça. C'est une torture. Le chemin sera long, je devrai m'imposer pour qu'elle réagisse. Mais je ne renoncerai pas, elle vient d'entrer dans un jeu dont elle ne ressortira pas indemne.

À cet instant, elle doit se poser mille questions, regretter son choix, chercher désespérément un moyen de se dérober. Cette idée m'est divine. Je sais déjà comment je m'amuserai à la rendre folle, où je l'emmènerai pour la libérer de ses entraves, jusqu'où je la ferai crier pour qu'elle ne réclame plus que moi. Le délai est écoulé. C'est le début du troisième jour. Le scénario qu'elle avait imaginé n'aurait pas pu être plus délicieux. Et retourné contre elle, il n'en devient que plus exquis. Elle a choisi en pleine conscience de se prendre dans mes filets. Je ne la relâcherai pas.

Je gare ma moto au pied d'un immeuble parisien du dixième arrondissement. Laure travaille au premier étage, dans une start-up qui s'installe peu à peu dans le marché de la diffusion digitale. Il est dix-neuf heures mais je sais qu'elle est encore en train de bosser. Matt se plaint suffisamment de ses absences pour que ça ait attiré mon attention.

Au lendemain de son embauche, je connaissais déjà tous les détails : le nom de sa boîte, son adresse, ce qu'elle y faisait et quand. Il a suffi que je fasse mine de m'y intéresser un soir dans un bar. Matt parle trop quand il boit. Il a donc répondu à toutes mes questions sans soupçon. Sans se douter que tout ce que je demande a de l'importance. Parce que toute information me sert un jour.

Le seul risque est qu'elle ne soit pas seule. Mais je n'attendrai pas plus longtemps. Peu importe. Tout ce qui compte est d'enclencher la première phase des opérations. Peut-être même savourerai-je son regard paniqué à l'idée que quelqu'un nous découvre.

J'ouvre la porte cochère, qui ne se sécurise qu'après vingt heures, repère le nom de son entreprise sur une boîte aux lettres et monte les escaliers correspondants. C'est un vieil immeuble dont les marches craquent à chaque pas.

Mon ascension est rapide. Je sonne, puis j'entre directement, comme indiqué par la pancarte accrochée à droite de la porte. Dès l'entrée, un bureau où une jeune femme est en train de ranger ses affaires me fait face. Elle me regarde d'abord étonnée, en haussant les sourcils. Puis son expression change alors qu'elle me détaille. Sa poitrine se bombe légèrement, sa bouche s'entrouvre, ses mains passent dans ses cheveux. *Désolé chérie, mais je ne suis pas là pour toi, j'ai une brune à aller emmerder.*

Après m'avoir accordé un sourire charmeur, la petite blonde qui ne cesse de me regarder en coin m'indique le bureau de Laure, en précisant qu'elle est en réunion mais ne devrait pas tarder à en sortir. Je m'y engouffre pour l'attendre.

Dix minutes s'écoulent. Je crois avoir parcouru chaque mètre carré de la pièce à une centaine de reprises au moins. Celle-ci est impersonnelle, blanche, dénuée de décoration. Laure n'y a installé aucun objet personnel. *Se sent-elle vraiment à sa place ici ?*

Je n'en peux plus de cette attente. Son texto et ce délai interminable de trois jours ont ruiné mes chances de garder mon calme. Le fait de savoir qu'elle se trouve certainement au bout du couloir et fera son apparition d'une minute à l'autre me tient en haleine. Je fais les cent pas pour essayer de me détendre mais reste à bout de nerfs. Il faut qu'elle me rejoigne. Tout de suite. Sinon j'irai la chercher.

Des bruits de voix se rapprochent soudain de l'autre côté de la porte. Un instant plus tard, Laure entre dans la pièce, me voit et se fige. Elle maintient le battant entrouvert, se retourne pour bloquer le passage en toute discrétion à la personne qui la suit et continue de parler.

– Tu n'es pas encore prête à traiter en direct avec les clients, dit une voix féminine. Je ne voudrais pas que tu mettes l'entreprise en porte-à-faux.

– Je ne t'ai jamais donné l'occasion de penser que je pourrais faire une erreur.

Malgré ma présence, Laure reste professionnelle et sûre d'elle.

– C'est vrai. Mais avec ce genre de personne, il vaut mieux quelqu'un qui maîtrise tous les aspects du métier, réplique la femme de mauvaise foi. Tu es encore jeune. Nos clients aiment travailler avec des personnes qui ont de l'expérience.

– Il me semblait m'en être bien sortie jusqu'à présent. J'ai déjà recruté un label, un que vous vouliez depuis longtemps. Et je suis quelqu'un de sérieux. Comment je peux faire mes preuves si tu ne me laisses pas suivre un dossier jusqu'au bout ?

– Peut-être plus tard. Pour le moment, je sais ce qui est le mieux pour nous et je te demanderai de ne pas remettre mes décisions en cause.

La main de Laure restée sur la porte se crispe.

– Je ne les remets pas en cause mais…

Je ne vois pas ce qu'il se passe, mais sa voix s'éteint brusquement puis revient la seconde d'après pour abdiquer en soupirant.

– Très bien.

Un bruit de talons résonne alors, puis il s'estompe à mesure que la personne s'éloigne et disparaît. Nous laissant seuls. Moi, en train de jubiler. Laure, de se tendre encore plus qu'elle ne l'est.

Elle referme la porte dans son dos, s'avance sans me quitter des yeux, puis elle va s'appuyer contre le bureau le plus proche de la fenêtre. Les bras croisés, elle se montre hostile avant même que je n'aie bougé. Je suis pourtant à deux doigts de le faire. Qu'elle soit d'accord ou non.

– Pourquoi tu ne lui dis pas d'aller se faire foutre ? demandé-je en la sentant contenir sa colère.

– À quoi cela pourrait-il bien servir ? me répond-elle sur un ton laissant clairement présager que je suis incapable de comprendre la situation.

– À t'affirmer.

– Ce genre de personnes n'attend pas des sous-fifres qu'ils prennent des initiatives. Elles préfèrent tenir la laisse de gentils toutous qui font tout ce qu'elles leur disent.

– Alors qu'est-ce que tu fous encore là ?

Laure détourne la tête. On dirait bien que j'ai mis le doigt sur un point sensible. Sa grimace ne trompe pas : j'ai mis des mots sur ce qu'elle se martèle tout bas. Que fout-elle encore là ? Encore dans un endroit où elle est enfermée, sous les ordres d'une boss qui a l'air d'avoir un sérieux problème d'ego !

– Et toi, qu'est-ce que tu fais là ? questionne-t-elle pour détourner la conversation.

– Tu le sais très bien.

Nous nous regardons en silence pendant un court instant. Jusqu'à ce qu'elle comprenne et soupire d'impuissance.

– Ce n'est pas vraiment le soir, proteste-t-elle sans trop y croire.

– Et tu crois que je vais t'écouter ? Pourquoi laisserais-je tomber alors que je viens de voir que tu es incapable de t'affirmer et de te battre pour ce que tu veux ou non ?

Son regard se perd. Qu'espérait-elle ? Que je renonce, ou que je vienne plus tôt ?

Pas besoin de me poser plus de questions. Mon corps réagit pour moi. J'attends depuis trop longtemps. Je fonds sur elle. Plaquant mes mains autour de son visage. Amenant ses lèvres jusqu'aux miennes, mon bassin contre le sien. Je dévore sa bouche, goûte à la texture soyeuse de sa langue, me perds dans un baiser qu'elle me rend fébrilement. Comme si elle ne s'était pas attendue à un pareil assaut.

– J'étais venu pour t'emmerder pendant que tu bossais, mais je crois que tu crèves d'envie d'autre chose, d'un exutoire dans lequel laisser aller ta rage.

Je la vois sourire et lever les yeux au ciel. Je peux presque entendre son esprit me crier « si tu crois qu'il suffit d'arriver au bon moment pour que j'aie envie de tomber dans tes bras, tu te trompes, redescends sur terre ! ». Elle ne lâche pas prise. Cela me gave.

Raide, le corps droit, elle continue de me résister, de se résister. Seule sa bouche trahit son désir car ses baisers se font passionnés. J'aurais envie de la déshabiller pour la posséder tout de suite, mais je veux qu'elle écoute ses envies. Pas qu'elle se cantonne à céder aux attentes d'un autre, une fois encore.

Je ricane de son entêtement.

– Arrête de résister !

Je n'attends pas sa réaction. Mes mains trouvent rapidement le chemin sous ses cuisses, pour la porter la seconde d'après et l'asseoir sur son bureau. Je pose mes paumes sur la surface en verre de part et d'autre de son corps. Je l'emprisonne.

Je la fixe en attendant son approbation. La balle est dans son camp, à elle de se laisser la possibilité de succomber et de se laisser porter par ce qu'elle ressent. Sans pensée malvenue.

Son souffle se coupe, elle me dévisage, dubitative. Puis, la main posée sur mon torse, elle agrippe mon tee-shirt et m'attire à elle. J'écarte ses jambes à l'aide de mon genou pour l'approcher plus encore de moi. Lorsque son premier soupir s'échappe au contact de mon sexe contre le sien, je sais qu'elle vient de me livrer les clefs pour lui donner la force d'affronter les épreuves à venir.

CHAPITRE 13

Laure

Je suis déconnectée. Sentir Alexandre si fort contre moi me retourne la tête. Il s'impose dans mon espace et m'asphyxie. Il annihile mes pensées et mes doutes, détruit mes barrières.

Ses bras tendus contre mes flancs me retiennent dans son périmètre. Il fait de moi sa prisonnière, bloque mes issues, m'empêche de fuir. Puis il se fige et m'oblige à faire face à mes décisions. Une de ses phrases s'impose à moi : « Je ne te demanderais jamais de faire quelque chose que tu ne désirerais pas. » Elle prend soudain une toute autre dimension. Alexandre ne voulait pas me rassurer. C'était une promesse : je vais devoir le désirer si je veux poursuivre dans cette voie.

Je l'attire à moi. Son torse presse le mien. Son érection pousse entre mes jambes. Tout ce qu'il fait ne me donne qu'une seule envie : me laisser aller à ce qu'il réclame. Il est partout, tout autour de moi, son corps entier collé au mien, penché sur moi pour me faire basculer en arrière, sans interrompre sa possession. Je n'ai aucune volonté de riposter. Savourant toutes les caresses de sa bouche contre ma bouche, de son sexe contre mon sexe.

Ses lèvres ne quittent pas les miennes, s'y intercalant, ouvrant le passage pour introduire sa langue avide de s'approprier mes saveurs. Je le laisse m'allonger sur les tas de feuilles et les stylos qui polluent mon espace de travail. Il m'encadre de toute sa stature et n'hésite pas à accentuer cette impression, en repliant ses bras sur ses coudes, pour se rapprocher encore plus et poser tout son torse sur le mien. Je sens chaque muscle, chaque mouvement de nos vêtements pendant que nous continuons de nous embrasser à un rythme effréné.

Il fait de moi ce qu'il veut. Un seul toucher. Un seul baiser. Et je deviens un pantin désarticulé entre ses bras. Je ne réagis qu'à l'instinct. Un instinct bestial et primitif. Qui me crie que si cet homme veut de moi, alors il m'aura. Qu'il me fasse du chantage pour l'obtenir n'est même plus important. J'en veux plus. Alors autant ne pas hésiter.

Mes bras passent derrière sa nuque car je veux garder la chaleur de ses lèvres et leur douceur contre ma langue. Je fouille dans ses cheveux puis rentre mes ongles dans son cuir chevelu, au moment où sa bouche part explorer la zone si sensible sous mon oreille. Lorsque je sens ses dents pincer ma peau, mon corps se cambre de lui-même. Je me retrouve à plaquer mon bassin davantage sous lui.

– Putain… laisse-t-il échapper sans se maîtriser.

Une de ses paumes vient se poser au-dessus de mon genou, pour remonter vers ma cuisse. Entraînant sur son passage ma jupe déjà retroussée entre nous. Jusqu'à ce que mon string soit totalement visible et que je sente la surface froide sous mes fesses.

Je le sens basculer. Il ne retient plus rien. Son souffle devient rauque, ses mains se crispent dans mes chairs, de faibles gémissements répondent aux allers-retours de nos bassins l'un sur l'autre.

Dans un mouvement désordonné et possessif, il finit par attraper une de mes jambes et la ramener pliée contre sa hanche. Je me retrouve totalement ouverte pour lui. Pour le recevoir. Tout va trop vite. Tout est trop intense. Je perds pied. Moi qui suis censée être réfléchie et mesurée, me voilà en train de jouer au même jeu que lui.

Dans un sursaut de lucidité, je me rappelle que je suis toujours au travail, que mon patron doit encore être dans les locaux, de même que quelques collègues présents à la dernière réunion. S'ils entrent maintenant, je suis foutue. *Nous sommes dans la vraie vie, là, pas dans un foutu roman à l'eau de rose ! On vire les gens pour faire des trucs pareils sur leur lieu de travail.*

– Alexandre… tenté-je en m'écartant de lui.

– Ça ne sert à rien de me demander d'arrêter maintenant, m'interrompt-il en grognant.

Il repart à l'abordage des parties de mon corps qu'il n'a pas encore touchées. Sa bouche sème son souffle sur ma peau et de fines traînées humides sous les morsures qu'il ose me prodiguer. Il descend. Trouve l'orée de ma gorge, puis la peau nue et offerte de mon décolleté. Il a envie d'en découvrir plus. Je le sais car une de ses mains rejoint ses lèvres et défait un premier bouton de ma chemise.

– On pourrait nous surprendre… je proteste faiblement.

Je n'aurais pas dû dire ça. Alexandre ne supporte pas ma réaction. Il se recule. En une fraction de seconde, il n'est plus contre moi. Sa présence disparaît en emportant sa chaleur avec elle. Il me laisse dans un brouillard de sensualité, agonisante et torturée. L'impression de ne plus savoir où je suis, ni qui je suis. Surtout pas comme ça : la jupe relevée, le chemiser à moitié défait.

Il fait trois pas en arrière et me détaille en secouant la tête, un insupportable sourire aux lèvres. Son inspection part de mes yeux, s'abaisse sur ma poitrine et finit sur mes jambes écartées et pendantes, alors que je me suis relevée pour me rasseoir.

Son regard est insoutenable. Un affreux mélange d'ego surdimensionné et de contentement devant le spectacle de débauche que je lui donne.

– Tu n'y arriveras jamais.

Quoi ? Mais de quoi parle-t-il ?

Mon expression doit parler pour moi, car il poursuit tout de suite :

– Ta vengeance… tu n'y arriveras pas…

Je ne m'attendais pas qu'il me dise ça. Ni même qu'il s'arrête. Il avait l'air si pressé d'en finir. Si impatient de prendre ce que je lui ai offert par simple message que le voir reculer, toujours maître de lui, me fait perdre tous mes repères.

– Pourquoi est-ce que tu dis ça ?

Alexandre est un homme compliqué. Il n'agit jamais sans arrière-pensée et ne vit que pour son plaisir personnel. Qu'importe les conséquences, il prend ce dont il a envie à l'instant où il le désire. Pendant cinq ans, j'ai toujours su ce qu'il voulait de moi. En dépit de sa relation avec mon petit ami. Et maintenant que je lui offre ce qu'il a tant attendu, voilà qu'il agit à l'encontre de son habitude. Je me demande bien pourquoi.

Je remets ma jupe en place et repose les pieds sur le sol. La vague de désir et d'insouciance dans laquelle il m'avait plongée a très vite disparu. Alexandre s'adosse au mur face à moi. Les bras croisés, il entame une observation lente et précise de mes expressions. Je ne sais pas ce qui lui passe par la tête, mais j'ai la furieuse impression d'être une émission de divertissement à moi toute seule ; surtout lorsque je le vois ricaner, ce qu'il fait bien trop souvent à mon goût.

J'aimerais savoir ce qu'il pense. Envisage-t-il de mettre un terme à notre arrangement, alors même que nous n'avons encore rien entrepris ? Voir que j'étais prête à céder a-t-il suffi à faire disparaître l'attrait que j'exerçais sur lui ?

– Tu réfléchis trop.

Il ne me quitte pas des yeux. Moi non plus. J'attends qu'il continue. Pour pouvoir le comprendre.

– Je croyais que ton désir de vengeance et la petite séance dans la ruelle t'avaient libérée, que tu te laissais un peu plus guider par ton instinct. Mais de toute évidence je me suis trompé, tu restes celle que tu veux bien montrer.

Je fronce les sourcils en entendant son explication. *Que veut-il dire par là ?*

– Tu es trop gentille, Laure, reprend-il en répondant à ma question silencieuse. C'est peut-être bien pour tous les autres : avoir une bonniche qui prend soin de tout le monde, ça doit être vraiment très agréable… Mais moi je m'en fous ! Ce n'est pas cette fille-là qui m'intéresse. Et ce n'est surtout pas cette fille-là qui parviendra à ses fins.

J'ai envie de protester. Pour qui se prend-il pour réclamer que je m'offre à lui et reculer au moment de sauter le pas sous prétexte que je suis trop gentille ? Mais au fond, je sais qu'il a raison. La variation de mes sentiments me le prouve. Je remets sans cesse en question tout ce que je fais. N'ai-je pas une envie de vengeance surpassant ma volonté de respecter les règles ?

– Ce que tu as en tête est au-dessus de tes capacités, annonce-t-il sans ménagement. Tu ne parviendras pas à réaliser le quart de ton plan.

La gentille fille au fond de toi se demandera sans cesse si ce qu'elle fait est bien, ou pas. Tu prendras les sentiments des autres en compte et ça ne marchera jamais. Si tu n'entretiens pas ta rancœur, si tu ne t'accroches pas à tes sentiments de rage, si tu ne changes pas ta stupide vision du bien et du mal, tu peux tout arrêter maintenant. Tu vas devoir mentir, tricher, blesser. Ton idée est peut-être vicieuse, tu as peut-être eu le sentiment que tu parviendrais à tenir ta résolution, mais cela ne suffira pas et tu le sais très bien. Jamais tu ne te serais adressée à moi, si tu n'en avais pas conscience. Mais je ne t'aiderai pas si tu ne te décides pas à prendre les choses en main pour de bon.

Comment l'être que l'on déteste le plus peut-il être celui qui nous cerne le mieux ? Personne n'a jamais été si honnête avec moi. Même Adèle n'est pas aussi directe, obligée de conjuguer avec nos sentiments l'une pour l'autre. Lui s'en moque complètement.

L'entendre me parler de cette façon résonne étrangement en moi. Son ton me ramène à l'image que j'ai de moi et que je veux démolir : cette fille remplie d'amour pour tout le monde, qui tend la joue quand on lui fait une crasse. Je déteste qu'il devine autant de choses.

– Alors, que vas-tu faire ? continue-t-il sur le même ton. Tu veux tout arrêter ? Rester la fille sage que tout le monde connaît ? Oublier ton sentiment de haine envers ceux qui t'ont trahie ?

– Non.

– Alors pourquoi tu ne fais rien pour y remédier ?

– Je ne sais pas comment faire ça. Je n'arrive pas à me détacher de tout comme tu le fais. Je ne suis pas toi !

Ma réponse et mon ton plus affirmé semblent lui plaire. Ses yeux se mettent à pétiller. Je suis en train de lui donner ce qu'il attend.

– Dans ce cas… je vais t'apprendre, déclare-t-il sûr de lui.

Mon regard ne peut plus se détacher de lui. Ce que je lis dans ses yeux me fait frissonner. Sans savoir s'il s'agit d'une réaction d'effroi ou d'excitation. Je désire tellement être forte. M'absoudre de mes sentiments bienveillants et agir comme bon me semble. Seulement, si je regarde la vérité en face, je suis encore loin de ce résultat. En dépit de toute ma bonne volonté.

– Il n'y a qu'une part de toi que je veux, avoue-t-il un voile de convoitise au fond des yeux. Le reste, tu peux le servir aux autres. Je vais t'aider. Mais tu dois accepter d'apprendre. Tu dois accepter de ne plus être gentille. De ne plus être timide, pudique ou réfléchie. Tu dois te laisser aller. Tu dois t'abandonner.

Il rajoute encore des conditions. Après l'offrande de mon corps, voilà que je dois en plus lui obéir. Pourquoi fait-il cela ? Suis-je prête à lui faire confiance ? Suis-je prête à accepter ses règles ?

– Que veux-tu que je fasse ?

Son sourire se fait carnassier. Il a l'air d'avoir attendu cette issue, d'avoir attendu cette question de ma part. Et il se réjouit déjà de ce qu'il va dire, quelque chose que je peux presque deviner.

Son regard passe sur moi. De mes hanches à mes seins. De mes yeux à mes lèvres. Je retiens ma respiration dans l'attente de ce que je viens de comprendre.

– Montre-moi que tu peux arrêter de réfléchir et de te poser des questions, que tu peux te foutre des gens et des conséquences.

Je sais déjà ce qu'il va ajouter.

– Déshabille-toi !

Bon sang ! Son ordre retentit en moi, vibrant sur toutes les parties de mon corps qu'il vient de toucher, de s'approprier. Du plus bas de mon ventre jusque sous ma nuque.

Et voilà ! On y est. Le moment inévitable est arrivé. Celui où tout se joue, celui où je dois faire un choix irrémédiable : soit je décide d'obéir, de lui laisser prendre ce qu'il veut de moi, et il m'aide, soit je me rebelle, et il arrête tout. Il n'y aura pas de retour en arrière possible. Il est hors de question de revenir en arrière. Il faut que je le fasse. Ce sera le premier pas vers une autre moi. Une qui m'attire bien plus que celle que je suis aujourd'hui.

Ma décision est déjà prise. Il est temps d'entrer en action. Mes gestes sont d'abord tremblants. Ce n'est pas dans mes habitudes de me dévêtir sous le regard ardent d'un homme qui n'est pas mon petit ami. Mais je peux surpasser ça. Je dois surpasser mes réticences et mes peurs si je veux me libérer de toute cette rage. J'ai été gentille bien trop longtemps. J'ai trop accepté par amour, pour les autres. On m'a quittée, on m'a menti, on m'a trompée, et suis-je heureuse ? Non.

Je respire lentement et reprends le contrôle de mes émotions. Les tremblements qui m'agitaient s'arrêtent. Mes mains se portent sur les premiers boutons de mon chemisier. Les yeux d'Alexandre s'assombrissent en me regardant faire. Un peu plus à chaque parcelle de peau dénudée. Son air satisfait ne me refroidit plus. Je dois lui prouver qu'il a tort. Non, je dois me prouver que je peux franchir ce pas, que je peux oublier le lieu où l'on se trouve et les conséquences que cela pourrait avoir.

Le voile de ma chemise effleure ma peau et tombe sur le sol. Je suis en soutien-gorge face à lui et commence à avoir honte. Je ne ressemble en rien aux femmes plantureuses avec lesquelles il a l'habitude de sortir. Ma poitrine n'est pas vraiment ronde, pas vraiment pleine. Mon ventre est trop creusé, mes hanches sont plates. Je suis loin de donner dans la femme aguicheuse et sûre d'elle. Un moment d'hésitation qu'il repère tout de suite.

– Je t'ai dit d'arrêter ça, tonne-t-il en fronçant les sourcils.

Il pourrait rugir ou bondir, le résultat serait le même. Le savoir en train de me regarder me rend fébrile. Son regard sur moi est brûlant.

– Enlève-le !

Je m'efforce de tenir éloignées les pensées toxiques qui pourraient atténuer ma volonté.

Mon ventre se serre lorsque je le vois quitter sa position et avancer avec calme et détermination vers moi. Ses yeux dans les miens. Le visage totalement concentré sur mes gestes. Je passe mes mains dans mon dos sans réfléchir à quoi que ce soit d'autre. Il arrive tout proche de moi au moment où je saisis l'attache de mon sous-vêtement. Son buste n'est qu'à quelques centimètres du mien, sa tête au-dessus de moi. L'odeur de son gel douche se mélange à son parfum raffiné. Le tout pour m'envoyer en orbite dans son monde si masculin.

Ses doigts se posent sur les miens. D'un geste expert, il reprend le pouvoir, défait le lien puis les bretelles en un seul mouvement. Ses bras m'encerclent telle une entrave qui se détruit lorsqu'il s'écarte. Emportant avec lui le dernier rempart sur ma poitrine.

Il amorce alors une lente et douloureuse appréciation, scrutant chaque détail de ma peau mise à nu. Je n'ai jamais vu de tels yeux. Si noircis par le désir, voilés par l'avidité. Ils parcourent mes formes, ma taille, mes seins. Eux qui trahissent mon état depuis qu'il m'a touchée. Leurs tétons érigés s'offrent à lui, réclament ses baisers et la caresse de sa langue. Il esquisse un mouvement puis s'arrête.

– Matt est un con… souffle-t-il contre ma peau.

Puis il plonge récupérer ce qu'il est venu chercher. Je ne parviens même pas à me demander pourquoi il parle de Matt maintenant. Je ne suis qu'un amoncellement de braises sur une lave coulante. Sa langue s'enroule autour de mes pointes sensibles, provoquant de pures décharges électriques sous un sillon humide et terriblement chaud, passant d'un sein à l'autre, les savourant pour la première fois. Sa bouche parsème de baisers mon épiderme si réceptif pour ensuite remonter au creux de ma gorge.

– Allonge-toi ! grogne-t-il contre mon cou.

Je lui obéis. Sur les dossiers, au milieu de mes fournitures, je me laisse aller à ce qu'il me promet. Je le vois du coin de l'œil se mettre à genoux. Autour de ma cheville, le long de mes cuisses, ses doigts se faufilent. Rien qu'une infime caresse, présageant de ses actes. Sur mon mollet, sa bouche se pose et commence son ascension. Il remonte ma jupe de ses doigts experts et attrape les bords de mon string pour le faire glisser sur ma peau, déclenchant une nouvelle vague du feu ardent qui ne me quitte plus.

– Tu sais depuis combien de temps je rêve de faire ça ? demande-t-il les lèvres sur le haut de mes cuisses.

Cinq ans. La réponse est facile.

Mes yeux se ferment, incapables de soutenir ce que je comprends dans les siens. Sa langue vient jusqu'à moi, dans les plis de mon intimité, dans mes chairs déjà prêtes à l'accueillir. Le feu en moi devient brasier, fournaise, incendie. Il est si totalement imprévisible qu'il m'arrache des gémissements que je ne suis pas en mesure de retenir.

Je le sens sourire. Je sens ses dents se dévoiler sur la partie la plus secrète de mon corps. Il ne se presse pas. Les mouvements de sa bouche se font lents, profonds et contrôlés. Il a décidé de prendre son temps. Pour mieux m'emmener là où il le désire. Malgré l'endroit. Malgré nos différends.

Je bascule la tête en arrière, incapable de me contrôler, de refouler les sensations qui me parcourent de toutes parts alors que sa langue a la totale possession de mes recoins les plus cachés. C'est exquis, délicieux, exaltant. Je ne sais même plus comment réfléchir, comment penser à autre chose. Il voulait que je me laisse aller, je crois qu'il peut être fier de lui, c'est réussi.

J'aimerais pouvoir m'accrocher à quelque chose : un coin de bureau, un drap si j'en avais un sous la main, mais mes pensées ne trouvent rien d'autre que l'image de lui entre mes jambes. Mes mains partent d'elles-mêmes s'enfoncer dans sa chevelure pour s'y accrocher tandis qu'il continue son exploration divine. Plus loin encore.

Je voudrais qu'il s'arrête. Je voudrais qu'il continue.

Je ne veux pas qu'il ait un tel pouvoir. Je veux qu'il fasse ce qu'il veut de moi.

Je ne sais plus rien.

Et il le comprend. Mes soupirs sont désordonnés, pas tout à fait bruyants mais parfaitement révélateurs de mon état d'extase. Alors, il accélère. Ses ongles courts s'enfoncent dans mes cuisses. Ses coups de langue se font plus appuyés, sur toute la longueur puis sur mon clitoris. Il n'y a plus de retenue, plus d'attente, juste la jouissance qui monte en moi tel le raz-de-marée qu'il a cherché à provoquer pour briser mes dernières chaînes, pour m'enivrer et m'arrimer à lui.

CHAPITRE 14

Alexandre

Elle est en train de jouir.

Putain. Je ne crois pas l'avoir déjà vue au bord du gouffre de cette façon, totalement en mon pouvoir, se balançant sous moi, se frottant contre ma bouche sans aucune pudeur.

Savoir que je suis l'instigateur de cet état est grisant. *Un délice…*

Celle qu'elle cache au fond d'elle-même fait enfin surface. Je la découvre pleinement en cet instant, alors qu'elle se lâche sans retenue sur son lieu de travail. Sa saveur inonde mon palais.

Je pourrais continuer des heures juste pour regarder sa délivrance. Mais son orgasme presque silencieux s'éteint peu à peu. Ses mains se décrispent sur mon crâne. Les mouvements de sa poitrine ralentissent pendant qu'elle reprend sa respiration et le contrôle sur les battements de son cœur. Une déesse. Une Vénus prise dans son plaisir.

Je suis au bord de l'explosion. Cinq ans de retenue me paraissent insurmontables. Comment ai-je pu patienter ? Et la voir prête, ouverte à moi n'arrange pas mon affaire. C'est une torture savoureuse que je dois subir encore. Je réprime mes ardeurs pour plus tard, au moment où elle se transformera en une droguée, dépendante des sensations que je ferai naître en elle.

Un dernier baiser contre sa chaleur et je m'écarte. Je la regarde toujours pendant que son corps se détend et que ses yeux s'envolent vers moi. Elle n'a pas l'air très sûre de la suite. Pas sûre d'elle. J'entraperçois la même lueur que celle qu'elle m'a servie juste avant de défaire son soutien-gorge. Un manque de confiance insupportable à regarder. Quand elle est avec moi, il n'est pas envisageable qu'elle ait ce genre de regard, ce genre de geste peu assuré. Tous mes efforts pour la faire sortir de ses gonds ne servent à rien si elle redevient sage l'instant d'après.

Matt est un connard. C'est lui qui, à regarder son corps comme s'il lui était étranger, a semé le doute dans son esprit ; lui qui l'a rendue hésitante, effacée.

Je me rappelle les nombreuses soirées où il s'est plaint de la transformation de sa petite amie. Lui qui l'avait connue plantureuse, bien dans son corps, aimant les bonnes choses et les plaisirs de la vie me disait qu'elle perdait de son éclat. Il ne la voyait pas comme moi, comme un diamant brut qui ne demande qu'à être sculpté pour resplendir.

Il a réussi à la faire complexer. Je ne sais pas s'il lui a fait des reproches de vive voix ou si ses actions ont parlé pour lui. Peut-être les deux. Mais il l'a écrasée sous le poids des doutes. Je ne peux plus le laisser faire. Et puis, je ne vois pas de quoi il se plaint. Il peut toujours aller voir ailleurs. Il n'est pas vraiment du genre fidèle. Amoureux : oui. Fidèle : certainement pas.

Laure se redresse, remet ses cheveux en place et attrape sa chemise qui traîne toujours à ses pieds. Je suis le mouvement de ses seins pendant que son corps se baisse et revient à sa place. Ils sont petits mais équilibrent sa frêle silhouette. Tous ses gestes se font avec grâce alors que je veux réveiller la fougue.

Revenue à sa position assise, elle semble attendre la suite. Son chemisier toujours à la main, elle n'a pas l'air de savoir si elle doit se rhabiller ou rester les jambes écartées. Cette hésitation me fait marrer.

Vu que je ne prévois plus de la prendre sur son bureau – et ce malgré une gaule qui ne veut pas redescendre –, j'attrape mon paquet de clopes dans ma veste.

– Alors, où en es-tu dans ton plan ? la questionné-je en portant une cigarette à ma bouche.

– Je n'ai encore rien fait, avoue-t-elle en enfilant une première manche de son haut, nerveuse. J'attendais de te voir.

Autrement dit, elle ne s'en sentait pas la force.

– Et maintenant ? demandé-je en expirant une bouffée. Tu te sens prête à commencer ?

Elle ne répond pas et referme sa chemise sur ses seins nus en oubliant son soutien-gorge. Elle garde le silence, les yeux toujours baissés sur ses sous-vêtements jonchant le sol.

– Il va falloir que tu fasses en sorte que Matt ne puisse plus penser que par toi.

– Je sais.

– Montre-lui ce qu'il peut rater. Aguiche-le ! Sois la femme fatale que je sais que tu peux être.

– Je vais devoir coucher avec lui.

– Et alors ?

Elle a une grimace de dégoût. Apparemment, s'envoyer en l'air avec son petit ami n'est plus dans ses priorités. Je ne me retiens même pas de sourire. Lentement, je m'approche de son oreille pour taquiner sa peau avec le bout de mon nez. Son grain réagit tout de suite.

– Tu n'auras qu'à imaginer que c'est moi.

Son ricanement stoppe les ondes sensuelles que je sentais onduler près de mes narines. Elle éloigne sa tête de mon contact.

– Ne prends pas tes désirs pour des réalités. Je coucherai avec Matt et je saurai très bien gérer ça. Pour cette partie, je me passerai de tes conseils !

Mon excitation grandit. C'est ce genre de réaction que je veux voir chez elle, qui m'attise comme aucune autre. Je dois être maso pour ne pas me jeter sur elle et la baiser tout de suite.

– Très bien, je réponds. Et pour ta sœur ?

– Quoi ? Tu n'es pas capable de trouver un subterfuge ? Tu ne semblais pourtant pas avoir besoin d'aide pour savoir combler une femme.

– C'est toi l'architecte ! Je ne fais qu'obéir à tes ordres, ironisé-je avec un sourire hypocrite.

Un grognement répond à ma taquinerie. Elle n'est pas dupe de mon petit jeu.

– Je suis convaincue que tu lui plais, ajoute-t-elle avec sérieux. Il n'y aura qu'à la provoquer un tout petit peu.

– Il faut les faire rompre avant, interviens-je. D'après ce que tu m'as dit, elle a l'air plutôt accrochée.

Un sourire vicieux s'étend sur ses lèvres.

– Je sais, dit-elle simplement. J'y ai pensé.

CHAPITRE 15

Laure

– Et ces tons-là, t'en penses quoi ?

Que j'ai envie de me pendre...

Léa déambule dans les rayons depuis une heure. À se demander quel chemin de table se marierait le mieux avec les serviettes mauves, les vertes, ou les beiges. Je sais que je dois jouer les parfaites demoiselles d'honneur pour mieux la piéger, mais l'observer se dandiner comme une future mariée tout excitée – tout en sachant qu'elle se fout de la gueule du monde – me demande un sacré self-control. Je ne me croyais pas capable d'une telle maîtrise.

En attendant, je suis obligée de penser à autre chose pour ne pas exploser. La langue d'Alexandre sur moi est un dérivatif plutôt bon. *Merde*. Il faut vraiment que j'arrête de ressasser cet épisode. Ça fait quatre jours, je ne devrais plus y penser !

– Laure ?

Je sursaute. Rejetée un peu brutalement de mes langoureux souvenirs.

– T’es avec moi ou pas ? continue-t-elle en fronçant les sourcils.
– Oui, bien sûr, bredouillé-je rapidement.

Léa me montre ensuite des assiettes, des nappes, des verres. Des tas de choses sur lesquelles j’aurais pris plaisir à donner mon avis avant. Rien que pour elle, pour lui faire plaisir. Là, les images qui passent devant mes yeux sont complètement déconnectées du son. Ce qu’elle me raconte n’arrive plus jusqu’à mon esprit.

Cela me tue de me dire qu’elle est capable de me trahir de la pire des manières qui soit et de me prendre dans ses bras pour me dire combien elle m’aime. Parvient-elle à se regarder dans une glace sans problème ? Est-elle en paix avec sa conscience ? A-t-elle seulement une conscience ? Nous avons été si proches, étant petites. Je l’ai tant admirée. Je me rappelle mon envie de partager tous mes moments avec elle, que ce soit à l’école, à la maison ou au sport. Elle n’a qu’un an de plus, mais elle a toujours été mon modèle, celle qui, du moins je le croyais, me protégerait toute sa vie. Je ne m’explique pas comment elle a pu en arriver là.

Sa vraie nature se trouve depuis toujours sous mes yeux, j’en suis persuadée, mais je ne l’ai jamais vue. Pas même lorsque mon père a réduit ma passion à néant par sa faute. Je n’ai jamais fait le lien. Parce qu’on le sait tous, l’amour rend aveugle. J’ai été aveugle, par amour.

Je l'observe pendant qu'elle farfouille au milieu d'un panier rempli de rubans. Elle ne fait plus attention à moi, trop occupée dans ses recherches. Je la scrute, de bas en haut, m'arrêtant plus longuement sur son visage, me remémorant les nombreux souvenirs que nous avons en commun, en me demandant depuis combien de temps elle me dissimule cette fille sans scrupule.

Les images de ses sourires me reviennent. Les histoires qu'elle me racontait. L'air peiné et coupable qu'elle prenait quand elle m'avouait sortir – ou l'envisageait – avec des garçons que je convoitais. *Bon sang, comment j'ai pu passer à côté de ça aussi ?*

Mon cœur se serre à m'en faire mal. Combien de fois m'a-t-elle poignardée dans le dos pendant que je lui souriais avec amour ? Est-ce uniquement grâce à moi si nous ne nous sommes jamais disputées ? Uniquement parce que j'étais trop gentille pour m'affirmer ? Parce que je me disais que ces garçons ne représentaient rien par rapport à elle ?

Ces jeux d'adultes me torturent. Je ne suis pas en mesure de comprendre. Je peux entendre qu'un homme puisse nous faire perdre la tête, nous faire oublier toutes nos obligations et nous plonger dans un état d'ivresse inimaginable. Mais est-ce une raison suffisante pour trahir son propre sang sans faire preuve de remords ?

Je suis tellement enragée, pas seulement contre elle, contre moi aussi. Alexandre a tellement raison.

À quoi ça sert d'avoir une conscience, une morale pour que les autres s'amusent à jouer avec ?

– Je suis tellement contente que tu sois là ! me lance-t-elle soudain en venant me prendre dans ses bras. Je n'en reviens pas. Tu te rends compte, dans cinq mois, je serai mariée avec Stéphane Anduze.

Elle paraît si sincère.

– Justement, cinq mois… interviens-je pour la faire redescendre de son nuage. Ce n'est pas un peu court pour tout organiser ? Tu risques de te stresser.

– Je le suis déjà, me coupe-t-elle. Mais maman va beaucoup m'aider. Et puis le grand-père de Stéphane ne va pas très bien, en ce moment, alors j'ai essayé de faire au plus vite. Pour qu'il soit présent ce jour-là. Ce sera mon cadeau de mariage pour mon mari.

Sa fausseté me saute aux yeux. Additionnée à sa mièvrerie, elle me donne des haut-le-cœur. Que peut bien cacher cette histoire de grand-père ? Je lui souris de la façon la plus hypocrite du monde.

– Je suis heureuse pour toi.

Mensonge.

– Vraiment, Stéphane est quelqu'un de bien. Tu le mérites !

Finalement, c'est assez facile.

– J'ai d'ailleurs eu une idée pour ton enterrement de vie de jeune fille, j'ajoute, en jouant la copine ravie. On pourrait organiser un week-end avec les garçons. Comme ça je te prévois une nuit de folie, et le lendemain, on se réunit avec ton homme et tous vos potes.

– J'adore cette idée ! se réjouit-elle des étoiles plein les yeux.

– Je m'en occupe, alors ?

– Oui. Je te fais confiance ! me lance-t-elle avec un clin d'œil. À 100 % !

Tu ne devrais pas…

Elle se replonge alors dans ses recherches. Une des conseillères l'accueille avec un sourire bienveillant et commercial. Je les rejoins, reste silencieuse pendant qu'elles font leur petit marché puis décide d'enchaîner sur un sujet qui doit être mis sur le tapis. Il ne reste plus beaucoup de temps.

– Je prévois d'organiser l'anniversaire de Matt, le mois prochain.

Je sonde ses réactions. Léa a un très léger mouvement d'hésitation.

– Ah ?

Avait-elle prévu quelque chose pour lui ?

– Oui. Je voudrais que tu m'aides. Je dois m'en occuper avec Alexandre, mais j'aimerais bien avoir un tampon. Quelqu'un qui n'est pas tout le temps en train de baver sur lui.

– C'est vrai qu'il est pas mal ! confirme-t-elle avec une moue entendue.

– Seigneur ! Tu ne vas pas t'y mettre aussi !

– Laure, il faudrait être aveugle pour ne pas voir que ce mec est un dieu vivant !

Intéressant. Je savais qu'il lui plaisait.

– Je n'ai jamais compris pourquoi vous n'étiez pas plus proches.

– Disons qu'on l'est devenus un peu plus ces derniers temps, je réponds un peu mystérieuse.

– Ah bon ?

Son regard s'allume brièvement. Je doute un instant de ce que j'ai pu y lire. Était-ce de la jalousie ? Ma sœur ne peut-elle s'empêcher de désirer ce que j'ai ? Notre relation repose-t-elle sur ce genre de sentiment depuis toujours sans que je l'aie perçu ?

– Oui. Je crois qu'il ressent des choses pour moi. Et ça me trouble. Avec Matt qui devient distant…

Elle fronce les sourcils.

– Comment ça ?

Je hausse les épaules.

– Il me semble ailleurs, par moments. Je commence à me poser des questions.

– Tu te fais peut-être des films, rétorque-t-elle tout de suite.

– Peut-être…

Elle ne répond rien et je savoure son expression. J'ai semé le doute. Bientôt, je suis sûre qu'elle en parlera à Matt. Et il rampera pour moi. Il le faut.

Mon téléphone vibre dans ma poche, interrompant notre silence. Alexandre. Après quatre jours sans nouvelles.

Alex : Tu fais quelque chose, là ?

Il a l'air pressé.

Moi : Oui, je cajole notre future mariée.

Alex : Ok. On se voit ce soir.

Moi : C'est une question ?

Alex : Non.

Moi : T'es au courant qu'on est samedi ?

Alex : Ramène les autres, je m'en fous. Je trouverai bien un endroit pour m'occuper de toi.

Les images de notre dernière entrevue me reviennent immédiatement. Je sais très bien ce qu'il compte faire. Et je le redoute autant que je l'espère.

La vibration reprend dans ma main. Léa me jette un regard en biais pendant que je vais pour lire ce qu'il m'a écrit. Parce que je sais que c'est lui.

Mon pouls s'accélère. Son dernier message réveille tout mon corps.

Alex : Mets un truc sexy.

CHAPITRE 16

Laure

J'ai passé une demi-heure sous une douche brûlante. Objectif : apaiser un corps qui n'en fait qu'à sa tête. Je suis sens dessus dessous. Mon cœur palpite, mon ventre est contracté comme si j'allais passer un examen, et mon sang bouillonne à l'idée de ce qui pourrait se passer ce soir, avec Alexandre, alors que Matt, Léa et Maeva seront avec nous.

Mais qu'est-il en train de faire de moi ? S'il me voyait, ou pouvait juste entendre mes pensées, je suis persuadée qu'il prendrait un malin plaisir à me tourmenter davantage. Je sais qu'il va jouer ce soir. Ces textos ne me permettent pas d'en douter, mais je me demande comment. Nous allons dans une petite salle de concert privée que je connais grâce à mon travail. Il n'y aura que quelques tables et une piste de danse ridicule. Nous serons les uns sur les autres. Je ne vois vraiment pas comment il pourrait me toucher sans que cela se voie.

Un frisson délicieux naît en bas de ma colonne. Je n'ai jamais été assaillie par autant de fantasmes que depuis quelques jours.

Je m'inspecte une dernière fois dans le miroir. Une fois sèche, et la température de mon corps revenue à la normale, je m'applique à prendre soin de moi : une épilation précise, de la crème hydratante, un parfum envoûtant et un maquillage léger sur les yeux. Et pour contraster avec un aspect global plutôt naturel, ma bouche est rehaussée d'un rouge vermeil. Un élément qui aura certainement son petit effet !

Mes cheveux sont encore mouillés mais je préfère ne pas y toucher. Je n'ai pas prévu de chignon, ni de brushing travaillé. Je sais ce que Matt aime. Et il préfère ma chevelure au naturel.

Si je veux qu'il ne me quitte pas des yeux de la soirée, chaque détail compte. En m'observant plus attentivement, je suis assez contente du résultat. Avec ma peau pâle et mes cheveux noirs éparpillés autour de mon visage, je ressemble à une poupée. Une poupée qui s'apprête à faire une bêtise.

– Tu es divine.

La voix de Matt me sort de ma contemplation. Je lui jette un coup d'œil à travers le miroir.

Il est adossé à la porte de la salle de bain, et il me regarde. Après toutes ces années, je peux traduire ses œillades. Celle-là est remplie de désir et d'attente. Il faut dire que je ne lui facilite pas la tâche : je n'ai pas encore enfilé ma tenue et n'ai pas hésité à me balader à travers l'appartement, avec pour seuls habits des dessous en dentelle noirs très affriolants. Je crois qu'il s'est figé chaque fois que j'ai fait un aller-retour entre le salon, qu'il vient de quitter pour me rejoindre, et notre chambre.

– Tu es certaine que tu veux sortir ?

Le ton qu'il utilise ne laisse pas place au doute : il est excité et je suis l'objet de ses envies ; qui plus est, dans la salle de bain, son lieu de prédilection. Ce n'est pas pour rien qu'il y a emmené Léa.

Mon corps se tend lorsque, en trois pas, il me rejoint, colle son torse dans mon dos puis passe ses bras autour de moi. Ses mains descendent sur mes flancs jusqu'à mon tanga presque transparent et continuent leur chemin en dessous. Sans que je l'arrête.

Ma tête part en arrière sur son épaule. Il peut croire qu'il me fait du bien, mais il n'en est rien. Mon excitation est au point mort.

– Tu ne m'as pas répondu, murmure-t-il à mon oreille.

Son souffle s'accélère en même temps que le mouvement de ses doigts en moi. Mes jambes s'écartent d'elles-mêmes. Je pourrais me laisser aller et profiter du plaisir qu'il veut me donner, mais chaque fois que mes yeux se ferment, je l'imagine faire la même chose à ma sœur. À cette place même.

– On nous attend, dis-je en essayant de me dégager.

Il grogne.

– J'ai envie de toi.

Je me retourne dans ses bras et plaque mon sourire d'usage. Matt n'y voit que du feu.

– Tu m'auras toute à toi en rentrant.

Ou pas.

– Et je te promets que tu ne regretteras pas d'avoir attendu, ajouté-je d'une voix sensuelle.

– Hum… répond-il le nez plongé dans mon cou. C'est tentant.

Cela semble lui suffire et le distraire de l'attraction érotique que je représente à moitié nue contre lui. Je n'aurais pas cru qu'il lâcherait le morceau si facilement, mais après un dernier regard enflammé, il sort de la pièce pour me laisser finir. Peut-être pense-t-il à Léa et au fait que nous allons la revoir ce soir. *Si c'est ça, je suis encore loin du résultat escompté.*

Dans un soupir, je décide qu'il est temps de passer à l'offensive. Je choisis une robe noire digne d'une tentatrice. Elle moule mon corps et s'arrête bien au-dessus du genou. Ses larges bretelles et un décolleté vertigineux offrent une vision imparable sur ma poitrine ! J'imagine déjà le regard d'Alexandre lorsque ses yeux se poseront sur moi.

Il me faut cinq minutes pour la trouver. Cinq minutes pour l'enfiler. Cinq minutes pour visualiser la soirée. Et autant de temps pour me regarder une dernière fois et me demander si je m'applique autant pour enclencher mon plan ou pour répondre aux désirs d'Alexandre.

Nous retrouvons Adèle et Maeva en plein centre de Paris, après avoir garé notre voiture. Maeva est tout excitée à l'idée de revoir Alexandre. Cette fille est aussi naïve que moi, par moments ! Il faut vraiment que je parvienne à faire cesser son béguin inutile pour cet homme.

Nous terminons notre route à pied, sous un temps clair et encore doux. Je me sens faiblir à mesure que nous approchons de notre point de rendez-vous. J'ai envie de partir en courant. De ne pas me jeter dans la gueule du loup. Surtout quand je vois celui-ci approcher. Fier et suffisant.

Tout ce qu'il porte affirme son aura rebelle, qu'il s'agisse de son éternel veston de cuir, de son tee-shirt noir sobre tombant sur ses pectoraux fins et si parfaitement dessinés ou de son jean mettant en valeur ses cuisses musclées. Quant à ses cheveux, ils ressemblent un peu aux miens : incontrôlés et incontrôlables. Cela le caractérise tellement bien. Rien que de le voir avancer vers nous dans toute son assurance, j'ai l'estomac qui se tord. Face à lui, dans ma petite robe noire courte et aguichante, je ne suis qu'une débutante.

Il salue tout le monde. Serre la main à son meilleur ami, embrasse les joues des filles en accompagnant chaque geste d'un sourire joyeux et totalement faux. Quand il arrive à moi, j'ai l'impression que le temps se suspend à nos gestes. Les autres n'y font pas attention, déjà en train d'avancer vers l'entrée du bâtiment. Je suis seule avec mon prédateur. Un motard face à une danseuse classique. L'image nous correspond parfaitement.

Comme pour les autres, il se penche vers moi pour me faire la bise. Mais là où il a survolé la peau de mes amies, il prend son temps, traînant sa légère barbe et ses lèvres le long de mes joues. Je ferme les yeux sous ses caresses et me laisse emporter par ce qu'il me fait éprouver une fois de plus. Dans cette rue, à quelques mètres de mon petit ami.

Puis il s'écarte et j'entends son ricanement. Lorsque j'ouvre les yeux, ce n'est que pour rencontrer une lueur diabolique et arrogante. Il s'amuse et savoure sa victoire sur mes sens. Ses yeux dérivent vers mes lèvres. Il les observe avant d'agrandir son sourire calculateur.

– Je crois que cette soirée va être très intéressante…

CHAPITRE 17

Laure

Sans m'en rendre compte, mes doigts pianotent sur la table.

Nous sommes dans une salle de concert, plutôt petite et déjà pleine, qui ne peut accueillir que deux cents personnes. Vu l'espace, il faut une invitation pour pouvoir assister aux concerts, et en obtenir pour ce soir n'a pas été une tâche facile. Il a en effet fallu que je demande à ma chef, qui s'occupe de les fournir et n'a pas manqué de tiquer sur le nombre d'invités dans un délai si court. S'étonnant même, sur le ton d'une plaisanterie malvenue, que j'aie autant d'amis. *Est-ce vraiment professionnel, ce genre de remarque ?* Elle est pourtant assez conciliante avec les autres. Mes collègues se vantent souvent de pouvoir profiter de tous les concerts qu'ils désirent. Invités ou pas. Délai ou pas. De mon côté, je n'ai jamais abusé de ce privilège. Alors pourquoi se montrer si dure ? Je dois voir la réalité en face : elle a un problème avec moi. Sans que je comprenne lequel. Et cela commence à me fatiguer. En plus de me brider sans raison valable, la voici prête à me refuser les avantages dont tous les employés disposent. Les gouttes d'eau commencent à s'accumuler, avec elle ! Jusqu'à quel niveau vais-je les accepter sans broncher ?

Je regarde ailleurs en soupirant. Pour le moment, je préfère ne pas m'attarder sur cette question. Même si elle me dérange, elle ne constitue pas ma priorité.

Mes yeux se posent sur ce qui nous entoure. L'endroit est rustique. Tout en pierres apparentes et en poutres foncées. La scène est reculée au fond, petite et surélevée, éclairée par des spots suspendus. En face trône un bar ridicule, perdu entre des tables et des chaises bancales pour la plupart. L'assortiment de toutes ces choses abîmées ou datées donnerait presque envie de s'allumer un feu, de prendre un bon bouquin et de se blottir sous une couette chauffée.

Je donnerais cher pour ne pas être là, pour ne pas partir dans des divagations sans queue ni tête afin de me distraire, pour ne pas repenser à un homme provocateur ni à la dernière phrase lancinante qu'il m'a jetée en pleine rue, après son chaste baiser provocateur sur ma joue. « Si tu ne rejoins pas ton petit ami tout de suite, je risque de te prendre dans cette rue… et je ne me retiendrai pas. »

Je suis partie, le cœur palpitant et le corps vibrant, fuyant sa proximité qui me fait perdre mes repères. *Sérieusement, qui balance des trucs pareils ?*

C'est absolument terrifiant de sentir le pouvoir qu'il réussit à imposer en quelques mots. Et vu ma réaction bien trop réceptive à ses signaux, je me dis qu'un truc ne tourne vraiment pas rond chez moi. En attendant de découvrir ce qu'il prévoit, je me cache mes émotions à moi-même.

Je reste souriante. Quand l'un de mes amis s'adresse à moi, je réponds. Je suis même parvenue à poser une main douce sur une des cuisses de Matt et à tolérer son bras derrière mon dos.

Je devrais être contente, satisfaite du rôle que je joue si bien. Finalement, tout commence à se dérouler selon mon plan. Que pourrais-je demander de plus ? Sûrement qu'Alexandre cesse de jouer avec mes nerfs !

En à peine une heure, pas moins de quatre femmes se sont retrouvées dans son giron, à lui lancer des œillades enflammées et des sourires aguicheurs. Il s'est montré charmant avec chacune d'entre elles. Et pendant tout le temps qu'ont duré ces intermèdes, il n'a pas hésité à me regarder par-dessus leurs épaules, avec ce maudit sourire en coin !

Il est accoudé au bar, un verre de whisky près de lui. Sombre et viril, il sait parfaitement ce qu'il fait. Et surtout ce qu'il provoque chez les femmes. Il nous rend attentives, impatientes, impulsives. Il souffle le chaud et le froid pour mieux nous piéger, nous faire tourner la tête, et multiplier les sentiments contradictoires pour nous appâter.

Je l'ai déjà vu œuvrer de la sorte avec bon nombre de ses conquêtes par le passé. Dans ces moments-là, je levais les yeux au ciel en me disant que jamais une telle effervescence ne pourrait m'atteindre. Que quelqu'un me pince, me ramène à la réalité, m'empêche de ressembler à toutes ces écervelées.

Je devrais être heureuse qu'il me laisse tranquille, libre de disposer mes pions sur l'échiquier de ma vengeance loin de ses sous-entendus et de ses caresses intrusives. Mais je ne me leurre pas, je sais qui mène le jeu. Son attitude ne laisse pas de place au doute. Il est d'ailleurs en train d'entamer un mouvement qui me hurle de tout stopper au plus vite. Maeva s'est précipitée vers lui dès qu'elle en a eu l'occasion et minaude maintenant en lui lançant des regards trop appuyés, sans équivoque sur ses intentions.

Depuis mon invitation *via* message, elle n'attendait que le moment où elle pourrait se retrouver avec lui et essayer de le remettre dans son lit. Elle était si excitée à l'idée de cette soirée. Si elle savait ce qu'il cherche à faire avec moi, elle refrénerait peut-être ses envies et certainement les contacts répétitifs de sa main sur son bras. Mais comment lui dire sans menacer mon plan ? Suis-je prête à sacrifier mon amie pour remporter la partie ?

Sans réponse, je rouspète contre moi-même. Je n'arrive même pas à détourner les yeux de leur manège. Bien sûr, je reste attentive à mes camarades et à leur conversation, mais sitôt leur attention détournée de moi, mon exploration reprend.

Alexandre semble amusé. Peut-être même intéressé par cette blonde voluptueuse qui vient s'offrir à lui de son plein gré. Mais derrière son attitude encourageante, ses yeux disent tout autre chose. Car pendant qu'elle lui parle, lui ne cesse de me jeter des coups d'œil. Les mêmes qu'il me lance depuis toujours. Les mêmes qu'il m'a adressés quatre jours plus tôt. Dans mon bureau. Juste avant de se jeter sur moi.

Il faut que j'arrive à ne pas l'observer, sinon je vais devenir folle !

– Ils sont plutôt pas mal ! annonce ma sœur au milieu du brouhaha.

Léa me sort de ma trop longue contemplation. Je tourne la tête vers elle puis regarde le groupe qu'elle me désigne d'un mouvement de menton. J'étais tellement ailleurs que je n'ai même pas fait attention aux musiciens qui jouent depuis notre arrivée. Je les connais, d'ailleurs. Je les ai déjà rencontrés lors d'un précédent concert. J'aime bien. Et effectivement, ils assurent.

– Tu pourrais me trouver un groupe dans ce genre pour le mariage, parmi tes contacts ?

Ben voyons, ou alors je peux peut-être te le faire bouffer, ton mariage !

– Bien sûr ! déclaré-je souriante.

C'est étrange de faire semblant à ce point. J'ai comme l'impression d'être simple spectatrice de ma propre vie, comme si une autre me disait comment agir.

Heureusement, ma sœur ne fait pas réellement attention à moi et ne perçoit pas la morgue dans ma réponse. Je suis à deux doigts de tout envoyer valser et d'attraper Alexandre par la main pour l'emmener finir ce qu'il a commencé sur mon lieu de travail. Je sais qu'il adorerait ça mais je n'en fais rien. J'ai un rôle à assurer, ce soir.

Je conserve donc le masque de bienveillance qui me caractérise, seule façon de donner le change, alors que Léa repart dans une discussion enflammée avec son futur mari sous le regard attentif de Matt. Le tableau est assez drôle, surtout qu'il a une main près de mon entrejambe, l'autre étant peut-être au même endroit sur celle de ma sœur. Oserait-il, alors que Stéphane est si proche ? Certainement, cela ne les a pas dérangés de me savoir endormie dans la chambre à côté il y a quelques jours.

Ils sont enthousiasmés par ce concert très intimiste dont ils bénéficient en exclusivité grâce à mon invitation. Ils sont plutôt fêtards, alors sortir gratos dans des endroits branchés leur plaît énormément.

Nous sortons souvent ensemble. Léa et moi étant très proches, nous avons fréquenté les mêmes personnes. Adèle et Maeva sont mes amies, mais celles de Léa également. À un degré différent, bien sûr. Ma sœur traîne avec d'autres filles que je ne côtoie pas, mais elle s'est toujours très bien intégrée parmi mes amies et leur entente s'est faite naturellement. Ce n'est pas pour rien qu'elle les a invitées à son mariage.

J'ai toujours trouvé que son intégration auprès de mes connaissances était quelque chose d'agréable.

Parce que je l'adorais et voulais passer du temps avec elle. Maintenant, je le regrette. Et je vais devoir continuer de sortir avec elle jusqu'à ce que je décide de mettre un terme à toute cette mascarade. Quand je serai certaine qu'elle a suffisamment souffert.

Les verres s'enchaînent. Pas de whisky pour moi, cette fois, juste quelques mojitos fruités qui me permettent de conserver ma détermination : celle de parasiter les pensées de Matt pour le prendre dans des filets qui finiront par l'étouffer, mais également celle de rendre Alexandre fou de désir pour moi.

L'alcool m'enivre. Il m'aide à oublier mes inhibitions, au moins pour ce soir. Sa chaleur inonde ma bouche puis coule dans ma gorge jusqu'à l'intérieur de mon ventre. Un sentiment de plénitude jusque-là inconnu s'empare de moi. Je suis euphorique, loin de toute rage et de toute colère, étrangement sereine et en accord avec moi-même. Dans un état où même Matt ne m'énerve plus et où je pourrais prendre un certain plaisir à tricher avec lui.

J'ai envie de jouer, avec Matt pour ma vengeance, et avec Alexandre, juste pour le plaisir !

En posant mes yeux sur ce dernier, une envie dévorante se niche au creux de mes reins, près de mon intimité brûlante, anticipant tout ce qu'il pourrait me faire, tout ce qu'il me promet depuis cinq ans.

Mon cœur se met à pulser au rythme de la musique. Je dois faire ce que j'ai prévu. Alexandre n'attend que ça : voir si je serai capable de jouer la femme fatale, sûre de moi et de mes charmes. Ce que, par chance, et grâce à quelques cocktails savoureux, je suis juste maintenant.

Je charmerai Matt. Je le subjuguerai comme j'ai réussi à le faire par le passé. Je lui ferai oublier toutes les autres. Pour qu'il ne puisse plus penser que par moi. Et quoi de mieux qu'une danse sensuelle pour ça ? Quoi de plus intime qu'un corps à corps enivrant sur un rythme déchaîné ?

Je me lève. Alexandre est toujours dans mon champ de vision. Je lui adresse un sourire aguicheur et victorieux avant de me tourner vers mon petit ami pour lui tendre une main. Matt semble ravi de cette invitation. Après ma petite séance dans la salle de bain, il est temps de réemployer la technique de l'érotisme sous-entendu. Mon petit ami ne se fait pas prier pour me suivre. Main dans la main, nous nous éloignons dans la foule. Juste le temps pour moi d'apercevoir le coup d'œil de ma sœur sur nos doigts entrelacés, et j'entraîne « mon » homme loin des autres. J'espère que Léa regrette ce qu'elle fait, même si je suis quasi certaine que non.

Je tire Matt au milieu du semblant de fosse. Autour de nous, un attroupement fou nous coupe du monde extérieur pour nous enfermer dans une bulle inaccessible : endroit parfait pour le faire fantasmer !

Le groupe joue une ballade rythmée. La plupart des spectateurs dansent en solo, les uns à côté des autres. Parmi eux, quelques couples se sont rapprochés pour se mouvoir à deux. La musique ne prête pas forcément aux ondulations lubriques, mais je choisis tout de même de faire comme eux.

Matt m'accueille dans ses bras avec un grand sourire. Charmé et sûrement excité par le déhanché que je lui ai offert sur le chemin. Sa main droite se place directement sur mes fesses pour me coller à lui. Je sens son excitation. Il n'a pas fallu beaucoup de temps. *Ce mec ne pense qu'à ça. Pas étonnant qu'il fourre sa queue n'importe où !*

Nos corps s'emboîtent l'un dans l'autre, sur la même longueur d'onde, s'accordant sur le même tempo. Matt est un très bon danseur. Avant, il m'envoûtait. Chaque fois que nous nous retrouvions sur une scène, je me réjouissais d'avoir rencontré un homme qui bougeait si bien. Aujourd'hui, je dois lutter contre une envie impérieuse de lui flanquer un coup de genou bien placé.

Ses mains pressent ma peau. Son souffle chauffe le duvet de mon cou. Il ne peut y avoir plusieurs interprétations possibles à ce qu'il pense.

– Tu es en train de me rendre fou.

Je jubile intérieurement. C'est tout à fait ce que je souhaite, et il tombe dans le panneau. J'aurais presque envie de l'embrasser !

– On n'aurait jamais dû venir. Tu es bien trop excitante, comme ça, dit-il en rapprochant encore son bassin du mien. Viens, on rentre ! Je te promets que tu ne le regretteras pas.

– Plus tard, mon amour. *Ce sobriquet me brûle la langue.* Je suis bien contre toi, là, mens-je sans effort. Restons encore un peu ! tenté-je en passant mes bras autour de son cou pour l'amadouer.

Matt grogne au-dessus de mon épaule et me mord légèrement. Je frémis malgré moi. Sûrement plus par habitude que par amour.

Je me retourne, reposant mon dos contre son buste, le laissant poser ses mains sur mes hanches, continuant de bouger mes fesses contre son bassin. Ses ongles rentrent dans ma peau. Signe qui ne trompe pas, il a du mal à se retenir.

– Laure…

Sa voix est une douce caresse à mon oreille mais je n'y prête pas plus attention qu'à tout ce qu'il a fait jusqu'à maintenant. Tout ce qui a trahi ses intentions. En réalité, je ne fais plus attention à rien. Ma tête est tournée sur le côté, fixement accrochée à celui qui arrive quelques mètres plus loin.

Alexandre s'arrête auprès de Maeva. Face à la scène, comme nous. Mais, contrairement à elle, il ne regarde pas les musiciens. Pour la centième fois ce soir, son regard percute le mien. Pour la centième fois, il libère une salve de désir dans tout mon corps. *Mais comment fait-il ça ? Comment fait-il pour me faire tout oublier de cette façon ?*

À un moment donné, je ne sais plus si mes mouvements sensuels se font pour lui ou pour Matt. Si je joue les femmes sexy pour lui ou mon petit ami. Si mes regards envoûtants achèvent de parfaire mon rôle ou lui intiment de venir me prendre tout de suite. *Bon sang, mais à quoi je pense ?*

La musique continue. Mon manège aussi. La tête tournée vers le groupe, puis vers Alexandre. Je trouve que je me débrouille plutôt bien. C'est même assez excitant de laisser sortir une autre, plus libérée, moins torturée.

Je suis tellement obnubilée, tellement concentrée sur le blond aux yeux péridot que je ne sens pas la chaleur de Matt me quitter. Je ne vois pas qu'il n'est plus à mes côtés. Je continue de bouger en écoutant le rock qui bat dans la salle. Je n'entends plus que ça. C'est trop bruyant mais le son me ferme à tout autre chose. Je ne sais même pas combien de temps s'écoule.

Tout ce qui m'interpelle, c'est que subitement Alexandre est seul. Il ne danse plus avec Maeva. Il est seul. Et il vient vers moi.

Je jette un coup d'œil autour de moi pour me rendre compte de ma solitude, à moi aussi. Nous sommes invisibles au reste de notre groupe. Il y a trop de monde autour de nous.

Et tout à coup j'appréhende. Ce que je lis dans ses yeux me donne envie de fuir. C'est trop fort. Son désir est trop fort.

Cette fois-ci, je sais que le moment est venu. Nous avons trop fait monter la pression ce soir. Il ne s'arrêtera pas. Quoi que je dise. Mais ai-je envie de dire quelque chose qui pourrait l'arrêter ?

Mes bras se lèvent au-dessus de moi et je ferme les yeux. Une seconde plus tard, je sens une main chaude se poser sur mes reins. Alexandre n'a pas hésité à venir me rejoindre. Profitant du fait que je sois seule, il a sauté sur l'occasion. J'imagine très bien le sourire conquérant qu'il doit afficher.

Ma peau devient brûlante. Son torse se colle à moi, sa tête au-dessus de la mienne. Ses jambes écartées m'encadrent. Sa première main se retrouve soudain sur mon ventre, à plat, me ramenant encore plus contre lui et son corps tendu. Si ferme et imposant. Si chaud et dominant.

Cette étreinte est différente de toutes celles que j'ai connues. Rien à voir avec Matt.

Si j'étais une femme convoitée l'instant d'avant, je deviens subitement revendiquée, marquée. Par lui, sa présence, sa respiration sur ma tempe, sa deuxième main qui joue sur la veine de mon cou, écartant mes cheveux pour mieux atteindre ma nuque et y déposer des baisers brûlants qui me font fondre, qui m'emportent loin de cette salle et des personnes autour de nous.

Je ne suis plus rien. Plus rien d'autre que celle qu'il veut. Plus rien d'autre qu'une femme au bord du gouffre, dans l'attente, à me demander jusqu'où il va m'emmener, s'il est capable de me modeler à son image pour me faire prendre tous les risques.

Il se met à danser. Me guidant uniquement de son corps. Il me cloue à lui. Ses jambes autour des miennes. Son bassin ondulant sur le mien. La main qui caressait mon cou me tient maintenant un poignet, comme pour refuser que je m'écarte. Mais je ne compte pas le faire. C'est trop tard pour ça. J'en veux plus. Je veux plus de lui.

Mon désir est peut-être aussi fort que le sien. Je suis déjà humide rien que de sentir son sexe bandé niché en bas de mon dos. Lui aussi ne pense qu'à ça, mais contrairement à Matt, il l'assume haut et fort.

Je garde les yeux fermés en basculant ma tête en arrière pour la poser sur son épaule. Je laisse les minutes s'égrainer. Me laissant porter par le plaisir qu'il me fait ressentir rien que par son envie de moi.

– Tu t'en sors comme une pro avec Matt !

Je souris en entendant son compliment. Dans sa bouche, cela sonne divinement.

– J'espère que tu prends du plaisir à ce que tu fais, souffle-t-il la bouche sur ma tempe. C'est une autre règle importante ; la clef de toute réussite.

– Oui. Ne t'en fais pas pour ça !

Et d'une certaine façon, c'est vrai. Même si ce soir je me suis un peu aidée de l'alcool pour y parvenir.

– Peut-être que tu réussiras, dans ce cas, conclut-il la tête toujours appuyée contre la mienne.

Je ricane doucement. J'espère qu'il a raison. Parce que rien n'est plus important.

Nous restons collés l'un à l'autre. Combien de temps ? Je n'en ai aucune idée.

Je suis à la fois effrayée qu'on nous trouve ainsi et que mon plan tombe à l'eau, mais aussi étonnamment confiante, comme si ce moment était important sans que je sache pourquoi.

Derrière moi, Alexandre continue ses mouvements. Terriblement lents par rapport au rythme de la musique. Il m'envoûte un peu plus à chaque inspiration. Puis soudain, il s'arrête.

J'ouvre les yeux et tourne la tête. Un homme que je ne connais pas est en train de lui parler à l'oreille. Grand comme lui, blond de la même façon, avec une carrure sportive semblable mais un air de gentil garçon, intelligent et propre sur lui, loin du fougueux Alexandre.

Les deux hommes échangent quelques mots à voix basse. Puis se sourient un peu sournoisement. Derrière leurs expressions, je décèle une lueur satisfaite, comme s'ils jubilaient de quelque chose que j'ignore.

Le nouveau venu me jette un coup d'œil d'abord sévère, puis son visage s'illumine et son air devient moqueur. *Quoi encore ? Je déteste ne pas savoir ce qu'il se trame !*

Je fronce les sourcils en voyant qu'il murmure de nouveau quelque chose à Alexandre. Celui-ci rit en retour. La musique m'empêche de capter leurs paroles. Et ils y prennent un malin plaisir. Ce petit jeu commence sérieusement à me gonfler. Mais avant que je n'aie eu le temps de leur rappeler ma présence, l'inconnu s'en va. Non sans m'adresser un regard lourd de sous-entendus suivi d'un clin d'œil.

Je me tourne face à Alexandre pour l'observer. Ses yeux ne trahissent rien. Il semble juste ravi et un brin joueur. Lorsqu'il tend le bras pour me rapprocher de lui, ses paroles me percutent.

– Tu as refusé une gâterie à ton mec ? demande-t-il au creux de mon oreille.

Je fais un pas en arrière pour m'écarter et pouvoir le regarder dans les yeux.

– Pourquoi tu dis ça ?

– Il est en train de se taper ta sœur, annonce-t-il de but en blanc.

Le coup est rude, peut-être même encore plus que les précédents, mais Alexandre ne m'épargne pas.

– Quoi ? Comment tu peux savoir ça ?

Alexandre me regarde, amusé. Un peu plus et il se fendrait la poire. Je déteste vraiment quand il fait ça.

– C'est ce type qui vient de te le dire ? je poursuis dans une colère nouvelle. Qui est-ce ?

– T'as fini avec tes questions ?

Il m'énerve. Je ne suis pas d'humeur, là. Je serais plus dans l'optique d'aller casser la gueule à ces deux enfoirés qui baisent comme des lapins sous mon nez. *Putain, mais en fait je vais les fracasser, ces connards !*

– C'est Vincent. Un collègue.

Un collègue ? Il a des collègues ? Je ne sais même pas ce qu'il fait dans la vie !

– Et oui, c'est lui qui m'a prévenu, continue-t-il sans attendre. Je l'ai fait venir pour les surveiller.

Je le fixe sans comprendre. Le cœur battant toujours à cent à l'heure.

– Plus de preuves tu auras, mieux ce sera, non ? déclare-t-il en haussant les épaules.

Il a raison. J'oublie un peu trop à quel point il est doué dans la manipulation. Cela ne me calme pas pour autant.

– Où sont-ils ? demandé-je brusquement.

J'ai besoin d'une réponse. C'est vital si je ne veux pas péter un câble. Matt ose faire ça, alors que je suis là, alors que je viens de lui envoyer tous les signaux d'une femme amoureuse et tentatrice. *Mais qu'est-ce qu'il faut faire pour qu'il arrête de se taper ma salope de sœur ? Coucher avec lui à toute heure du jour et de la nuit ?* J'ai envie de hurler tellement toute cette situation me dépasse. Ils ne s'arrêteront donc jamais ?

– Aux toilettes, annonce-t-il enfin.

Ses mots sonnent comme un souffle libérateur qui guide mes pas sous l'effet de la colère.

D'un mouvement brusque, je me dégage et le repousse. Il hausse les sourcils, étonné de ma soudaine vigueur, mais je ne lui laisse pas le temps de réagir davantage. D'un pas déterminé, je pivote pour m'engouffrer dans la foule, loin de la scène, loin de lui. Je n'ai qu'un seul objectif : trouver les traîtres et les affronter enfin !

J'oublie tout le reste. Ma vengeance est dévorée par mes sentiments volcaniques. Peu m'importe désormais de prendre mon temps pour les faire souffrir, je me contenterai de leurs regards fautifs. C'est ici et maintenant que ça se passe. Et je vais les dégommer !

– Laure ! crie Alexandre derrière moi.

Je continue de me faufiler à travers les corps serrés. Ma rage est telle que je ne vois plus rien, rien d'autre que cette porte en retrait au fond de la salle, juste un obstacle que j'ai envie de défoncer sur mon passage.

– Laure !

J'ai l'impression de faire du surplace. Je m'efforce d'éviter les collisions alors qu'Alexandre se rapproche. Je l'entends qui maugrée derrière moi. J'accélère encore, plus que quelques personnes et je sors enfin de la foule.

– Arrête-toi, putain !

Je ne veux pas qu'il s'interpose. S'il le fait, je ne suis pas sûre de pouvoir retenir mes larmes, qui menacent de couler. Parce que derrière ma façade de fureur, je suis fracassée. C'est la goutte d'eau. *Il faut que ça se termine !*

La main d'Alexandre m'attrape le poignet juste avant que je ne pénètre dans le lieu de mes supplices, pour me tirer en arrière.

– Laisse-moi ! riposté-je tant bien que mal.

– Ne fais pas ça !

Je le regarde, retenant tout ce qui me blesse à l'intérieur. Il n'est pas question qu'il me voie pleurer, pas question d'assumer que mon enfoiré de petit ami me fait encore mal.

J'essaie de me débattre et de retirer mon bras de son emprise, mais il serre plus fort. Au bout d'un moment, quand il n'en peut plus de me voir me débattre inutilement, il m'attrape par les épaules et me fige.

– Ton impulsivité montre vraiment sa gueule au mauvais moment. Reprends-toi, putain !

Ses doigts de chaque côté de moi me rentrent dans la peau. Il est aussi furieux que je peux l'être, juste parce que je ne fais pas ce qu'il veut. Ce qu'il avait prévu. Je le fusille du regard.

– Contrôle-toi, reprend-il plus durement. Ce n'est certainement pas maintenant que tu dois perdre ton sang-froid. Tu n'arriveras à rien de cette façon. Tu crois que je pète des câbles, moi, pour obtenir ce que je veux ?

– J'en ai marre ! crié-je presque.

– Je le sais. Mais tiens-t'en à ta vengeance ! Si tu rentres maintenant, tu ne pourras plus revenir en arrière. C'est ce que tu veux ?

– Peut-être bien ! rétorqué-je par provocation. Qu'est-ce que tu peux bien savoir de ce que je veux réellement ?

– Putain, ce que tu peux être chiante ! grogne-t-il les dents serrées.

Mais pour qui se prend-il ?

Je le repousse encore une fois mais il a anticipé et ne me laisse pas faire. Sa poigne se referme à nouveau sur moi pour m'attirer à lui. En une fraction de seconde, je me retrouve projetée contre son torse, ses pectoraux sous mon menton et son deuxième bras se calant dans ma cambrure.

Alors que je relève la tête, il est déjà sur moi. Ses mains se retrouvent de chaque côté de mon visage pour me river à lui et écraser mes lèvres des siennes, dans un baiser conquérant. Sa langue ne met pas plus de temps à s'infiltrer dans ma bouche, s'attaquant à la mienne, presque rageusement. Comme lors de notre danse, il continue de me revendiquer. C'est la seule impression qu'il me donne.

Tout ce qu'il fait de mes lèvres me procure un délice de sensations. Mon excitation augmente jusqu'à exploser en sentant ses dents qui me mordillent. Je me laisse gémir contre sa bouche et sens la sienne qui sourit dès que c'est fait.

Son baiser s'éternise. Ses mains n'encadrent plus ma tête mais sont parties à la découverte de mes hanches. À travers mes vêtements, il caresse mes flancs, mon dos, agrippe mes fesses pour me coller contre lui. Un peu plus et il soulève ma robe. Son excitation et la mienne battent à l'unisson.

Il me fait tout oublier : mes sentiments de colère et mon envie d'en découdre, ma douleur inattendue. Tout ce qui me rendait incontrôlable il n'y a même pas une minute.

Je ne peux m'empêcher de penser qu'il sait ce qu'il fait. Et à cet instant, il cherche à m'emmener dans un état où je ne réfléchis plus, où seul le désir a sa place, où seul le besoin de lui se fait sentir. Et il y parvient. Je passe mes mains dans ses cheveux pour m'agripper à lui. Il est à deux doigts de ramener une de mes jambes contre lui quand j'ouvre les yeux pour me rendre compte d'où on se trouve.

Je n'ai plus envie d'aller dans ces toilettes, mais l'endroit n'est vraiment pas approprié pour ce que nous sommes en train de faire. Avant que sa langue ne vienne de nouveau me persécuter, je recule mon visage.

– Alexandre, on peut nous voir.

– Et alors ? Je croyais qu'on avait résolu ce problème dans ton bureau. Va-t-il falloir que l'on reprenne tout depuis le début ?

Je fronce les sourcils et le dévisage. Il m'arrête pour ne pas que je fasse tomber mon plan à l'eau, mais s'en moque l'instant d'après ? Il doit se faire la même réflexion car je l'entends qui soupire au-dessus de moi.

– Tu fais chier, lâche-t-il un peu brusque.

Il relève la tête et regarde autour de lui. Son expression est sombre pendant une minute, mais manifestement il vient de trouver ce qu'il cherche. En revenant vers moi, il a son fameux sourire en coin.

Sans me donner plus d'explications, il m'attrape de nouveau le poignet, pour me tirer à sa suite.

– Viens là !

Cette fois-ci, je le laisse faire et le suis, docile et fiévreuse.

CHAPITRE 18

Alexandre

J'ai bien cru que je n'arriverais pas à la rattraper. *Putain, mais quelle furie !*

Pendant une seconde interminable, je nous ai vus dans ces toilettes, affrontant un Matt débraillé et une Léa satisfaite. Oui, satisfaite. Je mettrais ma main à couper qu'elle se réjouirait de voir Laure dévastée. Cette fille est une salope de compétition. Un concentré de mauvaise foi, de jalousie et d'orgueil.

Si depuis cinq ans j'observe une Laure enfermée dans sa gentillesse, sa sœur brille par sa sournoiserie. Les rares fois où je l'ai rencontrée, son visage trahissait ses sentiments : souriants et chaleureux de face, sombres et dédaigneux une fois le dos tourné.

Et dire que je vais devoir la séduire… Si ce n'était pour que Laure accomplisse sa vengeance, l'idée ne m'aurait jamais traversé. Hors de question que je rajoute à sa suffisance en m'intéressant à elle. On aurait pourtant eu des raisons de s'entendre. Nous avons, après tout, de nombreux points communs : notre goût certain pour le mensonge, par exemple. Mais je n'ai rien tenté. Elle en aurait été trop heureuse.

Laure, elle, m'a toujours combattu. Par moments, son entêtement et son innocence réussissent à me replonger dans le passé. Je me revois gosse. *L'espérance juste avant la chute.* Je me maudis encore d'y avoir cru. Maintenant je sais. Je sais qu'espérer changer les choses ne sert à rien mais que de se relever après avoir sombré peut apporter une force hors du commun. Et je veux qu'elle connaisse ce sentiment, pour ne plus jamais se laisser faire. Tout ça en restant le même connard qu'elle côtoie depuis cinq ans. C'est de loin la meilleure distraction qui m'ait jamais été donnée. Je ne pense pas avoir déjà autant pris mon pied. Les divers coups tordus que j'ai pu faire par le passé pour défaire des couples ou jouer avec les sentiments des autres ne sont rien face à cette brune au caractère bien trempé, toujours en sommeil.

Je veux qu'elle oublie les codes de bonne conduite durement appris pour venir me rejoindre du côté sombre, celui ou l'avis des autres n'a plus d'importance. C'est en train de virer à l'obsession.

Il m'a fallu toute ma retenue et une concentration sans faille pour ne pas venir la réclamer pendant ces quatre jours. Mais il le fallait pour qu'elle accepte son attraction et cesse de la combattre. En l'apercevant ce soir, j'ai su que mon silence avait fait mouche. La petite fille sage s'est transformée en une sublime sirène, moulée dans une robe provocante, découverte par ce décolleté plongeant. Et que dire de cette bouche rouge ? Elle l'a fait exprès, je n'en doute pas. Elle savait parfaitement l'effet que sa simple vue aurait sur moi. En cet instant, alors que je la tire à ma suite, ce rouge flamboyant danse encore dans ma mémoire. Je rêve de voir ses joues en prendre les mêmes nuances sous mes assauts.

Bordel ! Et dire qu'elle aurait pu tout faire foirer. Heureusement que j'ai rattrapé le coup, sinon j'aurais pu dire adieu à mes projets.

Cette fille est tellement impulsive quand elle se lâche. Elle a failli tout foutre en l'air en l'espace d'une minute. J'ai bien vu qu'elle ne m'écoutait pas, qu'elle n'en faisait qu'à sa tête. Et je dois avouer que c'est le truc le plus bandant que j'ai connu, jusqu'à maintenant. Son air rebelle m'a subjugué. Je pourrais la provoquer juste pour le voir réapparaître.

Nous traversons la salle dans le sens inverse, parmi les tables et la foule. Je l'entraîne, sans douceur, sans attendre qu'elle soit capable de me suivre. Ses talons ne doivent pas lui faciliter la tâche, mais je m'en cogne. Elle ne s'en plaint pas et se contente de me suivre. Sa main reste docile, toujours dans la mienne. Comme si elle avait une totale confiance en moi.

Cette idée me fascine et m'intrigue. Même si je ne souhaite que ça : qu'elle s'offre à moi sans retenue, son âme à nue.

Nous arrivons enfin là où je voulais l'emmener : vers une porte juste à côté de la scène, qui donne accès aux coulisses. Il doit y avoir un mec qui surveille derrière mais peu importe. J'ai besoin de me perdre avec elle. Enfin.

J'ouvre la porte et jette un coup d'œil. Quelqu'un est bien là mais il se trouve vers la scène un peu plus loin, en haut des escaliers. Son attention est absorbée par le groupe en train de jouer.

L'endroit est sombre. Je tire Laure une dernière fois avec moi pour la faire entrer puis la repousser contre le mur.

La porte se referme derrière nous, plongeant notre espace étroit dans la pénombre. Seul le panneau de sortie de secours me permet de la discerner, de voir ses traits incertains, ses dents plantées dans sa lèvre inférieure, son souffle rapide. Tous ces signaux trahissent son excitation. Tous ces signaux me font monter en ébullition.

Son cœur doit battre à toute vitesse, comme le mien. Je n'attends pas plus pour me précipiter sur elle. Les mains dans ses cheveux, dans sa nuque, dans la courbe de son dos, je la plaque contre moi, contre le mur derrière elle. Tout mon corps percute le sien pour l'immobiliser. Mes lèvres s'emparent des siennes pour l'empêcher de penser. Chaque baiser envoie une décharge électrique jusqu'à ma queue déjà à l'étroit dans mon jean, le supplice s'accentuant quand Laure se met à jouer du bassin pour se coller davantage à moi. On dirait une chatte en chaleur. Je ne l'ai jamais vue comme ça. Mais c'est un régal. Ses gémissements, chaque fois qu'elle se frotte sur mon érection, me rendent fou. Je n'ai aucune intention de la calmer. Bien au contraire.

Toujours contre sa bouche, je chope un préservatif dans la poche de ma veste avant de la retirer et le fourre dans une poche de mon jean. Laure m'aide à me déshabiller avec des mouvements désordonnés. Elle ne maîtrise plus rien, se laisse entièrement guider par ce qu'elle ressent. Sa tête part en arrière pour m'offrir son cou gracile, exactement ce que je souhaite.

Ses mains se glissent sous mon tee-shirt et griffent mes abdos, pendant que les miennes partent à l'assaut de son corps, de ses fesses, de ses seins que je rêve de mordiller. Je rentre mes ongles dans ses cuisses en la sentant lacérer mon dos et mordre le lobe de mon oreille.

Notre jeu devient de plus en plus effréné et incontrôlable. Laure me retient à elle en tirant sur mes cheveux et m'arrache un grognement quand elle force un peu plus. Son rire résonne à mes oreilles. Elle est fière de sa bêtise.

Je la fais taire. Ma bouche revient sur elle, ma langue reprend le contrôle de la sienne. Elle fond contre moi. Sa culotte est déjà trempée quand j'y aventure une main. Elle halète lorsque mes doigts trouvent le chemin derrière la fine dentelle et s'enfoncent dans ses chairs chaudes.

– Alex… soupire-t-elle d'extase.

Elle se contracte autour de moi. Sa tête se cale sur une de mes épaules et ses mains s'agrippent de toutes ses forces dans mon dos, comme si elle voulait éviter de perdre pied. Elle va même jusqu'à relever une jambe, que j'attrape de ma main libre, pour me laisser plus de place. Elle est totalement ouverte, le souffle court, les yeux fermés sous le délicieux supplice que je lui inflige.

– C'est ça, Laure, dis-je à son oreille. Venge-toi avec moi !

Ses ongles se piquent dans mes omoplates pendant qu'elle se cambre. Mes mots ont enclenché la bombe. Laure n'est plus patiente, plus raisonnée. Elle laisse échapper de plus en plus de sons essoufflés, ondule de manière plus appuyée.

Je dois faire appel à toute ma maîtrise pour ne pas lui arracher sa robe et sentir sa peau nue contre la mienne. Si elle devait sortir à poil après ça, je ne suis pas sûr qu'on puisse l'expliquer.

Je pose mon pouce sur son clitoris pour la faire basculer davantage. L'effet est immédiat : une salve de frissons remonte du bas de son corps. Je sens sa peau se hérisser sur sa cuisse que je maintiens toujours contre ma hanche.

– Alex… s'il te plaît.

La frénésie nous emporte tous les deux. Nos gestes sont brusques. Aucune douceur. Aucune parole. Nos bouches l'une sur l'autre. Nous prenons ce dont nous avons envie chacun à notre tour.

Disparue, celle qui se bat contre moi. Laure devient un amoncellement de désir, de luxure, peut-être même de folie. N'aspirant plus qu'à une chose : atteindre cet orgasme que je lui promets. Or je ne le lui accorde pas. Pas encore.

Je continue de jouer avec ses nerfs et retire ma main de son antre mouillée. Cette fois-ci, elle jouira autour de moi, lorsque je serai profondément enfoui en elle.

Rapidement, et alors que j'ai relâché sa jambe, ses doigts se démènent sur ma ceinture puis sur la braguette de mon jean. Je la laisse se débattre en la regardant faire. J'attrape le préservatif mis de côté et le garde à la main avec un sourire à son intention. Je distingue très clairement sa grimace quand elle remarque que je me moque d'elle, de son empressement et de sa maladresse.

Mon pantalon finit enfin d'être défait. Il glisse sur mes cuisses, bientôt suivi de mon boxer. Laure retient sa respiration en apercevant mon pénis dressé. Elle reste un moment sans bouger avant d'enrouler sa main tout autour. Sa chaleur me transperce, me faisant étouffer un gémissement. Je souris en la voyant passer sa langue sur sa lèvre inférieure.

– Bon sang, souffle-t-elle en fermant les yeux juste une seconde.

Son expression fascinée est plutôt flatteuse. Je rigole en reprenant sa bouche et sa langue, avant de frémir sous son contact. Ses va-et-vient le long de ma hampe commencent à me faire perdre la tête. Et je me rends compte qu'elle est dans le même état. Ce que nous faisons l'excite : sa jambe remonte le long de ma cuisse pour attirer mon bassin contre le sien, impatiente et exigeante.

J'ouvre le paquet argenté d'un coup d'incisive puis l'enfile sur mon sexe rigide, déjà prêt à exploser. Je n'ai jamais été aussi excité, aussi près du précipice, alors que je ne l'ai pas encore pénétrée.

N'y tenant plus, je remonte sa robe au niveau de sa taille, l'attrape sous les fesses, la porte pour ensuite coller ma queue sur son aine brûlante. Ses jambes s'enroulent autour de moi, m'enserrent, m'emprisonnent. Son sexe se place sur le mien. Ses bras entourent ma nuque. Et ses lèvres ne se défont plus des miennes. La respiration entrecoupée, elle ne sait plus si elle doit fermer les yeux ou me regarder.

– Alex… Viens !

Déjà trois fois qu'elle m'appelle Alex alors qu'elle ne le fait jamais. Elle est en train de perdre la raison et je me délecte du résultat, de cet ordre si sensuel, si suppliant qu'il dérègle le peu de patience qu'il me reste.

J'ai attendu tellement longtemps, assez pour ne pas être doux, ni patient. Ses gestes viennent comme donner leur assentiment à mes pensées : une de mes mains se précipite pour décaler son sous-vêtement encore en place. J'empoigne alors un de ses seins et effleure sa pointe tendue, derrière son décolleté, avant de la pénétrer enfin, en un seul mouvement, ample et profond.

Putain… Je suis en elle, enfoncé, enfermé dans sa moiteur. Laure ne retient pas son cri, ni son soupir de bien-être. Elle est totalement abandonnée, abandonnée grâce à moi qui tire les ficelles, abandonnée pour moi. Je la malmène par les mouvements de mon sexe, la traîne dans son plaisir. Ses cuisses forment un étau autour de moi, si serré que mes coups de butoir accentuent chaque frottement, chaque glissement de nos peaux l'une sur l'autre.

À mon tour de fermer les yeux sous l'assaut du plaisir. J'expire profondément. J'ai l'impression que mes sensations sont démultipliées. Je suis obligé de mordre dans la chair tendre de son épaule pour me contenir.

Je ne pensais pas que la posséder enfin me ferait tant d'effet. Un effet si dévastateur que je ne peux me retenir d'accélérer. Contractant les muscles de mes fesses. Empoignant les siennes à lui faire mal. Je la braque contre moi. Pour m'enfoncer toujours plus loin. Avec sa totale soumission.

– Encore…

Nos ongles se crochètent en même temps dans nos peaux, en parfaite synchronisation. Ses gémissements résonnent de plus en plus fort tandis que je tente de faire taire les miens.

À un moment, tout est si intense, si bon que je ne sens plus les brûlures de mes muscles sous l'effort ni la sueur qui commence à perler dans mon dos.

– Je vais jouir…

Elle n'a pas le temps de terminer sa phrase que son corps se courbe. Son orgasme la dévaste. Ses replis se contractent sur moi. Ses cris retentissent dans le couloir sans que je la retienne. Je l'admire dans sa jouissance. Dans cet état où elle n'a plus la moindre retenue. Où elle devient sauvage et insatiable.

Son plaisir déclenche le mien. Elle m'aspire si loin en elle que mon orgasme me surprend, me fait trembler et me déverser. Je la serre encore plus fort. Elle me laisse faire, jusqu'à ce que je la repose.

Nos souffles se mêlent. Nous ne nous regardons pas. Son front est appuyé sur le haut de mon torse alors que le mien se fond dans son cou.

Bordel… J'ai encore envie de la mordre…

Je suis le premier à bouger. À me défaire d'elle et à ramasser mes affaires sur le sol. Nous ne disons rien. Nos respirations accélérées parlent pour nous. Je ne sais pas si elle fuit volontairement mon regard mais, alors qu'elle remet sa culotte, sa robe et ses cheveux en place, ses yeux ne dérivent jamais vers moi.

Je souris de la voir si fuyante alors qu'elle vient de se montrer si libérée et audacieuse. *Exactement comme je me l'imaginais.*

En récupérant ma veste, j'attrape une clope et l'allume en continuant mon observation. Laure doit sentir la fumée, car elle se tourne vers moi. Elle me sourit, un peu énigmatique.

– C’était plutôt pas mal, annonce-t-elle en m’inspectant.

Son affront est divin. Je savoure de la voir si sûre d’elle et séductrice. Elle n’espère aucune réponse de ma part. Et je ne compte pas lui en donner. Sans un mot de plus, sans un baiser, et après s’être assurée d’être présentable, elle s’éloigne vers la porte.

Avant de sortir, la main sur la poignée, elle complète sur le même ton :

– Je crois que je n’ai pas perdu au change.

Qu’est-ce que je disais : Audacieuse !

CHAPITRE 19

Laure

Je marche à toute allure. Le groupe chante toujours. Le public se dandine encore. Tout est à la même place : le barman sert ses cocktails, les piliers de bar tiennent leur verre pour ne pas tomber. Le temps semble s'être suspendu, et pourtant, tout vient de changer.

J'ai l'impression d'avoir couru un marathon. Ma respiration est saccadée, mes mains sont moites, mes cuisses tremblantes. Et je ne parle pas de mes joues qui doivent être complètement rougissantes. Que je croise Matt maintenant et c'est foutu. Je dois avoir l'air d'une folle furieuse. Une folle furieuse qui vient de s'envoyer en l'air.

Mais qu'est-ce que j'ai fait ? J'ai trompé Matt. Ça y est. Je suis le même genre de personne que lui. Que Léa ! Et avec Alexandre, en plus. Autant sauter tout de suite d'un avion sans parachute. Cela revient à peu près au même que le pouvoir que je viens de lui donner : celui de faire ce qu'il veut de moi.

S'il n'avait qu'un moyen, jusque-là plutôt infime, de me faire chanter, c'est maintenant dix fois pire.

Un seul mot, et non seulement je ne pourrais plus prendre ma revanche, mais en plus, je serais jugée au même titre que mon petit ami : une infidèle dans toute sa splendeur qui prend son pied dans de petits recoins sombres alors que son « officiel » est à proximité.

Mais, bon sang, quel pied !

Mardi soir n'était qu'un avant-goût, un hors-d'œuvre avant le plat principal. Alexandre vient de me démontrer pourquoi les femmes en redemandent toujours avec lui.

Comment ne pas le faire quand il nous offre un échantillon d'émotions si intenses et déraisonnées ? Je suis encore secouée, encore frémissante de sa poigne, de ses muscles contre mon corps, de son souffle sur ma peau. J'ai besoin d'un bon coup d'eau froide sur la tête pour redescendre sur terre. Je dois effacer l'empreinte qu'il a laissée sur moi pour retrouver mes esprits.

Mon pas, rapide dans la salle bondée, ralentit aux abords des toilettes. Je guette le moindre son, appréhendant d'entendre des bruits suspects. Je reste une seconde sur le pas de la porte avant de m'engouffrer à l'intérieur, certaine que Matt et Léa n'y sont plus.

J'entre avec un soupir de soulagement. Direction les lavabos, où je fais couler un grand filet d'eau pour m'asperger la nuque. Un coup d'œil à mon reflet et je défaille. J'avais raison de penser que ma débauche pouvait se lire sur mon visage. Le maquillage de mes yeux a coulé, mon rouge à lèvres n'est plus aussi vif, mes cheveux déjà rebelles en temps normal s'ébouriffent de tous les côtés, et mes joues sont, comme je me l'imaginais, rouge pivoine. Une véritable allure de dépravée !

Ce constat me ferait presque sourire si je ne savais pas pourquoi je viens de me donner ainsi, sans protestation, consentante jusqu'au bout des orteils, beaucoup trop !

L'eau continue de se répandre dans la vasque pendant que je secoue la tête pour tenter d'en chasser les souvenirs des dernières minutes avec Alexandre. Ce n'est vraiment pas le moment de fantasmer, mes meilleures amies ont dû remarquer mon absence et doivent certainement se poser des questions. Pour Matt, je ne m'en fais pas trop : il avait bien mieux à faire.

Je passe un coup sous mes yeux pour effacer les légères traînées noires quand un vantail s'ouvre derrière moi. Son grincement résonne dans la pièce et me fait relever les yeux dans le miroir.

Je me crispe. Léa sort de la cabine. L'allure qu'elle arbore n'est pas si éloignée de la mienne.

Nous nous regardons sans bouger. Elle s'est arrêtée dès qu'elle m'a vue et j'aurais juré voir un moment de panique passer sur ses traits. Je lui souris pour l'encourager à me rejoindre, ce qu'elle fait après avoir scruté rapidement les horizons, à la recherche de son amant, sans aucun doute.

Détends-toi ! Je vais faire comme si je ne vous avais pas entendus.

Elle se lave les mains et s'observe dans la glace, l'air de rien. *Et si on jouait un peu ?*

– Ça va ? Ça fait un moment que je ne t'ai pas vue !

Elle se racle la gorge.

– Oui. J'ai eu un petit souci, avoue-t-elle en détournant les yeux.

Elle me ment mais ne l'assume pas totalement. Pourquoi ? Je n'ai pas l'impression que le fait que je sois sa sœur l'ait freinée jusqu'à maintenant. Quelque chose d'autre joue-t-il sur sa conscience ?

– Mais bien sûr…

Je la vois pâlir.

– … Un souci qui s'appelle Stéphane ! me moqué-je avec un sourire plein de sous-entendus.

Je ne pousse pas jusqu'à faire un clin d'œil. Ce serait de trop.

Léa arrête ses mouvements et me regarde comme si je venais de dire une énorme connerie.

– Ne fais pas cette tête-là, je reprends en levant les yeux au ciel. Tout le monde sait que les futurs mariés ont le feu aux fesses. C'est normal de s'envoyer en l'air avant le grand jour ! Heureusement que vous vous désirez toujours follement l'un l'autre, sinon pourquoi se marier ?

Je fais mine de la taquiner. Pour créer la proximité. Pour ne pas semer le doute. Et surtout pour la déstabiliser. Résultat : son expression est fantastique. Ses yeux fuyants sont un vrai moment de bonheur dans mon monde dévasté. Je souris en prenant conscience qu'Alexandre a réussi à détourner mes émotions de la tristesse et des regrets pour les transformer en une colère froide. Il faudra que je pense à le remercier.

– Ah… Euh… oui, répond-elle hésitante.

De toute évidence, elle cherche une réponse.

– Je crois qu'il a aimé ma petite démonstration de danse, reprend-elle plus sûre d'elle. Ça lui a fait de l'effet !

Je pourrais presque te croire si tu parlais réellement de Ton fiancé, sœurette !

– Tu m'étonnes ! continué-je sur le ton de la plaisanterie. Je ne vais pas me gêner pour le chambrer.

– Non !

Et voilà, elle se trahit toute seule. C'est tout de même impensable que je n'aie pas remarqué son petit jeu avant. Elle ne le maîtrise pas si bien, finalement. À moins que ce ne soit moi qui aie changé ?

Je demeure silencieuse, le regard faussement interrogatif, en attendant qu'elle me donne une bonne explication à son refus.

– Il n'aime pas quand j'évoque notre vie sexuelle.

– Ah oui ? répliqué-je avec une moue de surprise. Il m'a l'air plutôt ouvert, pourtant, ajouté-je pour l'ébranler davantage.

Je hausse les épaules en allant me sécher les mains.

– Il ne prend pas de pincettes quand il fait certaines allusions.

– Des allusions ? demande-t-elle les sourcils froncés.

– Oui, affirmé-je. Des trucs plutôt osés.

Je fais une pause en faisant semblant de réfléchir.

– Mais après tout, il ne le fait peut-être que quand tu n'es pas là !

Je m'avance alors vers la sortie comme si ce que je venais de dire n'avait aucune importance. Et sur le seuil, je me tourne vers elle pour l'attendre.

– Tu viens ? l'appelé-je pour la sortir de sa réflexion.

Elle me suit, le visage fermé, les traits songeurs. J'en profite pleinement.

Mais mon euphorie est de courte durée. Le spectacle qui s'offre à moi lorsque nous revenons à notre table me ramène durement à la réalité. Je marque un temps d'arrêt que ni Léa ni personne ne remarque. Mon cœur a manqué un battement.

Alexandre a rejoint notre petit groupe. Il est à table, aux côtés de Maeva, le bras qui vient de m'enlacer posé autour de ses épaules. Ne lui suffit-il pas de jouer avec moi ? Est-il également obligé de le faire avec l'une de mes meilleures amies ? Maeva ne sait pas comment il est en réalité, elle se méprend totalement. Ses yeux sont remplis d'émerveillement quand elle le regarde. Elle n'est pas du tout préparée à un homme comme lui. Alexandre ne cherche qu'à se divertir.

Son regard rencontre soudain le mien. Il me fixe sans dévier, une expression et un rictus insoutenables sur le visage : savant mélange de provocation et de perfidie. Il m'horripile quand il fait ça. Jouer avec les sentiments des autres semble être son passe-temps préféré et Maeva risque d'être sa prochaine victime.

J'ai très envie de lui faire ravaler son sourire sournois. Il prépare quelque chose, j'en suis convaincue. Et qu'il m'observe de cette façon, ça ne présage rien de bon. Devoir s'occuper de Léa ne lui suffit-il pas, pour qu'il cherche une distraction supplémentaire ? Je lui lance un coup d'œil meurtrier. Ce n'est pas possible d'être aussi changeant ! Au fond, il m'intrigue. Ses actions et ses raisonnements me fascinent autant qu'ils me répugnent. C'est une impression étrange. Alexandre est étrange, et mystérieux, et viril. Bon Dieu, quand je pense qu'il y a quelques instants à peine je me trouvais dans ses bras, emportée dans un orgasme si sensuel, ce dernier qualificatif n'a jamais été si vrai.

Je les rejoins près de la table et reste debout tandis que Léa retrouve Stéphane. Matt n'est pas là. Arrêtant sa conversation, Adèle me remarque.

– Laure ! Où étais-tu passée ?

– Je ne me sentais pas très bien, je réponds un peu honteuse. Je suis sortie un moment prendre l'air.

Involontairement, mes yeux se portent jusqu'à Alexandre. Il est toujours en parfaite contemplation de ma petite personne. Son regard brille de malice. Je ne sais pas s'il est fier que je mente ou fier d'être la cause de mon mensonge.

– Où est Matt ? demandé-je pour détourner la conversation.

Mauvaise idée de toute évidence, à voir la réaction d'Adèle. Elle tique. Ses sourcils se froncent. C'est définitif : elle n'aime plus mon petit ami. Elle le tolère, croyant que je veux le garder, mais ne peut pas s'empêcher de laisser transparaître sa désapprobation.

– Il est allé chercher des bières, il me semble, répond Maeva à sa place.

Je n'attends pas plus pour me détourner d'eux. En étant honnête, je pourrais m'avouer que le spectacle de ma meilleure amie dans les bras de celui qui vient de me faire tout oublier m'est insupportable. Mais je préfère mettre ça sur le compte de l'agacement et râler contre Alexandre qui ne cherche qu'à me faire péter un plomb.

Je pars en direction du bar. En me voyant faire, Adèle se lève pour me suivre en silence. Il semblerait que la tendre brune aux yeux d'argent ait besoin d'une discussion. Cela me gêne d'avance, je sais qu'elle va remettre le sujet Matt sur la table et accepter, sans le savoir, que je lui raconte n'importe quoi.

Je fais un rapide tour d'horizon en arrivant au comptoir, me rends compte que Matt n'est pas là et soupire de soulagement. Si je suis venue jusqu'ici, c'est surtout pour m'éviter un spectacle désagréable, retrouver mon petit ami est secondaire.

Je m'assois sur un tabouret et lève la main pour appeler le barman. Quitte à être là et à subir une discussion qui n'aura, de toute façon, aucune issue, autant se faire plaisir. Ma meilleure amie prend place à mes côtés, le corps tourné vers moi.

Bon, cette fois je ne vais pas y couper.

– Tu as décidé de rester avec lui, si je comprends bien.

Comme à son habitude, Adèle attaque direct. Son côté mère lui interdit toute hypocrisie. Elle ne cherche pas à prendre de gants. Je sais que son attitude ne vise qu'à me protéger. Je ne pourrais jamais lui en vouloir de sa franchise. Penser cela me met une boule au ventre. Je trahis sa confiance en lui mentant. Saura-t-elle me pardonner lorsqu'elle le découvrira ? En attendant, je chéris nos moments et prie pour qu'elle ne sache rien.

– J'ai parlé avec lui, annoncé-je. Il m'a dit qu'il regrettait, que c'était une erreur, dis-je en baissant les yeux.

Elle soupire. Les hommes infidèles, elle connaît bien, malheureusement. La convaincre que Matt est repenti ne sera pas facile.

– Tu sais qu'un homme qui te trompe le fera toujours ?

Il s'agit d'une question rhétorique, bien sûr. Une question qui pointe du doigt ma toute première erreur. Celle que j'ai commise il y a cinq ans en pardonnant à Matt, un homme infidèle qui a très bien su comment me prendre. Celle qui a fait de moi un gentil petit agneau.

Je n'ai pas le temps de répondre – et de me brûler la langue avec des mots que je ne pense absolument pas – que Maeva arrive vers nous. Curieuse dans l'âme, elle a besoin de connaître tous les potins et aime y réagir vivement.

Quand je regarde vers notre table et voit qu'Alexandre n'est plus là, je me dis qu'elle nous a surtout rejointes parce que sa tentation du moment a disparu.

– Vous parlez de quoi ? s'inquiète-t-elle, en prenant place sur mon autre côté.

– De Matt, répond Adèle tout de suite.

– On aurait dû lui donner un bon coup de genou dans les parties depuis longtemps.

Je lève les yeux au ciel. Maeva ne fait pas dans la dentelle. Avec elle, c'est tout noir ou tout blanc. Il ne lui viendrait même pas à l'idée que j'aie des intentions cachées. Mais en un sens, c'est normal, je commence à jouer mon rôle à la perfection. Je parviens même à leur faire croire que je suis tellement amoureuse d'un homme qui me trahit que je suis prête à lui pardonner.

– Sérieusement, Laure, reprend-elle, en posant sa main sur mon poignet. Ça rime à quoi, tout ça ? Tu veux vraiment rester avec Matt ?

J'avale difficilement et me mords la lèvre, pour ne rien leur révéler. Elles me connaissent depuis si longtemps, c'est un crève-cœur de ne pas leur faire confiance. *Peut-être qu'elles pourraient comprendre ?* Non. Adèle en tout cas ne le pourrait pas. Elle n'est ni sadique, ni impulsive. Quant à Maeva, elle est incapable de dissimuler un secret.

– Je l'aime, avoué-je à contrecœur. Je veux lui donner une seconde chance.

Ma gorge est serrée. C'est tellement dur de mentir sur un truc pareil, alors que deux semaines plus tôt j'étais aveuglée par mon amour. Prête à tout pour notre couple.

– J'espère que tu ne te trompes pas, soupire Adèle.

– Si je me trompe, tu n'auras qu'à me dire que tu m'avais prévenue.

– Ce n'est pas drôle ! bougonne Maeva. Tu sais très bien qu'on préférerait mille fois n'avoir jamais besoin de te dire ça. On ne veut pas que tu souffres. Et si jamais il recommence ? Jusqu'où vas-tu accepter ça ? Je sais à quel point tu peux être gentille et naïve, et j'ai peur que tu te laisses faire, que tu lui trouves chaque fois des excuses. Tu viendras bientôt nous dire que c'est ta faute, parce que tu n'es pas assez présente…

Je ne sais pas pourquoi mais son discours moralisateur réveille la partie de moi qui a tiqué en la voyant dans les bras d'Alexandre, il y a quelques minutes. Le côté « naïf », certainement. Seulement cette partie de moi a volé en éclats il y a deux semaines et je n'ai pas besoin qu'on me balance mes erreurs passées au visage ou qu'on envisage celles qui sont à venir. Surtout lorsque le bilan ne s'annonce pas plus glorieux de l'autre côté de la barrière. Agacée, je la mets au pied du mur, face à ses propres choix :

– Et toi ? je riposte.

Elle fronce les sourcils.

– Tu crois qu'Alexandre ne te fera pas souffrir ? Que tu n'es pas déjà en train de lui trouver des excuses ?

Je n'ai pas pu me retenir. Oui, elle s'inquiète et elle a raison. Mais c'est un peu l'hôpital qui se fout de la charité ! Je sais qu'elle a un sacré caractère et qu'elle n'a pas peur de se taper des hommes peu convenables, mais Alexandre, c'est une autre histoire. Elle est déjà incapable de voir qu'il va la manipuler, la faire tomber amoureuse pour mieux la jeter ensuite.

– Arrête un peu ! proteste-t-elle en levant les yeux au ciel. On sait très bien que tu ne peux pas le blairer. Je ne vois pas comment tu pourrais être objective !

Mais dites-moi que je rêve ! Elle ne vient pas de me sortir une connerie pareille, n'est-ce pas ?

– Tu ne penses pas ce que tu es en train de dire ?

– Bien sûr que si ! assure-t-elle vivement. Pourquoi ça ne pourrait pas être le cas ? Alex s'est toujours montré gentil avec nous. Il est même venu nous aider quand on avait besoin d'aide parce que tu avais bu. Tu es toujours contre lui mais tu ne lui as pas laissé une chance de te démontrer qui il est. Pas vrai, Adèle ?

Elle se tourne vers notre amie qui assiste à notre échange sans broncher.

Ce n'est pas possible d'être aussi entêtée ! Je me demande vraiment comment il fait pour berner aussi facilement les gens qui l'entourent. Tout le monde lui donne le bon Dieu sans confession, je ne devrais donc même pas m'étonner que mes meilleures amies tombent dans le panneau. Il a une gueule d'ange, des bonnes manières en public, des sourires à tomber. Comment je peux rivaliser, moi qui ne suis qu'une femme trompée voyant le mal partout et s'apitoyant sur son sort ? Ce combat me fatigue déjà ! Il va falloir que je m'accroche si je veux lui faire entendre raison.

– Pas la peine de prendre Adèle à partie, grondé-je presque. Elle ne le connaît pas mieux que toi.

– Ah oui, c'est vrai que j'avais oublié à quel point toi tu le connais ! Certainement grâce aux longues discussions que vous n'avez jamais eues puisque tu ne peux pas lui adresser la parole sans aboyer ? À moins que ce ne soit grâce aux avances que tu lui as faites et qu'il a refusées ?

Je reste interdite une seconde. De toutes les bouches, je ne m'attendais pas que ce soit l'une de mes plus proches amies qui me sorte un truc pareil et sur un ton si mesquin.

– Mais ce n'est pas possible d'être aussi bête ! m'écrié-je presque en colère.

Et je modère mes propos...

– C'est un connard, ce mec. Combien de fois je vais devoir te le répéter ? Jusqu'à ce que tu en fasses l'expérience par toi-même ? Ne viens pas pleurer dans mes bras ce jour-là, Maeva !

– Tu racontes vraiment n'importe quoi ! soupire-t-elle fortement avant de détourner la tête.

Elle est vexée.

– Hé, les filles, et si vous arrêtiez de vous étriper ?

Adèle, la médiatrice est de retour.

– Maé, dit-elle calmement en se penchant vers notre amie. Je suis certaine que Laure ne te prévient pas sans raison. Elle le côtoie plus que toi. Peut-être qu'elle a vu des choses qui peuvent faire croire qu'il n'est pas un homme pour toi, et tu devrais peut-être l'écouter. Tu sais que ça ne lui ressemble pas de raconter du mal des gens sans raison.

Maeva grimace dans son coin. Un grognement en plus et elle sera idéale pour endosser le rôle de la fillette boudeuse et capricieuse.

– Et toi, Laure…

J'ai un petit mouvement de sursaut. *Merde, je ne pensais pas que j'aurais le droit à ma petite remontrance, moi aussi !*

– … tu l'as peut-être pris en grippe trop tôt, et depuis tu crois qu'il veut du mal à tout le monde. Tu pourrais peut-être essayer de lui laisser une chance.

N'importe quoi !

– De toute façon, je ne sais pas pourquoi on s'engueule pour ça, intervient Maeva toujours renfrognée. Ce n'est pas comme si on sortait ensemble.

– Ah oui ? Pourtant, je vous ai vus tous les deux, lancé-je d'une petite voix.

– Tu parles, je galère, oui ! ricane-t-elle en secouant la tête. Il se montre très gentil, certes, mais il n'a rien entrepris. On dirait qu'il observe, pour l'instant. C'est simple, depuis notre dernière nuit ensemble, il n'a aucun geste déplacé. Nada ! Niet !

– Il ne se gêne pourtant pas pour prendre ce qu'il veut ailleurs…

Et je ne parle pas de moi. Enfin… pas seulement.

– Franchement, tu as besoin de me rappeler ça ? grogne Maeva en faisant un geste au barman pour commander des Tequila Sunrise.

– C'est le seul moyen pour que tu saches qui il est.

– Il n'est pas comme ça, s'entête-elle encore.

Son béguin est peut-être plus important que je ne le soupçonnais. La voir déjà si éprise d'un homme dont elle ne connaît qu'une facette me sidère et me fait culpabiliser. Je devrais lui dire la vérité. Mais me croirait-elle ?

Quand le serveur pose nos verres devant nous, une main se glisse sur ma chute de reins pour m'envelopper dans une chaleur connue. Une bouche se pose sur mon oreille pour m'embrasser. J'ai envie de me dérober à cette marque d'affection mais je n'en fais rien. Je me laisse faire et détourne mes pensées de ma meilleure amie vers ce contact qui me brûle.

– Tu es là ! Je te cherchais.

Matt s'insère entre Maeva et moi et me sourit amoureusement. Rien sur ses traits ne trahit sa duperie.

– J'ai fait un tour dehors, puis aux toilettes, révélé-je pour le tester.

Son expression coupable est aussi fugace que celle de Léa. Mon cœur s'exalte de son embarras.

– Ah bon ?

– Hum…

Je hausse les épaules et reporte mon attention sur mon verre. Je sens les regards d'Adèle et de Maeva sur nous, épiant le comportement de Matt et mes réactions. Il va falloir qu'elles s'y fassent. Au moins pour un temps, lui et moi sommes encore un couple.

– On rentre ? demande-t-il en reposant sa bouche sur ma tempe dans un baiser.

Il est tellement tendre, dans ces moments-là. L'est-il de la même manière avec Léa ?

J'acquiesce en me levant de mon tabouret.

– Je vais chercher mes affaires. J'arrive, dis-je en repartant vers notre table.

Il y a un monde fou autour du bar. Le groupe a arrêté de jouer et la foule s'est réunie autour du comptoir pour commander à boire. Je me faufile donc une fois encore pour atteindre ma destination. J'ai l'impression de n'avoir fait que ça, ce soir.

En arrivant près de nos affaires, je ne vois aucune trace de Léa ni de Stéphane. *Ok. Donc, nos sacs sont laissés à la portée de tous, on s'en fout, apparemment !* Cette fille est vraiment un monstre d'égoïsme.

Je peste en silence, ou presque, et attrape mon sac qui traîne aux pieds d'une chaise. Je n'ai pas le temps de me relever qu'un bras m'encercle la taille et me ramène contre un torse. Pas besoin de tourner la tête pour vérifier qui plaque mon dos contre lui, de cette façon. Son parfum est parfaitement identifiable, enivrant.

– Alors comme ça tu prenais l'air ? se moque-t-il. Ce n'est pas très joli de mentir à tes amis !

– À qui la faute ? protesté-je en faisant en sorte de ne pas respirer son parfum.

– Mais à toi seule ! Dois-je te rappeler qui a choisi de lancer les hostilités ?

Il ricane, le nez sous mon oreille. Je me dégage de ses bras pour me retourner et l'affronter.

– Qu'est-ce que tu fous ?

– Ça ne se voit pas ?

Il fait un pas vers moi. Le regard percutant.

– Avec Maeva.

– Maeva ? demande-t-il sans comprendre.

– La blonde avec qui tu parlais.

– Ah oui, ta copine.

– Comme si tu ne le savais pas. Tu cherches quoi, Alexandre ? Tu veux juste m'énerver ?

Ses yeux pétillent de vice.

– Et cela ne te vient pas à l'esprit que je puisse commencer à apprécier ses charmes ?

– Ne te fous pas de ma gueule, tu avais oublié son prénom il y a une seconde, alors que tu l'as déjà foutue dans ton lit.

– Je n'ai pas oublié son prénom. Je voulais juste te faire réagir. Et ça marche, apparemment.

Oui. Un peu trop.

– Je sens que tu prépares quelque chose, rétorqué-je sans tenir compte de sa remarque. Mais ne t'approche pas d'elle !

Il sourit. Je n'aime pas ce que je vois. Je sens les rouages de son projet sadique s'enclencher.

– Tu me déçois, Laure, je croyais que tu me connaissais…

Il se penche vers moi pour murmurer contre mon oreille :

– Je fais ce que je veux.

Et sur ces mots, accompagnés d'un rire glacial, il s'écarte pour faire demi-tour. Quelques pas plus loin, il complète :

– Prépare un alibi pour mardi soir ! Je dois te présenter quelqu'un.

CHAPITRE 20

Laure

Cela fait trois jours que je suis spectatrice de ma vie, trois jours que mes pensées sont accaparées par les événements de samedi soir. Les souvenirs de cette soirée ne me quittent plus. Ils m'empêchent de trouver le sommeil, de me concentrer en pleine journée. Ils se bousculent dans ma tête et balaient mes certitudes. Le désir peut-il surpasser la haine ? Peut-on détester quelqu'un et remettre son corps, sa vie entre ses mains ?

Je ne suis bonne à rien. J'ai passé un dimanche à flemmarder pendant que mon petit ami était sorti faire du sport, et depuis hier, mon travail n'avance pas. Je ne suis pas concentrée. Mon rendez-vous avec Alexandre me perturbe. Il en est même venu à me faire oublier une réunion avec Rachel et nos prospects. Ma première erreur en six mois. Du pain bénit pour elle. Je lui ai enfin donné l'occasion d'affirmer que je n'étais pas prête à travailler en totale autonomie.

Je pensais tout maîtriser, avoir un plan en béton. Mais c'était sans compter sur Alexandre et sa volonté de tirer les ficelles. Je sais que j'ai besoin de lui pour parvenir à mes fins, je ne suis pas assez versée dans l'art de la trahison pour m'en sortir seule, mais je me demande ce qu'il me cache. Je suis persuadée qu'il poursuit son propre objectif dans cette vengeance.

Suis-je prête à suivre toutes ses directives et à m'en remettre pleinement à lui ? Suis-je, au fond de moi, la fille facile qu'il libère un peu plus à chacune de nos rencontres ? Pendant cinq ans, j'ai réussi à surmonter ses avances, à le repousser quand il devenait trop pressant. Que s'est-il passé pour que tout cela soit remis en question ? Le fait de voir Matt avec une autre est-il la seule explication à ce revirement ?

Je dois arrêter de me voiler la face mais je n'ose pas aller plus loin dans mes réflexions. Je n'arrive pas encore à accepter que cette attirance aille plus loin que ma vengeance, que je le désire depuis bien plus longtemps que dix jours.

Nous avons toujours conservé notre indépendance, Matt n'a donc même pas râlé de mon absence ce soir. J'ai inventé une soirée entre filles et il n'a pas bronché. Il a même prétexté un pot à son boulot pour me dire de ne pas m'étonner s'il rentrait après moi. Il me croit toujours dupe.

Je n'ai pas réussi à recoucher avec lui. Samedi soir, il était finalement épuisé – et déjà vidé, il faut bien le dire –, et dimanche nous n'avons échangé que quelques mots lorsqu'il est rentré de sa séance de running, puis nous sommes sortis nous balader. Je sais que je dois le subjuguer, lui faire oublier ma sœur, mais je n'y arrive pas. Entre une petite danse érotique et me retrouver à le chevaucher, il y a un monde. Je croyais être capable d'aller jusqu'au bout mais je me rends compte à quel point c'est difficile. Et ce malgré nos habitudes. Cinq ans à coucher avec lui ne m'aident pas à me laisser aller. Je me dis sans cesse qu'il verra immédiatement la différence, qu'il finira par sentir que je simule, que tout mon corps le rejette.

Et dire que je dois tenir le coup pendant trois semaines encore. Je vais immanquablement devoir y passer. Il va forcément vouloir coucher avec moi durant ce laps de temps et ne se satisfera plus de mes dérobades. Mais quand bien même cela mettrait-il mon plan en danger, je repousserai ce moment autant que possible. En espérant qu'Alexandre respecte toujours son engagement et que dans trois semaines je sois enfin libérée avec une revanche à la clef. Je ne supporterais pas le contraire.

Je ne sais pas ce que mon complice compte faire ce soir, mais de toute façon, c'est trop tard. Je suis déjà perdue.

Cela fait une heure que je jette des coups d'œil à cette maudite pendule accrochée à mon bureau. Je ne parviens même pas à terminer le contrat que ma boss m'a demandé de préparer. Je n'en ai pas envie. Cela risque encore de se retourner contre moi mais qu'importe. Gérer les humeurs de ma chef ne fait plus partie de mes priorités.

La seule chose que je parviens à faire, c'est dessiner. Des silhouettes informes ou des squelettes avec encore quelques morceaux de chair. Je souris en admirant le résultat. Après des années, retrouver le crayon et me perdre dans des images qui n'ont rien à voir avec ma vie bien rangée me remplit d'un bien-être que j'avais perdu en abandonnant. *J'aurais dû m'y remettre bien avant.*

Après un énième personnage, mes yeux se portent de nouveau sur l'horloge. Vingt heures passées depuis cinq minutes. Je suis en retard. Je devrais déjà être descendue pour le retrouver. Mais mon corps ne semble pas réagir. Je suis clouée sur cette chaise, avec cette feuille, tout ça parce que mes sens partent en vrille en sa présence et que j'ai peur de ce que je pourrais encore faire. C'est comme si mon cerveau s'était fait la malle et que je n'étais plus qu'une enveloppe charnelle, constamment en chaleur à ses côtés. *Franchement...*

– Ce n'est pas en la fixant que le temps va s'arrêter, tu sais !

Merde, je ne l'ai même pas entendu entrer. Je dois être encore plus perchée que je ne le croyais.

Je ferme les yeux une seconde. La vibration de sa voix se diffuse en moi, elle me fait frissonner, frémir. Suis-je donc incapable de m'empêcher de le désirer ? J'ai l'impression de n'être réduite qu'à ça.

Je détourne mes yeux du cadrant pour le regarder. Il est tellement grand. Assise sur ma chaise, je suis une petite fourmi face à un géant. Il pourrait m'écraser de son poids sans effort. Il s'approche de mon bureau d'une démarche féline. Ses yeux me détaillent. Il semble aimer ce qu'il voit. Pourtant je ne pense pas avoir fait plus d'effort que d'habitude, je porte d'ailleurs un jean plutôt qu'une jupe.

À cette pensée, des images de lui entre mes jambes me reviennent aussitôt. Je me lève précipitamment avant qu'il ne se penche au-dessus de moi. Mes papilles salivent beaucoup trop. Ce n'est pas possible, depuis quand je réagis comme une fille assoiffée et dépendante d'un homme et de ses caresses ? Il est en train de me réduire à une femme avide de luxure. Ça ne peut pas être moi.

– Tu comptes passer ta soirée ici ? Parce que je peux toujours trouver un moyen de rendre la soirée plus agréable, mais cela ne fera pas avancer ton plan.

Il ne peut pas s'empêcher de sortir des trucs pareils ? Tout en grommelant, j'attrape mon sac et ma veste en lin derrière mon dossier. Il est déjà à la porte à m'attendre, un air ravi accroché aux lèvres.

– Tu peux m'expliquer comment tu arrives à rentrer ici sans problème ?

– Je me suis tapé la réceptionniste, balance-t-il comme si c'était une chose évidente.

Je m'arrête net en manquant de m'étouffer. *Il plaisante, hein ?*

– Tu n'as pas fait ça ?

– Pourquoi je ne l'aurais pas fait ?

Il s'arrête, la main sur la poignée, puis revient un peu vers moi. Il me toise, cherche quelque chose sur mes traits, puis sourit avant de continuer.

– Elle n'attendait que ça.

Je reçois un stupide coup dans l'estomac avant de détourner le regard. Je ne veux pas qu'il voie que sa révélation m'affecte. Je ne suis déjà pas certaine de pouvoir gérer tous mes sentiments contradictoires, ce n'est pas pour lui donner des armes supplémentaires contre moi.

– Qu'est-ce qu'il y a ? Ça ne te plaît pas ?

Je ne vois vraiment pas pourquoi il me pose cette question. Qu'est-ce qu'il en aurait à faire, de toute façon, que cela me plaise ou non ?

J'expire profondément, endosse mon masque d'indifférence et laisse un sourire moqueur fleurir sur mes lèvres :

– Tu fais ce que tu veux ! Ça ne me regarde absolument pas. Du moment que tu t'occupes de ma sœur et que tu laisses mes amies tranquilles, tu peux bien sauter tout-Paris si cela te chante.

Je hausse les épaules sans le regarder avant de passer devant lui et de sortir des locaux.

En bas, nous retrouvons sa moto. Il a préparé un casque pour moi et me le tend. J'ai bien fait de mettre un pantalon. Je n'ose pas imaginer de quoi j'aurais eu l'air pour enjamber cet engin – qui est énorme pour une fille fine comme moi – avec une jupe.

Alexandre actionne les manettes et démarre. Avec son casque et sa veste de motard, il est encore plus canon. *Seigneur, comment lutter ?*

Je monte derrière lui, me cramponne à son torse et nous partons. Accrochée à lui, je sens la tension de ses muscles à chaque manœuvre. Sans le voir, je suis sûre qu'il arbore un sourire victorieux alors que je ne peux rien faire d'autre que d'être rivée à lui dans cette position.

Il s'arrête vingt minutes plus tard, se gare et descend. Je le rejoins.

D'abord impassible, pour ne pas lui montrer qu'il me trouble, je souris de satisfaction quand je comprends où nous sommes. Il est en train de remplir sa part du marché. Et je sais déjà quel genre de personne nous allons rencontrer.

conscience que j'étais là, seul avec elle, comme la fois précédente. Elle ne s'est reprise que lorsque j'ai délibérément menti sur mon aventure avec la réceptionniste. Comme si le contrecoup l'éveillait à elle-même. *Une petite effrontée qui a eu l'audace de me mentir !*

Cette fille est complexe. Elle se bat contre elle-même au lieu d'assumer ses désirs enfouis. Pour ma part, il y a bien longtemps que je ne me pose plus ce genre de question. Depuis que la vie m'a appris que les gens sont égoïstes, prêts au pire sur les êtres les plus faibles. Je ne serai plus jamais l'un de ces derniers, en demande d'affection, de reconnaissance, d'amour.

Laure doit arrêter de réfléchir. Elle est capable de mentir, capable de dissimuler ses sentiments ou d'exploser, capable de tricher. Je le sais. Il faut juste savoir la manier. Et nul autre que moi n'aura ce privilège. Que Matt réveille sa colère, très bien. Mais moi seul dois pouvoir la guider pour assouvir ses besoins. Et je compte bien en devenir un qui lui sera vital.

Le serveur qui nous a accueillis à l'entrée nous accompagne jusqu'à une table au fond de la salle. Je connais bien cet endroit. L'espace est petit : seulement quarante couverts dissimulés de la rue par des baies vitrées sans tain, un décor feutré aux murs recouverts de velours noirs assombrissant l'ensemble et rehaussés de touches dorées, une fine moquette moderne, des tables à la décoration raffinée. L'ensemble donne à la salle une atmosphère chargée de volupté.

Nous nous installons en silence, l'un en face de l'autre, et passons commande. Pendant un moment, nous ne disons rien. Laure regarde les moindres détails autour de nous tandis que je ne la quitte pas du regard. Lorsque nos entrées – deux carpaccios de Saint-Jacques – arrivent, le visage de Laure s'éclaire et prend un air coquin.

– Alors comme ça tu es un adepte de ce genre de lieu ? attaque-t-elle mutine.

Je rigole en dégustant la Saint-Jacques fondante sur mon palais.

– Non, réponds-je en haussant les épaules. Je connais, c'est tout.

– Oh ! fait-elle sceptique. Et comme « tu connais c'est tout », tu as pu trouver une gentille fille innocente qui a bien voulu manipuler un homme qu'elle ne connaît pas.

– Cette fille est bien loin d'être innocente… Et comment j'ai réussi à la trouver ne devrait pas t'inquiéter ! Le plus important c'est qu'elle fasse ce qu'on lui demande.

– Pour de l'argent, je suppose, réplique-t-elle un peu mauvaise.

– Non, dévoilé-je en soupirant. Elle avait une dette envers moi. Je lui ai juste proposé de l'effacer en échange.

Ses yeux me fixent. Elle hésite, ne sachant pas si je lui raconte la vérité ou non. Il faudra qu'elle se contente de ça, au moins pour le moment. Je ne veux pas qu'elle en sache davantage.

– Très bien, conclut-elle. Et où est-elle, cette charmante jeune femme ?

Son ton est ironique.

– Je l'ai prévenue de notre arrivée. Elle ne devrait pas tarder.

Laure est agacée. Est-ce parce qu'elle sent que je lui cache des choses ou parce que je lui présente une nouvelle femme qu'elle croit proche de moi ? Je n'ai pas le temps de me poser plus de questions qu'une main manucurée se pose sur mon épaule et qu'une bouche pulpeuse s'abat sur ma joue pour me coller un baiser appuyé et un peu aguicheur. Des doigts se faufilent dans mes cheveux désordonnés pour me les secouer en signe de tendresse.

Face à moi, la brune qui hante mes pensées se renfrogne dans son siège en nous dévisageant. *Je savais que cette soirée allait être intéressante, mais à ce point...*

Je passe la main sur la hanche de la nouvelle arrivée pour la coller à moi, puis me tourne vers elle.

– Laure, je te présente Délina, strip-teaseuse et escort professionnelle, qui va se faire un plaisir de répondre à toutes tes exigences !

CHAPITRE 22

Laure

Je détaille l'escort durant de longues minutes avant de me dire que cela ne doit pas être très agréable d'être jugée comme du bétail. Mais elle ne semble pas tiquer, elle me jette un regard amusé avant de se retourner vers Alexandre.

Elle est brune, comme moi, élancée, avec une poitrine généreuse et des hanches marquées. Je me doute que sous ses vêtements il n'y a pas une trace de graisse. Elle a plutôt l'allure sportive, celle d'une danseuse, quand on connaît son métier.

– Elle te plaît ?

Alexandre interrompt mon inspection. Sa main toujours posée nonchalamment sur la taille de Délina. *Délina, non mais c'est quoi ce prénom ? C'est loin de faire naturel. Il faudra que je trouve autre chose !*

Sans attendre notre approbation, la strip-teaseuse attrape une chaise à une autre table et s'installe avec nous. Je remue sur la mienne, un peu gênée de la voir si proche de moi.

– Ce n'est pas à moi qu'elle doit plaire, dis-je en la regardant toujours.

– Elle plaira à Matt.

Je ricane sans délicatesse en détournant les yeux une seconde. Bien sûr qu'elle plaira à Matt. Une fille qui va l'aguicher pour le mettre dans son lit le temps d'une soirée, pourquoi dirait-il non ? Et en même temps, une petite voix me souffle qu'il a déjà Léa. Pourquoi se taperait-il encore une autre fille ? A-t-il donc besoin d'un harem ?

– Ne t'inquiète pas, dit Alexandre en réponse à mes doutes. Il tombera dans le panneau. Délina sait être irrésistible et c'est un mec, après tout. Il ne résistera pas longtemps.

Je soupire. J'ai entendu cette explication un nombre incalculable de fois. Comme si le simple fait d'avoir un pénis à la place d'un vagin permettait ce genre d'incartade.

– Tu parles en connaissance de cause, je suppose.

Je n'ai pas pu m'en empêcher. Mais je n'y peux rien. J'aime le défier.

– Ne me mets pas dans le même sac que Matt. Nous sommes loin de jouer dans la même catégorie.

Il ne peut pas être plus près de la vérité. Alexandre est un solitaire qui n'a peur de rien. Matt est un suiveur.

– Matt, c'est ton petit ami, le mec qui te trompe, c'est ça ?

Je me retourne vers Délina, les yeux arrondis d'étonnement. Sa voix est douce et caressante. Elle vient m'extirper de mes pensées pour m'enlacer dans un bain de quiétude. Elle n'a pourtant pas dit grand-chose, mais à sa manière de parler, je sens qu'elle compatit.

– Oui, je réponds simplement.

– Encore un de cette espèce, crache-t-elle le regard dur, en parcourant la salle des yeux.

Je souris faiblement de l'entendre si véhémente. Alexandre fait pareil, mais le sien n'a pas la même sincérité. En silence, il nous observe à tour de rôle.

– Tu as raison de faire ça, reprend-elle en tournant une nouvelle fois la tête vers moi. Il ne faut pas le laisser s'en tirer comme ça.

Le poids qui pèse sur mon cœur semble s'alléger. Elle vient d'adoucir l'incertitude qui m'opprime depuis plus de dix jours en me poussant à me demander sans cesse si je ne vais pas trop loin. Cela me touche. Savoir que quelqu'un – autre qu'Alexandre – me soutient, apaise un peu mes appréhensions. Cette fille me surprend. Je ne m'attendais pas qu'elle m'approuve ni qu'elle me parle avec tant de facilité. Elle me donne l'impression d'être ouverte et très sociable, loin de l'image superficielle et inaccessible que j'avais en tête en apprenant quelle était sa profession.

Comme pour confirmer mon analyse, c'est le plus naturellement du monde et avec une fraîcheur sincère que Délina part dans le récit de sa vie et de ses expériences malheureuses, à elle aussi, avec les hommes. Cette fille est délicieuse. Pendant notre conversation, j'apprends qu'elle s'appelle en réalité

Sarah, qu'elle est étudiante en psychologie, qu'elle a mon âge et travaille dans ce club depuis ses dix-huit ans pour payer des études que ses parents n'ont pas les moyens de financer.

Quand elle a fini, son sourire est radieux. Comme si le fait de parler avec une femme dans ce lieu où elle a plutôt tendance à se montrer nue la déridait un peu. Je me rends compte que mes idées se sont arrêtées bien trop vite sur son image. Sarah n'est pas du tout vulgaire et s'intéresse à énormément de choses, ce qui fait d'elle quelqu'un d'intelligent et de cultivé.

Seulement quelques minutes que nous nous côtoyons, et déjà, j'ai envie d'en apprendre plus sur elle. C'est donc en toute logique que je l'interroge, notamment sur son futur « travail » pour moi.

– Ce qu'on te demande de faire ne te dérange pas ? Je veux dire, d'habitude tu dois avoir affaire à des hommes qui te payent. Là il ne sera même pas au courant…

– Ne t'en fais pas, me rassure-t-elle avec un regard bienveillant. J'ai déjà joué la comédie. Certains clients m'ont payée pour dévergonder un de leurs amis, ou pour réaliser des fantasmes avec leur femme. Je suis habituée.

Bien entendu. Il ne faut pas oublier que c'est une professionnelle.

– Et après ? Est-ce que tu sais ce que nous comptons faire ? Alexandre t'a tout expliqué ?

J'ai tout planifié, du repas chez mes parents à la soirée où Matt dérapera, puis à l'après, surtout à l'après. Je veux qu'il voie son univers couler, qu'il me voie partir sans me retourner. Mais qu'il m'aime encore assez pour ramper et essayer de se faire pardonner. Voilà ce qui me motive. Mais pour ça, cette fille doit être prête à affronter les conséquences et doit savoir jouer assez finement pour ne pas tout faire foirer. Tout comme Alexandre, d'ailleurs. Je ne suis toujours pas convaincue de pouvoir lui faire confiance, même s'il semble prendre son rôle au sérieux.

Sarah acquiesce d'un hochement de tête, sûre d'elle. Elle a dû en faire des trucs pas nets. Mon petit plan de vengeance ne semble pas lui faire peur mais cela ne m'empêche pas de m'inquiéter.

– Il n'y aura pas de répercussions pour toi ?

Sarah hausse les épaules.

– Je ferai en sorte qu'on ne me reconnaisse pas.

Ses réponses parviennent à me rassurer un peu. Il me reste cependant un point à éclaircir, précisément celui qu'Alexandre ne veut pas que j'aborde, vu sa réaction quand je lui ai posé la question en arrivant.

– Pourquoi acceptes-tu de faire ça si ce n'est pas pour l'argent ?

Comme je l'avais prévu, Alexandre se redresse sur son siège, la mine fermée, hostile et concentré. La danseuse le regarde et semble attendre une approbation qu'il ne lui donne pas. Il a, au contraire, un léger mouvement de négation, avant de reporter son attention sur moi dans une attitude dominante et autoritaire. Le voir comme ça, me fixant durement, avec ses yeux verts si sombres me renvoie quelques jours en arrière. Il me donnerait presque envie de retourner dans ses coulisses immédiatement.

– Disons que je rends un service, répond Sarah en me sortant de mon fantasme. J'espère juste que je vais convenir.

Bien sûr qu'elle conviendra, elle a beaucoup plus d'atouts que moi.

– Matt aime les filles intelligentes avec de la conversation, annoncé-je. Et puis, tu ressembles à Léa, tu as les formes qui le font fondre.

Les mots sont sortis tout seuls, accompagnés de cette amertume qui m'empoisonne lorsque je pense à mon corps. J'aurais peut-être mieux fait de me taire parce qu'Alexandre s'est de nouveau tendu sur son siège. Il serre la mâchoire comme pour se contenir.

– Je croyais que tu en avais fini avec ça, siffle-t-il entre ses dents.

Je mords ma joue à l'intérieur de ma bouche pendant qu'il soupire.

– On y va !

– Quoi ? m'exclamé-je en le voyant se lever. Où ça ?

Il fait un signe de tête à Sarah puis me regarde.

– Je vais t'apprendre à t'accepter.

Alexandre n'attend pas que je le suive et s'éloigne vers le fond de la salle d'un pas déterminé. Il se dirige vers un escalier discrètement camouflé derrière un bar en acajou, qui doit mener vers le lieu de travail de Sarah.

Arrivé là, il parle avec le barman. Les deux hommes sont détendus, ils ont des gestes amicaux. Leur échange dure quelques secondes avant qu'Alexandre ne hoche la tête et ne se retourne vers nous pour attendre, *m'attendre. Ce qu'il peut m'énerver quand il agit de cette façon !*

– Il faut y aller, intervient Sarah.

Je crois que j'avais deviné toute seule !

Sarah se lève à son tour et me lance un regard encourageant pour m'intimer de faire comme elle. Je soupire. *S'ils s'y mettent à deux…*

Alors qu'Alexandre a disparu et que Sarah commence à s'éloigner, je lui attrape le poignet.

– Pourquoi Alexandre ne veut-il pas que tu me parles de votre accord ?

– Tu m'as l'air bien curieuse, répond-elle avec les yeux rieurs. Il m'a fait comprendre qu'il ne voulait rien dire.

– Pourquoi ? Est-ce qu'il te menace ?

J'espère que ce n'est pas le cas. Je peux accepter qu'il me fasse du chantage pour me permettre d'assouvir ma vengeance, mais certainement pas qu'il le fasse endurer à quelqu'un d'autre pour moi. Je ne pourrais pas tolérer notre jeu plus longtemps. Le sourire qui s'épanouit sur le visage de Sarah me rassure.

– Non, dit-elle avant de réfléchir. Cela ressemble davantage à une contrepartie, un juste retour d'ascenseur. J'ai fait un truc pas très clair et il m'a permis de m'en sortir. C'est plutôt rare pour un mec comme lui.

– Un mec comme lui ?

Je suis perdue. Que peut-elle bien vouloir dire ?

– Tu ne sais pas ce qu'il fait dans la vie, n'est-ce pas ?

Je ne vois pas le rapport.

– Laure ! tonne Alexandre, en repassant la tête en haut des escaliers.

– Oui, c'est bon, j'arrive !

Nous descendons les marches du restaurant à la suite d'Alexandre. Je ne me fais pas d'illusions sur ce qui nous attend en bas. Quand nous arrivons, mon cœur bat un peu plus vite dans ma poitrine. Je crois que, pour la première fois de la soirée, je suis stressée. Même rouler à toute allure sur sa moto n'était rien en comparaison. *Que me réserve-t-il ? Je le sens mal.*

Comme je me l'étais imaginé, nous débouchons sur une salle restreinte sans la moindre ouverture vers l'extérieur, uniquement éclairée de spots de lumière chaude. Dans le fond de la pièce, un bar trône tout en longueur. L'espace est occupé par quelques tables basses entourées de fauteuils et de sofas molletonnés. Et enfin, trois scènes de pole dance surplombent la salle.

C'est un peu glauque, très voyeur, mais vois-je les choses ainsi car je ne suis pas une habituée de ce genre d'endroit ? Je n'étais encore jamais rentrée dans un club de strip-tease. Et à vrai dire, je ne crois pas avoir loupé grand-chose !

Il n'y a pas grand monde, il est encore trop tôt. Je ne suis pas sûre que cela soit déjà ouvert. Toutes les personnes que je repère sont des employés, très occupés par leurs différentes tâches professionnelles, d'ailleurs.

Alexandre marche dans la salle, sûr de lui et décontracté. Il me donne l'impression de connaître tout le monde. Il salue de nouveau le barman et quelques serveurs. Connaît-il personnellement toutes les danseuses aussi ? Je fronce les sourcils, subitement consciente que si c'était le cas, cela me dérangerait. Je ne sais pas si j'ai envie d'apprendre toute la vérité sur lui. J'ai bien trop peur des sentiments nouveaux que cela pourrait susciter chez moi. Alexandre n'est-il finalement pas le connard que j'imagine ? Un élément de son passé pourrait-il expliquer son comportement ?

Je suis en pleine observation d'une serveuse très légèrement vêtue quand sa poigne, que je commence à reconnaître, se saisit de mon avant-bras. Une fois encore, Alexandre décide pour moi. Il me traîne derrière lui et Sarah, qui ouvre la marche.

Nous traversons la salle pour parvenir jusqu'à une porte dissimulée derrière un rideau, entrons dans un couloir desservant quatre loges dont les portes sont grandes ouvertes. Des éclats de voix, des rires, des discussions animées retentissent. Les filles qui vont danser ce soir sont plutôt d'humeur joyeuse.

Sarah nous emmène jusqu'au dernier vestiaire. Personne ne s'y trouve. Et alors que j'aurais aimé la voir rester, elle me laisse, seule face à Alexandre.

Je déglutis. Le lieu est bien trop intime. S'il le voulait, il pourrait faire ce qu'il veut de moi ici.

– Tu n'as pas couché avec Matt. Je me trompe ?

Comment peut-il savoir ça ? Je secoue la tête.

– Ton problème, Laure, c'est toi, soupire-t-il après un temps, en faisant un pas vers moi. Juste toi. Matt est un connard parce qu'il t'a fait penser que c'était ton corps. Mais tu sais quoi, ce n'est pas ton corps, le problème, c'est ton putain de cerveau ! Tu te montes la tête toute seule. Tu crois que tu peux te permettre de douter de toi ? De te terrer dans un corps que tu n'aimes pas et de ne pas en être maîtresse ? Tu crois que c'est comme ça que tu te libéreras ?

Il avance dans ma direction sans me quitter des yeux. Son regard passe sur moi tel un scanner, s'arrêtant plus longuement sur mes hanches et mes seins. Je respire faiblement quand il vient tout proche de moi.

D'une main, il me retourne face aux miroirs accrochés au mur. Son corps se plaque contre moi, sa paume imprimée profondément sur mon ventre. Pour que j'affronte mon reflet.

– L'outil pour obtenir ce que tu veux, c'est la séduction. Rien que ça. Séduis un homme. Amène-le à penser qu'il pourrait faire ce qu'il veut de toi, et alors tu auras les rênes. Tu feras ce que tu veux de lui.

Son regard est perçant. Il m'enflamme.

– Ton corps est sublime, Laure. Regarde-toi et accepte-le. Prends-en le contrôle, séduis Matt et manipule-le. Tu verras à quel point c'est jouissif !

À mesure qu'il parle, sa main remonte le long de mon ventre. Toujours plus haut pour se nicher sous ma poitrine déjà si réceptive à sa caresse. Je suis à deux doigts de perdre le fil.

– C'est ce que tu fais avec les femmes, en général ? demandé-je pour me reprendre.

Dans un rire, il embrasse mon épaule puis ma nuque, me fait pencher la tête sur le côté pour remonter plus facilement sous ma mâchoire. Je ferme les yeux en me laissant aller contre lui. Son rire, son souffle toujours à mes oreilles.

– Évidemment.

Une autre réponse m'aurait étonnée !

– C'est ce que tu fais avec moi ?

– Avec toi, c'est encore meilleur.

Il sourit puis laisse ses dents s'enfoncer dans ma chair.

– À l'ouverture, dit-il contre ma peau. Tu vas monter sur scène et danser.

Je frémis dans ses bras.

– Montre-moi que tu es capable d'oublier ton corps. Non, pas de l'oublier : de l'accepter ! Accepter de séduire ces inconnus, de prendre le pouvoir pour qu'ils ne te quittent pas des yeux.

Parce qu'ils ne le pourront pas, Laure. Dès que tu seras sur scène, ils ne verront plus que toi. N'en doute pas un seul instant.

Mon cœur bat à tout rompre. Ses mots entrent en moi et s'y déversent.

– Si tu y parviens ce soir, tu pourras le faire n'importe quand, lâche-t-il avant de s'écarter de moi et de me laisser seule avec Sarah.

Oh putain, je ne peux pas faire ça.

– Je ne peux pas faire ça ! répété-je à voix haute.

– Bien sûr que si ! proteste Sarah derrière moi.

Elle tient deux shots dans les mains : de la tequila. Cette fille est décidément adorable. Après m'avoir aidée à enfiler une tenue de scène affriolante sans être vulgaire, selon ses mots, elle est allée me chercher un remontant. Mon ensemble est d'un blanc éclatant : un soutien-gorge push-up, sans bretelles, sous un fin débardeur assez transparent. Un string sous une jupe ouverte d'une fente jusqu'à mes fesses.

– Ce n'est qu'une danse, précise-t-elle en me tendant les verres. Il ne t'a pas demandé de te déshabiller !

Il ne manquerait plus que ça !

J'avale les deux verres cul sec et grimace en sentant la brûlure parcourir ma gorge. J'espère qu'ils agiront vite et parviendront à me détendre. Maintenant que je suis habillée et maquillée, j'ai un peu l'impression d'être un poteau : raide jusqu'au bout des ongles.

– Je suis à moitié à poil, grogné-je de mauvaise volonté.

– Oui, on est dans un club de strip-tease, quand même ! Il faut que ce soit un minimum aguichant.

Je le sais bien, mais ça ne m'aide pas. Je ne peux pas faire ça.

– Et ton patron accepte qu'une novice prenne ta place sur scène ?

Elle hausse les épaules.

– Tu sais, du moment que tu remplis ton rôle et que tu appâtes le client, il s'en moque un peu.

Je soupire. Peut-elle arrêter d'avoir réponse à tout ?

– Et comment je fais ? demandé-je en me triturant les doigts. Oh Seigneur ! Je ne suis pas du tout faite pour ce genre de chose.

Je me laisse tomber sur une chaise et enfouis mon visage entre mes mains. Celles de Sarah se posent sur mon dos. Réconfortantes et encourageantes.

– Écoute, dit-elle doucement. Je sais que ce n'est pas facile. Surtout la première fois. Mais tu vas y arriver. J'en suis persuadée. Concentre-toi sur un point et oublie tout le reste. Écoute seulement la musique et fais ce qui te plaît. Tu verras, ce sera plus facile. C'est ce que j'ai fait quand j'ai commencé.

Facile à dire, non ?

– Allez. Tu vas assurer. Tu fais du combien ?

Et voilà ma tenue parfaite d'une paire d'escarpins vertigineux.

Je suis au bord de la scène, prête à entrer. Je ne pense pas avoir déjà été dans cet état. Je me sens si vulnérable, comme si le regard de ces hommes sur moi avait le pouvoir de me balayer. C'est une impression que, jusque-là, Alexandre a été le seul à provoquer. Ce soir, il est décuplé. Alexandre ne sera pas le seul à me regarder. Ils le feront tous. Et si j'étais ridicule ? Je crois que tout deviendrait encore pire, totalement insurmontable.

Je monte la première marche et relève la tête. Je peux le faire. Je dois le faire. Ce n'est rien de plus qu'une nouvelle étape. Une émancipation supplémentaire. *Si Matt me voyait, il tomberait de haut.* Moi si sage, ne me révélant que pour lui… Sans le vouloir, mais en jouant avec le feu, il a provoqué tout ça. J'ai tellement hâte qu'il tombe de son piédestal, renversé par celle qu'il a cru pouvoir trahir.

Cette idée me fait sourire et étrangement me détend. Je n'ai plus rien à lui prouver. Il n'a jamais su comment faire pour me sublimer. Et en cet instant, je compte bien y parvenir par moi-même. Je me remémore les paroles de Sarah. Celles d'Alexandre qui, même brutes, ont gonflé mon cœur. Je me rappelle la sensation lors du concert, l'assurance que j'ai ressentie dans les bras du blond provocateur, au milieu de la foule puis seuls dans ce couloir. Mon corps en frissonne encore. Je me laisse happer par toutes ces images et monte sur scène.

Tous les sièges ne sont pas remplis. Il y a quelques hommes en costard, mais aussi des femmes. Tous lèvent les yeux vers moi au moment où j'apparais dans la lumière. Mon cœur cogne. Mes mains sont moites. Ma respiration se fait difficile.

J'avance, ondule des hanches, accentue ma démarche, dépliant les jambes le plus sensuellement possible. Le tissu effleure ma peau à chaque pas. Que ce soit les cuisses ou le ventre. Il me rappelle que je suis toujours habillée, et que tout cela n'est qu'un jeu de plus.

Lorsque j'arrive au bout de la scène, j'attrape la barre verticale et, en fermant les yeux, me laisse guider par ce que j'entends. La musique se répand, vibre le long de mon épiderme, s'infiltre dans mes veines, tambourine contre mon cœur. Je ne pensais pas pouvoir oublier mon environnement, faire fi de tout ce qui m'entoure. Et pourtant, j'y parviens.

Je me concentre sur mes mouvements, sur le contact froid de la barre sous mes doigts, sous ma jambe nue quand je la replie tout autour. C'est le seul moyen que j'ai trouvé pour ne plus penser. Pour ne pas regarder ces hommes et ces femmes qui me détaillent avec avidité.

Adossée au barreau, je descends en écartant les jambes, mains sur les cuisses, puis remonte les fesses vers l'arrière. Tentatrice, comme je l'ai déjà vu faire.

Mes yeux survolent la salle. Alexandre est au bar à siroter une bière. Tourné vers la scène, vers moi. Pour une fois, je suis étonnée de ne pas voir son sourire moqueur, ni son air supérieur. Il est juste concentré sur moi, comme captivé. À cet instant, il n'est rien de plus qu'un homme prenant du plaisir à mater une jolie femme, une femme prête à tout pour lui plaire.

C'est peut-être ce qui déclenche mon audace : je le sais à deux doigts de venir me retrouver. J'ai la sensation de le déstabiliser et cela m'inspire, fait battre mon cœur encore plus fort si c'est possible et réveille la chaleur au creux de mon ventre.

Avec des gestes lents, mais assurés, je me retourne dos à la salle, dos à lui et, sous mon haut, défais l'attache de mon soutien-gorge, qui tombe au sol. En bougeant toujours au rythme de la musique, ma jupe suit le même chemin. Je me retrouve en string, le bas de mon corps à la vue de tous.

Attrapant la barre, je me cambre, lève une jambe, pointe tendue. La tête en arrière, je ne vois qu'Alexandre. Je ne souris qu'à lui. Et rivée à ses yeux, je décide de le rejoindre.

C'est étrange de se balader en sous-vêtements. Mon corps, presque nu, en offrande. Je sais que je n'ai plus de jupe, ni de soutien-gorge. Que lorsque je déambule parmi les tables, tous en profitent, mais je n'ai plus qu'un seul objectif et je m'en approche avec plaisir. Et pour la première fois ce que je lis dans son regard ne me trouble pas : il me désire à en avoir mal.

En arrivant à ses côtés, je n'hésite pas et me colle à lui. J'écarte ses cuisses avec les miennes pour me poser contre son torse, son ventre, son érection déjà présente. J'intercepte son verre avant qu'il ne le porte à ses lèvres, pour l'amener aux miennes. L'alcool me réchauffe.

Il attrape mon poignet, reprend le verre vide et le repose à sa place. Sa main descend ensuite de mon dos, sur ma taille, pour empoigner une de mes fesses nues.

– Tu es devenue une vilaine fille, Laure.

Sa voix est si chaude.

CHAPITRE 23

Laure

Je ne fais plus attention à ce qui nous entoure. Je m'en moque bien que les gens nous dévisagent ou que les clients soient mécontents. Le seul qui m'importe me tient entre ses bras. Il masse les parties de mon corps dénudées et m'embrasse le plus lentement possible. Sa langue caresse la mienne avec une langueur qui me rend attentive au moindre contact.

Depuis que je suis contre lui, il ne fait que ça. Comme pour me rappeler qu'il a le droit de me toucher, de me posséder, mais surtout qu'il est celui qui mène notre jeu. Et il le fait si divinement bien que je n'ai pas la force de lutter.

Dans le flou de ses baisers, je le vois donner un ticket et un billet au barman. Il se lève de son tabouret, se décolle enfin de ma bouche, tout en me maintenant toujours contre lui d'un seul bras.

Avec un sourire, il attrape une bouteille de vodka glacée que lui tend l'homme derrière le comptoir.

Puis, en raffermissant sa prise sur moi, il m'emmène à travers la salle.

Presque nue, au bras d'un homme parfaitement vêtu, qui me domine de sa stature, je me rends compte de l'image que je dois donner. Celle d'une promise, un peu comme les courtisanes orientales dans un harem, réduites à satisfaire les volontés charnelles d'un homme.

Cette idée devrait me révolter mais je suis bien trop en prise avec mon excitation. J'aurai tout le temps de jouer les féministes plus tard. Dans ce genre d'endroit, je crois que les complexes n'ont pas leur place.

Dans la salle, mon petit show est finalement bien vite oublié. Une fille beaucoup plus entreprenante m'a déjà remplacée à la barre. Tous les regards sont braqués sur elle, et même notre passage au milieu des spectateurs ne saurait les faire dévier.

Cela me rassure. Je n'aurais pas aimé causer de problèmes à Sarah alors qu'elle s'est montrée si gentille.

Alexandre me guide. Je perçois la tension qui agite ses muscles. Il n'est pas dans un meilleur état que moi. Je ne suis même pas certaine qu'il soit conscient de ce qui nous entoure. Pour ma part, notre environnement n'est rien d'autre qu'un bourdonnement dérangeant.

Nous traversons un couloir orné de rideaux puis arrivons devant une nouvelle porte. Je lis l'inscription sur le panneau et comprends mieux le ticket remis à Alexandre par le barman. Il a payé un salon privé. Parce qu'il n'a pas pu attendre. Parce qu'il me veut comme moi je le veux : immédiatement, sans retenue, entièrement. Comprendre cela embrase tout mon corps.

La pièce dans laquelle nous entrons semble faire écho à mon désir. Tout est recouvert de velours ou de tissus soyeux. Les murs, la banquette, le fauteuil et les tentures dans des teintes de rouge sont un appel au plaisir, un hymne à l'érotisme. Les deux grands miroirs, de chaque côté, me renvoient nos reflets : le mien, dans l'attente en petite tenue, le sien, étudiant mon corps.

– Je ne t'avais pas dit de te déshabiller, lance-t-il en posant la bouteille sur une table près de l'entrée.

Mon pouls se met à battre à un rythme effréné. Alexandre fait un pas en avant et retire sa veste. Ses yeux sont implacablement rivés aux miens. Un deuxième pas, il enlève sa ceinture qu'il laisse pendre au bout de sa main. Un pincement exaltant s'agite en moi comme je le regarde faire. Il était pressé de venir jusqu'ici, maintenant il prend son temps.

– Je croyais que tu apprécierais, tenté-je avec une moue provocante.

Il déboutonne sa chemise et la laisse tomber en deux pans sur ses hanches. Mes yeux se posent longuement sur son ventre musclé. Savoir que je vais pouvoir l'admirer nu me fait déjà saliver.

– Je ne t'ai pas demandé d'aller plus loin. Tu sais combien d'hommes il y avait dans cette salle ?

Alexandre se rapproche encore. Je le suis du regard dans le miroir jusqu'à ce que je perçoive la rugosité de son jean sur mes cuisses. Sa main restée libre se pose sous ma gorge pour m'amener à sa bouche qui vient souffler sur ma tempe.

– Beaucoup trop, murmure-t-il au creux de mon oreille, en réponse à sa propre question. Je me demande si je dois te féliciter ou te punir de ton audace…

Le creux dans mon ventre s'intensifie en l'entendant et beaucoup plus encore en voyant un sourire sadique s'épanouir sur ses lèvres alors qu'il balance légèrement sa ceinture contre ma jambe dévêtue.

Bon sang, que compte-t-il faire ? Je ne pensais pas qu'il avait ce genre de penchants. Je ne sais pas si je dois en avoir peur ou m'offrir à volonté.

Son corps contre le mien, je le sens qui défait sa braguette et laisse tomber son pantalon au sol. Il se penche, le ramasse et l'envoie valser sur la banquette plus loin. Cette fois, nous sommes à égalité, avec pour seule barrière entre nos intimités nos sous-vêtements, qui ne cachent rien de nos désirs réciproques. Le mien est déjà trempé, le sien étroitement tendu.

La lanière en cuir effleure mes fesses nues. De ses yeux incandescents, Alexandre regarde le chemin qu'elle parcourt sur mon grain de peau, et les frissons qu'elle déclenche à son passage. Je me sens devenir proie si vite sous son regard de chasseur que je me tends lorsqu'il raffermit sa poigne autour de mon cou.

– Aucune fille ne m'a jamais fait autant bander que toi ce soir.

Ses paroles bousculent tout ce que je croyais connaître sur cet homme. Alexandre est peut-être un mec sûr de lui. Mais ce soir, je lui ai retourné la tête. J'ai dépassé ses espérances, joué avec ses nerfs, fait naître un désir qu'il a du mal à contenir. Et il n'est plus l'homme qui se maîtrise. À cet instant, Alexandre ne pense qu'à moi autour de lui. Il a arrêté de réfléchir et me veut, peu importe comment mais vite, pour assouvir un besoin impérieux. Son bassin dans ma cambrure finit de me liquéfier. Il est encore plus dur que tout à l'heure, sa respiration plus profonde.

D'un geste vif, il me retourne, m'empoigne sous les fesses tandis que mes bras enlacent son cou et mes jambes sa taille pour me retenir. Nos bouches se trouvent immédiatement. L'une à la même hauteur que l'autre. Nos lèvres s'écartent, se frôlent, se dominent puis laissent nos langues entamer un délicieux ballet. Tout n'est que danse entre nous. Il me guide et je le suis. Lorsqu'il se laisse aller et gémit contre moi, je réponds avec une ferveur identique.

Dans le brouillon de notre corps-à-corps, je me rends compte qu'il se déplace. Me porte à travers la pièce pour finir par nous poser sur le sofa. La sensation moelleuse et confortable contraste avec ses gestes. Alexandre me mord les lèvres, la mâchoire, le lobe de l'oreille, pétrit mes fesses, ramène mes jambes autour de sa taille pour s'y placer avec fermeté. Il n'y a rien de doux dans ses gestes, plutôt une brutalité qui traduit son empressement.

Alors que je le laisse s'approprier les réactions de mon corps, il retire les derniers vêtements qu'il me reste : mon débardeur et mon string rejoignent son pantalon sur le canapé.

Je suis nue. Enfin. Nue à son regard, à ses mains, à son corps. Il revient m'embrasser, brouiller mes pensées par ses mouvements exigeants. Tantôt lent, tantôt brutal, il m'impose son rythme et prend ce qu'il veut. Je m'accroche comme je peux, savourant ses baisers envoûtants.

Je ne sais pas comment se passe la suite, ni ce qu'il fait de moi. Mais je me retrouve bientôt les mains au-dessus de la tête, les seins tendus sous son torse. Un bruit de métal m'interpelle et quand enfin je m'écarte de sa bouche pour relever la tête, je vois qu'il passe sa ceinture autour de mes poignets pour les attacher entre eux.

Je frémis, inspire une grande bouffée d'air et tends mes membres pour résister aux sensations incontrôlables qui se bousculent en moi. Je suis au bord de la rupture et me demande si je ne vais pas me briser.

Quand son œuvre est achevée, il se redresse entre mes cuisses écartées autour de ses hanches. Il m'observe de longues secondes avant de passer le dos de sa main le long de mon buste étiré. Je me retiens de bouger en serrant les poings.

– Maintenant, annonce-t-il d'une voix grave. Je peux faire ce que je veux de toi, mon audacieuse !

Je n'arrive pas à détourner mon regard de lui alors qu'il regarde ses doigts descendre. Leur course ne s'arrête que lorsqu'il atteint mon bas-ventre. Il fait durer le supplice et évite mon clitoris. Il me caresse mais ne vient pas dessus, touchant ma peau partout autour sans me donner ce que j'attends. Son sourire vainqueur s'exhibe sur ses lèvres gonflées. *Que j'aimerais pouvoir les mordre pour lui ôter son air de sale gosse !*

Il doit capter mes pensées car son regard s'assombrit. Sa main quitte les alentours de mon mont brûlant pour retirer sa chemise.

Cette fois-ci mon souffle se coupe net. Je l'ai déjà aperçu torse nu, mais jamais d'aussi près. Et les rares moments où je n'ai pu l'éviter – en vacances, par exemple –, j'ai toujours fait en sorte de détourner les yeux. Ses muscles sont saillants. Les contours en sont dessinés à l'aiguille plutôt qu'au couteau. Rien n'est grossier chez lui. Et là où Matt m'a habituée à des muscles proéminents dignes de ceux d'un mannequin de sous-vêtements, Alexandre me permet d'admirer une silhouette sportive et naturelle. J'ai envie de passer ma langue sur chacune de ses courbes, chaque recoin délimitant sa sculpture.

– Je vois que ça te plaît !

Quelle arrogance. Mais tellement justifiée...

Je souris pour lui montrer mon appréciation. Et alors que je replie une de mes jambes pour le ramener à moi, Alexandre m'arrête d'un geste.

Toujours à genoux, il attrape la bouteille de vodka et s'envoie une longue rasade, la tête en arrière. Le mouvement de sa pomme d'Adam m'ensorcelle. *Encore un truc que je lécherais sans hésitation !*

– C'est pour quoi faire ? demandé-je en désignant la bouteille d'un mouvement de tête.

– S'amuser.

Bien sûr, c'est si évident...

Il revient sur moi et sa main libre s'arrime sur les miennes, toujours attachées. Entre deux baisers, il porte ma bouche au goulot de la bouteille. J'accepte le liquide, l'avale sans le quitter des yeux. Il fait de même. Puis il m'embrasse en venant chercher le goût de l'alcool dans ma bouche. L'arôme qui parfume sa langue explose contre mes papilles. Être maintenue de cette façon, enivrée par des baisers, est merveilleusement sensuel.

À la troisième gorgée qu'il me fait boire, mes pensées s'alanguissent. Mon corps, dans un état d'ébriété encore peu avancé, commence à flotter, mais Alexandre me ramène sur la terre ferme lorsque sa bouche se pose là où ses doigts ne l'ont pas fait une minute plus tôt. Sa langue est divine : tournant, ondulant, lapant mon intimité. Parfois de toute sa longueur, souvent juste avec la pointe. Il ne s'arrête jamais. Je n'ai aucun répit. Aucun moyen d'arrêter la vague qui monte du plus profond de mon être. Et qui se déverse dans sa bouche.

Je n'ai plus conscience de rien. Pendant des secondes, des minutes, mon corps bouge comme il l'entend, s'arquant en arrière pour approfondir le contact, s'ouvrant pour le laisser pénétrer dans mes chairs.

L'orgasme me percute. Il remonte du creux de mes reins jusqu'à la racine de mes cheveux. Il est rapide et dévaste tout sur son passage.

Le brouillard dans lequel il me retient ne m'empêche pas de voir Alexandre se relever, fier de lui. Les yeux toujours sur moi, il ôte son boxer, attrape son jean, le préservatif qu'il avait certainement mis de côté, et l'enfile tout de suite.

Son sexe retrouve sa place entre mes jambes ouvertes et n'attend plus pour s'y insérer. Mes ongles rentrent dans ma paume au moment où il s'enfonce en moi.

– Bordel… lâche-t-il en soufflant.

Nous expulsons de l'air en même temps. Nos yeux sont imbriqués. Les siens brûlent si fort qu'ils me font entrevoir ce qui ne pourra jamais exister d'autre entre nous, rien d'autre que ces instants volés où nos désirs prennent le pas sur la réalité.

Cet homme va me rendre folle. Et accro, ce qui est une moins bonne nouvelle.

En moi, ses coups prennent de la vigueur. Alexandre est dur, épais et m'emplit totalement, se contractant, durcissant à chaque poussée. Le plaisir qu'il me procure dépasse tout ce que j'ai pu vivre. Tout est plus fort.

Aussi, lorsqu'il prend mes seins dans sa bouche, entre ses dents, pour les pincer, je bascule une nouvelle fois. Submergée par ce plaisir qu'il me donne et par l'ardeur avec laquelle je l'accepte. Et quand il s'abandonne à moi, ses mains profondément agrippées à ma taille et à mes cuisses, je me dis que je ne veux pas qu'il s'arrête.

CHAPITRE 24

Alexandre

– Alex… je t'en prie !

Elle m'a encore appelé « Alex ».

Je ris dans son cou. Laure est proche de jouir, la tête basculée en arrière et les jambes scellées autour de moi.

Après nos premiers orgasmes, elle n'a plus voulu s'arrêter. Et je n'ai pas hésité une seconde, tout ce qu'elle a désiré, je le lui ai donné. Qu'elle m'interdise tout mouvement en mordant ma lèvre inférieure, m'attire à elle en raffermissant la prise de ses cuisses autour de mes hanches ou me supplie de la détacher, je me suis évertué à répondre à toutes ses attentes, satisfaisant ainsi les miennes. Si j'ai fait en sorte qu'elle se réveille et brise ses chaînes, ce n'est certainement pas pour me défiler lorsque cela se produit enfin.

Je l'ai poussée à bout en dénouant ses liens avcc une lenteur qui l'a mise au supplice. Elle m'a rendu mon effronterie au centuple en venant cueillir ma verge contentée au creux de sa paume et en entamant un va-et-vient diabolique. Ma queue a aussitôt retrouvé sa vigueur, faisant naître un sourire à se damner sur les lèvres de Laure. Elle s'est relevée, acceptant les intrusions de ma langue contre la sienne, et mes griffures en bas de son dos.

Au summum de l'excitation, je l'ai vue boire une nouvelle gorgée de vodka avant de me tendre la bouteille, prendre un autre préservatif et se mettre à califourchon au-dessus de mes cuisses. *Bordel, cette fille est une diablesse, un ange déchu venu se donner à moi sans complexe.*

Et la voilà sur moi, empalée sur ma queue, montant et descendant au rythme de ses pulsions. Elle cherche son plaisir, s'abaisse pour mieux me sentir, me fait coulisser pour mieux vibrer. Mon bassin l'accompagne, j'amplifie les mouvements à chaque soupir qu'elle laisse flotter, et je serre sa taille entre mes doigts lorsque ses dents m'éraflent.

Nous sommes accrochés l'un à l'autre. Ses bras enserrent mon cou pour garder ma tête contre la sienne. Ses mains pendent dans mon dos et se plaquent chaque fois que mon sexe s'écarte un peu d'elle. Elle me retient pour que je continue de la remplir.

Tout s'accélère. Laure augmente la cadence, l'amplitude de ses mouvements. Elle est comme nouée à moi, à mon corps transpirant. Et je ne veux pas qu'elle me lâche. Je veux qu'elle continue.

– Putain, Laure… c'est trop bon.

Le gémissement qui me répond est un refrain dont je ne me lasse pas. Laure crie, colle sa bouche à la mienne pour essayer de se retenir, puis l'orgasme la foudroie. Mon prénom retentit juste en dessous de mon oreille et, comme les fois précédentes, déclenche ma propre jouissance.

Mon corps se tend. Ma mâchoire se serre. Et pendant que l'explosion me transperce, je me cramponne à elle de toutes mes forces. De la seule façon que je connaisse pour ne pas qu'elle m'échappe.

Les secondes filent. Laure reprend son souffle, le front posé sur mon épaule pendant que je la garde toujours sur moi. Ma respiration n'est pas moins saccadée que la sienne. Dans mon dos, je sens ma transpiration perler. Dans ma poitrine, mon cœur bat à tout rompre avant de se calmer. Et tandis que l'effet retombe, la vodka commence à faire son œuvre et embrouille mon cerveau.

Habituellement, je tiens plutôt bien l'alcool, mais combiné à une partie de jambes en l'air torride, il rend la perception de mon environnement assez approximative. Laure n'est pas dans un meilleur état. Enivré, je sais que je me rhabille, que je parviens à retrouver ses fringues en coulisse où je croise Sarah, qui me parle sans que je parvienne à discerner le moindre mot.

Nous sortons, abandonnons ma moto sur le parking et entamons une balade dans les rues désertes de Paris parsemée de baisers, d'étreintes gémissantes, et de gorgées toujours plus alcoolisées.

Les images de Laure inondent ma vision. Je la vois rire, porter la bouteille que je tiens à sa bouche, déambuler à mes côtés un peu incertaine, revenir vers moi pour mordre mes lèvres. Et je ne fais rien d'autre que la regarder. Elle se saoule, explose de rire, crie des insanités au sujet des salauds qui brisent des cœurs, maudit les patrons tyranniques et vocifère sur les liens pourris de sa famille. Elle se laisser aller.

– Tu sais que je vais les faire payer ? Je suis prête, 100 % prête. Ils ne vont rien comprendre à ce qui leur arrive !

Elle porte une nouvelle fois la vodka à ses lèvres. Le liquide coule un peu hors de sa bouche. En voyant cela, je viens lécher les gouttes qui s'échappent sur sa peau. Laure tourne la tête à ce moment-là, et nos baisers reprennent leur danse. J'ai l'impression que nous ne faisons plus rien d'autre.

L'influence de la boisson décuple sa libération. Laure est désormais loin de la fille réfléchie et trop sage qui ne m'attire pas. Ce soir, après la fougueuse, la passionnée et l'aventureuse, me voici avec l'insouciante. Elle est totalement inconsciente de ce qu'elle fait et de comment elle le fait.

Ses pas ne sont plus assurés, elle parle pour ne rien dire et m'embrasse sans aucune retenue, haletant contre ma bouche, appuyant même un peu trop longuement son bassin contre le mien.

Je ne l'arrête ni ne la repousse. La voir dans cet état, hors de toutes pensées, de tout raisonnement, au-delà des règles qu'elle s'est toujours évertuée à suivre – je devrais toucher deux mots à ses parents de cette connerie, d'ailleurs – me procure une sensation de supériorité jamais égalée. Elle fait de moi le centre de son existence et je bande rien qu'à l'idée de l'entraîner plus loin encore sur cette pente.

Contrairement à ce qu'elle affirme ce soir, elle n'est pas prête. Elle pense encore trop, se questionne et remet en cause des éléments dont elle ne devrait même pas se soucier. La manière dont elle s'est inquiétée des risques que prendra Sarah, par exemple. Mais étrangement, même ses facettes insupportables commencent à me fasciner. Elles me rappellent le défi qui m'attend. Elle finira par avoir dans la peau le fait qu'être gentille ne sert à rien. Les gentils se font toujours avoir.

Je suis impatient de voir Matt tomber, et il tombera de haut, je n'en doute pas. Parce que derrière son penchant pour l'infidélité, il est tout de même amoureux de cette fille. Celle qui vient de faire un show dans une boîte de strip-tease. *Putain, rien que d'imaginer sa réaction en la découvrant sur scène, je serais prêt à y retourner !*

Le sourire vicieux qui me vient s'agrandit lorsque je la regarde, vingt mètres plus loin, s'égosiller en dansant. Mais je perds vite mon expression joyeuse, en percevant les silhouettes au-delà d'elle. Des silhouettes masculines qui se promènent tranquillement alors que Laure se met à les alpaguer pour se moquer d'elles.

Instinctivement, je veux me rapprocher. Prêt à en découdre si l'un d'eux fout le bordel. Puis les ombres apparaissent dans la lumière et je me dis que cette soirée va finir sur une remarquable connerie. Car Laure ne se refrène plus du tout, et ce peu importe qui se tient devant elle.

Et merde !

CHAPITRE 25

Laure

La tête me tourne. J'ai l'impression d'être à bord d'un bateau. La sensation est désagréable : à la fois comme un balancement incessant et une apesanteur qui me plaque sur mon lit, avec une envie irrépressible de rendre mon dîner. La vodka était une très mauvaise idée. Alexandre a poussé le jeu beaucoup trop loin pour une fille de mon gabarit. *En même temps, je ne crois pas avoir eu envie de l'arrêter.* Mais comment le repousser quand il se met à jouer à des jeux lubriques qui m'exaltent, dans le secret d'une pièce fermée ?

Alexandre ne m'a laissé aucun temps mort. Chaque orgasme était le point de départ pour un autre. À chaque étreinte, sa bouche est revenue sur moi pour faire couler le liquide dans ma gorge ou le goûter sur ma langue. Oui, Alexandre m'a enivrée, dans tous les sens du terme. Et je ne me suis pas fait prier. L'association de l'alcool et de son corps sur le mien a été un cocktail détonnant. Un Molotov qui a explosé à de nombreuses reprises.

Les souvenirs d'hier soir dansent sous mes paupières closes et, malgré mon état catastrophique, font naître un sourire feignant sur mes lèvres. Il a vraiment le don de me faire perdre la raison. Même maintenant, alors que mon estomac joue des castagnettes, je reste plongée dans ses délices, dans sa férocité, son impatience, sa main de fer pour me soulever et me tenir à lui. Je crois que je ne vais pas m'en remettre.

Je voudrais m'étirer mais mes membres sont engourdis. J'ai mal au dos, aux côtes, aux hanches. Et en reprenant peu à peu conscience de mon corps, je me rends compte de l'inconfort de ma couche. Voilà la cause de tous mes maux, cela ne peut pas être mon lit. *Impossible !* J'ouvre les yeux brusquement et la douleur me vrille les tempes.

– Putain ! m'exclamé-je en portant une main à ma tête.

Je bascule sur le dos pour m'étendre et prendre une seconde avant de me lever. Sous moi, le matelas est toujours aussi inconfortable dans cette position. Je me redresse sur mes coudes difficilement et inspecte mon environnement. Mes yeux, que je peine à ouvrir à cause du martèlement qui me transperce le crâne, font le tour de la pièce. Deux choses retiennent mon attention. Une : je ne suis pas dans mon lit. Deux : je ne sais pas du tout où je me trouve.

La salle est minuscule et forme un carré parfait. Les murs sont blancs, le sol aussi. Aucun meuble n'est visible à l'horizon, juste un lavabo et un banc en plus du lit. Une fenêtre ridicule déverse une lumière insupportablement douloureuse. Le mur en face de moi est composé de barreaux. *Attendez, des barreaux ?*

Comme si quelqu'un s'attendait que je me réveille, j'entends le déclenchement du verrou en provenance de la porte. Une seconde plus tard, elle s'ouvre sur un homme moustachu en uniforme bleu.

Bordel de mer...

– Je vois que vous avez fini par décuver.

Je suis chez les flics. *Pourquoi je suis chez les flics ?*

Je ne réponds pas. J'en suis incapable. Mon esprit est bien trop perturbé pour que je puisse émettre le moindre son. Et puis j'ai mal à la gorge, comme après avoir hurlé pendant des heures.

– Vous êtes libre de partir, m'annonce-t-il sans attendre.

Son ton est bourru, un peu excédé ou désespéré, peut-être. Il doit voir des filles comme moi assez souvent.

– Un de mes collègues a prévenu votre sœur, qui est en route. Vos affaires personnelles sont dans le bureau à droite en sortant d'ici. Vous êtes libre d'y passer quand vous le voulez. On va gentiment fermer les yeux pour cette fois, vous n'avez donc rien à signer, et votre casier judiciaire restera vierge.

Il énumère toutes ces choses sur un ton monocorde, un peu lassé. Son monologue terminé, il s'apprête à sortir lorsque je parviens à l'arrêter d'une toute petite voix. Il faut bien que quelqu'un me dise comment j'ai fini là.

– Excusez-moi, l'appelé-je faiblement. Mais qu'est-ce que je fais ici ?

– Vous ne vous rappelez pas ? grogne-t-il presque.

Je fronce les sourcils et secoue la tête. À vrai dire, après le troisième orgasme et presque un demi-litre de vodka ingurgité, la suite de ma soirée ne me parvient que par bribes, des morceaux éparpillés, désordonnés et totalement incomplets.

Je sais qu'Alexandre m'a presque rhabillée parce que j'en étais incapable seule, que nous avons marché dans Paris et que j'ai ri à outrance. Le reste, j'aimerais vraiment qu'on me le rappelle parce que pour me réveiller dans un état pareil, sans souvenirs – avec une haleine horriblement nauséabonde, il faut bien le préciser – et en cellule, j'ai dû largement dépasser les limites.

– Vous vous baladiez avec une bouteille d'alcool en pleine rue. Lorsque nous vous avons interpellée, vous étiez en train de hurler à pleins poumons que, je vous cite, « les agents immobiliers étaient tous des connards et que le cutter sur les couilles aurait peut-être empêché que votre sœur ne se les tape tous ». Vous avez ensuite tenté de vous échapper, vous vous êtes bien sûr débattue, et je ne parle même pas des insultes que vous avez crachées, lorsque nous vous avons raccompagnée jusqu'à notre véhicule…

Oh bon sang !

Les images me reviennent peu à peu. Me souvenir de mon incapacité à marcher droit et à aligner deux mots distincts ne devrait pas me faire rire, mais c'est le cas. Je dois avouer que je me suis particulièrement amusée hier soir. Les sourcils de mon hôte se froncent lorsqu'il voit mes lèvres s'étirer. Il reprend d'un ton sérieux, pour me réprimander :

– Votre taux d'alcoolémie dépassait de près de deux fois la limite autorisée. Ce qui est illégal sur la voie publique. Nous avons pensé que quelques heures en cellule de dégrisement vous feraient passer l'envie de recommencer. Mais à vous voir si fière de vous, je me dis que cela n'a servi à rien. Vous pourriez être convoquée chez le juge, à l'heure actuelle, et risquer une belle amende.

Son ton est mauvais, comme s'il me crachait ses mots au visage. C'est assez étrange de me faire gronder par un agent de police, alors que mes souvenirs me renvoient plutôt une situation cocasse devant laquelle je refrène difficilement un éclat de rire.

– Mais il faut croire que vos fréquentations vont vous éviter cette petite entrevue avec le juge. Sans l'influence de votre ami, vous n'y auriez pas coupé et je vous aurais volontiers mise dans la même cellule que nos quelques prostituées et dealers habituels : une compagnie que l'on n'oublie pas. Vous avez de la veine qu'il ait été là. Vous avez eu le droit au grand luxe d'une cellule isolée !

Mais qu'est-ce qu'il raconte ? Il doit me confondre avec quelqu'un d'autre, je ne vois pas trop qui pourrait être ce protecteur mystère.

– De qui vous parlez ?

– De celui qui vous accompagnait, le lieutenant Alexandre Delfort.

C'est une blague ? Je ris nerveusement. Ce flic austère est décidément tordant. Franchement, qui pourrait imaginer qu'Alexandre soit flic ? C'est vraiment n'importe quoi.

L'homme en uniforme me regarde en fronçant les sourcils. Apparemment, il n'aime pas beaucoup mon humour.

– Ça vous fait rire ?

Et merde !

Le policier grimace en me toisant de haut en bas. J'ai une furieuse envie de lever les yeux au ciel en réponse à son comportement hautain, mais je suis interrompue par quelqu'un qui toque à la porte.

Je ne peux pas m'empêcher de retenir ma respiration en découvrant celui qui entre. Alexandre est divin. Il s'est changé depuis hier soir et ses cheveux ont l'air de sortir de la douche. Il est habillé, entièrement en noir : un jean, un tee-shirt près du corps, une veste en cuir et des boots qui complètent parfaitement son look de mauvais garçon.

Je ne sais pas s'il est en service, mais visiblement, il ne porte pas l'uniforme. *Dommage !* Il faut que je me calme, mes hormones se barrent dans tous les sens, avec ce type.

Il s'avance vers nous en ne regardant que moi. Il tient un verre d'eau dans une main, un café et une boîte d'Advil. Je me jetterais presque dans ses bras pour le remercier. Mais je préfère attendre que son collègue rabat-joie décide de déguerpir. Je n'ai pas vraiment besoin qu'il ajoute « atteinte à la pudeur » à mes motifs d'arrestation.

Après un bref échange entre les deux hommes, le policier moustachu s'en va. Je ne retiens pas mon soupir de soulagement : il me foutait un peu la pression. Alexandre me tend un cachet et l'eau pour le faire passer. Il s'assoit à mes côtés en silence et porte le café – que je pensais m'être destiné – à ses lèvres.

Dès qu'il me frôle, la tension se réveille entre nous. Je suis à deux doigts de faire n'importe quoi. Je me force à engager la conversation pour ne pas lui sauter dessus.

– Tu m'expliques comment un mec comme toi peut être flic ?

Il ne répond pas et se laisse aller contre le mur derrière lui, disparaissant ainsi de mon champ de vision. Je tourne la tête pour le regarder et vois qu'il fait de même.

– Il ne faut pas être un minimum philanthrope, pour ce genre de boulot ? Tu sais, aimer sauver la veuve et l'orphelin, venir en aide aux petits vieux et tout ça, continué-je en me moquant légèrement.

Il hausse les épaules, détourne la tête, puis met les mains dans ses poches.

– Ce n’est pas pour faire respecter les lois que je fais ça !

Réponse floue qui ne m’aide pas à comprendre alors que j’en crève d’envie.

– Pourquoi, alors ?

Nouveau haussement d’épaule. Et toujours ce regard porté ailleurs. Il boit tranquillement son café et laisse le silence s’imposer. Quand il répond enfin, je suis presque étonnée.

– Peu importe, élude-t-il. C’est un boulot comme un autre et ça me détend. Et puis se faire passer pour un bon samaritain, c’est plutôt divertissant.

Son visage revient vers moi en même temps que son sourire féroce. Le voir ainsi me heurte. J’ai tendance à un peu trop oublier quel genre d’homme il est, en fait. Je dois revenir à la réalité de toute urgence si je ne veux pas me faire dévorer.

– Tu es dans quelle branche ? demandé-je pour le faire parler.

– Brigade des stups, répond-il de façon laconique.

De toute évidence il ne souhaite pas s’attarder sur le sujet, mais je n’en tiens pas compte. Je suis bien trop curieuse de savoir pourquoi il ne dévoile jamais cette partie de sa vie pour m’arrêter maintenant.

– Matt le sait ? continué-je d’interroger d’une voix mal assurée.

– Non.

– Comment ça se fait ?

– Je lui ai raconté des conneries.

J’ai un mouvement de recul.

– Pourquoi ? insisté-je plus perdue que jamais. Entre potes, vous n'êtes pas censés tout vous dire ?

– Ce n'est pas mon pote.

– Comment ça ?

Pour seule réponse, j'ai droit à un grognement que je commence à connaître : je lui tape sur le système.

Puis soudain son attitude change, ses yeux viennent chercher les miens avant de s'abaisser sur ma poitrine, mon ventre puis mes jambes. Lorsqu'ils s'y arrêtent, ils deviennent avides. Il m'attrape par les hanches et me tire à lui, ramenant mon corps contre le sien. Sa tête prend place dans le creux de mon épaule, que sa bouche commence à parsemer de légers baisers pendant qu'il joue avec les plis de mon pantalon.

– On s'en fout, souffle-t-il contre moi.

Ses doigts entament de lentes caresses sur mes jambes et se rapprochent de mon bassin en me faisant frissonner sous leur contact.

Je fronce les sourcils. Il est en train de se servir de l'attraction entre nous pour détourner mon attention de notre conversation.

– Je ne comprends pas, je reprends en essayant de me concentrer sur autre chose que ses attouchements grisants. Ce n'est pas logique que tu fasses ce métier.

Je le sens qui se tend contre moi. Son corps s'éloigne brusquement et manque de me faire perdre l'équilibre. Il croise les bras sur son torse comme pour se refermer sur lui-même.

– Écoute, je ne suis pas un flic pour faire de l'humanitaire, c'est tout ce que tu as besoin de savoir. Alors arrête de me faire chier. S'il y a bien une raison pour laquelle je ne veux pas qu'on connaisse mon métier, c'est bien celle-là. Les gens font trop vite l'amalgame. Ce n'est pas parce que je suis flic que je suis un mec bien. Ce que je fais dans la vie, c'est juste un moyen d'évacuer sans m'en prendre plein la gueule.

– Évacuer quoi ? ne puis-je me retenir de demander.

Il se mord la lèvre avant de s'énerver.

– Tu es vraiment chiante. Arrête de m'emmerder avec tes questions !

Cette fois-ci, il soupire avant de se lever brusquement, excédé. Il fait quelques pas dans la cellule vers la porte, puis ajoute :

– Va récupérer tes affaires, je vais accueillir ta sœur comme il se doit.

Ma sœur. Je l'avais complètement oubliée. Que vais-je bien pouvoir lui dire ?

Alexandre ne me laisse pas reprendre mes esprits et continue d'une voix venimeuse :

– Je crois qu'on va pouvoir commencer à s'amuser sérieusement.

CHAPITRE 26

Laure

Incapable de bouger, j'attends quelques minutes que l'étau qui m'enserre la poitrine se relâche. Alexandre est parti et je sais ce qu'il compte faire. Il veut séduire Léa, la charmer, l'amener à s'abandonner comme il le fait avec moi. J'ai du mal à déglutir, à calmer la gêne qui commence à grandir en moi.

Alexandre joue, triche, ment. Il est fidèle à lui-même. Pour lui, nous ne sommes que des pions à manœuvrer pour parvenir à son objectif. Mais quel est-il, au fond ? J'ai toujours pensé qu'il avait accepté mon marché pour pouvoir profiter de moi et assouvir les fantasmes que je lui avais si longtemps refusés, mais ne vient-il pas de me dire que Matt n'est pas son ami ? Joue-t-il un double jeu pour le faire souffrir ? Cela lui ressemblerait bien. Mais pourquoi ?

Quoi qu'il en soit, assaillie de doutes ou pas, au fait de ses motivations réelles ou non, je dois m'en remettre à lui. Il me faut oublier ces coups tordus qu'il me fera et faire passer cette alchimie entre nous au second plan. Mais me dire ça n'arrange pas mon problème. Mon corps est en train de me trahir. C'est d'ailleurs lui qui décide subitement qu'il est temps d'aller affronter ce que je redoute : ce couple improbable qui risque de se former, si je n'y vais pas très vite.

Je quitte la pièce en suivant les indications que l'on m'a données. Je voudrais déjà être près d'Alexandre et Léa, savoir ce qu'ils se disent, s'ils ont des gestes déplacés. Et leur montrer que je suis toujours là, que leur petit jeu de séduction ne se fera pas sans moi. Je dois tenir les rênes sinon je suis perdue, je ne contrôlerai plus rien : ni les actes d'Alexandre, ni les sentiments qu'ils déclenchent.

La femme chargée de me rendre mes affaires met trois plombes pour le faire. Elle lambine, discute avec ses collègues et fait preuve de mauvaise volonté. Elle a même le toupet de me dire qu'elle ne les trouve pas alors qu'elle ne les a pas cherchées. Il faut finalement que j'attende un de ses collègues, heureusement beaucoup plus avenant et débrouillard, pour parvenir à récupérer mon butin.

Enfin affublée de mon sac, de mes lacets, de ma ceinture – on ne sait jamais, s'il m'était venu l'idée de me pendre – et de ma veste, je tente de me diriger vers l'entrée du commissariat. Je suis obligée de demander deux fois mon chemin pour m'y retrouver dans ce dédale de couloirs. Enfin, en tournant à un énième pan de mur, j'arrive à destination. Le spectacle qui s'y déroule coupe instantanément mon élan. Une vague glaciale me traverse : imaginer et voir sont deux choses différentes.

Ils sont face à face, souriants. Léa passe une main dans ses cheveux et lui sourit à s'en décrocher la mâchoire. Alexandre se fait cajoleur et ensorceleur. Leur petit tête-à-tête est à vomir. Penché au-dessus d'elle, Alexandre s'est approché pour mieux la conquérir. Et elle ne se fait pas prier. Si elle le pouvait, je suis sûre qu'elle le supplierait de la prendre tout de suite. Toute son attitude le trahit. Son buste est avancé, ses mains le touchent, sa langue passe sur ses lèvres : une véritable séductrice. C'est écœurant, gênant, douloureux.

Pourtant, c'était ce que je voulais...

C'est moi qui ai entraîné Alexandre dans cette histoire, qui lui ai demandé de se rapprocher de Léa et de... *Non. Je n'ai pas envie de penser à cela.*

J'ai vraiment hâte de réunir les foutues preuves de ses infidélités et de détruire tout ce à quoi elle aspire. Je serai alors enfin débarrassée de ces frustrations toxiques. Je pourrai recommencer ma vie de zéro. Loin d'eux.

Quand elle m'aperçoit, Léa perd son sourire charmeur.

– Laure ! appelle-t-elle en me rejoignant à grandes enjambées.

Merde, merde, merde. Je n'ai absolument pas d'excuse pour expliquer ma présence ici.

Mais alors que je m'attendais à subir un interrogatoire en règle, Léa parvient à me surprendre : elle s'approche et me prend dans ses bras. L'impression de revenir des années en arrière qui accompagne ce geste me fait mal au cœur. Tout à coup, je suis triste : triste et fatiguée.

– Mais qu'est-ce qu'il t'a pris ? demande-t-elle en s'écartant pour me regarder dans les yeux. Tu n'imagines pas mon inquiétude en recevant ce coup de fil de la police ce matin. Ils n'ont rien voulu me dire jusqu'à ce que j'arrive. Heureusement qu'Alexandre était là. Je ne savais même pas qu'il était flic !

Je souris faiblement sans savoir quoi répondre.

– Il m'a raconté ce qu'il s'est passé. Ça va ? Tu te rends compte de ton inconscience, j'espère, ils auraient pu te faire du mal !

Mais qu'est-ce qu'elle raconte ? Je ne comprends rien.

Mon regard s'échappe une demi-seconde vers Alexandre derrière elle. Le visage tourné vers moi, il retient difficilement son rire.

– Pourquoi tu n'as pas prévenu Matt ?

– Euh… hésité-je. Je ne voulais pas qu'il s'inquiète. Je ne veux pas qu'il sache.

Alexandre lève un pouce en l'air.

– Tu es sûre que tu n'as rien ? s'inquiète-t-elle.

– Non. Juste un peu secouée.

– Bon, je te ramène. Tu travaillais, aujourd'hui ?

Oh putain, mon boulot. S'il y a bien un truc auquel je n'ai pas pensé, c'est ça !

– Je les ai prévenus, intervient Alexandre.

Je le regarde étonnée. C'est la première fois qu'il fait quelque chose de gentil pour moi.

– Bien, je vais chercher la voiture. Merci Alexandre.

Elle lui sourit de nouveau, papillonne un peu avant de m'embrasser sur le front – pour se donner bonne conscience, j'en suis sûre – et de s'en aller. Nous la suivons du regard.

– Elle pense que tu as failli être agressée, rit-il presque.

– Pourquoi tu lui as raconté un truc pareil ?

– Elle va croire que tu es affaiblie et que tu as besoin d'elle, répond-il sûr de lui. Elle sera aux petits soins avec toi. Elle va se sentir utile et t'aimer très fort, alors que tu la poignarderas dans le dos. Je t'assure que ça n'en sera que plus savoureux.

Il se rapproche de moi et passe son index sur ma mâchoire. Je frémis d'effroi. Alexandre rajoute une couche supplémentaire à la torture. Il est machiavélique. Et s'il n'avait aucune limite ?

– Elle a été très réceptive, annonce-t-il arrogant.

– C'est l'impression que j'ai eue également, avoué-je les dents et les poings serrés.

– Je ne vais pas mettre longtemps à la séduire. Je crois que tu seras débarrassée d'elle plus vite que tu ne le pensais.

Une lame plonge dans mes entrailles. Elle ouvre de nouveau les vannes de mon mal. Je dois me maîtriser, sinon, Alex sera ma perte.

CHAPITRE 27

Laure

Le café me brûle la langue. Je grimace de douleur avant de le reposer sur la table basse à côté de moi et soupire.

Vingt minutes que je suis là et déjà je n'en peux plus. Les sourires, les conseils, les exclamations de joie autour d'une robe qu'elle ne portera qu'une journée, et dont elle n'est même pas digne, me mettent les nerfs en pelote. Je me demande comment je vais pouvoir tenir toute la journée.

Pendant que Léa s'adonne à un nouvel essayage, mes pensées s'évaporent vers un homme auquel je ne devrais même pas songer.

Je n'ai pas revu Alexandre depuis quatre jours. Je ne sais pas ce qu'il fait ni avec qui. Nous avons échangé quelques textos pour la suite de notre plan, mais rien de plus. Il tient les rênes, décide où, quand et comment. J'aurais préféré que ce soit l'inverse, pour ne pas subir cette attente aveugle qui me fait disjoncter, mais il est le plus à même de gérer la logistique de notre plan.

Quant à moi, j'ai trouvé la force de coucher avec Matt. J'ai fermé les yeux pour me retrouver loin de mon lit et ai pris mon mal en patience. Mais, quand tout s'est arrêté, je me suis dégoûtée : pas de ce que je faisais à Matt, mais de ce que je faisais loin d'Alexandre. Et c'est impossible. Notre arrangement ne laisse place à rien d'autre. Que je sois contrariée de le voir avec d'autres femmes n'entre pas en compte. Que je couche avec d'autres hommes non plus.

– Et celle-là, vous en pensez quoi, les filles ?

Léa tourne sur elle-même, rayonnante. Aujourd'hui est un grand jour. À cinq mois de son mariage – parce qu'elle veut absolument se marier rapidement –, il est temps de choisir sa robe de mariée. Parmi des centaines, elle doit sélectionner la robe blanche qui symbolisera sa pureté. *On croit rêver, pas vrai ?*

Elle nous a réunies : Emma – sa meilleure amie –, notre mère, Adèle et moi. Et j'avoue que ce n'est pas le rassemblement le plus hilarant de l'histoire. Je m'ennuie ferme. Emma parle beaucoup trop et connaît tout sur tout. *Insupportable.* Ma mère n'est pas une adepte des grandes parties de fous rires et retient ses larmes à la vue de sa fille. Quant à Adèle, elle est trop concentrée sur la future mariée pour s'intéresser à une fille qui fait plus ou moins la gueule comme moi. D'ailleurs, la voir si folle de joie d'être ici – alors que c'est moi qui l'ai invitée pour ne pas me sentir seule – m'agace. Elle apprécie beaucoup trop ma sœur.

– Magnifique ! s'exclame ma mère.

– Superbe ! s'enthousiasment les deux autres.

C'est vrai qu'elle est magnifique. Ses seins sont parfaitement mis en valeur dans son bustier. Le drapé tombe sur ses hanches divinement. Et le voile recouvre très joliment sa belle chevelure brune.

– Mouais… je n'aime pas trop, lancé-je pour la faire redescendre de son trône.

Léa perd son sourire et son effervescence évidente. Elle fronce les sourcils, abaisse les yeux sur son corps pour voir ce qui ne va pas, puis revient vers moi.

– Qu'est-ce que tu n'aimes pas ?

– Ça te fait des seins énormes, on dirait que tu es prête à baiser avec le premier mec que tu croiseras.

Les quatre filles me regardent estomaquées. Quoi, j'ai dit une connerie ? Rien ne dit qu'elle ne se tapera pas un de ses amants le soir de ses noces.

– Qu'est-ce qu'il te prend, Laure ? demande ma mère, outrée.

Après vingt-trois ans passés à lui ressembler, ça doit lui faire un choc : une obscénité dans la bouche de sa fille ! Pas sûr qu'elle s'en remette.

Pourtant j'en ai pensé des saloperies, toute ma vie : quand je la voyais accepter les infidélités de son mari, quand elle m'assurait qu'elle était heureuse alors qu'il la traitait comme un chien, quand ils ont déchiqueté mes dessins. Si je me suis toujours tue, c'était pour elle, pour ne pas la blesser plus qu'elle ne l'était déjà. Mais j'en ai assez. Alexandre a raison, cela ne sert à rien de fermer sa gueule. On ne récolte que des mensonges en retour. En fait, les gens gentils ne sont pas forts, ils sont faibles.

Ma mère est faible. Je le comprends en la voyant écarquiller les yeux, alors que je n'ai prononcé qu'un foutu petit mot de travers. Je préfère ne pas imaginer le jour où elle apprendra que je me suis remise au dessin. Cela fait une semaine que je n'ai pas lâché un crayon dès que j'ai eu cinq minutes.

– Cette robe ne lui va pas, continué-je. Il vaut mieux que je sois honnête et que je lui dise ce que je pense, non ?

– Bien sûr, mais tu aurais pu le faire d'une façon différente… dit Léa d'une voix faible.

Oh, pauvre biche, je t'ai blessée ? Tant mieux !

– Pourquoi ? Tu préfères que je prenne des pincettes ou que je te mente ? Non, tu sais bien que le mensonge n'existera jamais entre toi et moi, Léa.

Ma phrase flotte entre nous. Elle me libère d'un poids pour aller le placer sur les épaules de Léa. Elle allège ma souffrance un instant. La suite voudrait sortir. L'explosion menace d'avoir lieu. Mais je serre les poings, les dents et le ventre pour ne rien laisser échapper de plus.

L'expression de ma sœur change : elle passe de la joie au trouble. Je pensais qu'elle n'avait aucun regret, mais peut-être me suis-je trompée. Ou alors, elle redoute que j'aie découvert la vérité et ruine son si beau mariage de princesse. *Tu as raison de trembler, sœurette, je compte bien ruiner ton fabuleux mariage. Tu n'auras pas le temps de dire ouf, de te planquer ou d'inventer une excuse pour te défiler. Et je te promets que cela ne se fera que face à quatre personnes seulement.* Les quatre personnes en question me regardent d'ailleurs en chiens de faïence, il est temps que je revienne à la réalité.

– Bien sûr, dédramatise Léa. Maman, ce n'est rien.

– Moi je la trouve magnifique, cette robe, insiste ma mère en grognant dans son coin. Tu devrais la prendre.

Le regard qu'elle me jette est exaspérant. Je lève les yeux au ciel. Elle a clairement choisi son camp, et comme bien souvent, ce n'est pas le mien.

J'espère qu'elle tombera de haut quand elle découvrira ce que fait sa fille chérie dans le dos de sa sœur et de son fiancé. Je suis sûre qu'elle sera ravie de découvrir à quoi sert l'argent qu'ils investissent dans ce mariage avec mon père.

Irritée par leur jugement, je détourne la tête pour ne plus les voir. Et je le vois, lui, à l'extérieur, accompagné de Sarah qui me fait signe derrière la vitre quand elle m'aperçoit en train de les regarder. Elle disparaît ensuite dans la rue après un sourire engageant. Je me redresse sur ma chaise, sur le qui-vive, prête à démarrer au quart de tour.

Alexandre pénètre dans la boutique alors que Léa entre une énième fois dans la cabine. Il avance vers nous, impassible et déterminé, sûr de son charme et de sa virilité. Cette vision sort mon cœur de sa torpeur. Ses yeux se posent sur moi. Son sourire s'épanouit. Il est sexy, sobre et dangereux. Je remarque le seul détail qui dénote dans ce décor : une enveloppe en papier kraft dans sa main droite.

Alexandre nous salue. Il fait la bise à chacune puis sourit d'un air faussement timide quand mes camarades s'exclament de le voir ici. Même Léa, qui s'était enfermée pour se changer, ressort pour l'accueillir avec charme. Elle n'a pas quitté sa robe de mariée bimbo, ce qui ne manque pas de me faire lever les yeux au ciel une seconde fois.

– Alexandre ! s'étonne-t-elle avec une voix trop haut perchée pour que ce soit naturel. Qu'est-ce que tu fais ici ?

– J'étais dans le coin alors je suis venu voir Laure pour peaufiner les derniers détails de la soirée d'anniversaire de Matt. Et comme ça j'en profite pour passer vous saluer.

Il appuie sur le « vous » et ne regarde qu'elle. Le message qu'il veut lui faire passer est clair : il est venu La voir. Si elle ne comprend pas ce qu'il sous-entend, elle est stupide.

– Tu es vraiment splendide, Léa, ajoute-t-il, ses yeux pétillants se posant longuement sur son décolleté.

Je baisse les miens. Je n'aime pas assister à leur petite comédie.

– Merci ! je l'entends répondre. Elle ne plaisait pas trop à Laure, mais un avis masculin ne doit jamais être pris à la légère.

Son intonation aguicheuse me dégoûte. En relevant les yeux, je la vois qui lui touche le bras en riant. C'est assez discret et certainement invisible pour les autres, mais moi je ne suis concentrée que sur ses attitudes. Tout ce qu'elle fait pour le séduire me saute aux yeux.

– Je vous l'emprunte quelques minutes, déclare-t-il en posant une main sur mon épaule. Il faut que ça reste une surprise pour tout le monde, ajoute-t-il avec un clin d'œil pour les trois femmes.

Avec son visage si innocent et angélique, elles ne peuvent que le croire sur parole. Qui remettrait en cause les dires d'un si gentil garçon ?

Alexandre me fait signe de le suivre. Nous avançons parmi les rayonnages où s'entassent des robes de mariée ou de soirée. Puis il s'arrête, derrière une étagère. Juste le temps pour moi de capter le regard d'Adèle sur nous, avant qu'il ne m'entraîne hors de sa vue.

– Qu'est-ce que tu viens faire là ? questionné-je sans attendre. Pour de vrai.

– Je voulais t'apporter quelque chose qui égaiera sûrement ta journée. Sarah m'a dit où tu étais et m'a parlé de votre rendez-vous.

Il me tend l'enveloppe.

– Elle te rend des comptes ? je m'enquiers en l'attrapant.

– Bien sûr. C'est moi qui l'ai engagée.

Profitant de notre promiscuité, Alex s'enhardit. Il amène son corps plus près du mien. L'une de ses jambes effleure ma hanche. Sa tête se rapproche dangereusement de la mienne. Je peux lire toutes ses intentions dans ses yeux. Et elles sont prometteuses.

– Tu n'es pas croyable, m'exclamé-je à voix basse. Tu es sûr de n'être venu que pour ça ? demandé-je en lui désignant l'enveloppe et en faisant clairement référence à son comportement.

– Bien sûr que non. Rien ne vaut une cabine d'essayage, lance-t-il en souriant.

Alors que j'ai envie de me laisser aller contre lui et d'oublier cette journée désastreuse, il complète sa phrase par des mots qui me glacent.

– Je suis convaincu que ta sœur serait d'accord avec moi.

Le ton est froid, provocateur, avec une sensualité dosée pour indiquer ce qu'il pourrait faire, ici même, avec une autre que moi.

Je fais un pas en arrière. Et en tentant de dissimuler le fait que ses paroles m'affectent, je reporte mon attention sur l'objet marron entre mes mains. Quand je l'ouvre, je sens mon pouls battre rapidement en récupérant ce qu'il y a à l'intérieur. Les feuilles glissent, les images apparaissent, le bruit du papier est soudain plus fort. Notre moment de légèreté s'évanouit en même temps que mon cœur qui semble s'être arrêté, suspendu à ce que je vois.

Les photos ne sont pas très nettes et certainement prises à partir d'un recoin reculé. Mais ils sont tous les deux identifiables et ce qu'ils font aussi. Cela me donne envie de vomir, mais savoir que je les tiens enfin me comble. Une confusion de sentiments plutôt étourdissants.

– Pourquoi me les donner maintenant ?

Il me fixe, indéchiffrable.

– Pour voir si ça te suffit.

Pour la première fois, je ne sais pas à quoi il pense. Et pendant que je l'observe, les questions s'enchaînent. Cela me suffit-il ? Ces photos constituent la seule preuve dont j'ai besoin, mais vais-je m'en contenter ?

– Non, je réponds à la fois pour lui et pour moi-même.

– Très bien. Donc, on continue ?

Alors que je m'attends à le voir jubiler, ma réponse vient de lui offrir mon corps pour plusieurs semaines encore, une lueur contrariée vacille dans ses yeux. Je l'ignore et opine de la tête.

– Je dois aller voir Sarah. Puisque tu es là, tu n'as qu'à faire diversion. Tu es plutôt doué pour ça.

Il rigole puis esquisse un mouvement vers ma bouche. Ses lèvres fondent sur les miennes. Sa langue vient les lécher pour mieux les écarter.

– Si tu savais ce que j'aimerais te faire dans cette cabine, Laure.

Et il s'éloigne, me clouant ainsi à la roue du supplice. L'attendre, l'espérer alors qu'il doit se concentrer sur une autre, est un calvaire.

L'enveloppe toujours à la main, je le regarde rejoindre les filles puis me dirige vers mon sac. Une fois en sa possession, j'y range les photos puis repars dans la direction opposée. Je suis en pilote automatique, dépassée par les événements, par mes sensations, par les mots d'Alexandre et ce qu'ils annoncent, par les images de Léa et de Matt qui me perturbent.

Tout ce que je peux faire c'est continuer, continuer de faire semblant, continuer de croire que tout ira dans mon sens jusqu'à la touche finale.

Je relève la tête.

– Je nous rapporte d'autres cafés, annoncé-je à haute voix au reste du groupe.

Au moment où je m'apprête à sortir, Adèle se précipite à ma suite et me retient d'une poigne forte qui me surprend. Je la regarde sans comprendre.

– Qu'est-ce qu'il t'a pris ? interroge-t-elle en me scrutant. Je ne t'ai jamais vue parler de cette façon à ta sœur.

– Il y a un début à tout, dis-je en sentant la colère grimper à une vitesse folle.

Je veux me dégager mais sa main se resserre.

– C'est l'histoire avec Matt qui te met sur les nerfs ?

– Bien sûr que non. Pourquoi tu ramènes tout à lui ?

– Parce que je vois que quelque chose ne va pas, insiste-t-elle d'un ton plus doux. Et tu ne m'expliques pas.

Je la dévisage en silence. Adèle me lâche le bras. Ce geste et son expression sont sans équivoque : elle ne me comprend plus. Si je ne lui parle pas, elle laissera tomber, elle ne cherchera plus à savoir, elle m'abandonnera au sort que je me réserve.

Mais comme je ne peux rien dire et que, même si je le pouvais, elle ne saisirait pas l'importance de mes actes, je choisis la fuite.

– Il n'y a rien de plus à dire. J'ai accepté son écart alors fais pareil ! Je reviens, annoncé-je.

– Je t'accompagne.

– Non ! m'exclamé-je plus vivement que voulu.

Son air peiné me trouble.

– Reste avec ma sœur. Je vais me débrouiller, je reprends en douceur. Excuse-moi !

Puis je la contourne et pars rejoindre la strip-teaseuse, qui m'attend.

Le café est à une rue de la boutique. Sarah m'a envoyé l'adresse et je cours la retrouver. Je ne vais pas avoir beaucoup de temps, si je ne veux pas éveiller les soupçons, mais j'espère que cela sera suffisant pour ce que j'ai à lui dire. Après cette entrevue, nous ne communiquerons plus que par messages jusqu'au soir fatidique.

Devant la vitrine, je la repère rapidement. Elle est assise à une table dans le fond du café. Elle est déjà servie et n'attend que moi. Quand j'entre pour la rejoindre, elle m'accueille avec un sourire chaleureux. Elle ne porte rien de vulgaire, rien de trop court ou de trop voyant, juste un jean et un fin chemisier en mousseline sous un perfecto. Tout de la jeune fille bien comme il faut. À la regarder, aucun élément ne laisse présager son métier peu conventionnel.

– Je ne peux pas rester longtemps. On m'attend.

Je ne m'assois pas et lui indique de venir au comptoir : ce sera plus rapide. Je fais un signe à la serveuse pour qu'elle vienne prendre ma commande.

– C'était elle ?

J'avale ma salive difficilement et regarde Sarah longuement, comme pour sonder son âme et ses yeux remplis de pitié. *Souvent, à parler de ses maux, on les soulage.* Mais les mots ont du mal à franchir mes lèvres. En parler, c'est appuyer sur ma douleur.

– Celle qui était en robe de mariée, reprend-elle compatissante. C'était ta sœur ?

– Alexandre t'a tout raconté, je constate la gorge serrée.

– Oui. Et je n'en reviens toujours pas.

Se penchant vers moi, elle pose sa main soignée sur mon poignet et y applique une légère pression.

– Comment peut-elle se regarder en face ? Aucune sœur, une vraie, ne ferait une chose pareille. Si la mienne me faisait ça…

– Je ne te le souhaite pas, coupé-je en détournant les yeux. Je ne le souhaite à personne.

Sa compassion me transperce. C'est comme d'être enlacée par sa mère après un chagrin d'amour. C'est un sentiment réconfortant qui applique un baume réchauffant sur mes blessures.

Qui est cette fille ? Elle a l'air si gentille, si empathique. Elle est comme tombée du ciel pour venir soulager ma peine. J'espère que ce n'est pas un nouveau piège de la vie. J'ai déjà eu ma dose, ces derniers temps.

– Alors, commence-t-elle. Qu'est-ce que tu voulais me dire ?

J'attrape dans mon sac une autre enveloppe préparée la veille.

– Tiens, voici des informations sur Matt, dis-je en lui donnant l'objet. Ce qu'il aime boire, les choses qu'il trouve irrésistibles chez une femme. Et deux ou trois autres détails. Si tu as la moindre question, tu m'envoies un texto. Il y a aussi quelques clichés de notre appartement pour que tu ne sois pas perdue, le jour J. Dans l'état où tu l'auras mis, il ne te sera pas vraiment d'une grande aide.

Elle rit.

– Il faut que tu sois naturelle, qu'il n'ait pas le moindre doute. Sinon c'est foutu.

Elle acquiesce.

– Ça va aller ? je m'inquiète ensuite.

– Ne t'en fais pas, j'ai l'habitude de ce genre de plan, enfin surtout de ce genre de mec. Il n'y a qu'une seule chose qui les intéresse…

Elle semble malheureusement avoir raison.

Je jette un coup d'œil à l'horloge. *Déjà ?*

– Je te tiens au courant pour la suite.

Je ne peux pas m'éterniser. Récupérant ma commande, je m'apprête à partir, quand je me souviens qu'une question me taraude :

– Est-ce que ton lien avec Alexandre a un rapport avec la drogue ?

– Il te l'a dit ? s'étonne-t-elle.

– Disons que je l'ai appris un peu malgré lui.

Elle soupire puis réfléchit avant de se lancer :

– J'ai eu une histoire avec un dealer qui avait installé son quartier au club. Alexandre m'a évité la taule.

– Tu veux dire qu'il a fait quelque chose d'humain pour toi ?

Elle secoue la tête.

– Non, ce n'était pas vraiment « humain ». C'était intéressé. Il a considéré que j'avais une dette qui pourrait lui servir, un jour. Tu sais, les filles comme moi qui deviennent indics sont des aubaines pour ce genre de flic. Aujourd'hui, il a trouvé le moyen de me rappeler ce que je lui dois. Mais je m'en moque, ce genre de travail fait partie de mon quotidien.

Sauf que de mon côté je ne peux pas lui demander ça. Sinon, je ne pourrais plus me regarder en face. Que je doive oublier mon corps pour mettre Matt dans mes filets, passe encore. Mais une autre, qui n'a pas le choix : non.

– Je ne veux pas que tu ailles jusqu'au bout, révélé-je.

– Quoi ?

– Je vais trouver un autre moyen. Un moyen détourné, qui aura le même effet. Je ne veux pas être une de ces personnes qui t'ordonnent de vendre ton corps.

– Laure, je t'assure, affirme-t-elle une nouvelle fois. Je suis habituée. Il y a longtemps que ça ne me dérange plus.

– Non, assené-je sans flancher. On fera autrement.

Je lui souris une dernière fois.

– Hors de question que tu pâtisses de mes choix.

Puis je me précipite dehors sans me retourner.

Je refais le chemin inverse, traverse les mêmes rues, passe devant les mêmes magasins sans les voir. J'essaie de ne pas trop chahuter le plateau sur lequel reposent les boissons préparées par la serveuse tout en avançant le plus vite possible. Je reviens à la boutique à peine une demi-heure après être partie.

Je poursuis mon chemin à l'intérieur, parcours les étalages et reviens enfin dans le salon d'essayage. L'atmosphère a changé. Je m'en rends compte tout de suite, en me figeant à l'entrée de la pièce. Les trois accompagnatrices sont parties. Elles flânent certainement dans les rayons pour trouver leurs propres tenues.

Le spectacle sur lequel je tombe me donne envie de tout lâcher et de repartir d'où je viens. À la place, j'inspire profondément.

Alexandre a parfaitement réussi son coup, je le vois d'où je suis, Léa est totalement sous son emprise : ébahie, rivée à ses lèvres telle la nouvelle proie qu'il veut ajouter à sa liste de conquêtes. Une liste sur laquelle je figure.

Une rage que je commence à connaître embrase mes sens. Elle se déverse tel un magma jusqu'à mes extrémités, brûle mon ventre, ma nuque et déclenche ma hargne.

Je pose mon plateau et fais demi-tour. Dans les rayons, je cherche une robe. Pas n'importe laquelle : la plus courte, la plus décolletée et la plus provocante possible. Quand je l'ai trouvée, je l'attrape et me dirige à nouveau vers l'espace essayage.

J'entre dans une cabine après un regard appuyé sur eux. Léa sourit de me voir participer. Alexandre ne me quitte pas des yeux. J'ai choisi celle qui est située juste dans son champ de vision et laisse le rideau un peu entrouvert pour qu'il me voie dans le miroir, qu'il ne loupe pas une miette du spectacle érotique que je vais lui dédier. Ce sera une mise en pratique de la leçon apprise il y a quelques jours.

Premier mouvement : j'attache mes cheveux en un chignon haut lui offrant une vue imprenable sur la nuque qu'il aime tant. Deuxième mouvement : je défais ma ceinture, ma braguette, retire mon jean en le faisant coulisser sur mes jambes alors que je suis cambrée vers l'arrière. Je me retrouve en string, les fesses dénudées offertes à sa vue. Nos regards se croisent dans la glace. Léa lui parle toujours mais il ne semble plus y faire attention. Troisième mouvement : je passe mon haut par-dessus ma tête et fais de même sans m'attarder avec mon soutien-gorge. J'exhibe ainsi fièrement ma si petite poitrine qu'il ne se retient jamais de caresser.

Mon corps, mon sang sont bouillants. Je respire vite. Mon reflet est presque nu pour lui. J'attends : qu'elle lui soit indifférente, qu'il se dégage d'elle, qu'il comble l'espace entre nous.

Alexandre doit peut-être séduire une autre femme, mais ici et maintenant, il est en mon pouvoir.

CHAPITRE 28

Alexandre

Putain de cul. Putain de nuque. Putain de femme. Impossible de détourner les yeux des parcelles de peau que je parviens à discerner dans cet infime interstice. Impossible de me concentrer sur autre chose que son petit show. Impossible de ne pas avoir envie de faire trois pas pour la rejoindre.

Je serre les dents pour me contrôler. Contracte les poings, les muscles, tout ce qui peut m'empêcher de faire une énorme connerie. Parce que c'est une connerie. Je ne suis pas censé la désirer, ni même la mater, alors que je charme une autre femme. Et si elle continue son petit jeu, mon humeur changeante risque de se remarquer.

Laure n'est pas prête à assumer sans regret. Elle n'est pas encore arrivée là où je veux la mener. Détruire son envie de vengeance, son besoin de faire mal reviendrait à détruire ce que j'ai commencé à entreprendre avec elle.

Alors non. Même si elle me fait bander à m'en faire mal, qu'elle m'excite au point de me faire dévier de mon objectif. Je ne peux pas me permettre de céder à mes pulsions, pulsions qu'elle sait très bien taquiner, désormais.

Bien avant qu'elle ne revienne – et ne me torture de la plus exquise des façons –, cela faisait déjà dix minutes que je n'écoutais plus sa sœur. Dix minutes que je me disais que pour baiser cette meuf insipide et sûre de ses charmes, il allait me falloir de l'imagination.

Ok, en toute objectivité, elle est plutôt pas mal. Elle ressemble à Laure, en plus petite, toutefois. Elle a des atouts bien placés. Mais il n'y a rien à attendre de plus d'elle. Elle ne restera jamais qu'un coup parmi tant d'autres.

J'ai bien mieux à faire avec une brune bien plus intéressante, surtout quand elle agit de cette façon et n'écoute que son instinct. Elle est déchaînée, primitive, sexuelle.

Je savais que c'était une bombe à retardement. Je savais qu'elle se réveillerait, trouverait ses points forts et assumerait sa personnalité, mais là, elle est en train de tout envoyer valser. Elle m'offre le même spectacle que le soir de son strip-tease, sauf que je suis le seul à la voir, le seul à vouloir la posséder.

Putain. La retrouver est plus stimulant qu'un shoot d'adrénaline, plus euphorisant qu'un pétard, plus essoufflant qu'une baston dans les quartiers chauds. Si cette autre putain de gonzesse n'était pas là, je serais déjà dans cette cabine, perdu en elle depuis longtemps.

– Léa ?

La voix de Laure me ramène au moment présent. La fille qui me fait face s'arrête de me raconter je ne sais quelle connerie, pour se retourner.

– Qu'est-ce qu'il y a ?

– Tu pourrais m'apporter la taille au-dessus ?

– C'est quelle robe ?

Laure sort la tête du rideau et montre l'objet en question. Elle parle une seconde à sa sœur, sûrement pour lui donner des indications, puis me regarde lorsque Léa s'éloigne dans les rayons pour disparaître de nos champs de vision. Son sourire s'agrandit en même temps que l'espace entre le tissu et le mur.

Bordel...

Je ne jette même pas un coup d'œil pour vérifier que nous sommes seuls. Je fonce. Rien d'autre ne compte à part elle et moi. Mon torse retrouve le sien. Ma bouche retrouve la sienne. Mes mains partent à l'assaut de ses courbes. Nos baisers s'enflamment, se fondent les uns dans les autres, s'accompagnent de gémissements incontrôlables. Mes lèvres se faufilent le long de sa mâchoire, de la veine de son cou. Elles descendent sur sa poitrine, happent ses tétons déjà dressés sous mes caresses, poursuivent jusqu'à son ventre plat, jusqu'à son sexe que je sais si chaud et humide.

Je pose ma bouche sur la dentelle de son string. Elle défaille sous mes baisers. Je l'entends pousser un soupir étouffé. Son corps se tend comme pour appuyer ma tête un peu plus. Je voudrais poursuivre mon exploration, redécouvrir son goût sur ma langue, mais elle semble reprendre ses esprits et m'oblige à me relever avant même que je n'aie pu tracer le moindre sillon jusqu'à l'intérieur de son sexe. Ensuite, quand elle est sûre que j'ai toute son attention, elle agite son index en signe de négation.

– Non, non, murmure-t-elle. Nous n'avons pas le temps pour ça. J'ai autre chose en tête.

Avant que je ne comprenne ce qu'elle sous-entend, ses mains défont ma ceinture puis les boutons de mon pantalon. Je frissonne, anticipant ce qu'elle va faire. Et je n'attends pas longtemps. Ses doigts fins se glissent sous le tissu de mon sous-vêtement pour m'attraper et m'enserrer entre eux. *Putain...*

Je ferme les yeux, la mâchoire contractée. Je savoure un instant la torture délicieuse qu'elle m'inflige. Sa main est chaude autour de moi. Son pouls bat dans sa paume brûlante. Laure ne prend pas son temps. Nous n'en avons pas. Mais je ne résiste pas à faire de même pour elle. Passant un bras autour de sa taille, je la rapproche de moi. Ma main se glisse derrière ses fesses, puis en dessous, pour se plaquer sur son intimité et trouver le chemin entre ses plis trempés.

Haletante, elle accentue ses mouvements. Elle agite sa main autour de ma verge de plus en plus vite. Son pouce joue avec mon gland comme je le fais avec son clitoris. L'un contre l'autre, chacun cherchant à enflammer l'autre, nous nous embrassons. Sans discontinuité. Les secondes défilent sans que nous nous en rendions compte.

– Laure ? Je t'ai rapporté ta robe !

Laure se fige contre ma bouche – et sur mon sexe –, le cœur tapant dans sa poitrine, contre mon torse. Nos mains sont perdues entre nous mais ne se retirent pas. Toujours étroitement liés, nous ne bougeons plus.

– L'autre taille me va, finalement, lâche-t-elle enfin en détournant la tête.

– Tu es sûre ? insiste sa sœur. Laisse-moi voir.

Laure retient sa respiration au moment où une main se faufile pour empoigner le rideau et l'écarter. Sans douceur mais en silence, elle me lâche pour me repousser de l'autre côté de la cabine puis s'approche de la sortie pour bloquer l'indiscrétion de sa sœur.

– Je me suis déjà changée. Tu me laisses me rhabiller ?

– Ah ? Ok, abdique Léa. Très bien.

Le rideau se referme. Laure, qui ne perd rien de son pouvoir de séduction, revient vers moi. Je réaffirme ma prise sur elle. Ses yeux espiègles parcourent mon visage.

– Je crois qu'il est temps de reporter notre petit intermède, annonce-t-elle taquine.

– Je n'ai pas fini, je grogne contre sa joue.

Laure rit en silence. Puis attrape le bord de mon boxer avant de le relâcher d'un coup sec contre mon ventre. Je me contracte. Aussi bien pour supporter la douleur de ce claquement que pour tenter de calmer ma gaule douloureuse.

– Tu sais où est Alexandre ? résonne de nouveau la voix de Léa de l'autre côté.

Ma complice me regarde de haut en bas d'un œil évocateur, puis sourit en répondant :

– Non. Je crois que les essayages ne l'intéressaient pas. Il a dû partir.

Elle attrape ses affaires, se rhabille à la hâte, puis, quand elle a terminé, regarde mon boxer et la bosse toujours présente et bien reconnaissable derrière. Son sourire devient joueur.

– Ne t'en fais pas, me lance-t-elle moqueuse. En trois semaines, tu trouveras bien le moyen de faire redescendre ça.

Elle sort. Derrière le rideau, je l'entends parler à sa sœur mais ne comprends rien. Embrouillé dans mon désir, je m'adosse à la paroi de la cabine et bascule la tête en arrière, les yeux fermés. Ma main vient se plaquer sur mon érection si présente, puis la glisse sous le tissu. Je n'aurai jamais autant bandé. Et je compte bien finir le travail.

CHAPITRE 29

Laure

Que sont trois semaines, dans une vie ? Rien. Mais dans ma vie ? Cela résume tous mes bouleversements. Les jours et les semaines se sont enchaînés. Toujours le même rythme : se lever, travailler, m'exaspérer de l'attitude de ma chef, arriver aux week-ends tant redoutés avec un Matt impatient et demandeur, et voir Alexandre, beaucoup trop.

Je n'arrivais pas à comprendre comment Matt avait pu me cacher ses mensonges, ses trahisons. Maintenant, je sais. J'ai envoyé des textos bourrés de conneries, fait semblant d'être fatiguée pour éviter de me retrouver dans ses bras, inventé des sorties entre filles quand mon désir pour un diable au visage d'ange était trop fort. Et pas un seul instant l'idée ne m'est venue que le jeu était dangereux, que Matt pourrait se rendre compte de mon manège. Comment l'aurais-je fait alors qu'Alexandre était si confiant ?

Il est sorti avec Matt à de nombreuses reprises, calmant ainsi mon appréhension grandissante de me retrouver avec mon petit ami. Partager notre lit est devenu une torture qui me broie le ventre. Matt était aux petits soins. Léa avait dû lui parler de mes inquiétudes sur son comportement et de mes doutes, parce qu'il était adorable. Il m'attendait le soir, me préparait des bains moussants, voulait toujours plus. Alors Alexandre l'a occupé, tout en profitant d'être avec lui pour le sonder et le faire parler.

J'ai su qu'il continuait de voir Léa, malgré mes soupçons, quand je rentrais tard du travail ; qu'il m'aimait comme un fou, ce à quoi je n'ai pas pu m'empêcher d'éclater de rire.

Pendant trois semaines, chacun s'est amusé de son côté. Déployant des monstres de fourberie pour échapper au quotidien. Et durant ce temps, j'ai dû me rendre à l'évidence : je suis devenue comme lui, un être qui trompe son conjoint pour quelques parties de jambes en l'air.

Les moments avec Alexandre se sont poursuivis. Se répétant comme les journées qui me rapprochaient de ma libération. Pendant que les jours s'écoulaient avec morosité, l'étau du géant blond s'est resserré autour de moi.

Alexandre n'a jamais été si passionné qu'après notre épisode plutôt coquin dans la cabine d'essayage. J'ai voulu le faire enrager et le résultat a dépassé mes attentes. Pendant les deux jours qui ont suivi, son impatience a été grandissante. Il ne pouvait pas me retrouver et n'a pas hésité à me faire payer sa frustration.

Je n'ai jamais reçu autant de messages, autant de mots crus en si peu de caractères. Je n'ai jamais eu autant d'images osées à l'esprit ni connu une telle excitation à distance. Alexandre n'est pas seulement doué de son corps, de ses mains et de sa langue. Il l'est aussi de ses mots.

Plus le temps passe et moins je résiste. Mes attentes et mes désirs sont en train de changer. Cela m'effraie, c'est la dernière chose que je veux. Courir vers lui ne pourra que me briser une nouvelle fois. Un soir, comme je me retrouvais chez lui, c'est devenu évident. Nous étions convenus de harponner Léa en prétextant une réunion d'organisation pour l'anniversaire de Matt.

Ce soir-là, je pénétrais chez lui, dans son univers, découvrais qu'il avait de très bons goûts musicaux, qu'il lisait des livres de psychologie et qu'il avait été récompensé plusieurs fois dans son travail. Mes yeux se posaient sur tout ce qui faisait qu'il était lui : un homme dissimulant sa vraie nature. Et je me suis rendu compte que tout m'attirait, même sa personnalité complexe et machiavélique. J'avais le sentiment d'être dans une bulle dont je ne voulais plus sortir.

Léa a cependant fait éclater cette sensation en nous rejoignant. Elle a charrié avec elle une vague de jalousie que je n'ai pas pu ignorer. Si j'avais encore des doutes sur ce que je ressentais, ils ont disparu à l'instant même où je l'ai vue déambuler dans l'appartement. Dès qu'elle est rentrée, qu'elle m'a à peine saluée pour se précipiter vers Alexandre et reprendre leur duo de sourires mièvres, j'ai eu envie de la foutre dehors à grands coups de pied dans le derrière. Elle n'avait pas le droit d'être là. De découvrir toutes ces choses que je ne connaissais pas sur Alexandre, en même temps que moi. De se montrer si proche de lui alors qu'elle ne le côtoyait que depuis peu.

Je me suis sentie devenir irritable, mesquine, froide et sombre ; bien trop renfrognée pour que ça passe inaperçu. Mais je m'en moquais. Alexandre admirait mon changement d'attitude dans le dos d'une Léa qui s'est mis en tête de me choyer. Elle ne comprenait vraiment rien.

Et je ne suis pas sûre qu'elle comprenne aujourd'hui. Elle ne voit pas que je change, que mes sentiments partent en vrille, que je suis de plus en plus mauvaise avec elle. J'aimerais parfois qu'elle s'en rende compte pour lui hurler tout mon mal-être.

Je crois que je débloque. Il est certain que je ne retrouverai jamais mes relations d'antan avec ma sœur. Même quand elle a eu l'air de s'inquiéter à la suite de ma fausse agression, ou quand j'ai découvert qu'elle n'avait rien dit à Matt à ce sujet comme elle me l'avait promis, je suis restée imperturbable. À l'intérieur de moi, tout est cassé. Il n'y a plus de « nous ». Et aujourd'hui, c'est ma relation avec Matt à laquelle je vais mettre un terme.

Je tourne en rond depuis dix minutes. Je suis partie chez mes parents ce matin pour un rendez-vous shopping avec ma mère. Une excuse pour être loin de mon petit ami et ne pas être chez moi ce soir. J'ai mangé avec eux ce midi et maintenant Matt m'attend. Il se demande sûrement où je suis.

Mon portable sonne. Je regarde l'heure. Alexandre doit être à l'appartement pour le conduire au restaurant. J'inspire profondément, il faut que tout se passe bien.

– Allô ? dis-je d'une toute petite voix, en décrochant.

– Putain, chérie, qu'est-ce que tu fous ?

– Je suis désolée mon chéri. Je suis…

Un gémissement plaintif se perd sur mes lèvres. Je suis plutôt fière de moi.

– Je crois que j'ai mangé un truc pas frais ce midi, me lamenté-je contre le combiné. Ça fait des heures que je ne quitte pas les toilettes. Je suis tellement désolée, mon amour.

Je suis à la limite de pleurer, une vraie actrice.

– Je… Je ne me sens pas de faire la route. Je préfère rester chez mes parents cette nuit.

– Et tu ne me préviens que maintenant ? s'énerve-t-il.

Il ne sait pas. Il ne saura jamais que je n'ai jamais prévu de venir, que toute cette fausse préparation avec Léa et tous ses amis réunis ne sont qu'un leurre. *Je voudrais déjà être à demain.*

– Fais chier, Laure ! lance-t-il énervé. C'est mon anniversaire.

– Je sais, bredouillé-je penaude. Je suis vraiment désolée.

Il grogne, rouspète, fulmine au téléphone. Je l'entends qui parle à quelqu'un, peut-être à Alexandre. Ça m'est égal, du moment qu'il raccroche vite.

– Ok, abdique-t-il, et je sais que ça le contrarie. On se fera un truc tous les deux.

Je souris. Il ne remet pas une seconde en doute ma petite mascarade. Finalement, ma gentillesse légendaire et ma sincérité m'auront été d'une grande aide, ce soir. Matt est ferré.

– Bien sûr, mon amour. Profite de ta soirée !

Mon cœur se met à battre plus vite. Le mensonge est euphorisant.

– Je… je t'aime, Matt… À demain.

CHAPITRE 30

Alexandre

Matt vient de raccrocher. Il fixe son téléphone des yeux avec une moue déçue.

– Elle fait quoi ta copine ? demandé-je sur un ton peu amène.

Il grimace avant d'attraper sa veste accrochée près de la porte.

– Elle ne vient pas.

Son visage est totalement fermé. L'absence de Laure a l'air de beaucoup l'affecter. L'ampleur que cela semble prendre m'étonne. Je sais qu'il est amoureux, mais quand on sait ce qu'il fait derrière son dos, on a le droit de se poser des questions lorsqu'il réagit comme ça alors qu'elle lui offre une soirée de liberté. Enfin, c'est sa vie. Il la mène comme il l'entend. Je ne lui ai jamais rien dit. Un véritable ami lui aurait sûrement conseillé de la jouer autrement, d'être plus réglo avec sa petite amie pour ne pas la perdre, moi non. Il mérite ce qui est sur le point de lui tomber sur la tête. Ce qu'il deviendra après m'indiffère.

Nous nous connaissons depuis la terminale, et malgré les apparences – et ce qu'il peut penser –, je n'ai jamais ressenti la moindre empathie pour ce mec. Je suis resté à ses côtés par intérêt : un gosse de riches, c'est une aubaine pour un type comme moi !

Nous sortons de l'appartement, descendons les escaliers et nous dirigeons vers la sortie : Matt, toujours sombre ; moi, assez fier de Laure.

– Qu'est-ce qu'elle a pour ne pas venir à ton anniversaire ?

– Elle est malade, répond-il en soupirant.

Je ricane.

– Fais chier, putain. C'était important pour moi, ce soir.

– Qu'est-ce que tu veux, cette fille n'est pas foutue de faire les choses comme il faut…

– Alex… commence pas, s'il te plaît !

Bizarrement, malgré tous les coups foireux qu'il peut lui faire, Matt n'aime pas quand je parle de sa petite amie. Je prends un malin plaisir à la dénigrer, juste pour le faire enrager. Il ne sait pas que la plupart du temps je n'en pense pas un traître mot.

Nous avançons à présent dans la rue, en direction de ma voiture. Une fois celle-ci déverrouillée, Matt s'arrête avant d'ouvrir la portière passager. Je le vois hésiter, il ne sait pas quoi faire. J'imagine les questions qui fusent dans sa tête alors qu'il ouvre la bouche puis la referme, indécis.

– Je voulais…

Il ne finit pas sa phrase et tourne la tête sur le côté pour éviter mon regard. *Je rêve où il rougit, ce con ?*

– Je comptais lui demander de m'épouser ce soir.

Cette annonce a le don de me stopper net. Respiration, battements de mon cœur, main sur la poignée : tout est immobile. Mon corps se met en pause pendant que des images d'eux, que je chasse tout de suite, viennent me remplir le crâne.

Putain, parmi toutes les conneries qu'il pouvait me balancer, il choisit la pire. J'ai l'impression qu'on vient de réduire mon oxygène, sans que je le voie venir. Et puis le doute s'insinue : Laure n'accepterait jamais, pas en sachant tout ce qu'il a fait, pas maintenant alors qu'elle ne rêve que de le détruire.

Je défais un bouton de ma chemise, passe une main dans mes cheveux pour tenter de garder une certaine contenance, mais rien n'y fait : l'incertitude reste là, infime mais dérangeante.

Alors, pour contrecarrer tous ces trucs que je ne comprends pas, ces sensations contradictoires et envahissantes, je me concentre sur un sentiment que je connais par cœur. Je me régale par avance de la chute de Matt : elle n'en sera que plus dure, plus haute, plus fracassante. Je rêve d'y assister.

Ma vie a toujours été bercée par cette adrénaline : celle des situations d'attente. D'abord l'attente d'être choisi, aimé, puis celle de compter, et maintenant l'attente que mes proies ne se rendent pas compte qu'elles ont été piégées. J'aime admirer les expressions qui précèdent la déchéance. C'est la meilleure des drogues parmi celles que j'ai déjà essayées. Même si, ces derniers temps, je plane à une toute autre came.

– Tu n'es pas sérieux ? continué-je pour donner le change.

Il se frotte l'arrière du crâne

– Je devrais aller la rejoindre.

Ah non, putain !

– C'est un peu tard pour ça, commencé-je sur le ton de la réprimande. Si elle est malade, elle doit dormir, là. Et puis tu ne vas tout de même pas la demander en mariage alors qu'elle risque de te vomir dessus ou de tomber dans les pommes. Tu arrêtes de te torturer et tu viens avec moi profiter de la soirée.

Il semble réticent. Il regarde sa montre, la rue, puis tourne le visage vers moi. Je le coupe avant qu'il n'émette une nouvelle protestation :

– Tu auras tout le temps de profiter d'elle demain. Pour le moment, c'est toi et moi, mon pote. Et on va s'éclater !

Il acquiesce en se laissant convaincre.

Nous parvenons au lieu de rendez-vous une demi-heure plus tard. *Dire que nous avons vraiment dû organiser cet anniversaire, réserver dans ce café-concert et réunir tous les anciens potes de Matt pour jouer notre rôle jusqu'au bout.*

Alors que nous sommes à peine arrivés – et après les exclamations de joie de Matt en découvrant la surprise –, les amies de Laure et sa sœur me sautent dessus.

– Tu sais où est Laure ?

Franchement, elles me font chier, si elles s'inquiètent, elles n'ont qu'à prendre leur téléphone, pas besoin de m'emmerder. Et même si je sais évidemment où elle est, je n'ai vraiment pas envie de répondre. Suis-je vraiment censé être la personne qui se soucie le plus d'elle ? Je laisse donc résonner une exaspération sonore.

– Qu'est-ce que j'en sais ? Et qu'est-ce que je m'en fous ! je laisse tomber avant de les bousculer pour rejoindre les potes de Matt.

En chemin, j'écris un message.

Moi : Ta sœur est bien là.

Laure : Ok. Je suis arrivée chez toi.

Rassuré pour la suite des événements, je m'apprête à ranger mon portable quand il se met à biper.

Laure : Ça te dérange si je prends un bain ?

Putain ! Ce que je vois me donne carrément envie de faire demi-tour et d'aller la retrouver pour lui dire en face que « non, ça ne me dérange pas » et que « oui, je le prends avec elle ».

Cette fille est en train de me rendre cinglé, totalement obsédé d'elle, de son odeur, de sa peau, de sa bouche. *Fais chier. Ça ne tourne vraiment plus rond chez moi.*

Le message suivant n'arrange pas mon cas. Laure vient de m'envoyer une photo : son profil, nu, avec la courbe de ses seins qui me fait tant bander.

– Avec qui tu parles pour avoir ce sourire de con ? demande Matt à côté de moi.

Il se penche par-dessus mon épaule pour lire ce que j'écris. Je n'ai pas le temps de verrouiller l'écran assez vite. Son expression change pour devenir perverse.

– Intéressant, c'est qui, cette nana ?

Il ne reconnaît même pas le corps de sa petite amie. Heureusement que Laure n'a pas intégré son visage, je ne crois pas qu'il aurait eu tout à fait la même réaction.

– Une fille que je me suis fait…

La désignation me dérange mais au moins il ne posera pas plus de questions.

– Elle a l'air chaude.

– Hum…

Je le suis jusqu'au bar un peu plus loin. Je conserve mon portable au creux de ma main, déjà ouvert sur ses messages. Je ne parviens pas à m'en empêcher.

Laure : Ça ne te tenterait pas de venir me rejoindre ?

Moi : Laure arrête ça, tu sais de quoi je suis capable !

Oui, elle le sait, et elle en joue. Au fond de moi, je crois que j'adore ça.

La soirée s'écoule à une vitesse incroyablement lente. Je vis les instants en parfait spectateur, me contentant d'être présent au moment où Matt me raconte une anecdote, ou lorsqu'il a besoin d'un chauffeur pour le conduire vers une autre étape de sa soirée.

Après le concert, nous l'emmenons dans une boîte branchée : dernière trouvaille des clubbeurs parisiens. Petite, restrictive et bourrée de monde : l'endroit idéal pour observer sans être vu.

Je ne sais pas s'il a décidé de profiter de l'absence de Laure, ou s'il s'est fait une raison grâce aux quelques verres qu'il a descendus, mais mon meilleur ami se lâche. Il danse, paye des bières à toute la bande, envoie des textos à Laure. Quand les copines de sa petite amie s'en vont, alors que la nuit est déjà bien avancée, le séducteur en lui reprend le dessus et il se met à draguer.

Au moment où il commande une nouvelle tournée – j'ai arrêté de les compter –, mon téléphone vibre. Ce n'est pas Laure.

Sarah : Je viens d'arriver. Vous êtes où ?

Moi : Au comptoir. Matt commande des bières.

Je la cherche dans la foule, puis vers l'entrée, avant de l'apercevoir. Elle est aguichante : une robe noire assez courte légèrement pailletée moule son corps de danseuse érotique, un décolleté discret met sa poitrine généreuse en valeur, un chignon d'où s'échappent de fines bouclettes brunes. Et pour finir, un maquillage léger. Autrement dit, un subtil mélange qui ne permet pas d'identifier son métier. Elle sait ce qu'elle fait.

Je la regarde une seconde avancer vers le bar puis s'arrêter à notre opposé. Elle est dans mon champ de vision et pianote sur son téléphone. Quand je jette un œil vers elle, elle ne me regarde plus. À partir de maintenant, nous ne devons trahir aucun geste suspect.

Sarah : Il est mieux qu'en photo !

Je souris en rangeant mon portable dans ma poche. Cette fois, on y est. Le processus « Matt » est enclenché.

Près d'une demi-heure s'écoule avant que mon meilleur ami ne se décide à bouger. Nous étions partis dans une discussion « tennis » interminable.

– Je reviens, mec, me lance-t-il en quittant son tabouret.

Matt s'éloigne. Je le suis des yeux pendant qu'il disparaît derrière la porte des toilettes. Sarah, toujours dans son coin, me fait un signe discret puis, à son tour, elle s'écarte du comptoir pour se diriger vers la sortie.

Je jette un coup d'œil autour de moi. Les potes de Matt semblent engagés dans des conversations passionnantes auxquelles je ne prends pas part. Ils ne font plus attention à ce qui les entoure. Quant à Léa, elle se trémousse avec son fiancé. Personne ne verra que je suis parti. Je me lève.

Quelques secondes plus tard, je suis sur le trottoir devant le bar. La strip-teaseuse est adossée un peu plus loin et triture ses ongles parfaitement soignés. Elle me paraît stressée, ce qui n'est pas du tout prévu au programme. M'installant à ses côtés, j'allume une clope et profite des quelques moments de calme avant la tempête.

– Tu as intérêt à avoir une bonne raison de me demander de venir, on pourrait nous voir, grondé-je pour lui rappeler sa place. Qu'est-ce que t'as ?

Je préfère attaquer directement. Au moins, je suis prêt à tout entendre.

– Laure ne veut pas que je couche avec lui.

Le coup est rude. J'étais prêt à tout affronter, mais pas ça.

– Tu le sais depuis quand ?

– Trois semaines.

Fais chier, Laure est vraiment désespérante.

– Et pourquoi tu ne me le dis que maintenant, à une heure de passer à l'action ?

Sarah détourne la tête.

– Je ne voyais pas pourquoi je devais te le dire. C'est elle qui a prévu de se venger.

– Mais c'est à moi que tu dois rendre des comptes.

– Et c'est ce que je fais, proteste-t-elle en revenant vers moi. Je pensais faire ce qu'elle m'a demandé et ne pas aller plus loin, mais j'ai pris le temps d'y réfléchir. Et je me suis dit que ce n'était pas assez, ça ne marchera pas.

Son air s'endurcit. Comme pour s'affirmer.

– Je vais aller jusqu'au bout.

Je pourrais me sentir soulagé mais je ne peux pas m'empêcher d'être furieux : furieux de voir que tout ce que j'entreprends ne sert à rien, furieux à cause de cette fille qui commence à me rendre cinglé de n'en faire qu'à sa tête. Quand arrêtera-t-elle de faire passer les autres avant elle ? Il faut vraiment qu'elle cesse de réfléchir, d'écouter sa foutue conscience qui lui susurre de ne pas devenir une mauvaise personne. Elle ne se rend pas compte qu'elle ne sera pas « mauvaise », elle sera juste « elle ». S'il n'y avait pas un enjeu de taille ce soir, j'aurais volontiers couru jusqu'à elle, pour lui rappeler qui mène la danse et les règles auxquelles elle a accepté de se plier.

À peine ma clope consumée, j'en sors une autre et la porte à mes lèvres. C'est le seul moyen pour me calmer sinon je sens que je vais faire un malheur. Mes idées fusent à toute vitesse : Laure ne se libérera pas si elle continue comme ça. Il lui faut un nouvel électrochoc, mais quoi ?

– Et tu as bien raison. Il est hors de question qu'on ne fasse pas ce qu'on avait prévu, je conclus, sur les nerfs.

Je sors mon téléphone portable de ma poche arrière, envoie un texto puis le remets à sa place.

– Qu'est-ce qu'elle t'a dit ?

– Qu'elle voulait juste que je l'endorme et mette le bazar dans l'appartement.

Mon portable vibre. *Il répond vite ce mec.*

Vincent : Je suis arrivé à l'appart. Je te fais signe quand je sors.

– Ok, laissé-je tomber en rangeant de nouveau mon portable. Alors, on fait comme on a dit au départ. Laure ne pourra que l'accepter. De toute façon, il sera trop tard pour qu'on puisse faire machine arrière. Tu as gardé la drogue ?

– Oui, assure-t-elle d'un hochement de tête. Elle ne va pas t'en vouloir ?

– Si, certainement. Mais elle sait comment je suis. Elle sait pourquoi elle a fait appel à moi.

Sarah acquiesce.

– Tu es prête ?

Cette fois, elle me sourit.

– Bien sûr. Ça fait trois semaines que je le suis !

– Alors en piste, je réponds satisfait.

Lorsque nous revenons dans le bar, il s'est écoulé pas mal de temps et je sais déjà que Matt m'a cherché. D'ailleurs, à peine suis-je revenu qu'il m'aperçoit et vient vers moi, vers nous. *Merde.*

– Qu'est-ce que tu foutais ? demande-t-il les yeux fixés sur la fille à mes côtés.

Son regard me sonde, faisant des allers-retours entre Sarah et moi. Il faut que je réagisse. *Vite.*

– J'étais sorti fumer, rétorqué-je avant de me tourner vers la danseuse pour la présenter. Et j'ai rencontré Sarah qui avait besoin de feu. Je lui ai proposé un verre, continué-je avec un clin d'œil.

Elle le détaille ostensiblement. Le message est passé : il lui plaît. Matt sourit, charmé. Je viens de lui offrir un nouveau joujou.

Dès que nous sommes installés au bar, Sarah entre nous, le jeu de séduction commence. La strip-teaseuse est remarquable. Son expérience dicte ses gestes séducteurs : ses sourires qui relèvent ses lèvres pulpeuses, sa langue qui les humidifie à intervalles réguliers, ses œillades pleines de sous-entendus. Mon meilleur ami n'y voit que du feu, bien trop heureux d'attirer la fille dans ses filets, à ma place. Et je la lui laisse volontiers.

En faisant le tour de la salle bondée, mes yeux se portent sur Léa, à côté de son fiancé, de l'autre côté du bar. Laure jubilerait de voir son expression. Je ne sais même pas comment fait son mec pour ne pas voir son regard assassin porté sur Matt et sa nouvelle conquête. Il doit vraiment être naïf, ou stupide.

Je décide de mettre mon agacement de côté pour envoyer un message à Laure. Un message qui devrait la réconforter tandis que nous œuvrons sans elle.

Moi : Ta sœur est folle de rage.

Laure : Tant mieux. C'est ce que je voulais. Ça lui fait les pieds.

Elle est remontée. Je ne sais pas si c'est le fait d'être loin de nous, ou simplement l'excitation de voir la première partie de son plan bientôt achevée.

La soirée continue, les verres s'enchaînent. À côté de moi, Matt ne fait plus attention à ce qu'il boit. Sarah lui paye tournée sur tournée, et il accepte. Il rit de plus en plus fort, parle au travers de la musique, lui raconte des anecdotes pour la faire rire à son tour. Ils ont l'air complices.

Sarah est une tentatrice qui sait parfaitement comment faire pour tourner la tête d'un homme. Matt a retroussé les manches de sa chemise, elle pose sa main sur ses muscles découverts, l'effleure, le tente. Et ça ne loupe pas, une bonne heure de drague plus tard, Matt se lève, Sarah dans ses bras.

– Je ne vais pas rentrer seul, finalement…

Son clin d'œil est révélateur de ses intentions. *Et dire qu'en début de soirée il voulait demander Laure en mariage et se désespérait qu'elle ne soit pas là.*

Un type comme lui – qui ne sait pas ranger sa bite – exaspérerait un tas de gens. Moi je m'en moque. Il fait ses propres choix. Qu'il veuille être plan-plan dans une relation et baiser ailleurs m'est complètement égal.

Je les suis des yeux : bras dessus, bras dessous, riant toujours, leur démarche titubante. Matt est à moitié avachi sur les frêles épaules de la danseuse. En sortant, Sarah jette un regard déterminé en arrière. Désormais, le reste est entre ses mains.

CHAPITRE 31

Laure

Les battements de mon cœur accélèrent depuis mon entrée dans l'immeuble, à mesure que mes pas me portent vers Matt et Sarah. Monter les marches jusqu'à mon appartement est pénible. J'en viens presque à m'essouffler alors que, pour les avoir empruntés bon nombre de fois en courant pour ne pas être en retard, je connais par cœur la distance et toutes les marches qui me mènent jusqu'à cet appartement. Pendant une seconde, je reste devant la porte à hésiter.

J'ai répété la scène un nombre incalculable de fois dans ma tête. Je me les suis imaginés dans toutes les positions pour alimenter ma colère, pour pouvoir entrer dans ce rôle qui n'en est pas vraiment un. Je sais ce que je vais découvrir. Et pourtant, ça me fait peur.

Les questions reviennent. Et si je n'étais pas capable de jouer la comédie ? S'il lisait clair en moi ? Mais comment le pourrait-il ? Pour lui, je suis celle qui ne dit jamais un mot plus haut que l'autre, qui le regarde amoureusement et aveuglément depuis cinq ans. *Il a dû bien se marrer dans mon dos…* Tellement sûr de lui. Non. Il ne se doutera de rien.

J'entre dans l'appartement sans un bruit en me déplaçant rapidement dans le noir. Je ne suis même pas surprise de la facilité avec laquelle je me guide vers la chambre : mon corps agit pour moi. Il est temps qu'on en finisse, non ?

Je reste adossée à la porte qui me sépare de mon ancienne vie, la respiration presque coupée, comme si respirer pouvait trahir ma présence. Je me revois des semaines en arrière, prostrée dans la même position, découvrant une autre trahison. Je n'en peux plus de ce sentiment, d'être sur le fil du rasoir, de jouer sur deux tableaux. Il faut que ça sorte.

Sans un bruit, j'actionne la poignée. La chambre s'ouvre devant moi, silencieuse, plongée elle aussi dans une obscurité presque sereine. Les volets ne sont pas fermés. Je vois leurs corps enchevêtrés : nus, respirant profondément d'un sommeil réparateur.

Je n'arrive pas à savoir s'ils ont réellement couché l'un avec l'autre ou si Sarah a tout mis en scène après l'avoir drogué. Puis je vois les bouteilles de vin, les vêtements jonchant le sol, les emballages de capotes, mais finalement cela n'a pas d'importance.

J'allume la lumière d'un geste rageur puis laisse tomber mon sac lourdement sur le sol. Le son se répercute dans la pièce si calme, dérangeant cette espèce de langueur dans laquelle je suis plongée. Me voici spectatrice d'une image qui restera dans ma mémoire. *Je ne veux plus jamais de ça.*

Le bruit réveille Matt. Ses yeux s'ouvrent enfin, difficilement. Il fronce les sourcils, grimace certainement sous la douleur d'un puissant mal de crâne. Je le vois reprendre ses esprits et faire le tour de la pièce de ses yeux perdus : les meubles, les déchets sur le sol, les vestiges de sa nuit. Tout y passe. Jusqu'à ce que son regard se pose sur celle qui est encore endormie à ses côtés – ou qui fait semblant – puis finisse sur moi. Moi qui suis statufiée à observer la scène horrifiée.

Son visage se tord alors, comme s'il prenait conscience du désastre de la pièce, de ce qu'il a fait, et surtout de ma présence. Je sais enfin la vérité.

– C'est quoi, ce bordel ? je rugis en le fixant.

– Laure…

Il se redresse à la hâte, s'empêtre les pieds dans la couette et se retire du lit comme pour ne pas se brûler à celle qui se tient à ses côtés ; celle qui est la preuve de son crime.

Je reconnais la lueur dans ses yeux. Il est paniqué, effrayé, triste. Je ne comprends pas pourquoi. Il devait bien se douter qu'un jour j'apprendrais la vérité, non ? Ou alors se voilait-il la face, comme moi ? À croire qu'il aurait pu continuer éternellement si je ne m'étais aperçue de rien.

– C'est qui, ça ? continué-je avec le même ton mauvais.

Je tiens mon rôle. Il n'est pas difficile. Le même sang bouillant parcourt mes veines. Finalement, ma réaction d'aujourd'hui, crier pour extérioriser ma fureur, est celle que j'aurais dû avoir il y a plus d'un mois ; lorsque c'est Léa qui se tenait à ma place. Et c'est libérateur. Cette fois, ce sale égoïste infidèle n'aura pas ma dignité.

Mes cris réveillent enfin Sarah. La danseuse est une parfaite comédienne. Ses yeux papillonnent avant de venir se poser sur moi. Elle se relève précipitamment à son tour, bégaye, balbutie des mots que je ne comprends pas en se rhabillant honteuse. En trois mouvements, elle a récupéré ses affaires et est déjà prête à partir.

– Je suis déso…

– Dégage ! la stoppé-je sans la regarder.

Mes poings sont serrés contre mes cuisses, ma mâchoire aussi. Sans pouvoir me contrôler, toute cette situation me fait souffrir.

Je ne quitte pas Matt des yeux. Lui ne détourne pas la tête. Il n'est pas honteux comme elle. Non, il est presque suppliant.

– Laure…

Il cherche une faille dans mon regard. Il ne sait pas comment me retenir, ne comprend pas ce qui lui tombe sur la tête. Mais il va comprendre. Parce que je suis furieuse, pour toutes les fois où il a dû faire ça, pour toutes les fois avec ma sœur. C'est fini d'être douce et gentille, fini de pardonner.

Il enfile un boxer à la va-vite et fait un pas vers moi.

– Laure…

– Va te faire foutre !
– Il faut qu'on par…
– VA TE FAIRE FOUTRE !

Les larmes coulent sur mes joues. Je ne les ai même pas senties arriver. Ma gorge me brûle tandis que la tristesse inonde mon visage. J'ai l'impression de lui donner encore le pouvoir, de lui accorder encore de l'importance. Parce que sans savoir pourquoi, je suis triste. Triste alors qu'il me regarde en cherchant désespérément à se faire pardonner. Il est en train de cogiter à ce qu'il pourrait dire pour me faire flancher.

Il avance encore vers moi. Je n'arrive pas à bouger, pourtant il le faut. Je veux partir d'ici, loin de lui. Je ne veux plus le voir.

– Laure, écoute-moi !
– Non. Tu fermes ta gueule !

Mon cri me sort enfin de mon état statique. En trois pas je suis face à mon armoire, attrape un sac et y fourre des affaires. Je regarde à peine ce que je prends. Tout ce que je veux, c'est me barrer le plus vite possible, pour ne plus rien lui donner. Il ne mérite pas mes larmes qui continuent de couler.

Je ne joue pas la comédie. Toute cette scène condense la dure réalité de ma vie.

– Laure, je t'en prie ! supplie-t-il de vive voix. Cette fille n'est rien… y a rien… y a que toi… je t'en supplie.

Sa main se pose sur mon épaule. Il veut me faire revenir à lui, que je l'écoute. Mais je le rejette en le poussant. Il prend alors conscience de ce que je suis en train de faire. Son visage se tord encore plus. Il panique encore plus.

– Qu'est-ce que tu fais ? bredouille-t-il peu sûr de lui.

– Ça ne se voit pas, peut-être ? réponds-je rageusement. Je me barre !

– Non, tu ne peux pas faire ça !

– Et toi tu ne pouvais pas coucher avec une autre, dans NOTRE lit !

Je ricane férocement tandis qu'il se trouble et fait un pas en arrière. Ses yeux trahissent son incompréhension : mon comportement ne lui est pas familier.

– Laure, ma chérie… j'avais bu, je ne me souviens de rien. Laisse-moi une chan…

Je m'arrête dans mon rangement pour le foudroyer du regard.

– Finis cette phrase et je te jure que tu recevras un joli coup de pied dans les couilles !

J'attrape un tee-shirt, un jean, et je les roule en boule dans mon sac. Mes affaires s'y entassent à une vitesse folle. Toute ma colère transparaît dans mes gestes. La tristesse s'y mêle. Je ne le laisse pas approcher. S'il croit qu'il pourra m'avoir, me retenir, il a tort.

Les minutes passent tandis que je sens son regard sur moi. Il ne sait plus quoi dire. Sa respiration est saccadée, tout comme la mienne. Mais pas pour les mêmes raisons. Je veux quitter cette pièce, cet air irrespirable. Je veux LE quitter.

Il est toujours en caleçon, toujours impuissant. Mes deux sacs commencent à être bourrés à ras bord. J'espère qu'il me regarde bien, qu'il prend conscience que c'est la fin. Parce que ça l'est. Je ne ferai pas marche arrière pour un type comme lui, un type qui ne me mérite pas.

– Laure, je t'aime ! Tu ne peux pas partir.

À ces mots, je lâche mes valises. *Il n'a pas osé ?*

Je me dirige vers lui, m'arrête à sa hauteur, et alors qu'il ne s'y attend pas, une gifle atterrit vivement sur sa joue.

– Ne t'avise pas de me dire que tu m'aimes !

Je reprends mes sacs et sors de la chambre. Il lui faut une seconde avant de quitter la pièce à ma suite. Je l'entends derrière moi. J'entends ses pas précipités alors que j'atteins la porte d'entrée. Quand il me rejoint, j'attrape déjà mon manteau, mes clefs de voiture, mon sac à main.

– Laure, je t'en prie, implore-t-il la gorge serrée. Ne me quitte pas !

Je ne réponds pas à sa plainte. Au contraire, j'ajoute quelque chose dans l'unique but de l'achever :

– Je passerai chercher le reste de mes affaires.

Et la porte claque dans mon dos.

CHAPITRE 32

Laure

Je descends les marches quatre à quatre, mes sacs remplis à bout de bras. Ils ont beau être lourds, ils ne me freinent pas ; plus rien ne le fait. J'ai l'impression de dévaler les escaliers comme pour m'éloigner, le plus vite possible, d'une vie qui n'est plus la mienne, d'une fille qui n'est plus moi. Je devrais d'ailleurs lui dire adieu car elle doit me quitter à jamais.

La voix plaintive de Matt résonne encore à mes oreilles. Son expression désemparée me hante. Peut-être qu'il m'aimait, mais ça n'en faisait pas un homme digne de moi. Je n'ai fait que lui jouer le mauvais tour qu'il méritait. Et alors qu'une part de moi se sent libérée, l'autre reste attachée à ce que nous avons vécu.

Je rejoins ma voiture au pas de course, avançant au même rythme que les battements de mon cœur. Mes larmes ne cessent de couler. Je ne les retiens pas. Cela fait trop longtemps que c'est le cas. Il fallait que cela sorte à un moment donné.

Depuis le début, j'ai l'impression de suffoquer. Laisser mon désespoir s'échapper aujourd'hui est un nouveau souffle, comme pour marquer une page qui se tourne : une page difficile.

Je suis peut-être une menteuse doublée d'une hypocrite mais je n'en suis pas moins triste. Je suis survoltée, dévastée. Surprendre Matt, le voir encore nu, encore transpirant de sa nuit m'a fait plus de mal encore qu'avec Léa. Parce que cette fois, j'y ai vu la fin, celle de cinq ans d'un amour sans nuage. Même s'il ne l'était qu'en apparence.

Je lance mes affaires dans le coffre et grimpe derrière le volant avant de m'arrêter cinq minutes pour reprendre ma respiration et essuyer mes yeux rougis.

Dans ma poche, mon téléphone ne cesse de vibrer. Je soupire en le récupérant. Je sais déjà quel genre de textos m'attend. Et je préfère les éviter. À la place, je file sur celui de Sarah.

Sarah : Ça va ?

Me demander si ça va… en vérité, non, ça ne va pas. J'ai encore envie de pleurer. Et je suis sûre que la sensation n'est pas près de s'arrêter, pas tant que mes sentiments ne seront pas clairs.

Moi : Tu as couché avec lui ?

Les secondes s'égrainent. Je tape du pied, me mords l'intérieur des joues en attendant sa réponse. Quand elle arrive, je saute dessus pour en avoir le cœur net.

Sarah : Oui. Mais ne t'en fais pas. Je ne l'ai pas fait contre ma volonté.

Moi : Tu aurais dû me le dire.

Sarah : J'ai pris ma décision tardivement.

Moi : Alexandre est au courant ?

Sarah : Oui.

Moi : C'est lui qui t'a dit de le faire, c'est ça ?

Elle met plus longtemps à répondre. Malgré ça, je connais déjà la réponse.

Sarah : Plus ou moins.

Moi : Il a été jusqu'au bout lui aussi ?

Nouvelle attente.

Sarah : Oui.

Je ne sais pas ce que j'attendais. Pourquoi n'aurait-il pas appliqué le plan initial ? Sachant que c'est moi qui ai eu cette idée. Mais il a persisté, il n'en a fait qu'à sa tête, comme à son habitude, même si je n'étais plus d'accord.

Que pouvais-je bien espérer ? Qu'il prenne mes réserves en compte du fait de notre relation ? Oui, une part de moi y croyait certainement. Après tout, c'est moi qui ai fait appel à lui pour ce travail et il a eu une large récompense en échange. Je ne me suis jamais refusée à lui. Alors, pourquoi continuer d'imposer ses volontés ? Je ne vois qu'une explication : je suis encore bien naïve concernant cet homme et je ne comprends pas ses véritables motivations.

Je ne sais plus si je dois me réjouir ou me sentir triste, si je dois être fière de moi ou me sentir honteuse d'avoir tendu ce piège, si je dois être reconnaissante envers mes complices d'avoir respecté leur part du marché ou être en colère qu'ils n'en aient fait qu'à leur tête. Mais je ne peux plus me défiler, je dois affronter ces sentiments, accepter que mon plan soit allé jusqu'au bout. Je devrais certainement les remercier d'avoir si bien joué leur rôle. Mais pour le moment, je n'en ai pas la force.

Alors quand je vois l'appel entrant d'Alexandre sur mon téléphone, je n'ai pas envie de répondre. Une partie de mon cœur lui en veut beaucoup. J'ai besoin de temps pour digérer. Je n'en aurais pas eu besoin avant. Avant il pouvait agir comme il le souhaitait, ça ne m'affectait pas. Maintenant, ses actes m'atteignent. Mes émotions le prouvent : alors que j'aurais dû pleurer mon amour perdu, je me torture parce qu'Alexandre n'a pas pensé à moi et ne le fera certainement jamais.

J'ai autant besoin de le voir que de le repousser. Lui seul a réussi à m'insuffler un nouvel élan et à me donner le courage qui me manquait, mais il est aussi celui qui me fait le plus de mal. Aujourd'hui plus qu'avant.

Mon portable se remet à sonner. Il ne cessera pas de m'appeler tant que je n'aurai pas répondu, autant mettre très vite un terme à son impatience.

– Allô ? lancé-je en décrochant.

– Je viens d'avoir Sarah au téléphone.

Je ne réponds pas. Ma gorge s'est serrée à l'instant même où j'ai entendu sa voix. Cette voix si grave que j'aimerais pouvoir entendre chaque jour.

– Il semble que tu aies réussi ton coup de théâtre !

– Tu en doutais ?

– Quand j'ai su que tu lui avais demandé de s'en tenir aux caresses sans aller plus loin, oui, j'en ai douté.

Je ferme les yeux, ravalant la nouvelle salve de larmes qui menace de tomber.

– Eh bien tu avais tort.

Il ricane.

– Tu trouves ça drôle ?

– Non. C'est même loin de me faire rire.

Il est énervé. Je le sens dans toutes les fibres de mon être.

– Moi non plus, répliqué-je en colère. Surtout la partie où tu as demandé à Sarah d'aller à mon encontre.

Il soupire.

– Écoute, Laure, on était d'accord, toi et moi. Tu sais ce que j'attends de toi. Dire à Sarah de ne pas coucher avec Matt, c'était revenir en arrière. Et tu le sais très bien.

Il reprend sa respiration.

– C'est ce que tu veux ? Revenir sur toutes ces étapes de ton émancipation et redevenir la fille que tout le monde aime ?

– Non.

Revenir en arrière reviendrait à revenir sur lui et moi. Est-ce que je le veux ? Je ne crois pas.

– Alors arrête tes conneries et va jusqu'au bout des choses. Tu ne peux pas savoir à quel point je suis furax de savoir que tu as fait machine arrière. Et j'ai envie de venir te chercher pour te le montrer.

J'avale difficilement ma salive. Des images réveillant une partie bien précise de mon anatomie viennent prendre le pas sur ma colère. Je m'efforce de les calmer. Ce n'est pas le moment.

– Où es-tu que je passe te…

– Non !

Le mot est parti tout seul. Je crois que même mon corps est à bout.

– Non ? Tu plaisantes ?

– Non, je réponds plus doucement.

– Putain, Laure…

– Je ne veux pas te voir pour l'instant.

– Tu es sûre de toi ? dit-il comme menaçant.

Je prends une grande inspiration. La suite me fait peur. Je ne sais pas s'il comprendra. Je n'ai pas envie que tout s'arrête, mais pour le moment je ne sais pas faire autrement. Il faut que je prenne mes distances pour pouvoir supporter tout ce qui est en train de me perdre.

– J'ai besoin de temps, Alex. Alors laisse-le-moi.

– Très bien.

Il raccroche sans attendre. Et mon cœur se brise de nouveau.

CHAPITRE 33

Laure

Le temps est morose, gris du matin au soir depuis deux semaines ; un peu comme moi. Pourtant, je ne pleure plus. Les larmes ont cessé ce fameux matin, celui où j'ai fait mine de surprendre Matt et où j'ai ensuite couru chez Adèle.

Je voulais les retenir pour ne pas qu'elle les voie et me fasse un sermon. Je ne voulais pas qu'elle me dise qu'elle m'avait prévenue alors qu'elle ne connaît rien de la situation. Mais, après toutes ces années, elle a encore réussi à me surprendre. Mon visage devait refléter mon mal intérieur parce qu'elle n'a rien insinué. Elle m'a simplement prise dans ses bras et, malgré toute ma volonté, je me suis laissée aller contre elle, une dernière fois, libérant tout ce que je retenais.

Elle a cru qu'il ne s'agissait que de Matt, alors qu'un autre homme occupait mes pensées et me tourmentait.

J'ai raconté ce que je pouvais à ma meilleure amie. Je lui ai parlé de Matt, de sa dernière infidélité et de la fin de notre histoire. Elle ne sait toujours rien pour Léa, toujours rien pour Alexandre, toujours rien sur mes intentions.

Et je dois avouer que, par moments, ce mensonge me soulage. Avec Adèle, je ne suis pas une copine qui trompe elle aussi son mec, qui établit des plans vicieux ou qui joue la comédie. Je suis seulement une fille comme les autres, subissant une tromperie et que l'on plaint. C'est tout.

Pendant une heure, elle a écouté sans dire un mot. Puis m'a assuré que je pouvais rester chez elle le temps que je voulais. Elle s'en est tenue là. Le sermon n'est jamais venu. Mais je ne me fais pas d'illusions, il viendra.

Pour le moment, je préfère ne pas y penser. Je continue de travailler, de mener la vie pour laquelle j'ai l'impression de ne plus être faite mais qui me rassure par sa routine.

J'ai besoin de temps, loin de Matt, loin d'Alexandre. Le premier n'a pas arrêté de m'envoyer des messages, m'implorant de lui pardonner d'avoir commis une erreur. Le deuxième ne l'a pas fait. Il n'a pas aimé que je m'éloigne. Il n'a pas aimé que je dise « non », alors il me le fait payer. Il m'impose son silence et à l'intérieur de moi le chaos continue son chemin.

Je suis rentrée plus tôt, aujourd'hui. J'ai posé mon après-midi pour me retrouver un peu seule, dans cet appartement chaleureux qui n'est pas le mien. Adèle a de très bons goûts en déco. Les pièces ont chacune une ambiance alliant le moderne et l'ancien avec brio. Sa salle est lumineuse, aménagée par des meubles bruts et clairs, desservie par trois fenêtres. Et elle a la chance d'avoir un balcon qui me permet de prendre mon thé et de dessiner installée à une petite table, en cette fin d'après-midi du mois d'octobre.

Le bruit des voitures en bas m'apaise. Je savoure ce moment avant de replonger dans des pensées qui m'empoisonnent et ravagent mon cœur.

Mon téléphone vibre sur la table. Je me penche dessus, espérant ne pas voir le prénom de Matt apparaître à l'écran pour la vingtième fois de la journée. Il est tenace, depuis deux semaines, il n'arrête pas. Il maintient sa version des faits : ce n'était qu'une erreur.

Oui, j'ai écouté ses messages. Et j'ai eu envie de rire chaque fois qu'il m'a dit que cela ne s'était produit qu'une fois. Mais là, ce n'est pas lui. Et en regardant le nom de celle qui m'appelle, je ne peux me retenir de soupirer. Je ne lui ai encore rien révélé, redoutant ce qu'elle pourrait répondre. Et j'espère qu'elle n'a pas appris par une tierce personne que j'étais redevenue célibataire, sinon la discussion risque fort de me déplaire.

– Allô ?

– Laure, ma chérie, comment vas-tu ?

Le ton est plaintif. C'est mal parti, elle doit savoir.

– Maman ?

– Oh ma puce, se lamente-t-elle. J'ai appris la nouvelle. Pourquoi tu ne m'as rien dit ? Il faut que ce soit Matt qui m'appelle pour que je le sache.

L'enfoiré, il a appelé mes parents !

– Tu as eu Matt au téléphone ?

– Oui, c'est lui qui m'a raconté que ça fait deux semaines qu'il n'a plus de nouvelles de toi. Qu'est-ce que tu as fait ?

– Qu'est-ce que j'ai fait ? m'étranglé-je de stupeur.

J'espère sincèrement avoir mal entendu.

– Oui. Il ne m'a pas raconté votre dispute mais je suppose que ce n'est que de ça dont il s'agit.

Je voudrais rire. Mais je suis consternée.

– Ce n'était pas une dispute, maman. Il m'a trompée. Je suis partie. Point.

– Ma puce, tu connais les hommes. Ce n'est pas parce qu'ils font quelques incartades qu'ils ne nous aiment pas et qu'il faut partir sans réfléchir.

– C'est une plaisanterie ? Dis-moi que tu n'es pas en train de me dire ça maman, s'il te plaît.

– Tu connais mes positions sur ce sujet.

– Oui, et elles t'ont rendue tellement heureuse que ça me paraît être un bon exemple à suivre.

Ma mère ne dit plus rien. Pendant un moment, je crois avoir fait mouche. Puis je me rappelle de qui il s'agit, et mes espoirs qu'elle comprenne s'envolent.

– Il avait l'air si mal au téléphone, ma chérie. Je crois que tu devrais écouter ce qu'il a à te dire.

Soyons clairs : j'aime ma mère. Je l'ai toujours aimée. Elle nous a fait passer avant ses propres besoins depuis toujours. J'ai accepté qu'elle soit ce genre de femme : dévouée à un seul homme, attachée corps et âme à ses enfants, mariée, sans travail, et qui consacre sa vie à son foyer. Elle n'a jamais vu l'utilité de mener une autre existence, bien que son mari la trompe jour après jour. Elle assume sa place de gentille mère de bonne famille, parce qu'il ne faut pas aller contre les apparences.

Elle a essayé de me transmettre ses valeurs : le pardon et l'amour inconditionnel en dépit des épreuves. Mais aujourd'hui, ses beaux discours sur l'amour, je ne veux même pas les entendre. Aujourd'hui, elle m'est insupportable.

– Écoute, maman, si c'est pour me parler de Matt, tu perds ton temps. C'est un hypocrite, un menteur et un infidèle. Je ne sais pas ce qu'il a pu te raconter, mais il faut que tu comprennes que je ne suis pas comme toi et que…

– Il t'aime, ma puce, me coupe-t-elle. C'est rare de trouver un amour comme le vôtre.

Et soudain ma colère se déchaîne. *Elle n'ose pas me dire ça, quand même ?*

– Il m'aime ? lancé-je d'un rire nerveux. C'est ça que tu oses me dire alors que je te parle de ses infidélités et de ses mensonges ?

– Ma chérie…

– Non ! Je ne veux rien entendre. Cela fait des années que je t'écoute, que je te vois avec papa. Je sais exactement comment tu fonctionnes. Et tu sais quoi ? J'en ai ras-le-bol. Je n'ai pas envie d'être comme toi. Je n'ai plus envie que tu me rabâches tes discours moralisateurs sur l'amour. Tu n'y connais rien. L'amour ce n'est pas ça, maman. L'amour ce n'est pas trahir la personne que l'on aime. L'amour c'est…

Je m'arrête, réalisant que je ne peux pas aller plus loin. Cela serait malvenu. Car moi, est-ce que je sais ce qu'est ce sentiment ? Est-ce que j'ai conscience que je suis la première des hypocrites ? Parlant d'un amour sans trahison, sans mensonge, alors que mon cœur commence à aimer un homme qui les manipule si bien. Un homme qui ne vaut peut-être pas mieux que mon ex-petit ami.

– Laure ? s'inquiète ma mère devant mon silence.

– Je n'ai pas envie de parler de ça avec toi, soupiré-je un peu fatiguée.

– Mais…

– Je t'appellerai plus tard, maman. Quand on sera calmées. Au revoir.

Et je raccroche.

CHAPITRE 34

Laure

Je ne croyais pas pouvoir être plus énervée que je ne l'étais, mais pourtant c'est le cas. Ma mère vient de mettre un terme à mon après-midi détente. Son obstination et ses certitudes sur la vie ont eu raison de moi. En plus de devoir me coltiner une sœur fourbe, je dois me farcir une mère naïve et complètement à côté de la plaque. *Merci pour la famille !*

Je repose violemment ma tasse sur la table. Le portable toujours à la main. J'ai envie de le broyer, ou de le jeter par-dessus la balustrade. Comme ça je ne subirai plus les textos incessants de Matt, les coups de fil totalement hors propos de ma mère et l'attente intempestive d'un message de la part d'Alexandre.

Je ne sais même plus s'il est encore dans le coup avec moi concernant ma sœur. Je devrais lui envoyer un message, m'assurer qu'il ne fasse pas tout foirer de dépit, mais j'ai bien trop peur qu'il ne soit encore en colère.

Je me relève, attrape mes affaires, puis file à la cuisine pour ranger. Quand je finis, j'entends la porte d'entrée qui s'ouvre. Je retourne alors dans le salon pour accueillir une Adèle soupirante et un peu exténuée de sa semaine de travail.

– Salut ! me lance-t-elle quand elle me voit. Déjà rentrée ?

– J'ai pris mon après-midi.

Elle me scrute un instant avant de ranger son sac et d'enlever son manteau.

– Matt n'arrête pas de m'appeler, soupire-t-elle dans un reproche.

– Il a aussi appelé ma mère.

Son visage revient vers moi. La suite de l'histoire l'intéresse.

– Il s'est fait passer pour un saint. Je ne prends même pas la peine de te raconter ce qu'elle a osé me sortir. Tu péterais un câble.

– Tu ne penses pas qu'il faut que tu fasses quelque chose ?

– Pour ma mère ? Je crois que c'est trop tard pour la faire changer…

– Non, à propos de Matt. Tu ne peux pas continuer de le laisser faire. On est à la limite du harcèlement.

– Je lui ai déjà dit que c'était fini.

– De toute évidence, il n'a pas l'air d'avoir compris, insiste-t-elle sarcastique.

Je sais comment je pourrais le calmer, mais il faudrait que j'appelle Alexandre d'abord…

– Je vais régler ça.

– Tant mieux. Parce que je t'avoue que ça commence à me gonfler, cette histoire. Tout ça ne serait pas arrivé si…

– Et voilà… il t'aura fallu deux semaines ! je l'interromps avant qu'elle ne finisse. Je sais ce que tu vas dire. Et franchement, ce n'est pas la peine.

Non. Pas de sermon ce soir, pas après le coup de fil de ma mère. Je ne crois pas que je saurais rester calme.

Elle fronce les sourcils de mécontentement puis part dans sa chambre. Sûrement pour se mettre à l'aise, ou pour éviter une scène. Je l'interpelle avant qu'elle ne disparaisse dans le couloir afin d'éviter que la tension ne s'installe.

– Ça te dirait d'aller boire un verre, ce soir ? proposé-je de bonne volonté.

Adèle me regarde pleine d'espoir.

– Bien sûr.

Je lui souris.

– Tu préviens Maeva ?

Son expression change. Elle semble gênée, tout à coup.

– Je ne suis pas sûre qu'elle pourra venir. Il me semble qu'elle voit quelqu'un, en ce moment.

– Ah oui ?

Je ne peux pas m'empêcher d'être contrariée. Maeva sort avec quelqu'un et ne m'en parle pas ?

– Oui. Mais elle ne m'en a pas parlé plus que ça, ne t'en fais pas. Elle voulait être sûre que ça se passait bien. Ensuite, elle nous expliquera.

– Ok. Dans ce cas, c'est toi et moi !

Après deux semaines à ne penser qu'au travail et à me reposer, me voici devant le miroir, appréciant ma tenue et les efforts déployés. Ce soir, il n'est plus question de penser à Alexandre, même si j'ai l'impression que mon corps le réclame sans arrêt. Avec lui je me sentais libre, sans lui, je redeviens sage.

Aussi ai-je choisi une robe qui ne l'est absolument pas ! Nous sommes en train de finir notre maquillage lorsque quelqu'un sonne à la porte. Adèle me regarde en haussant les yeux. Visiblement, elle n'attend personne. Et moi non plus, évidemment. Cela fait deux semaines que je n'attends plus rien ni personne !

Quittant la salle de bain, elle s'éloigne pour aller ouvrir. Je la suis mais m'arrête dans le salon. L'appartement n'est pas si grand que ça, et l'acoustique est plutôt bonne entre les pièces. J'entends tout ce qu'il se dit.

– Alex ? Qu'est-ce que tu fais là ? demande ma meilleure amie au nouvel arrivant.

– Je viens voir Laure.

– Pourquoi ?

Il y a un temps de silence avant qu'il ne reprenne la parole. Je l'imagine bien serrer la mâchoire pour se retenir de l'envoyer paître bien violemment.

– Je ne vois pas en quoi ça te regarde !

Malgré moi, malgré mon cœur qui se serre, effrayé à l'idée de le revoir – plus beau que jamais, j'en suis certaine –, je ne peux me retenir de sourire.

Être à l'origine de cette cassure ne m'empêche pas de ressentir le manque de lui. Et c'est effrayant, rien qu'en entendant sa voix, de voir que je suis déjà prête à aller vers lui.

– Tu es chez moi, rouspète Adèle.

– Et alors ? rétorque-t-il, fidèle à lui-même.

Une seconde plus tard, il est dans la pièce. Il a dû s'imposer puisqu'il arrive seul et s'arrête pour me regarder. Mon regard est rivé à lui. Durant de longues secondes, nous ne bougeons pas. J'ai l'impression de revenir quinze jours en arrière, au moment où nous étions si proches physiquement. Je me rappelle tout ce que j'ai fait pour le faire craquer, tout ce qu'il a fait pour me faire enrager, et je n'ai qu'une envie : partir avec lui, n'importe où. Je n'aurais jamais dû faire cette pause. Elle n'a servi à rien. Je suis toujours sous son emprise.

Adèle nous rejoint et s'interpose dans notre bulle. Je me racle la gorge pour reprendre contenance face à un Alexandre plus fier que jamais de m'avoir déstabilisée, une fois de plus.

– Qu'est-ce que tu fais ici ? lui demandé-je le cœur battant.

– Je t'emmène quelque part.

– Si ce quelque part a un rapport avec Matt, ce n'est même pas la peine d'y penser ! intervient Adèle, virulente.

Alex la regarde, exaspéré. Il est loin d'apprécier l'intervention.

– Adèle, j'appelle ma meilleure amie. Tu peux nous laisser seuls cinq minutes ?

Elle me fusille du regard. Elle n'est pas d'accord. Je sens qu'elle veut dire quelque chose, répliquer, mais je lui coupe l'herbe sous le pied.

– S'il te plaît !

Elle hésite, mais comme elle m'aime, elle accepte d'un mouvement de tête. Alexandre sourit. Fier de lui.

– Qu'est-ce que tu fais vraiment là, Alex ?

– Je viens de te le dire. Nous avons quelque chose à finir. Tu as quelque chose à finir.

Il n'en rajoute pas plus, attendant que je comprenne. Ce que je fais très vite.

– Je t'ai laissé deux semaines, Laure, et tu connais ma patience.

Oh ça oui !

– Je ne suis vraiment pas d'humeur à ce que tu me dises « non ». Pas encore une fois.

– Je t'en veux.

– Je sais. Et c'est un sentiment que tu dois nourrir.

Bien sûr, encore une de ses manœuvres...

– Maintenant, allons-y ! Le moment est venu. Ça fait trop longtemps que ça dure.

Il a raison. Deux semaines de trop. J'ai envie de finir ce que nous avons commencé. Alors je décide de le suivre. Récupérant l'usage de mes jambes, je le suis vers la sortie. Quand nous arrivons dans le couloir devant l'entrée, Adèle a les bras croisés. Elle se tient devant la porte et nous regarde chacun à notre tour avant de s'arrêter sur moi. Mon rythme cardiaque s'accélère.

– Je vais aller avec lui, annoncé-je déterminée. Excuse-moi, Adèle, mais on ira boire un coup plus tard.

Je m'apprête à passer devant elle pour récupérer mon manteau mais elle me coupe le passage. Alexandre, qui a continué d'avancer sans faire attention à elle, se retourne vers moi, un sourire satisfait sur le visage.

– Laure, tu n'y penses pas sérieusement ? me questionne Adèle, interdite.

– Si.

Cette fois, je ne mens même pas quand je continue.

– Je dois régler le problème Matt, une fois pour toutes.

– Qu'est-ce que tu veux dire ? essaye-t-elle de comprendre.

Je me sens de nouveau sale de lui mentir.

– Fais-moi confiance !

Quitter Adèle n'est pas une chose facile. Je sens qu'elle est sceptique et que ça ne l'enchante pas de me laisser seule avec Alexandre. Mais finalement, mon explication sur Matt, sur le fait que je veux mettre les points sur les i avec lui, finit de la convaincre. Je crois surtout qu'elle n'en peut plus des appels incessants de mon ex-petit ami. J'espère que ce que nous allons faire va refroidir les ardeurs de ce dernier.

Alex ouvre la porte de l'appartement. Et alors que ma meilleure amie voudrait ajouter quelque chose, je lui souris, contrite, puis sors derrière lui. Nous descendons les étages en silence, Alexandre devant moi. Mes contrariétés s'estompent à mesure que je prends le temps de l'observer. J'en profite pour regarder la courbe de son cou et la ligne de ses cuisses jusqu'à ses fesses. Mon ventre se tord délicieusement. Je ne sais vraiment pas comment j'ai tenu si loin de lui, pendant si longtemps.

Il doit sentir mon regard sur lui car sa tête se tourne dans ma direction et trouve immédiatement mes yeux. Je retiens ma respiration.

Tout se passe alors très vite. En quelques secondes, sa main s'enroule autour de mon poignet pour me tirer vers lui. Il me fait dévaler les trois marches restantes jusqu'au palier où je me retrouve clouée au mur, son corps pesant contre le mien.

– Tu n'aurais jamais dû me repousser…

Est-ce une menace ou une promesse déguisée ?

Ses lèvres franchissent les derniers centimètres nous séparant, elles reprennent la maîtrise de son territoire. Sa langue s'impose sur la mienne. Je suffoque de son invasion, me délecte de son goût qui m'avait tant manqué. Je me liquéfie de sentir ses muscles contractés, son sexe tendu.

Il maintient mes mains contre moi, me comprime pour que je reste tête levée vers lui, mon visage, mes lèvres, mon cou offerts pour lui et ses baisers. *Quinze jours, c'est beaucoup trop long !*

– Tu ne peux pas imaginer tout ce que j'ai envie de te faire.

Décrochée un instant de sa bouche, je lui adresse un sourire insolent.

– Montre-moi ! lui proposé-je alors.

Il ricane.

Cette fois, il laisse mes poignets libres. Il pose les mains de part et d'autre de ma tête et se penche de nouveau. Mes bras encerclent son cou naturellement pour le ramener à moi. Et dans un même mouvement, tout son corps retrouve sa place : ses cuisses sur les miennes, son torse contre le mien. Sa bouche caressante dévore le bas de mon visage, s'appuie sur ma gorge, me mordille pour déclencher des frissons révélateurs de mon état.

Il veut aller plus loin. Mais au moment où ses doigts s'imprègnent dans ma taille puis se déploient plus bas pour retrousser ma robe, le bruit reconnaissable d'un ascenseur qui s'ouvre nous interrompt. Alexandre s'arrête et s'écarte, un voile de désir obscurcissant ses yeux.

– Pas ici ! lance-t-il en regardant autour de nous.

Il attrape ma main puis m'entraîne à sa suite à l'extérieur. Nous passons le hall et la porte cochère pour arriver sur le trottoir où sa moto est garée. Il s'arrête, la regarde un instant, puis m'inspecte de haut en bas.

– Je crois qu'on va prendre le métro.

Je lui souris. C'est vrai qu'avec ma petite robe et mes talons de dix centimètres, j'aurais du mal à m'accrocher.

Dans le métro, nous restons debout, l'un près de l'autre. Son bras est passé dans le bas de mon dos, et comme pour m'empêcher de m'échapper, il me colle à lui. Il ne fait rien de plus alors que j'aimerais reprendre où nous en étions. J'ai vraiment les hormones qui débloquent, surtout sachant qu'il ne me donnera pas ce que j'attends.

Après plusieurs arrêts, une correspondance et cinq minutes de marche, nous arrivons enfin. Il m'indique une devanture sombre. La vitrine est recouverte de graffitis élaborés : des dessins qui font étrangement écho aux miens. Je laisse mon regard s'attarder sur les détails puis sur les accessoires exposés : des piercings de tous genres et de toutes formes.

– Tu m'as amenée dans un salon de tatouage ? Quel est le rapport avec mon plan ?

Il me sourit de cette façon sadique qui m'indique que lui a les réponses et moi non.

– Un des tatoueurs est un hacker de talent.

Maintenant, je comprends mieux.

Alexandre sort de sa poche une clef USB et la lève en évidence pour que je ne la loupe pas.

– Il va très bien s'occuper de ceci ! dit-il en exhibant le petit objet numérique. Allez, viens !

Nous entrons. Contrairement à ce que j'avais imaginé, ce n'est pas si sombre. Les graffitis laissent passer la lumière. C'est une petite boutique, environ trois mètres sur trois. À l'entrée se trouve un comptoir, sûrement pour accueillir les clients.

Mais pour le moment, il n'y a personne. Au fond se dresse une porte, fermée. De nombreuses vitrines accueillent les bijoux qu'ils doivent vendre. Et enfin, détail qui me fascine, sur toutes les surfaces disponibles sont accrochées des photos ou dessins des nombreux tatouages qu'ils ont déjà dû réaliser.

Alors que je laisse mes yeux se poser sur les croquis recouvrant les murs, mon rythme cardiaque accélère. Il y en a tellement. Certains sont bâclés, quelques coups de crayon dans le coin d'une feuille, d'autres sont incroyablement aboutis. Je connais bien ça : la fluctuation de l'inspiration au rythme des émotions.

Je ne lâche pas des yeux ce qui m'entoure. J'ai l'impression de me revoir adolescente, lorsque j'éparpillais mes esquisses aux quatre coins de ma chambre. Je les admirais brièvement avant de les ranger à la hâte pour que mes parents ne tombent pas dessus.

Les tatoueurs dessinent-ils toute la journée ? En parcourant la salle du regard à l'affût de représentations qui pourraient correspondre à mon univers, je me rends compte que de nombreux styles sont présents : il y en a pour tous les goûts.

Au fond de la salle, un homme est assis sur un fauteuil, le bras tendu sur un des accoudoirs, offert aux mains expertes d'un individu tatoué et de son aiguille. Le bruit de la machine est presque inaudible mais, en regardant la scène, je finis par entendre son ronronnement.

Je reste fascinée par les mouvements créés sur la peau de ce type et par la concentration lisible dans le regard du tatoueur. Il ne fait attention à rien de ce qui l'entoure et, tandis que je l'observe sans détourner les yeux, je souffre en me rendant compte que pendant des années j'ai perdu cet aspect de moi en laissant mon entourage décider à ma place.

– Ça te plaît ? demande Alexandre en chuchotant à mon oreille.

Je tourne la tête vers lui pour le découvrir me regarder avec beaucoup d'intérêt.

– Oui.

Le mot tremble un peu. Me retrouver ici, dans cet endroit qui serait étouffant pour beaucoup, me bouleverse. Même si je ne suis pas certaine de pouvoir mettre des mots sur ce que je ressens.

Nous patientons pendant que le tatoueur termine son œuvre. Je me déplace dans la boutique, allant de dessin en dessin, pendant qu'Alex, adossé à un mur et une clope à la bouche, me fixe. Je le vois du coin de l'œil.

Le tatoueur termine enfin, s'occupe des derniers soins de son client et le raccompagne vers la sortie. Il vient ensuite vers nous.

– Alex ! lance-t-il accueillant. Qu'est-ce qui t'amène ? Tu as fini le dessin de ton tatouage ?

Ils se donnent une accolade amicale et sincère. C'est la première fois que je vois Alexandre aussi détendu, sans une once de mesquinerie sur le visage. Il est dans son élément, ici. Pourtant, il n'arbore aucune ligne d'encre sur le corps. Je me demande quel lien il entretient avec eux.

– Non. Je viens voir ton frère. J'ai un petit travail pour lui, ajoute-t-il en montrant la clef informatique.

– Toujours le boulot, avec toi !

Le tatoueur se tourne vers moi.

– Et qui est-ce ?

Son sourire trahit son intérêt soudain pour moi. Je ne me retiens pas et lui retourne la pareille. Avec ses tatouages qui remontent jusqu'à son cou, il est à tomber : les cheveux très clairs, des yeux bleus presque argentés, une fine barbe et des dents parfaitement alignées. Vraiment, il n'est pas mal !

– Laure, je réponds en lui tendant la main.

– Ludovic. Enchanté.

Il l'attrape pour me la serrer puis la garde un peu. Je m'amuse de son comportement. Il a tout du dragueur invétéré.

– Ludo, intervient la voix d'Alexandre à nos côtés. Ton frère !

Le tatoueur soupire de déception et me fait un clin d'œil. Je n'aurai pas perdu totalement ma journée, ce garçon m'aura au moins fait rire.

Reprenant un air sérieux devant l'expression d'Alexandre qui a perdu toute son amabilité, il nous fait signe de le suivre. Nous descendons des marches avant d'arriver sur un couloir desservant trois salons privés.

La porte de l'un d'entre eux s'ouvre. Un autre homme en sort, ressemblant trait pour trait à notre guide. Les deux tatoueurs sont donc jumeaux et présentent des dessins similaires sur le corps. Le deuxième toutefois n'en a que sur les bras.

– Alex ! accueille le nouvel arrivant sur le même ton que son frère cinq minutes plus tôt. Qu'est-ce que tu fous là ?

– J'ai un service à te demander, répond Alex en lui tendant la clef.

Le second tatoueur est aussi chaleureux et accueillant que le premier, mais une fois que les présentations sont faites – j'apprends d'ailleurs qu'il s'appelle Mickaël –, lui ne cherche pas à me faire du charme. Il semble accaparé par l'objet qu'il tient à présent.

– Il y a quoi là-dessus ? demande-t-il.

– Une vidéo.

J'avale difficilement en imaginant ce qu'elle montre.

– Je voudrais que tu l'envoies à partir d'une boîte pro à une liste de contacts.

– Tu as l'adresse mail en question ? Le mot de passe ?

– Elle les a, répond Alexandre en me désignant.

Le hacker sourit, l'air enfantin.

– Ok, dit-il simplement. Ça va être facile. Suivez-moi !

Nous abandonnons le premier des frères à son travail pour suivre Mickaël jusqu'au bout du couloir. Jusqu'à la dernière salle, fermée à clef. Après que le deuxième jumeau l'a déverrouillée et qu'il nous a précédés à l'intérieur, je découvre une vieille table de tatouage qui ne doit plus servir depuis longtemps et un entassement de machines électroniques diverses. Dans le fond trône un poste ordinateur impressionnant recouvert de revues, de magazines et de livres informatiques.

C'est petit, sans fenêtre, mais étrangement, l'atmosphère qui règne dans la boutique et ici m'apaise. Je me sens bien, comme dans mon élément.

– Je peux y jeter un coup d'œil ? demande le tatoueur en désignant la clef.

Alexandre me regarde interrogateur. Je hausse les épaules. Je sais déjà ce que je vais y voir, alors autant apprécier la qualité du spectacle ensemble.

Mickaël introduit l'objet dans l'ordinateur et charge l'image. Une minute plus tard, mon ancienne chambre apparaît à l'écran. Tout y est calme pendant un moment, puis la lumière s'allume et des ombres entrent dans la pièce. Elles s'embrassent, rigolant, titubant.

On reconnaît Matt alors qu'il passe proche de la caméra. Il se laisse tomber sur le lit avec un verre et une bouteille dans les mains. Il les pose sur le sol puis revient en position allongée, un sourire vague aux lèvres. Il se relève un peu et commence à se déshabiller, de façon très désordonnée.

Je m'approche de l'écran, scrute ses mouvements incertains et son regard vide. Soit il est bourré, soit c'est autre chose. Je me tourne vers Alexandre.

– Tu l'as drogué ? demandé-je pour en avoir le cœur net.

– Un peu, avoue-t-il en haussant les épaules à son tour. Il fallait qu'il soit très réceptif.

– J'avais dit à Sarah de l'endormir.

– Si elle t'avait écoutée nous n'aurions pas cette vidéo.

– Je ne voulais pas qu'on la voie à l'écran, révélé-je en fronçant les sourcils.

– Elle s'est mise dos à la caméra la plupart du temps.

Je soupire de soulagement. C'est pour cette raison que je ne voulais pas qu'elle aille si loin. Je ne voulais pas qu'on la reconnaisse.

Sarah entre à son tour dans le champ de la caméra. Les images qui suivent me fascinent autant qu'elles me font honte. Je suis admirative de la jeune danseuse et de ce qu'elle est capable de faire de son corps pour attirer des hommes dans ses filets. Et je ne peux m'empêcher de comparer à ma situation. N'ai-je pas accepté de me donner moi aussi pour obtenir ce que je désire ?

Mes yeux dérivent sur le profil d'Alexandre à mes côtés et je laisse les fourmillements bien connus répondre à ma question. Peu importe, je désire cet homme. Peut-être même depuis bien plus longtemps que ce que je suis en mesure d'admettre. Alors le cheminement pour arriver jusqu'à lui n'a vraiment aucune importance.

La vidéo se termine. Les cris de bête de Matt ont empli la pièce sans me donner envie de vomir. Ils ne me répugnent plus. Au contraire, quand j'imagine la suite, c'est désormais l'impatience qui prend le dessus.

– Y en a qui s'amusent bien !

La remarque de Mickaël me ferait presque sourire. À sa demande, je lui confie la boîte mail professionnelle de Matt et son mot de passe, qui n'est pas très original.

– Jusque-là, vous n'aviez pas vraiment besoin de moi. Vous avez autre chose à me demander, non ?

J'échange un coup d'œil avec Alexandre. La partie suivante est un peu plus délicate.

– On aurait besoin que tu la mettes aussi sur le site Internet de sa boîte, annonce Alex, froid et impassible.

– Sérieux ?

Mickaël paraît amusé plutôt qu'outré.

– Qu'est-ce qu'il a fait, ce mec, pour mériter un truc pareil ?

– Il a couché avec ma sœur !

Le tatoueur se met à rire. *Je ne pensais pas que c'était si drôle. De mon côté, ça l'est beaucoup moins.*

– Ok. On dirait qu'il a mal joué, ce gars ! Et pour ta sœur, t'as rien prévu ?

Je lui adresse un sourire en coin, un peu mystérieux.

– Bien sûr que si.

– Je n'aimerais pas être ton ennemi ! rigole-t-il comme un gosse.

– Je n'aimerais pas non plus, avoué-je joueuse.

Il tape quelques lignes sur son ordi. Cela me semble durer à peine quelques secondes avant qu'il ne nous demande :

– J'y vais ?

Le hacker m'observe, attendant ma réponse. Je me tourne une seconde vers Alexandre, juste pour qu'il appuie ma décision. Même si cela me semble évident, au regard de son comportement. Il m'a dit que Matt n'était pas son ami. Il le confirme férocement à cet instant :

– C'était ce que tu voulais, Laure. C'est toi qui as imaginé tout ça. Alors fais-le ! Va jusqu'au bout.

Je me rappelle alors ce qu'a fait Matt. Les mensonges qu'il a proférés et la manière dont il s'enfonce encore dedans alors que j'ai découvert la vérité. Et là, je n'hésite plus. Je hoche la tête à l'attention du fameux Mickaël.

Celui-ci se concentre sur son ordi, s'enferme dans une bulle dans laquelle nous ne sommes plus. Les lignes de code défilent sous ses doigts. À le voir faire, anticipant ce qui va découler de son action, je sens une excitation nouvelle monter en moi : une sorte de trac et d'empressement, comme à l'idée de monter sur scène. Et c'est exactement ça, c'est ce qui va arriver. Je suis en train de faire basculer la vie d'un homme. Est-ce que je pourrai l'assumer ?

Dans mon champ de vision, Alexandre se déplace. Je le suis des yeux jusqu'à ce qu'il s'installe, à moitié assis sur la vieille table de tatouage. Ses yeux ne dévient plus de moi. Il les descend sur mon corps et entame une lente exploration. J'ai toujours ma veste, mais mes jambes et mes fesses moulées dans le tissu de ma robe sont exposées à sa vue.

– Je vais faire les mêmes prouesses avec ta sœur, tu sais ?

Mon regard plonge dans le sien. Je devrais être furieuse qu'il me parle de Léa ; et jalouse. Mais contre toute attente, je suis excitée. Tout ce qui est en train de se passer me comble d'une joie malsaine, un sentiment euphorisant qui prend de plus en plus de place. Je voudrais déjà voir la tête de Matt quand sa vie va partir en fumée, et celle de Léa, ensuite, quand ce sera son tour.

Comme lui le fait si bien, je laisse mes yeux se poser partout sur son corps, pour apprécier ce que je vois. Alex sourit en me voyant faire.

– Pour le moment… commencé-je en ôtant mon manteau.

J'avance vers lui. Il m'observe, debout, mais le bas de son corps repose sur la table. Ses bras sont croisés, et il me semble plus sombre que jamais. Je m'appuie sur son bassin. Ses mains trouvent leur place directement sur mes hanches, pendant que j'approche ma bouche de son oreille.

– … tu peux les faire avec moi, je lui chuchote.

Il frémit, m'observe, sa joue près de la mienne, puis détourne la tête.

– Mickey ? lance-t-il au hacker derrière moi.

– Quoi ? répond l'autre.

– Ça va te prendre combien de temps ?

– Pourquoi ?

Le tatoueur s'arrête de parler. Dos à lui, je ne vois pas ce qu'il fait. Je ne le devine même pas. Toutes mes pensées et tous mes gestes ne sont plus guidés que par un seul but : me retrouver dans les bras d'Alex. J'ai trop envie de lui. Cette petite expérience illégale a réveillé mon appétit.

– Je crois que tu vas devoir terminer plus tard !

– Ok.

Le ton est plein d'humour. Je crois que Mickaël a parfaitement compris ce qui se trame. Et ça ne me fait même pas rougir. J'assume totalement. Il poursuit son chemin jusqu'à la porte d'entrée de la salle, réapparaît à ma vue, puis se tourne vers nous.

– Combien de temps ? se renseigne-t-il la main sur la poignée.

Alexandre lui adresse un sourire presque pervers.

– Longtemps.

CHAPITRE 35

Alexandre

La porte se referme derrière nous sans que nous y fassions attention.

Je continue de l'observer. Elle me regarde toujours avec son expression provocante. Je crois que ces deux semaines ont été suffisantes : Laure n'est plus effrayée par ses sentiments ni par son plan presque cruel. Elle ne m'en veut même plus. Quant à moi, tout ce qui compte en cet instant est qu'elle soit entre mes mains : ses courbes fines sous mes doigts, sa taille marquée sous mon étreinte.

Laure ne me quitte pas des yeux, un sourire espiègle est accroché à ses lèvres.

Bordel, ce qu'elles m'ont manqué et ce qu'elles me manqueront encore tant que je ne les aurai pas goûtées à nouveau.

Son corps, son parfum, même ses remises en question et ses attitudes de sainte : tout en elle est une malédiction. La goûter, la prendre, savourer chaque partie de son corps : rien n'est plus destructeur. Rien ne me tourmente plus que sa présence et le besoin viscéral de la faire mienne.

Je ne vais pas pouvoir me retenir, surtout à la voir si brûlante.

Avec un rire coquin, Laure fait un pas en arrière. Elle échappe à ma poigne. Je laisse retomber mes bras, avant de m'appuyer un peu plus à la table puis de les croiser de nouveau.

– Est-ce que tu as eu le temps nécessaire ? me renseigné-je pour me concentrer sur autre chose que mon désir incessant.

Moi, en tout cas, je l'ai eu. *Ça fait deux semaines que j'attends, putain !* Deux semaines à tourner en rond en acceptant pour la première fois de donner de l'espace à quelqu'un.

Je ne l'aurais certainement pas fait si je n'avais pas eu un autre objectif en tête. Elle va tomber de haut quand elle découvrira comment j'ai mis à profit ce temps pendant lequel elle m'a écarté, éjecté loin d'elle. Mais il le faut. Cela sera l'ultime étape à son envol, celle qui brisera ses dernières illusions pour mieux la reconstruire.

Laure ne me répond pas. Je la regarde faire tandis qu'elle lève gracieusement les mains vers les bretelles de sa robe et les fait glisser le long de ses bras. Tout mon corps est dans l'attente du moindre de ses mouvements. Sa robe tombe sur le sol à ses pieds. Elle l'enjambe mais reste à bonne distance de moi, me donnant tout le loisir de l'admirer.

Je déglutis en voyant qu'elle ne porte pas de soutien-gorge. Elle n'est plus vêtue que d'un tanga noir en dentelle fine qui met ses hanches étroites en valeur et de ses escarpins qui allongent sa silhouette de déesse.

Ses cuisses sont blanches et soyeuses, trop lisses. Je voudrais y planter les ongles et y laisser ma marque. Dans mon boxer, ma queue me fait mal. Cette fille me torture. Elle sait très bien comment le faire, c'est un jeu dont elle est vite devenue maîtresse, maniant les règles à son avantage.

– J'ai l'impression de me retrouver nue chaque fois, alors que toi tu ne l'es pas ! balance-t-elle avec son sourire au coin des lèvres.

Je ris franchement.

– C'est toi qui prends plaisir à te déshabiller pour moi, riposté-je détendu.

Laure avance de nouveau dans ma direction. Mes bras se décroisent. Je voudrais déjà l'allonger sur la table et m'enfoncer entre ses cuisses, pour lui faire regretter de m'avoir fait poireauter comme un con. Mais je n'en fais rien. Je la laisse venir. Je la laisse guide de notre partie.

Une fois qu'elle est revenue sur moi, sa main se pose sur mon torse, ses doigts s'y cramponnent avant de descendre jusqu'au renflement de mon jean. Elle me caresse de sa paume. Je dois serrer les dents pour ne pas bouger.

– Je fais ça parce que je sais l'effet que ça te fait, prononce-t-elle d'une voix suave.

Elle m'embrasse. Sa langue sur la mienne me sort de mon état léthargique. Mes mains partent à son assaut : dans ses cheveux qu'elles agrippent, dans son dos qu'elles griffent, dans sa cambrure qu'elles caressent. J'empoigne ses fesses à demi nues et la porte sur moi alors que je m'allonge sur la vieille table de tatouage. Elle est si légère, son poids ne m'écrase pas alors qu'elle continue de prendre mes lèvres comme une affamée.

Nos bras se croisent : alors que mes doigts s'enfouissent dans le dernier tissu qui la recouvre et s'agitent sur sa chair tendre, elle commence à défaire ma ceinture puis la braguette de mon pantalon.

– Ce n'est pas du jeu ! peste-t-elle en se tortillant sur mes doigts.

– Je te rappelle que c'est toi qui t'es déshabillée.

– Je croyais que tu me laisserais tout faire, murmure-t-elle en déposant un baiser sur ma bouche.

– Ça peut s'arranger ! dis-je en riant. *Comment fait-elle pour me faire rire dans un moment pareil.*

J'enlève ma main pour la reposer sur sa taille. Laure continue de s'affairer avec mon jean. Elle finit par le faire descendre et me le retirer. Elle me regarde, envoûtante, avant de faire la même chose avec mon boxer.

Dans cette position, je n'ai qu'une envie : qu'elle m'avale. Et c'est ce qu'elle fait. Sa langue parcourt toute ma longueur jusqu'à mon gland, le suce, le lèche, s'enroule tout autour avant de l'englober.

Je bascule la tête en arrière. Perdu dans les sensations qu'elle me procure. Je sens alors son étau se refermer autour de moi, terriblement chaud et humide, déclenchant une onde de chaleur qui s'étend dans tout mon corps, à partir de mes reins.

– T'arrête pas, Laure… putain.

Je ne supplie jamais. Mais Laure me fait tourner la tête, elle brouille mes repères. Elle bouscule tout ce en quoi je crois, tout ce qui fait de moi ce que je suis. Mes pensées et mes attentes ne sont plus concentrées que sur un seul point : le contact parfois rugueux, parfois doux, de sa langue sur mon sexe tendu.

Laure m'obéit et ne s'arrête pas. Elle me prend dans sa gorge, fait des mouvements de va-et-vient avec sa tête. Sa bouche se délecte de chaque veine, de chaque parcelle de peau qui pourra me faire partir en vrille. Elle me fait gémir, m'abandonner. Je serre les poings, déjà au bord du gouffre. J'inspire à fond, mais la sensation grandit toujours. Je veux être en elle, tout de suite !

Je l'attrape par le bras et la fais revenir vers moi. Nous reprenons nos baisers enfiévrés avec une ardeur partagée. Cette fois, sa langue s'attaque à la mienne, me procurant les mêmes sensations. Puis, quand je ne m'y attends pas, elle s'empale sur ma queue. D'abord patiente, elle finit par se déchaîner. Ses mouvements sur moi sont désordonnés : tantôt saccadés, tantôt ondulant lascivement. Elle ne se retient plus et m'offre une vue imprenable sur ses seins qui bougent au rythme des allers et venues de son bassin.

Sa peau est parfaite : son ventre, ses bras, ses hanches sont vierges de tout tatouage. J'aimerais la découvrir peinte et voir les couleurs bouger avec elle.

Je la laisse prendre ce qu'elle veut. Je monte le bassin suivant son tempo pour buter plus profondément en elle. Chaque fois elle frémit, halète. Sa douce mélodie m'emporte avec elle dans un monde loin de la raison et de la retenue.

Je n'arrive même pas à guider mes mains ailleurs qu'au creux de ses reins. Je suis bien trop accroché à elle, trop loin dans le plaisir pour raisonner et me dire que je devrais la caresser, pour mieux la faire mouiller encore.

Et à la voir se mordre les lèvres, la bouche entrouverte ou les yeux perdus dans les miens, je me dis que rien n'est plus important que cette connexion entre nous. À cet instant, il n'y a plus de plan, plus de tromperies, plus de mensonges, plus de vengeance. Il n'y a plus que nous.

CHAPITRE 36

Laure

Les battements de mon cœur sont trop rapides, mon souffle trop profond. J'ai l'impression d'être au bord de l'explosion, comme si plus rien ne me retenait. Mes émotions sont décuplées. Et parmi tout ce capharnaüm, je détecte celle qui me bouleverse le plus et finis par l'accepter : j'aime cet homme.

Il est arrogant, égoïste, calculateur, menteur, et pourtant je ne peux pas nier ce qu'il déclenche chez moi. Mes sentiments deviennent incontrôlables, si forts qu'ils me font faire n'importe quoi. Je suis capable de sortir de ma coquille pour me montrer comme je ne l'ai jamais été. Je risque de m'en briser les ailes. Mais n'est-ce pas ça aussi, la vie : prendre ces moments intenses, et ne rien regretter, même après la chute ?

J'ai conscience de la réalité qui me hurle qu'Alexandre ne voudra de moi que pour des instants charnels comme celui-ci. Mais si c'est tout ce qu'il a à m'offrir, alors je l'accepte et je ferai tout pour qu'il ne puisse plus s'échapper, qu'il n'ait plus envie d'aucune autre que moi.

Il veut me libérer ? Très bien. Mais il doit prendre conscience que ce ne sera que pour le ramener à moi chaque fois qu'il s'écartera. Et je crois que cela commence à porter ses fruits. Je le vois, ses attentions ont changé. Alex se sert du sexe pour communiquer avec moi. Si au début il s'amusait de mon état, admirait son œuvre en me voyant offerte et vulnérable, ce n'est plus le cas. Je suis en train de briser sa carapace. Ce que je lis dans ses yeux alors qu'il est là, enfermé dans son désir, me révèle qu'il n'a plus autant le contrôle qu'avant. Il ne m'observe plus comme il le faisait.

Ses yeux trouvent les miens pour ne plus s'en détacher, et sa bouche est à la recherche de la mienne chaque fois que je me penche vers lui.

Je bouge les hanches plus vite, mon torse nu tendu vers l'arrière. Une fois qu'il a retiré son tee-shirt, ses mains sont partout sur moi, s'aventurent sur mon ventre, entre mes seins, en prennent un dans leurs paumes et agacent sa pointe, puis l'autre de la même façon ; pour finir sur ma taille et s'y cramponner plus fort.

Ses propres va-et-vient s'intensifient. Le plaisir monte au même rythme que les poussées de son bassin pour s'enfoncer plus loin en moi. Il m'emplit toujours plus, durcit à l'intérieur de moi pour nous faire basculer ensemble.

Lorsque nous atteignons ce point de non-retour, Alexandre pose ses mains sous mes omoplates et me plaque contre lui. Son torse nu est collé au mien, sa langue est déjà revenue capturer la mienne si favorablement esclave.

Et là, allongée sur lui, je ne veux être nulle part ailleurs qu'ici. Je ne sais pas si nous arriverons un jour à faire ça dans un lit et je ne suis pas sûre de le souhaiter, mais pour la première fois, nous trouvons le temps de nous poser l'un contre l'autre pour un moment reposant et assez tendre. Ce qui est inhabituel pour lui !

Comme la table n'est pas prévue pour accueillir deux personnes, nous sommes obligés d'être allongés presque l'un sur l'autre, imbriqués, ma tête levée vers lui, reposant sur sa poitrine, nos jambes emmêlées pour accentuer notre contact.

Nos yeux ne se quittent toujours pas. Sur ses lèvres, il me semble discerner un sourire quasi imperceptible. Le silence qui nous entoure est apaisant, rien ne presse, aujourd'hui, nous profitons simplement de nous retrouver.

– Quand as-tu récupéré cette vidéo ? lancé-je intéressée.

– Vincent est allé chez Matt cette semaine quand il travaillait.

J'oublie qu'il est flic et que cela doit être assez facile pour lui de pénétrer illégalement dans la vie des gens. Au départ, quand je lui ai demandé un coup de main, je pensais que, avec ses connaissances et son esprit manipulateur, il pourrait facilement me trouver quelqu'un. Maintenant, je sais que c'est lui qui orchestre tout.

– Ça fait longtemps que tu le connais ?

– Depuis le centre de formation, révèle-t-il sans contrainte. On était deux gars de la campagne complètement paumés et on a tout de suite accroché.

– Tu as toujours été flic, alors ?

– Oui.

– Dans les stups ?

– Oui. C'est le meilleur endroit pour défoncer des gars sans justification, annonce-t-il comme si c'était logique.

Son regard se fait plus sombre.

– J'avais besoin de ça, à une époque.

Pendant de longs instants, je le laisse dans son silence, sûrement perdu dans des souvenirs qu'il ne veut pas partager. Je ne devrais peut-être pas le pousser à se dévoiler davantage, mais je suis curieuse de nature, surtout à son sujet, alors qu'il ne me dit rien.

– Et les jumeaux ?

Ses abdominaux se contractent, puis il se détend, comme s'il abdiquait. Je ne peux m'empêcher d'espérer qu'il va enfin me parler.

– Gamins de la DDASS.

Il n'y a pas une once de souffrance ou de tristesse dans ses yeux, juste de la résignation.

– Tu n'as pas de parents ?

– Non. Je suis orphelin.

Il laisse un temps puis se résigne.

– J'ai perdu mes parents à l'âge de trois ans. Ensuite on m'a refourgué dans une famille d'accueil. Les jumeaux étaient là eux aussi. On a grandi un peu ensemble avant que je ne sois adopté. Je devais avoir cinq ans.

– Et ta famille ?

– Ils ont été top au départ. Ils ont même emménagé près du centre pour que je puisse être dans la même école que les jumeaux. Mais un an après, ma mère est tombée enceinte de mon frère. Et je suis devenu invisible, un second choix encombrant.

– Tu as un frère ?

Alex reste pensif un instant.

– Non, finit-il par laisser tomber. J'ai couché avec la fille qu'il convoitait au lycée. Et à dix-sept ans, on pardonne difficilement à son grand frère.

Il hausse les épaules.

– J'ai trouvé ça amusant, à l'époque, alors je ne regrette pas.

Je l'inspecte. Il y a tellement de facettes de lui que je ne pourrai jamais comprendre. Même là, alors qu'il me raconte sa vie qui ne semble pas avoir été des plus drôles, je ne parviens pas à savoir s'il ressent quelque chose.

– Ne me regarde pas comme ça, dit-il en fronçant les yeux. Je ne suis pas triste d'avoir eu cette vie-là. Ça m'a appris à ne vivre que pour moi. Et que les gens n'ont que peu d'importance. Je suis heureux comme ça.

Et moi, est-ce que j'ai de l'importance ? Je baisse de nouveau la tête, la gorge serrée. Hors de question qu'il puisse voir l'effet de ses paroles sur moi ; même si je ne parviens plus à relancer la discussion.

– Tu devrais faire la même chose. Regarde ce que t'ont fait ceux qui sont censés être les plus proches de toi.

Je réfléchis à ce qu'il me dit. Oui, j'aimerais parfois être comme lui et ne rien regretter. Mais, en un sens, je trouve aussi cela assez triste. Est-ce que je parviendrais à me détacher complètement alors que mon cœur est en train de succomber ? Je repense à mon histoire d'amour perdue, à ma sœur. Eux, je ne regrette pas de ne plus leur être attachée. Mais n'ai-je pas tellement plus à perdre ?

– Tu ne considères pas Matt comme ton ami, n'est-ce pas ?

– Non. J'ai passé de bons moments avec lui. Mais c'était juste pour profiter de la voiture de papa ou de leur maison de vacances et des soirées. Je ne peux pas lui retirer ça, ce mec sait s'amuser. Mais j'ai toujours su qu'il ne méritait pas mon amitié.

Je ne suis pas sûre qu'il me dise tout, mais je vais devoir me contenter de cette explication. J'acquiesce les yeux dans le vide, des questions plein la tête.

Alexandre est avare de mots en ce qui concerne son passé et ses choix. Je ne comprends pas encore tout. Je ne parviens pas à saisir ce qu'il ressent avec précision : savoir si ses parents sont à l'origine de tout, s'il a souffert bien plus qu'il ne veut bien le dire. Mais j'espère pouvoir le découvrir un jour. Je n'aspire qu'à ça. Je ne veux pas rester devant la porte sans pouvoir la pousser.

– Tu serais encore plus magnifique avec un tatouage sur les reins.

Je sais qu'il clôt ainsi la conversation, mais cette fois, il me fait sourire. Mon corps détendu semble se réveiller en prenant conscience de toutes les caresses qu'il prodigue le long de mes côtes jusqu'en haut de mes fesses. Ses ongles me griffent un peu et je sens son sexe palpiter sous ma cuisse. *Il n'est pas croyable !*

– Je m'en suis dessiné un, avoué-je dans un murmure.

En relevant les yeux, je vois qu'il me regarde, surpris et… admiratif ?

– Je ne savais pas que tu dessinais. Matt ne m'en a jamais parlé.

– C'est parce que ça fait longtemps que je ne le fais plus. Mes parents n'aimaient pas ça. Je passais mon temps à représenter des trucs trop sombres pour eux qui leur faisaient peur. C'était une partie de moi qu'ils refusaient de voir.

– Moi… j'aimerais la voir.

Je saisis le double sens dans cette phrase et mon cœur tressaute. Quand Alex m'embrasse de nouveau, je laisse mes doutes et mes peines de côté.

CHAPITRE 37

Laure

Je ne sais pas combien de temps s'est écoulé. Mais il me semble avoir perdu toute notion de la réalité, une en particulier. Je me rends en effet compte, en me levant, d'un truc anormal. *Et merde !* Je ne m'en suis pas du tout inquiétée. Ok je prends la pilule. Mais lui ? Deux semaines de séparation et toutes les filles avant moi… Je ne sais pas si je dois paniquer.

J'attrape un mouchoir de mon sac puis me tourne vers Alexandre.

– Tu as « vu » quelqu'un, ces derniers temps ?

Il me regarde d'abord en haussant les sourcils, puis comprend.

– Non. De toute façon, je suis clean, avoue-t-il. Je me protège toujours.

Il a l'air sincère.

– Il faut croire que non, grogné-je en attrapant ma robe pour l'enfiler.

– C'est toi qui m'as sauté dessus, riposte-t-il en souriant.

– Tu sors ça à toutes les filles avec qui tu oublies ? grogné-je avec un pincement au cœur.

Son air gamin m'arracherait presque un sourire. Je sais que c'est trop tard, que la connerie est déjà faite, mais ça ne m'empêche pas de stresser.

Je passe ma robe sans le regarder, quand une de ses mains vient se nicher sur mon ventre. Son corps toujours nu se cale derrière moi et m'enveloppe dans un cocon protecteur.

– Je t'assure que ça n'est arrivé qu'avec toi, chuchote-t-il.

Je me détends dans ses bras. Pendant un instant, Alex ne bouge plus, il reste contre moi. Puis il embrasse mon épaule et s'écarte vers ses affaires. Je le regarde s'habiller. Ses muscles, qui roulent sous sa peau à chaque mouvement, m'offrent une vision des plus alléchantes.

Au moment où il referme son jean, on frappe à la porte.

– J'ai eu le temps de faire deux clients, alors je me suis dit que vous aviez fini ! lance Mickaël en passant la tête à travers la porte les yeux fermés.

– C'est bon, Mickey.

Le jeune homme soulève les paupières et sourit avant d'entrer avec nous. En passant devant moi, il m'adresse un clin d'œil entendu. Je lève les yeux au ciel. *J'avais tort, ce type est comme son frère !*

Le hacker reprend sa place à son poste tandis que nous faisons de même dans son dos. Il se concentre, nous explique ce qu'il fait, puis exécute ses tâches avec sérieux et efficacité. Nous le regardons faire. Quelque temps après, il s'arrête, se retourne vers nous et nous sourit, tout content.

– Je crois qu'on est bons, se réjouit-il.

– Matt va certainement se demander qui a fait ça, non ? j'interviens, prise d'un doute.

Alexandre me regarde une seconde.

– Je lui dirai que c'est moi, annonce-t-il.

– Il va se demander pourquoi.

Mon téléphone sonne à ce moment-là. Je l'attrape, le déverrouille, et mon cœur dérape. Quand je lis ce qui y est écrit, je perds mon sourire. Pendant un moment, mon regard reste scotché aux mots inscrits dans le message. Je les parcours, les relis en tentant de me persuader qu'il ne s'agit que d'un mauvais rêve.

Ma gorge me brûle. Je suis complètement tétanisée. Ce n'est pas possible. Il ne peut pas me faire ça alors que nous venons à peine de nous retrouver. Mes yeux horrifiés se portent sur Alexandre. Il discute avec Mickaël, lui sourit, se montre complice. Mais quand sa tête se tourne vers moi, ses sourcils se froncent lorsqu'il découvre mon expression.

– Tu sors avec Maeva ?

Je ne sais même pas comment les mots parviennent à sortir. J'ai la gorge en feu. Un pincement à la poitrine qui me noue tout le corps et la sensation que je vais suffoquer. Il n'a pas fait ça. C'est impossible. Pas après tout ça. Il ne peut pas faire de moi une Léa.

Pourtant, il me fixe avec cette lueur que je commence à connaître par cœur. Et qui m'effraie parce qu'elle m'attire.

Il me faut de l'air. Je n'attends même plus la moindre réponse. J'attrape mon sac, remets mon manteau, mes chaussures et m'apprête à partir.

– Merci Mickaël, lancé-je avant d'ouvrir la porte.

Je quitte la pièce en trombe.

– Laure ! appelle Alexandre derrière moi.

Non. Je ne l'écouterai pas. Il ne faut pas. Il va me faire retomber dans ses filets. J'essaie d'allonger le pas, quitte à courir, mais je trébuche sur les marches. Je parviens à remonter mais je l'entends déjà derrière moi. *Satanés talons !*

– Laure, putain !

– Casse-toi ! hurlé-je en me retournant une seconde.

Je ne fais même pas attention à Ludovic qui me regarde passer, ahuri. J'ouvre la porte et respire un grand coup avant de reprendre ma route.

Alexandre me rattrape et se place devant moi. Son regard m'accroche. Il n'est ni désolé, ni repenti, ni triste de me faire ça. J'ai plutôt l'impression qu'il l'attendait. Et il sourit. *Il sourit ? Mais c'est quoi son problème ?*

– Pourquoi tu as fait ça ? questionné-je hors de moi.

– Tu le sais très bien !

Quoi ? C'est ça sa réponse ?

Je le pousse de mes deux mains. Il bouge à peine et continue de me bloquer le passage.

– Tu voulais quoi ? crié-je presque. Que je m'énerve ? Que je devienne folle de la savoir avec toi ?

– Oui.

– Alors bravo, tu as réussi. Tu es très doué. Je n'en attendais pas moins de toi.

Je le contourne pour continuer ma route.

– Je t'ai dit que je voulais t'apprendre et tu étais d'accord.

Je m'arrête net dans mon élan, furieuse.

– Et ça doit passer par ça ? Trahir une amie ?

– Oui.

– Putain ! Je n'ai jamais entendu un truc pareil. Je dois être vraiment conne pour avoir cru…

Je me retiens à temps.

– Quand je pense que je viens de coucher avec toi sans préservatif et que tu m'as affirmé que tu ne voyais personne ! ricané-je mauvaise. Je peux savoir avec qui d'autre tu couches pour voir à quel point il est urgent que j'aille passer des tests contre les MST ?

Il ne répond pas. Mais je m'y attendais.

– Je suis une imbécile. Tu ne peux pas savoir à quel point je suis furieuse.

– Et moi ? se réveille-t-il enfin. Tu crois que je n'ai pas été furieux d'apprendre que tu avais fait machine arrière avec Sarah ? De voir que tout ce qu'on avait commencé à construire n'avait servi à rien ? Tu veux vraiment être libre ?

– Tu ne feras pas de moi une deuxième Léa pour ça !

– Bien sûr que si ! Il faut que tu sois capable de l'affronter. Tu crois que durant ces deux semaines elle a arrêté de voir Matt pour tes beaux yeux larmoyants ? Si oui, tu te fourres le doigt dans l'œil. C'est une salope. Bats-toi avec ses armes !

– Je ne ferai pas ça à Maeva, répliqué-je.

– Tu n'as pas le choix.

– C'est toi qui décides, c'est ça ?

Je détourne les yeux, ne supportant plus son regard. Cette situation me donne la nausée. Ma respiration est frénétique, elle me fait presque mal, comme lui. Je ne supporte pas ce qu'il est en train de faire.

– Ta copine n'est pas mieux que ta sœur, révèle-t-il après un temps.

Je fronce les sourcils en me retournant vers lui. Il veut dire quoi, là ?

– Elle s'est aussi tapée Matt, continue-t-il. Une fois. Il y a longtemps.

Il ment. Je le sais. Je le connais. Et je la connais. Elle ne ferait jamais ça.

– Tu mens !

Il soupire.

– Tu mens !

– Pourquoi je ferais ça ?

– Pour obtenir ce que tu veux !

– Regarde la vérité en face. Ceux que tu aimes ne sont pas dignes de toi.

– Parce que tu crois que tu l'es, toi ?

Ses yeux sont plantés dans les miens, destructeurs. Ils sont beaux et menacent de me faire chavirer, de me faire souffrir jusqu'à la moelle. Je ne pourrai plus me défaire de lui si je ne lutte pas.

Il ne parle plus. Sa respiration est aussi rapide que la mienne. Je crois que nous sommes essoufflés tous les deux. Trop de sentiments contradictoires s'entrechoquent en nous. C'est épuisant. Alors je prends une décision, pour Maeva surtout, pour moi je ne sais pas. Ma voix tombe comme un couperet :

– C'est fini. Cette histoire entre toi et moi. Je n'en veux plus.

Alexandre semble déstabilisé. Pendant un bref instant – si fugace que je crois l'imaginer –, ses yeux perdent leur assurance, au profit d'un sentiment bien plus humain. Il semble blessé. Mon cœur a le temps de s'emballer avant de chuter de nouveau lorsqu'il se reprend. Il arbore de nouveau des traits durs, avec cette pointe de sarcasme qui le caractérise.

Comment a-t-on pu passer d'un moment magique à ça ? Que cherche-t-il encore ? Pourquoi vouloir me blesser encore ? Ne le suis-je pas suffisamment ? Il fait exprès de mentir au sujet de Maeva pour m'embrouiller les idées et me faire flancher. Il me pousse à la trahir alors qu'elle n'a rien fait de mal. Il ne peut pas en être autrement.

– Tu ne peux pas, tonne-t-il, de nouveau totalement sûr de lui.

– Bien sûr que si.

Je m'efforce de m'en tenir à ma colère, de me rappeler qu'il n'hésitera pas à utiliser mes amies, à les blesser et à me mentir. Mais j'ai bien conscience que la bataille est presque perdue d'avance. Mes sentiments sont déjà bien trop présents alors que je sais qui il est, ce dont il est capable.

Je sais que je joue avec le feu, qu'en mettant un terme à ce que nous partageons, je souffrirai le martyre parce que j'ai cet homme dans la peau. Mais ai-je le choix ? Dois-je me renier pour rester à ses côtés ? Je ne sais plus.

– Si tu fais ça, reprend-il la voix menaçante, tu sais très bien que j'irai voir ta sœur.

– C'est une menace ? osé-je demander d'une voix étranglée.

– Prends-le comme tu veux.

Ses yeux me foudroient. Il se rapproche de moi, parfaitement conscient de ce qu'il fait. Je lui réponds avec la même expression. On peut être deux à jouer à ce petit jeu.

– Je suis sûre que tu n'en feras rien.

Il sourit.

– Ah oui ?

– Oui, je suis persuadée que tu meurs d'envie de me voir la détruire. Et tu sais quoi ? J'en ai envie aussi. Alors on va continuer. Je vais aller à cet enterrement de vie de jeune fille et on fera ce qu'on a à faire, chacun de notre côté.

– Tu crois ça ? Tu crois que je ne vois pas que tu luttes déjà contre ta propre décision ?

Alexandre se rapproche encore. Son torse frôle le mien.

– Tu sais que je n'en ferai qu'à ma tête, déclare-t-il à voix basse.

Oui, je le sais. Je n'ai même aucun doute sur le sujet. Et ça me fait bien trop frissonner pour être totalement certaine que le quitter est ce que je veux réellement.

Il me faut toute la volonté du monde pour faire un pas sur le côté et partir, loin de lui. Je n'en attends plus rien. Que pourrais-je attendre, de toute façon ? Je ne peux pas faire ça à Maeva.

Mais la détermination d'Alexandre est encore plus forte que la mienne.

– Laure… appelle-t-il doucement dans mon dos.

Je n'ai pas le temps de me retourner pour voir ce qu'il me veut que déjà il m'attrape le poignet. Je suis tirée en arrière. Ses bras se referment de chaque côté de moi et ses mains se posent autour de mon visage. Il m'amène à lui et se jette sur mes lèvres, comme tant d'autres fois auparavant.

Et je le laisse faire. Je le laisse m'envahir, introduire sa langue dans ma bouche. Je prends tout. Je lui rends ce qu'il me donne. J'oublie ma décision. J'oublie Maeva. Lorsqu'il s'arrête, je voudrais qu'il continue.

– Je n'en ai pas fini avec toi ! annonce-t-il en plongeant dans mes yeux. Il est hors de question que tu m'échappes.

Il me regarde une dernière fois ; ses yeux dans les miens, sa bouche tout près de la mienne, son souffle caressant ma peau. Puis il retourne dans le salon de tatouage. Je reste seule et prends conscience que je viens d'accepter qu'il m'embrasse alors que je sais qui l'attend en ce moment même.

Malgré tout, je ne parviens pas totalement à me dégoûter. Suis-je en train de devenir une mauvaise personne ? N'étais-je pas avec lui avant elle, après tout ? Je secoue la tête. Non. Il ne peut pas s'en sortir aussi facilement alors qu'il vient de me faire souffrir. *Impossible !* Il ne peut pas gagner à tous les coups. Il veut se taper ma meilleure amie ? Alors qu'il assume. Je lui en ferai voir de toutes les couleurs. Et il le regrettera. Et si c'était moi qui allais le regretter ? *Je suis en train de devenir folle !*

Mon téléphone vibre dans ma poche. En y jetant un coup d'œil, je remarque que je suis inondée de messages et d'appels. Mes meilleures amies semblent inquiètes. De multiples textos me demandent si « ça va » et « où je suis ». Adèle précise qu'elles m'attendent et qu'elles ont prévenu ma sœur. *Mais ce n'est pas possible, on ne peut pas être tranquille !*

En grognant, je descends dans le métro. Tandis que la rame file dans les couloirs sombres, je reste debout, le visage et le corps tournés vers la fenêtre, tapant du pied sur le sol.

Je n'ai vraiment pas envie de voir Léa. Je dois déjà affronter une Maeva amourachée de l'homme que j'aime et qui cherche certainement à me mentir pour je ne sais quelle raison. Alors à l'idée de supporter les mièvreries hypocrites de ma sœur, je préférerais finir la journée au bout d'une corde.

J'arrive plus d'un quart d'heure plus tard devant la porte de chez Adèle. Mon cœur bat à cent à l'heure et je suis épuisée. Mes cogitations incessantes me fatiguent. Quant à ma raison et à mes envies, elles se fracassent l'une contre les autres.

J'inspire profondément mais la colère gronde en moi. Les images de Matt, Léa, Maeva et Alexandre se succèdent devant mes yeux. Je serre les poings. *Je dois en avoir le cœur net.*

J'ouvre la porte en silence mais elles ont dû m'entendre car, en quelques secondes, mes amies sont déjà sur moi, Léa avec elles. Adèle me regarde de façon plus inquisitrice que les deux autres.

– Laure ! Mon Dieu, ça va ? s'inquiète Maeva en venant vers moi.

– Mais arrêtez de me poser cette question ! grogné-je de mauvaise humeur. Qu'est-ce que vous avez ?

– Tu n'as pas reçu la vidéo ?

Ah oui, cette vidéo. Je ne me sens vraiment pas de jouer la comédie maintenant, mais puisqu'il le faut…

– Si, je l'ai reçue, avoué-je en détournant les yeux.

– Oh ma chérie !

Léa se précipite sur moi et me prend dans ses bras. Son contact me répugne. Je me dégage.

– Vous savez, je n'ai pas eu besoin de cette vidéo pour savoir ce qu'il faisait dans mon dos. Je vous rappelle que je les ai surpris. Je me doutais bien qu'elle ne devait pas être la première.

En disant cela, j'observe Maeva et Léa à tour de rôle, décelant la fausseté chez ma sœur, mais la tendresse chez mon amie.

Alexandre ment forcément. Maeva n'aurait jamais couché avec Matt. Elle ne pourrait pas me faire ça. Elle ne pourrait pas faire ce que moi je viens de lui faire. Mais le doute persiste, tel l'écho d'un souvenir douloureux.

Et subitement, j'en ai marre de toujours attendre de me prendre la vérité en pleine face. Peut-être était-ce le but d'Alexandre : me donner l'assurance d'affronter les choses. Et je le remercie intérieurement, parce que là, et même alors qu'il n'est pas là, j'en ai à revendre. Je suis prête à braver toutes les tempêtes.

Me tenant droite, le visage fermé, je me tourne donc vers Maeva, en me moquant bien de notre public.

– Est-ce que tu as couché avec Matt ?

Ma meilleure amie blêmit. *Oh non !*

Maeva reste trop longtemps silencieuse pour que ce ne soit pas suspect. Je me demande ce que j'espérais : qu'elle ne m'ait pas menti ou que ce soit Alex qui l'ait fait.

– Réponds-moi, Maé ! insisté-je en haussant la voix.

– Laure, qu'est-ce qu'il te prend ? intervient Adèle près de nous.

Son ton est lourd de reproche. Mais je m'en moque. Maeva a intérêt à répondre rapidement de ses actes. Ma patience a des limites. Avant je pouvais encaisser, maintenant je n'en ai plus du tout envie. J'ignore donc la brune pour me concentrer sur la blonde.

– Alors ? insisté-je plus durement.

Maeva jette un coup d'œil à Adèle. Un échange rapide, bref, mais que je remarque très bien. *Ça veut dire quoi, ça encore ?*

– Qui t'a parlé de ça ? demande celle qui ne devrait pas être concernée par cette histoire.

Je la regarde interrogative.

– Comment ça, « qui m'a parlé de ça » ? C'est donc vrai ?

Je commence sérieusement à bouillir. Combien de filles de mon entourage ont-elles couché avec Matt, en définitive ?

– Non, assène Adèle.

– Et je peux savoir pourquoi tu réponds à sa place ? demandé-je en criant presque.

– Laure… commence Maeva.

– Il ne s'est rien passé avec Matt, finit Adèle.

J'observe mes deux meilleures amies sans comprendre. Quelqu'un peut-il me dire où j'ai atterri, là ? Parce que tout m'échappe. Elles font des cachotteries dans mon dos, maintenant ? En les observant, je prends conscience qu'elles sont de mèche. Elles partagent un secret qui m'est hors de portée.

– Qu'est-ce que c'est que ces conneries ? Putain, vous avez intérêt à tout me balancer où je vous jure que je me casse et que vous ne me reverrez plus jamais !

Maeva pâlit encore plus, les yeux grands ouverts. Adèle fronce les sourcils. J'en conclus que l'une a fait un truc qu'elle juge moche et que l'autre me trouve trop sévère.

– Matt m'a embrassée.

Je reporte mon attention sur Maeva. Oubliée la femme fière de son caractère, elle a fait place à une petite fille redoutant les conséquences de ses actes.

– Je t'assure que ce n'était rien, se hâte-t-elle d'ajouter. C'était à votre pendaison de crémaillère. Il m'a draguée toute la soirée. Ensuite, quand je suis allée chercher mon manteau dans votre chambre, il était allongé, complètement bourré sur votre lit. Il m'a attrapé le bras pour me tirer près de lui. Il a été assez entreprenant et m'a embrassée. Je l'ai repoussé tout de suite. Mais je ne me sentais pas bien. Alors j'en ai parlé à Adèle.

J'aurais pu accepter qu'il ne se soit passé qu'un simple baiser. Mais qu'elles me le dissimulent intentionnellement ? C'est une autre histoire.

– Et c'est ma faute si elle ne t'a rien dit, complète Adèle. Tu étais heureuse avec lui. Et il était complètement saoul ce soir-là. J'ai jugé que ce n'était rien, que ça ne valait pas le coup de t'affoler.

Je suis abasourdie. Alex m'a bien menti. Mais je ne sais même pas si je dois lui en vouloir. Quand je vois où j'en suis : à découvrir que mes meilleures amies me dissimulent des choses comme ça. Peut-être a-t-il eu raison. Il me permet ouvrir les yeux sur les personnes qui m'entourent et se permettent de prendre des décisions à ma place en me disant que c'est dans mon intérêt.

– Vous auriez dû m'en parler avant. Quand je vois ce que vous me cachez, que vous faites vos coups dans mon dos, il y a peut-être plein d'autres choses que je ne sais pas. Comment je peux vous faire confiance, maintenant ? Qui me dit que vous ne me mentez pas, là encore, que Maeva n'a pas couché avec lui comme tant d'autres apparemment, et que tu ne la couvres pas, Adèle ?

– Mais Laure…

– Non. Si tu m'en avais parlé avant, j'aurais pu me rendre compte que mon petit ami était un queutard qui enchaînait les filles dans mon dos, je finis en haussant la voix.

Ma dernière phrase inclut Léa, bien sûr. Ma fureur alimente mon esprit revanchard.

– Tu crois qu'il y en a eu tant que ça ? interroge Léa le visage blême.

– Qu'est-ce que ça peut te foutre à toi ? hurlé-je en la regardant.

Léa accuse le coup mais je fais mine de ne rien voir et reviens vers mes amies.

– Vous vous rendez compte de vos actes ? Vous avez pris cette décision pour vous faciliter la vie, certainement pas pour moi ! Ne vous cachez pas derrière de bonnes intentions.

– Laure, écoute-nous ! reprend Adèle en levant les mains en signe d'apaisement. Nous sommes désolées, sincèrement, on ne pensait pas que Matt était ce genre de mec.

Je ricane méchamment.

– Eh bien vous aviez tort. Et vos mensonges font de moi celle que je suis aujourd'hui.

– Qu'est-ce que tu veux dire ? demande ma plus vieille amie en fronçant les sourcils.

J'ai l'impression de laisser exploser des années de silence. Les mots sortent sans que je puisse m'interrompre.

– Que je n'accepterai plus d'être tenue à l'écart.

Je me tourne vers Maeva.

– Comme ton histoire avec Alexandre, par exemple. Merci pour le texto, au passage. C'était vraiment très courageux !

À l'évocation du nom de son petit ami – ce simple mot m'écorche –, Maeva reprend du poil de la bête et redevient la fille sûre d'elle qu'elle est habituellement.

– Puisqu'on est dans les sujets qui fâchent… Vas-y, raconte-moi votre rencontre. Dis-moi quel homme charmant il a été.

– Je fais ce que je veux, Laure. Tu n'as pas à me dire avec qui je peux sortir ou pas.

Entendre ces mots me rappelle qu'il a été avec elle, peut-être même dans son lit, dans ses bras ;

qu'il l'a embrassée avant de faire la même chose avec moi. Et je me rends compte que ce n'est plus le fait d'avoir trahi ma meilleure amie qui me dérange, mais de la savoir avec lui.

– Tu n'écoutes rien de ce qu'on te dit, la réprimandé-je. Tu es une gamine pourrie gâtée qui n'en fait qu'à sa tête.

– Tu es malade ? Qu'est-ce qu'il t'arrive ?

– Il m'arrive que j'en ai marre de répéter des choses et qu'on ne m'écoute pas, déclaré-je, ma voix montant crescendo. Tu n'en as certainement rien à faire, pourtant je fais ça pour toi.

Nous nous toisons. Maé reste sur ses positions.

– Il n'est pas comme tu le dépeins.

Je ne sais plus si j'ai envie de rire ou de pleurer, tellement je suis affligée. Mon envie de me battre pour elle est coupée nette. Alors je deviens mauvaise.

– Finalement, reprends-je, peut-être que tu mérites de sortir avec un mec comme lui. Peut-être que tu mérites qu'il te mente et te trompe. Ça t'ouvrira les yeux. Et ça me fera des vacances. Au moins, je ne t'entendrai plus t'extasier sur un mec que tu ne connais absolument pas.

Alors que moi je le connais. Je connais les courbes de son corps, les lignes de son visage, les reflets dans ses yeux. Peut-elle en dire autant ?

– Arrête, Laure ! proclame Adèle en venant près de moi pour poser sa main sur mon bras. Je ne sais pas ce que tu as, mais tu deviens méchante.

– Eh bien il serait temps ! riposté-je écœurée.

Je me dégage de sa poigne et fais demi-tour après que mes yeux se sont posés sur Léa, puis Maeva, attisant ainsi le sentiment libérateur qui m'anime.

– Il est temps que vous sachiez que je ne suis plus la fille qui se laisse marcher sur les pieds et accepte tout avec le sourire. Vous voulez jouer à ça ? lancé-je en regardant Léa. Vous choisissez de me mentir alors que je vous ai tout donné ? Eh bien soit, mais il faudra assumer !

Mon cœur tambourine. Il faut que je sorte d'ici, que j'aille boire un truc fort. Et pourquoi pas danser.

J'attrape mon portable dans mon sac à main et envoie un texto. La réponse arrive instantanément. Je souris en lisant ce qui est écrit. Sans un regard en arrière, je me dirige vers la sortie.

– Laure, qu'est-ce que tu fais ? questionne Adèle une fois encore.

– Ça ne vous regarde pas ! Puisqu'on ne se dit pas tout, vous n'avez pas à le savoir.

Et je claque la porte derrière moi.

CHAPITRE 38

Laure

– Tu leur as dit ça ?

Elle explose de rire. La voir ainsi ravive ma bonne humeur.

– Tu es vraiment trop forte !

Sarah fait un signe au barman pour qu'il nous apporte une nouvelle tournée. Après avoir quitté l'appartement d'Adèle – où il faudra bien que je retourne un jour chercher des affaires –, j'ai accepté l'invitation de Sarah. Je ne lui ai envoyé qu'un message concis. Et même si nous ne nous connaissons que très peu, en fin de compte, elle m'a immédiatement proposé de passer la soirée avec elle et surtout d'emménager dans sa chambre d'amis.

Lorsque je suis arrivée à son appartement, elle m'a accueillie comme une amie : souriante et heureuse de me voir, s'inquiétant de mon air remonté et écoutant tout ce que j'avais besoin de raconter.

Je crois n'avoir jamais été aussi barbante, mais elle ne s'en est pas plainte. Au contraire, elle nous a préparé un dîner léger et n'a pas hésité à faire des remarques et à se montrer enjouée ou triste durant mon histoire.

Quand j'ai eu fini, c'est elle qui s'est mise à parler. Sans aucun complexe, Sarah m'a raconté les dernières frasques de ses clients, leurs derniers fantasmes un peu farfelus. Elle n'a pas honte du métier qu'elle exerce. À l'entendre, on a plutôt l'impression qu'elle s'en amuse. Alors que cela ne doit pas être drôle tous les jours.

Apparemment, ses prestations de danseuse lui confèrent une certaine notoriété. Si dans le club elle ne peut refuser aucune danse privée, côté escort elle se permet de choisir ses clients. Cela lui permet de ne pas tomber sur des tarés ou des « porcs », comme elle dit. Elle connaît les hommes à qui elle se donne et se fait très bien payer pour cela.

Elle a même fini par m'avouer que, pour le moment, elle n'a aucune envie d'arrêter. Mais elle sait qu'un jour cela viendra. Quand elle aura rencontré quelqu'un, par exemple.

Nous avons échangé à propos de nos familles. Je lui ai parlé de ma mère : soumise et entêtée. Et elle, de ses parents aimants qui ne sont pas au courant d'une partie de sa vie. Je crois que c'est là son seul regret : le fait de devoir leur mentir. Comme quoi, le mensonge détruit tout.

La nuit était déjà bien avancée lorsque nous avons décidé de sortir. Et comme toutes les filles insouciantes, nous avons fini la soirée en boîte. J'en avais besoin et Sarah était heureuse de pouvoir m'accompagner. Pour une fois qu'elle ne devait pas « aller remuer son popotin avant de finir nue », m'a-t-elle lancé pleine d'enthousiasme.

Nous en sommes au quatrième shot. Assises l'une à côté de l'autre au bar, près de la piste de danse. Tequila ou vodka, je ne sais même plus ce qu'elle commande. Je sens juste que l'alcool me brûle la gorge à chaque passage et que mon corps commence à s'adapter à cette intrusion.

– Tu as vraiment bien fait de les remettre à leur place, m'approuve-t-elle en s'enfilant un nouveau verre. Et franchement, j'aurais donné n'importe quoi pour voir la tête de ta sœur.

– J'ai peur d'en avoir trop fait. Si elle se rend compte que je sais, tout mon plan tombera à l'eau. Plus de vengeance…

– Mais non. Une connasse égocentrique comme ça, pas moyen. Elle est bien trop occupée à se regarder le nombril et à chercher sa nouvelle proie. Elle va juste croire que tu as tes règles !

Sarah explose de rire. Je crois qu'elle supporte encore moins l'alcool que moi. Son rire est communicatif. Non seulement elle m'entraîne avec elle, mais elle a aussi rameuté deux jeunes hommes à nos côtés qui ne se gênent pas, depuis, pour s'interposer au milieu de nos conversations. Pour moi : de vrais lourds, pour Sarah : une distraction supplémentaire.

Je ne regrette pas de lui avoir envoyé ce message. Cette soirée est exactement ce qu'il me fallait : un concentré de rires, d'insouciance et de musique à m'en faire péter les tympans. Je me sens mieux, loin des tromperies, loin d'amies qui me mentent.

La musique semble rappeler quelque chose à ma complice. Elle repart dans une anecdote concernant un client qui voulait faire ça au milieu de la piste. Puis le sujet dévie sur la fameuse soirée où elle a dû séduire mon ex-petit ami.

Elle ne se sent pas coupable, n'a aucun remord. En réalité, elle est plutôt heureuse de m'avoir aidée. Elle me dit qu'elle est désolée d'avoir couché avec lui, contrairement à ce que je lui avais demandé, mais qu'elle ne regrette pas car cela va me permettre de l'enfoncer encore plus dans le piège.

– J'ai vraiment adoré sa tête ! s'exclame-t-elle avec un sourire, par-dessus la musique. Je te jure. Je ne l'ai pas vu longtemps – d'ailleurs je dois dire que tu as des talents d'actrice extraordinaires –, mais la façon perdue qu'il avait de te regarder était jouissive !

Je me mets à rire. Cette fille est d'un naturel déconcertant.

– Et au pieu, ça a donné quoi ? osé-je demander.

– Pas mal. Mais il était à moitié dans les vapes, c'est moi qui ai dû tout faire !

Elle boit une nouvelle gorgée.

– Alex m'a prévenue que vous avez posté la vidéo aujourd'hui.

Je tique un peu en entendant ce prénom. Je m'étais efforcée de ne pas penser à lui. Et Sarah, bien sûr, le remarque. Elle pose son verre et reprend son sérieux un instant.

– Au fond, qu'est-ce qui te dérange le plus : que Maeva t'ait menti ou qu'elle se tape Alex ?

Je grimace avant de reprendre mon verre pour l'avaler cul sec.

– Bon, je crois que j'ai ma réponse ! Tomber amoureuse de ce genre de mec ce n'est jamais une grande idée, Laure.

– Ça, j'en ai bien conscience. Surtout après Matt. Mais je crois que c'est trop tard. Et je ne vois plus du tout comment faire pour lutter.

La danseuse me scrute un instant. Puis ses yeux se perdent par-dessus mon épaule et son sourire s'agrandit dans une expression malicieuse.

– Pour commencer, tu pourrais aller voir ce mec à l'autre bout du comptoir. Cela fait dix minutes qu'il est venu commander et il n'est toujours pas reparti retrouver ses amis. Et il n'arrête pas de te regarder.

Sans réfléchir, je me retourne pour observer ce beau spécimen dont elle me parle. Mes yeux croisent alors un regard braqué sur moi : les yeux sombres, des cheveux ébouriffés assez clairs, il porte une barbe fine bien taillée sur une mâchoire carrée. Et ses lèvres lisses doivent faire tourner la tête à toutes les femmes qu'il embrasse. Il est vraiment très beau. Et sa carrure accentue sa virilité.

– Je vais danser, tu viens ? demandé-je à Sarah.

– Tu ne vas pas le voir ? dit-elle en désignant le beau gosse derrière moi.

Je hausse les épaules.

– On verra s'il me suit.

Je la quitte. Mon regard se pose une seconde sur le délicieux apollon, avant que je n'arrive sur la piste. Il fera ce qu'il voudra, après tout. En attendant, je lui lance des signaux encourageants en ondulant des hanches au rythme de la musique de façon sensuelle.

Je ne sais pas combien de temps je danse. Des minutes ? Une heure ? Mais je suis loin de tout, seule, Sarah ne m'ayant pas accompagnée, un peu embrouillée au milieu de la foule, me déhanchant sans penser à autre chose. Sauf au monde qui commence à tanguer.

– Je peux ? demande soudain une voix à mon oreille.

Le type du bar vient de me rejoindre. Et il me sourit, les yeux brillants. Je lui réponds de la même façon et n'hésite pas une seconde. Je me rapproche de lui. Au moment où je passe les bras autour de son cou, mon regard s'envole une seconde, vers le bar, et rencontre celui d'Alexandre.

CHAPITRE 39

Alexandre

Qu'est-ce qu'elle est en train de foutre ?

Je suis sur les nerfs. Le texto de Sarah m'a déjà suffisamment fait chier, si ce type continue de foutre ses mains là où devraient être les miennes, je vais finir par aller lui casser la gueule. Je suis comme un loup en cage, prêt à en découdre à la moindre contrariété. Et celle que je ne quitte pas des yeux en est une de taille.

Je suis en train de disjoncter et rien ne s'arrange quand je reporte mon attention sur la strip-teaseuse. Avec son petit sourire satisfait, elle m'indique clairement qu'elle connaît absolument toutes mes pensées. Elle est loin d'être dupe. Elle me fait chier, elle aussi. Et puis, qu'est-ce qu'elle fout là avec Laure ? Elles sont copines, maintenant ?

– Je ne pensais pas que tu accourrais si vite, lance-t-elle en accentuant son air narquois.

J'étais encore au salon avec les jumeaux lorsque son message est arrivé. Il faisait nuit, tout était calme, et pourtant, en lisant ces quelques mots, mon sang n'a fait qu'un tour.

J'avais quitté mon audacieuse, encore chaude de nos ébats, se battant contre ses propres sentiments. Et voilà qu'à peine quelques heures plus tard j'apprenais qu'elle se laissait aller avec un mec. Je crois que les jumeaux ont tout de suite vu qu'un truc clochait, ils m'ont donc accompagné sans se faire prier.

Je ne quitte pas Laure des yeux alors qu'elle détourne les siens et reporte son attention sur ce connard.

Qu'est-ce que je fous encore à les regarder ? J'aurais dû traverser la salle depuis bien longtemps déjà.

– Tu n'aurais jamais dû coucher avec son amie, annonce Sarah. Je ne suis pas sûre qu'elle te pardonne ce coup-là.

– Et qu'est-ce que tu en sais, exactement ? je grommelle nerveusement.

– Je suis une femme. Et je sais ce que c'est d'éprouver des sentiments. Deux choses qui sont loin de te caractériser.

Elle me regarde attentivement, toujours avec son expression de gamine contente d'elle, qui m'est insupportable.

– Quoique, ajoute-t-elle en faisant mine de réfléchir. Je crois que tu es en bonne voie pour découvrir le deuxième point.

Elle m'emmerde, ils m'emmerdent tous.

– Tu racontes vraiment n'importe quoi. J'aurais dû demander à quelqu'un d'autre de faire ce travail.

Au moins, tu ne m'emmerderais pas avec tes suppositions à deux balles.

– Suppositions ? Non, je ne crois pas. Je t'ai envoyé ce message il y a quoi, vingt minutes ? Et tu es déjà là, à la dévorer du regard et à bouillir d'aller la rejoindre. Non, c'est moche pour toi, mais je ne me trompe pas !

La lueur dans ses yeux est insupportable. Cette fille est insupportable.

– Même si ça a l'air mal parti pour ce soir, insiste-t-elle en me montrant d'un geste la piste de danse.

Putain, la langue de ce connard est dans la bouche de Laure. Et elle ne le repousse pas. Je sens que je vais faire un malheur. Elle ne peut pas faire ça.

– La prochaine fois, tu réfléchiras avant de faire des conneries.

Je soupire lourdement.

– Écoute, commencé-je de façon posée. Tu ne sais rien, alors ferme-la !

– Je sais ce que Laure m'a raconté.

– Et elle n'en sait pas plus que toi. Seulement ce que j'ai bien voulu lui dire.

– Comment ça ?

– Ça ne te regarde pas.

– À force de faire des manigances, tu te retrouveras tout seul.

– J'ai toujours été très bien tout seul, riposté-je les yeux toujours fixés sur Laure.

– Eh bien, c'est chouette ! fait-elle semblant de s'enthousiasmer. Continue à coucher à droite à gauche et je crois que tu perdras l'unique personne qui se soucie un peu de toi tout en connaissant ton vrai visage.

Mais c'est pas vrai, ils ont quoi, ce soir ?

J'arrive à me détourner du spectacle que m'offre Laure pour fixer la danseuse. Je la regarde d'un air mauvais auquel elle répond sans se démonter. Quel caractère !

– Je sors avec sa copine uniquement pour être invité à ce mariage, annoncé-je. Cela ne fait même pas une semaine et je ne l'ai pas baisée, alors arrête de me faire chier avec ça.

Et c'est vrai. Depuis que nous avons entamé ce jeu avec Laure, cette drôle de relation, je ne parviens pas à bander pour une autre. Elle est comme une putain de malédiction. Un philtre qui m'embrume l'esprit.

– Pourquoi aller chercher ailleurs quand je peux avoir un chef-d'œuvre ?

Sarah me regarde, ahurie.

– Pourquoi tu ne le lui dis pas, dans ce cas ? Je ne te comprends vraiment pas.

– Parce que je n'ai pas besoin qu'elle s'amourache de moi. J'ai besoin qu'elle soit libre, et hors de contrôle.

– Ça, c'est une déclaration d'amour, mon cher ! conclut-elle encore plus contente que cinq minutes auparavant. Et tu devrais te dépêcher, elle a l'air plutôt bien partie pour t'en faire baver, ce soir.

Mes yeux reviennent sur la piste et sur les corps qui se meuvent les uns avec autres.

Je repère Laure immédiatement. Toujours avec son gus… Bordel, ça me faisait déjà chier qu'elle doive se taper l'autre connard de Matt. Mais l'observer emballer un autre gars, danser collé-serré et se frotter à lui me paraît inhumain.

Putain, elle me fait quoi, là ? Laure est face à moi, les bras au-dessus de la tête. Le type est toujours derrière elle. Ses sales mains sont désormais posées sur sa taille. Elle danse, ferme les yeux un moment en se laissant aller. Puis les ouvre et me cherche en m'adressant ce sourire. Le pire de tous. Celui qu'elle fait quand elle est fière de me rendre dingue.

En reportant mon attention sur Sarah, je découvre que celle-ci est désormais occupée avec les jumeaux et ne fait plus gaffe à moi. Et heureusement, parce que je suis certain que c'est écrit sur ma gueule que je vais devenir fou.

Laure doit le voir et elle s'en amuse. Ses mouvements sont de plus en plus engageants. Elle passe une main derrière la tête du connard, se colle à lui.

Je serre les poings et me rentre les ongles dans la paume, mais rien n'y fait. Je reste cloué à les regarder. Jusqu'à ce qu'elle lui dise quelque chose et vienne nous rejoindre.

– Ça va ? Tu t'amuses bien ? demande Sarah à son amie.

Laure attrape un shot et se l'enfile cul sec.

– Ouais. Je reviens !

Puis elle s'éloigne en direction des toilettes après un long regard appuyé dans ma direction. Si elle croit que je vais la rejoindre après son numéro, elle se trompe.

Le temps passe et mon regard reste fixé sur ce point au loin d'où sort une file de filles. Mon pied s'agite sans que je puisse le contrôler.

Quand Laure revient enfin des toilettes, elle se dirige droit vers moi. Les lèvres remontées sur un coin, allumeuse, sensuelle, sûre d'elle. Ses hanches ondulent à chaque pas et m'hypnotisent. Je n'arrive pas à détacher mes yeux de son corps que je commence à connaître par cœur.

Elle s'approche, glisse quelque chose dans le creux de ma main, regarde mes lèvres une seconde et s'en va. Retournant ainsi vers celui qui l'attend comme un con sur la piste. Mes yeux descendent vers ma main, vers le morceau de tissu fort reconnaissable qu'elle tient, et mon pouls s'accélère.

Elle vient de me donner son string. Putain. Elle ne porte plus rien sous sa robe. Est-ce qu'il faut que je répète à quel point ça me met en rogne de la voir se trémousser avec l'autre abruti ? C'est contre moi qu'elle devrait être, à moi qu'elle devrait sourire, moi qu'elle devrait embrasser.

Mais elle préfère s'obstiner à me lancer des coups d'œil d'avertissement et à se concentrer sur ce connard. Et il lui rend ses œillades, renforce leur contact. Ok, je vais le défoncer !

Avant même que je n'aie esquissé un mouvement, une main se pose sur mon bras pour m'inciter à me tourner vers l'arrière et me sort de ma contemplation sordide. Sarah, entourée des deux tatoueurs, me tend un verre. Je l'accepte avec un grognement. Ludo, dont le corps est bien trop près de l'escort pour que cela soit innocent, me lance un clin d'œil.

– Détends-toi, mec ! Elle ne va pas s'envoler, lance-t-il content de sa connerie.

Il ne m'en fallait pas plus pour me faire péter un câble.

Je n'ai pas dit mon dernier mot. Si elle s'imagine qu'elle peut se foutre de ma gueule de cette façon, croire qu'elle peut se permettre de jouer les allumeuses avec un autre sous mes yeux, elle me connaît mal.

Mes yeux font le tour de la salle. Je repère trois filles qui me matent ouvertement. Mais je les survole, elles ne ressemblent pas du tout à ce que je recherche. Puis je capte une silhouette qui m'interpelle. Laure va en faire une syncope. La fille lui ressemble mais ses formes sont plus développées. Une personne normale ne ferait pas ça, ne plongerait pas Laure dans ses complexes. Mais moi je suis loin d'être normal, surtout maintenant que mon sang bout.

Draguer la fille est facile, l'amener à danser un jeu d'enfant, passer un bras autour de sa taille et lancer un regard éloquent à la brune sur la piste, encore plus simple. Je reçois un éclat meurtrier en retour. A-t-elle vraiment cru que je la laisserais jouer toute seule ? La fille sur laquelle j'ai jeté mon dévolu – je n'ai pas pris la peine de lui demander son prénom, je n'en ai rien à foutre – commence à bouger contre moi. En bon dragueur, je suis ses mouvements pour bientôt prendre le pas sur son rythme. Mes bras parcourent son corps. Elle est presque collée à moi, et pourtant, je n'ai aucune réaction. Mon corps est en veille, jusqu'à ce qu'il retrouve une certaine fille qui s'amuse avec ma patience.

Toujours froncés et mécontents, les yeux de Laure suivent chacun de mes mouvements. Ses bras sont passés autour du cou de l'autre, ses jambes entremêlées aux siennes.

Fais chier. Et dire que n'importe qui pourrait voir ce qu'elle cache sous sa robe. Et dire que l'autre con pourrait y avoir accès bien trop facilement. Ce connard se penche à l'oreille de Laure et lui parle un instant. Mon sang ne fait qu'un tour quand elle hoche la tête pour accepter ce qu'il lui dit.

Non, putain ! Je suis sûr qu'il veut se la faire. Elle n'est pas en état. Ça se voit. Elle est trop vacillante, les yeux trop défoncés, la coiffure trop ébouriffée. Et elle ne porte que cette robe divine, sans rien d'autre. Elle va se faire avoir par ce con.

Laure rigole en faisant un pas mal assuré sur le côté. Le connard en profite pour passer un bras autour d'elle afin qu'elle s'appuie sur lui. Ils quittent la piste, bras dessus, bras dessous. La déesse me jette un dernier regard puis son attention se reporte sur son « mister musclor ».

Bordel de merde ! Je les suis des yeux. Il l'emmène à l'extérieur. Mais c'est pas possible, elle est complètement inconsciente.

Délaissant la fille qui se tient dans mes bras, sans même un regard pour elle, je me dirige vers le bar, vers Mickey, à toute allure. J'ouvre ma gueule tout de suite, sans autre explication.

– Passe-moi tes clefs ! je lui ordonne en levant ma main pour l'inciter à aller plus vite.

– Pourquoi ?

Je fronce les sourcils. Il a intérêt à se magner le cul. Mon regard assassin ne trompe pas.

Il marmonne un truc incompréhensible puis finit par déposer les clefs de sa voiture dans ma main.

– Je te la ramène demain, j'annonce avant de prendre la direction de la sortie.

Je n'ai jamais marché aussi rapidement. Et plus j'avance, plus j'ai l'impression de reculer. Mon cœur se fait la malle, retranché derrière un putain de voile, à la limite de la peur.

J'ai la sensation désagréable de les chercher des heures, désespérément. Mon pouls tambourine comme un dératé. Je finis par les retrouver quelques mètres plus loin, posés contre un mur. Le type est collé à elle, sa tête dans son cou, sur son épaule, ses mains sur ses fesses. Mais merde, pourquoi elle le laisse faire ? Ma fureur explose.

En trois pas je suis sur eux, sur lui. Ma main agrippe son tee-shirt bon marché par l'encolure et je l'envoie valser un mètre plus loin.

– Non mais ça va pas, mec ! grogne-t-il en revenant vers nous.

– Je ne suis pas ton mec ! Et je te conseille de te casser si tu ne veux pas de problème !

– J'étais parfaitement bien là où j'étais, et la demoiselle aussi.

Le mec tente de revenir mais je le repousse une nouvelle fois. Il serre les poings, prêt à défendre le territoire qu'il croit acquis. Je fais alors un truc que je ne fais jamais. Je prends ma plaque coincée dans la poche intérieure de ma veste et lui fous devant sa belle gueule.

– Ça te va, là, connard ? Maintenant, tu dégages !

Le type ne se fait plus prier. Avec une grimace, il finit par se casser. Je me tourne vers Laure. Elle me fusille des yeux. Je fais pareil.

– Qu'est-ce que tu fous, putain ? grondé-je dès que nous sommes seuls. Tu es inconsciente ?

– Oh ça va ! Je crois que tu es plutôt mal placé pour me faire la morale.

Elle se dégage de moi en me poussant avec ses deux bras trop minces. Mais à peine fait-elle un pas sur le côté qu'elle tangue de plus belle. Elle est à la limite de s'écrouler sur le trottoir. Je la rattrape et plaque son corps léger contre moi, là où il devait être. La réaction est immédiate : la peur s'envole pour faire place à un sentiment de plénitude.

– Putain… t'es vraiment chiante !

Je passe un bras sous ses genoux, l'autre dans son dos, et je la porte pour qu'elle ne s'entête plus. Laure se cale confortablement sur mon épaule et rigole, la tête nichée dans mon cou.

– En fait, t'es un chevalier servant, c'est ça ? lance-t-elle la voix ensommeillée.

Son corps devient de plus en plus mou entre mes bras. Et son poids plus lourd. Je crois qu'elle est en train de s'endormir.

– Alex…

Je reste attentif, pour savoir si elle va rajouter quelque chose. Mais le murmure s'éteint.

Je me mets en marche vers la bagnole. Mes pas s'allongent comme si je voulais l'écarter de ce monde pourri, la préserver d'un danger qu'elle ne craint plus.

J'ouvre la portière arrière de la voiture, non sans galérer, avec elle dans les bras, et la pose sur la banquette. Tant pis pour les jumeaux. Ils rentreront avec la danseuse. Elle avait l'air plutôt heureuse de se retrouver seule avec eux. Je ne vois pas en quoi ça la dérangerait de les raccompagner.

Laure prend une position fœtale, les yeux toujours fermés. Elle laisse échapper quelques mots indistincts. Avant de balancer une phrase qui me parvient très clairement.

– Je ne veux pas que tu couches avec elle.

Je fronce les sourcils. Ça, ce n'était pas prévu.

CHAPITRE 40

Laure

Je crois que je suis en train de rêver, comme si je flottais ou que je reposais sur une surface moelleuse ; enveloppée d'une fourrure douce et chaude qui me caresserait le dos sensuellement à chaque mouvement. Oui. Ça ne peut être qu'un rêve. Après la journée d'hier, personne ne s'occuperait de moi aussi tendrement.

Je reprends peu à peu conscience de mon corps, de ma tête plongée dans un oreiller, de mes bras enfouis en dessous, des draps qui me recouvrent. Et toujours ce toucher lent et appliqué qui fait des va-et-vient langoureux sur mon dos. Un contact plus appuyé se pose sur mes reins et remonte le long de ma colonne, un peu écorché, comme une bouche entourée d'une barbe mal rasée. Je suis à deux doigts de miauler.

Après une minute à lutter contre mon propre corps qui préférerait rester dans ce demi-sommeil, je finis par ouvrir les yeux.

Bon, je suis dans un lit, et apparemment ce n'était pas un rêve. Je suis bien recouverte jusqu'à la taille par une couverture, et il y a bien une main qui s'occupe en douceur de mon dos alors qu'une bouche y sème des baisers.

Je lève la tête vers l'arrière et le vois, nu lui aussi, sous la couette avec moi. Ses yeux, posés sur mon corps, admirent mes courbes. Quand il passe une nouvelle fois près de mes fesses, je ne retiens pas un soupir d'aise. Alexandre tourne la tête vers moi.

– Bien dormi ? demande-t-il les lèvres contre ma peau.

J'aimerais lui répondre sur le même ton badin. Mais je sais qu'il est en train d'essayer de m'attendrir. Et avec l'euphorie de la veille qui est retombée, je me souviens maintenant très nettement du mensonge qu'il a proféré et de ce qui en a découlé.

– Je suis toute nue, l'accusé-je.

Il se met à rire. La vibration remonte jusque dans ma nuque et m'arrache un nouveau frisson malgré moi. Ce n'est pas la réponse que j'attendais. Il reprend l'assaut de mon corps avec sa bouche, descend sur mon flanc, laisse traîner sa langue sur son chemin pour finir sur le galbe de mes fesses.

– Il me semble que je t'avais dit que je ne voulais plus te voir, pour le moment.

Sa bouche glisse en haut de mes cuisses. Je me tends soudain. *Il vient de me mordre ou je rêve ?*

– Ce n'est pas l'impression que j'ai eue, déclare-t-il en caressant ma peau à l'aide des courts poils de sa mâchoire. Et puis, on fonctionne comme ça, toi et moi, on prend ce qu'on veut quand on veut.

Brusquement, sa main vient se glisser sous mon ventre pour me retourner. Sur le dos, nue face à lui, il ne me laisse pas le temps de reprendre ma respiration. Son corps remonte vers mon visage. Sa bouche s'abat sur la mienne avec force et revendication. Je sens ses mains sur mes jambes. Il les empoigne pour les écarter et s'y insérer. Il gémit contre ma bouche, son sexe tendu frottant contre le mien. *Bon sang, ce que je peux aimer quand il fait ça...* Cela me prouve qu'il n'a plus le moindre contrôle sur ce qu'il ressent.

Alors j'écarte les cuisses et lui laisse la place d'accentuer sa friction. Ses baisers se font plus passionnés et englobent les miens dans un rythme frénétique. Nous ondulons l'un contre l'autre. Il n'y a plus ni maître, ni élève. Juste deux âmes qui ont envie, besoin de se donner l'une à l'autre. Alex au-dessus de moi m'enferme dans ses bras. Je m'accroche à sa nuque pour qu'il ne s'en aille pas. Parce que ce qui viendra après ça nous séparera forcément…

– Tu me fais perdre la tête… m'avoue-t-il entre deux baisers et un mouvement plus pressant de son bassin.

La bouche qui me retenait prisonnière s'écarte de moi. Fermant les yeux, ronronnant comme un chat, je me cambre, tandis que je la sens frôler tous mes recoins. Sous ma mâchoire, sous mon oreille, dans le bas de ma gorge. Et toujours elle descend. Sa langue s'interpose, passe le long de mon ventre, puis entre mes jambes. En ouvrant les yeux, je vois qu'il me regarde alors qu'il courbe son corps pour baisser sa tête encore plus loin. Il met ses mains derrière mes cuisses pour les maintenir ouvertes et plonge après un dernier coup d'œil moqueur.

Tout mon corps s'arque : la pointe de mes pieds contre le matelas, mon dos vers le haut et ma tête enfoncée dans l'oreiller. Alexandre recouvre toute mon intimité de sa bouche. À l'intérieur sa langue s'enlise en moi, trace des cercles de plus en plus courts jusqu'à trouver le point le plus sensible et à l'exciter. Il la fait ensuite coulisser vers le bas, l'enfonce en moi, la ressort, lèche chaque lèvre avec application.

Je ne parviens pas à le regarder. Chaque fois que j'essaye, son regard me transperce. Pendant que sa langue est concentrée sur mon plaisir, ses yeux le sont sur toutes mes réactions. C'est insoutenable. D'autant qu'il n'accélère pas le rythme. Il prend le temps d'apposer des baisers, de souffler contre mes plis, de les embrasser tendrement. J'ai l'impression qu'il profite de cet instant, qu'il se montre tendre et attentif à mes désirs. Non qu'il ne l'ait pas fait avant, mais là, il me semble différent. Comme s'il me dévoilait une autre facette que je ne connaissais pas encore.

Cela me fait peur, s'il continue, je ne pourrai pas refermer mon cœur, ne pas être attachée à lui le jour où il me fera du mal. Parce que c'est évident, il le fera. *Il l'a déjà fait !*

Bien loin de mes sombres pensées, Alexandre continue ses préliminaires électrisants. Son pouce vient se superposer à sa bouche pour accentuer la pression sur mon clitoris. Le mélange de la chaleur de sa langue et de la dureté de son doigt m'envoie bien loin de sa chambre. Je monte, explose, brûle de l'intérieur au moment où l'orgasme prend possession de moi. Mon corps se tend contre Alexandre, qui ne doit pas louper une miette du spectacle.

Le vertige est si intense que j'ai bien du mal à refouler les aveux qui affleurent le bord de mes lèvres. À la place, je crie son prénom dans une plainte désespérément savoureuse, mes cuisses refermées autour de sa tête, mes mains dans ses cheveux.

Quand la vague diminue, et que l'étau se desserre de lui, il n'attend pas et revient sur moi. Il passe un bras dans mon dos, une main sur mes fesses et se met sur le dos, me faisant rouler avec lui. Sa bouche reprend la mienne. Nos mains se touchent, se lient, échangent leurs chaleurs et ne se défont plus. Emmêlés l'un sur l'autre, rien n'est plus pareil. Je ne sais pas s'il en a conscience mais sa poigne se raffermit autour de moi et il prononce les mots suivants de manière désordonnée, comme s'il ne pouvait les retenir :

– Je deviens fou, Laure…

Mon cœur me fait mal. Mes émotions ont peur de la suite. Je voudrais qu'il n'y ait rien d'autre que nous. Mais j'ai ce besoin empoisonné de continuer. Je l'embrasse pour effacer mes frayeurs sur l'avenir et retenir les larmes qui menacent de couler. Ma poitrine s'ancre un peu plus à la sienne tandis que son sexe est toujours dressé entre nos deux corps brûlants.

– Je n'en ai pas fini avec toi, susurre-t-il dans ma bouche.

Et il s'enfonce en moi. Ses mains s'accrochent à moi comme si je devenais une bouée de sauvetage. Il a laissé sa tête contre mon cou pour que ses lèvres ne perdent pas une minute à le dévorer. Je ne vois pas ses yeux mais j'ai la sensation que son corps fond dans le mien, qu'il se perd en moi. De la même façon que je crains de le faire encore.

Nous avons tourné sur le côté. Emboîtés de plus en plus, si c'est possible, l'un en l'autre. J'ai ramené une jambe sur les siennes pour le sentir plus profondément, alors qu'il continue de me pénétrer puis de se retirer.

Son souffle fait voleter des mèches de mes cheveux dans mon cou et me chatouille. Sa voix rauque s'étouffe quand sa bouche s'écrase sur ma peau, à chaque avancée de son bassin.

Je le reçois, le plus loin et le plus fort possible. Mes jambes ne sont accueillantes que pour lui. Mon intimité brûle autour de lui. Son sexe est engouffré en moi. Et je le retiens. Je retiens ses hanches avec mes cuisses, ses épaules avec mes bras, ses cheveux de mes doigts. Comme si je m'apprêtais à lui dire au revoir. Alors que je sais qu'il y aura certainement d'autres étreintes, d'autres rencontres. Mais elles n'auront plus la même saveur que celle-là. Elles ne se rapprocheront pas autant de ce sentiment partagé et abouti qui m'apporte un réconfort, une paix, si brefs, avant la suite.

Parce que nous irons jusqu'au bout. Il est trop tard pour faire demi-tour, trop tard pour pardonner. Notre choix est fait, même si nous n'en parlons pas. Alexandre continuera sa route. Il n'arrêtera pas de voir Maeva, couchera avec Léa. Puis il viendra finir sa nuit dans mes bras. Si je ne m'y prépare pas, si j'accepte de l'aimer, d'éprouver cette jalousie qui me guette, je ne pourrai jamais continuer. Et j'ai bien trop changé pour ne pas le faire.

Tous ces mensonges, ces trahisons, ces faux-semblants ont écrabouillé l'ancienne Laure. Celle qui oubliait tout pour les autres, qui était trop altruiste pour penser à elle. Grâce à Alexandre, je ne suis plus celle que j'étais. Je suis devenue plus sûre de moi, plus audacieuse. J'écoute désormais mes envies, les place au-dessus du reste et n'écoute les autres qu'ensuite. Et seulement s'ils le méritent. Qu'importe leur regard sur mes choix, ils sont ce qu'ils sont.

J'ai vécu vingt-trois ans pour des personnes que je croyais connaître, des personnes qui, j'en étais persuadée, m'aimaient et ne me feraient jamais souffrir. Ce n'est plus le cas. Mes illusions sont tombées. Je sais maintenant à quoi m'attendre.

Je sais qu'il ne sert à rien d'espérer. Et Alexandre ne déroge pas à la règle.

Comment pourrait-il en être autrement ? Il ne sait pas aimer. Je ne suis même pas sûre qu'il l'accepterait, si un jour il devait tomber amoureux. Pourquoi aurais-je la prétention de croire que je pourrais le faire changer ? Et même si c'était le cas. Si je lui demandais de tout arrêter maintenant, le ferait-il ? Me garderait-il près de lui sans ce contrat douteux qui nous lie ? Ces incertitudes me dévastent et m'assèchent. Voilà pourquoi il faut que je ferme mon cœur et lui en interdise l'accès.

Je reste la seule qui ne me décevra jamais, la seule sur laquelle je pourrai compter en toute circonstance. Je n'ai pas besoin d'être amoureuse pour exister. Plus besoin d'un guide pour me l'apprendre. Et ça commence aujourd'hui, avec lui.

Alors qu'il me semble lié à moi, je décide de ne plus me lier à lui, refoulant les émotions qui me poignardent et me rattachent à cet homme instable. Celui qui n'hésite pas à me mentir pour parvenir à ses fins.

Je vais à l'encontre de mon cœur si doux, si éperdu de lui, pour me concentrer sur mes désirs les plus primaires. Ceux qui ne me feront plus souffrir. Les sentiments ne s'effaceront peut-être pas mais j'essaierai.

Alors j'accepte qu'Alexandre soit passionné, que lorsque ses bras s'ouvrent, c'est peut-être son cœur qu'il tente de me donner. Mais cela reste un cœur qui ne sera pas capable de mieux m'aimer que les autres. Et je suis trop effrayée pour accepter encore un compromis.

Même si cela doit être difficile, je n'ai plus envie de ces attaches. Et l'amour en est une. Si puissante qu'elle a déjà ravagé mon cœur et mon corps, et qu'elle le fera encore si je ne la combats pas.

Alexandre augmente la cadence, se calant ainsi parfaitement sur les battements de mon cœur. Sa bouche se pose en haut de ma poitrine, puis sur mes seins, entre lesquels il passe sa langue. Il dérive vers mes tétons si sensibles, si durs, pour lui, par lui. Avec ses dents, il en dessine le contour. Et à chaque morsure, son sexe vient taper plus profondément en moi. Sa tête revient se poser dans mon cou.

– Je veux que tu jouisses encore.

Je n'en suis pas loin. Ses coups lents et merveilleusement envahissants, ses caresses sur chaque parcelle de ma peau… Il est en train d'essayer de fracasser mes barrières si peu solides. Il ne devrait pas être comme ça, pas alors que je veux résister. Les prochaines fois, je guiderai. Pas question qu'il me refasse ce plan.

Alex revient à la même hauteur que moi pour me regarder dans les yeux. J'en profite pour lui arracher un baiser que je ne parviens plus à arrêter.

S'imposant dans notre duel, il me pousse sur le dos et se dresse au-dessus de moi. Mon cœur se recroqueville sur lui-même. *Seigneur, il est tellement beau !*

Ses yeux verts ont perdu leur lueur moqueuse. Il ne joue plus. Il m'observe intensément pour aspirer toutes les émotions qui doivent être visibles sur mon visage.

– Jouis pour moi, Laure.

Je ferme les yeux et me laisse emporter. Alexandre bouge ses hanches, ondule en moi. Ses bras sont passés sous mes cuisses et son pouce est retourné sur mon clitoris pour me faire venir plus vite. Mon corps accepte la sensation et décolle. L'orgasme est encore plus puissant, plus long que le premier. J'enferme Alex autour de mes jambes et bascule mon bassin pour lui donner un meilleur angle. Le résultat ne se fait pas attendre : son cri résonne dans la pièce. Il tombe sur moi, sur ma bouche, et le reste se perd alors que nos langues se rejoignent pour profiter pleinement de la sensation. Jusqu'à ce que nos tremblements s'arrêtent d'eux-mêmes.

Nos respirations s'apaisent. Nous avons de nouveau basculé. Alexandre, sous moi, me tient contre lui, ma tête posée sur son épaule, son bras refermé autour de mes reins, comme pour éviter que je ne me lève en courant et ne quitte son appartement. Ce qui est absurde. Il n'est pas du genre à s'attacher à quelqu'un. Comme moi je ne dois plus l'être, surtout avec lui.

– Tu te souviens de ce que tu as dit dans la voiture, hier soir ? interroge-t-il doucement, après un silence reposant.

Je fronce les sourcils. De quoi me parle-t-il ?

– Non. Qu'est-ce que j'ai dit ? je lui demande sans comprendre.

Il reste silencieux un moment. Je relève la tête pour le regarder mais son expression est lointaine et fermée. Il semble en proie à une lutte intérieure. Puis il soupire, comme abdiquant contre lui-même, et se tourne vers moi, puis m'écarte pour plonger de nouveau sous ma gorge et y déposer un baiser pressant.

– Ça n'a pas d'importance.

CHAPITRE 41

Alexandre

Quitter le lit est un supplice. Je n'en ai pas envie, même pas pour fumer une cigarette.

Je veux rester près d'elle, retrouver ce moment avant qu'elle ne se réveille où j'ai pu lui caresser le corps sans interruption.

Sa peau agit sur moi comme une drogue. J'en prends une dose avant de vouloir y replonger. Elle est si réactive sous mes doigts. Un simple toucher, un simple effleurement et elle se réveille. Ses poils se hérissent, son grain durcit. Je pourrais observer ce tableau durant des heures.

À l'image de son caractère, son corps est un volcan en sommeil qui n'attend qu'un impact pour exploser. Laure est ainsi faite : une créature endormie guettant son heure.

Mon besoin de la regarder grandit : quand elle parle, quand elle rit, où simplement là, quand elle dort. Les draps posés négligemment sur son corps ne me cachant rien de ses formes somptueuses. Je voudrais y repasser la main, masser sa chair pour la voir rouler sous mes doigts, sculpter ses courbes et me les approprier.

Je deviens l'artiste alors qu'elle est la muse, le modèle, l'œuvre. Elle envahit toutes mes pensées. Je me rends compte que je suis de plus en plus fou. Je suis en train de tomber alors que je m'accroche de toutes mes forces pour ne pas le faire.

Je n'ai jamais aimé personne. Je suis né enfant chéri, je suis devenu égoïste et l'assume. Je ne sais pas faire ces trucs-là – et ça m'emmerde d'avance –, les fleurs, les sorties, les engueulades, non. Je préfère la nuit, les draps défaits, et son corps nu.

Laure s'est endormie après son deuxième orgasme. J'aurais pu la maintenir éveillée, lui faire l'amour encore et encore pour ne l'avoir rien qu'à moi. Mais je l'ai laissée s'écarter, le cœur à moitié arraché dans ma poitrine quand j'ai su qu'elle ne se rappelait pas de ses mots, dans la voiture.

Je me demande à quoi je m'attendais. Qu'est-ce que j'aurais aimé qu'elle me dise ? Qu'elle s'en rappelait et ne veut pas que je continue ? Qu'elle assume de faire marche arrière alors que je lui ai déjà clairement dit que ce n'était pas envisageable ?

Je pourrais alors lui dire que je la comprends, que je n'en ai pas plus envie qu'elle, qu'en vérité je n'ai envie de personne d'autre qu'elle. Mais je n'ai pas le choix si je veux qu'elle se venge.

Je me lève à regret, attrape un jean qui traîne et l'enfile avant de quitter la chambre. Sur le seuil, je jette un dernier coup d'œil en arrière. Sa chevelure recouvre la moitié de son visage et m'offre sa nuque délicate. Je dois faire un effort surhumain pour ne pas y retourner et y passer ma langue.

De toutes les parties de son corps, je crois que c'est celle-là qui me rend le plus dingue. Parce qu'il y a son parfum, et un duvet soyeux qui contraste avec ma peau mal rasée : un affrontement du doux contre le rugueux, du talc contre le diamant, de la belle contre la bête.

Je déambule dans mon appartement comme un automate, laisse couler le café, chope une tasse et attends que le nectar soit prêt. Les yeux toujours dans le vague, tourmenté par une sensation que je ne comprends pas, j'ai comme le besoin de repartir en arrière, de ne plus sortir de ce lit. De ne plus la quitter. Je tape frénétiquement du pied au sol. Je crois qu'il est trop tard, je suis déjà pris au piège.

Une fois ma tasse remplie, je retourne dans le salon, bois une gorgée en jetant un regard à la porte de ma chambre, puis fais un quart de tour et me dirige vers le balcon. Un peu d'air me calmera les nerfs, et l'envie beaucoup trop présente d'être à ses côtés, par la même occasion.

J'en suis à ma deuxième clope et à une deuxième tournée d'ongles rongés lorsque quelqu'un tape à la porte. Quittant mon coin solitaire, je rentre dans l'appartement et me dirige vers l'entrée. J'ai à peine ouvert le battant qu'un poing s'abat sur ma gueule. Le type n'attend pas que je reprenne mes esprits et m'en envoie un autre que je parviens à esquiver avec peine.

– Espèce de connard ! rugit la voix de Matt. C'est toi, hein ? C'est toi qui m'as piégé avec cette pute ?

Je pare son nouveau crochet et lui en envoie un qui explose sa pommette gauche. Il est sonné une seconde mais se redresse pour me foncer dessus. Nous atterrissons dans le canapé, moi sous lui ; mais pas pour longtemps. Usant de mes jambes, je le repousse en arrière et, quand il est déstabilisé, balaye les siennes pour le faire tomber sur le sol. Je me précipite sur lui pour le maintenir à terre. Je crois que nous avons renversé ma table basse et tout ce qu'il s'y trouvait dans l'action, mais je ne m'en préoccupe pas.

– Tu vas te calmer, putain ! je lui ordonne en appuyant mon genou contre son plexus.

Il se débat bien, le connard, mais il ne sait pas que je suis flic, et que les techniques pour plaquer un mec et l'empêcher de bouger, ça me connaît. Je lui croise les bras sous mon premier genou tandis que l'autre bloque ses cuisses que j'empoigne et maintiens avec mes mains. Il n'arrive plus à se cambrer et grogne d'impuissance.

– Lâche-moi, connard !

– Qu'est-ce qu'il se passe, ici ? dit une voix féminine derrière nous.

Putain, qu'est-ce qu'elle fout là ? De là où elle est, Laure ne peut pas voir le visage de mon assaillant. Et je la connais, curieuse comme elle est, elle va fatalement avancer.

– Reste où t'es ! je lui lance d'un ton ne tolérant pas la rébellion.

Je tourne la tête vers elle. Mon cœur repart dans sa course folle. Je ne l'ai pas vue depuis vingt minutes et je me rends compte à quel point j'étais déjà en manque. *Je suis dans la merde.*

Mes yeux dérivent plus au sud. Cette tenue ne va pas arranger mon problème. Elle a attaché ses cheveux en un fouillis sexy et ne porte qu'un tee-shirt trop long lui arrivant en haut des cuisses. Rien d'autre, absolument rien d'autre. Pas question que ce connard la voie comme ça.

Malheureusement, comme je l'avais prévu, mon audacieuse se déplace pour voir qui je retiens d'une poigne d'acier. Ses yeux s'agrandissent sous la surprise.

Je tourne la tête vers Matt. Lui aussi la regarde. Ses yeux la scrutent, stupéfaits, puis descendent sur la partie de son corps découverte pour finir leur course sur mon visage. Son expression change. Son regard durcit dans un éclat meurtrier.

– C'est quoi ce putain de bordel ? nous demande-t-il.

Fais chier...

– Laisse-moi, enfoiré !

Matt se démène plus fort sous moi. Je lui résiste.

– Alex ! appelle Laure derrière moi.

Après un soupir énervé, je finis par m'écarter pour le laisser se relever, les poings serrés prêts à intervenir. Mon ancien pote se relève, se remet un peu en place puis nous observe comme une bête féroce.

– Qu'est-ce qu'elle fout chez toi ?

Je jette un coup d'œil vers Laure. Je n'aurais jamais dû quitter le lit, ni ouvrir cette maudite porte. À la place, je serais avec elle, toujours en train de la caresser.

– Réponds-moi, putain !

La voix de Matt me ramène à la réalité. Qu'est-ce que ça peut lui foutre ? Il n'en a rien eu à branler pendant cinq ans, d'aller fourrer sa bite ailleurs au risque de la perdre.

– Ça ne te regarde absolument pas, Matt ! rétorque Laure en croisant les bras. Tu as perdu le droit de contrôler ma vie, tu ne te souviens pas ?

Elle s'est déplacée pour venir face à lui, toujours dans sa tenue bandante.

– Putain, Laure ! Ne joue pas à ça avec moi ! lance-t-il menaçant.

Il va falloir qu'il se calme. Je ne vais pas tolérer longtemps qu'il lui parle sur ce ton.

– Ah mais je ne joue pas ! C'est toi qui l'as fait, et tu as perdu. Tu n'as rien à faire ici.

Le duel est enclenché. Je crois que Laure a envie d'en découdre avec son ex. Les larmes et les regrets de son amour perdu ont disparu. Au contraire, elle est telle une lionne sortie de son enclos devant un gros morceau de viande.

Je suis fasciné. Je n'arrive plus à détacher mes yeux d'elle. Comprenant qu'il s'agit d'un de ses combats auquel j'ai envie d'assister, je la laisse mener la danse.

– C'est toi qui n'as rien à faire ici, putain ! Il m'a piégé et toi tu couches avec lui ? Tu fais partie du complot ou quoi ?

Il se tourne vers moi, observe mon torse nu, puis revient sur Laure. Il blêmit à vue d'œil. *Bien fait pour ta gueule, mec !*

– Ça fait combien de temps que ça dure ? Combien de temps que vous vous foutez de ma gueule ? Elle est foireuse ta putain de morale, Laure…

– Ferme-la ! crie-t-elle en réponse. Je ne t'ai jamais trompé. Jamais je ne t'ai manqué de respect comme tu l'as fait, en fourrant ton machin je ne sais où. Alors ne me compare pas à toi, où je te jure que cette fois, je te les fais bouffer, termine-t-elle furieuse, en lui désignant ses parties.

Matt reste stupéfait. Il ne cesse de la regarder, comme s'il ne comprenait pas la tornade qui est en train de s'abattre sur lui. Ça en plus des problèmes causés par notre petite vidéo à son boulot, cela doit être le bordel. Laure est en train de l'achever. Son expression change. Je ne sais pas s'il vient de prendre conscience qu'il l'a perdue pour toujours, mais son visage revêt soudain un masque de tristesse.

– Je n'ai pas fait ça. Je t'assure que je n'ai fait qu'une seule erreur.

– Mais ce n'est pas croyable ! s'exclame-t-elle en levant les yeux au ciel, exaspérée. Tu t'obstines dans cette version ? Qu'est-ce qui ne tourne pas rond, chez toi ? Tu crois encore que je vais gober tes conneries ? Je ne suis plus aussi naïve.

– Laure, lance-t-il d'un ton désespéré. Tu ne vois pas qu'il fait tout ça pour ? Il m'a piégé. Il m'a envoyé cette fille pour faire cette vidéo.

– Et tu t'es fait prier pour la sauter, peut-être ?

– Il m'a fait boire. Je me demande même s'il n'a pas mis un truc dans mon verre. Je t'assure.

Elle ricane, les bras croisés sur sa poitrine.

– Et les autres ? le coupe-t-elle. Tu ne vas pas me dire qu'il t'a obligé à coucher avec aussi.

– Quelles autres ?

Cette fois, il se tourne vers moi en fronçant les sourcils.

– Ce n'est qu'un putain d'enfoiré, lâche-t-il en revenant vers elle. Il te ment ! Il n'y pas eu d'autres filles. Juste celle-là, et c'est lui qui a monté le coup. Tu dois me croire.

Mon audacieuse serre les poings, sa mâchoire tressaute. Je crois qu'elle se retient de ne pas tout lui révéler.

– Putain, ce mec est en train de détruire ma vie. Il vient de me faire virer. Et tu le laisses te baiser ?

– Je ne te permets pas de me parler sur ce ton ! gronde-t-elle fortement. Tu as détruit ta vie tout seul. Et je ne suis plus à toi depuis le moment où tu m'as trompée. Dès l'instant où tu es allé foutre ta queue n'importe où, je n'étais plus à toi. Il a juste fallu que je le découvre. Alors je ne vais pas le blâmer pour un truc qui m'a ouvert les yeux.

Matt demeure muet un instant. Puis son visage se transforme. Perd de sa tristesse pour devenir mauvais. *Qu'est-ce qu'il nous fait, là ?*

– Tu es conne, laisse-t-il tomber. Tu l'as toujours été. Mais là, je crois que c'est encore pire.

Le visage de Laure se fige. Elle reste paralysée devant une telle attaque. Mon rythme cardiaque accélère en la voyant perdre de son assurance. Ce type est un connard jusqu'au bout. Sans attendre une seconde de plus, je me mets devant elle pour le toiser de toute ma hauteur.

– Tu vas te calmer, maintenant ! dis-je en haussant le ton. Ça fait cinq minutes que je te laisse l'insulter, la traiter comme une moins que rien alors que tu ne vaux pas le quart d'elle. Tu es furieux à cause de cette vidéo ? Prends-t'en à moi ! Laure n'a rien à voir avec ça. Si jamais tu la traites encore comme ça, je te jure que je te pète la mâchoire.

Il me regarde, d'abord insolent. Puis ses yeux se font inquisiteurs.

– Qu'est-ce que tu fous ? T'es amoureux, peut-être ?

Il ricane alors que je ne lui ai donné aucune réponse et se penche vers son ex.

– Laure, ce type n'est pas mieux que moi. Il te baisera puis d'autres après toi, exactement comme moi.

La brune devient furie. Prête à montrer les crocs et à user des poings. Passant devant moi, elle se plante devant lui et lui envoie une baffe retentissante dans la gueule. Les yeux de Matt brillent d'un éclat vengeur. Il se redresse après l'attaque comme pour riposter. Je fauche Laure par la taille et la ramène en arrière.

– Va te faire foutre, Matt ! clame-t-elle en essayant de se dégager.

– Casse-toi d'ici ! j'ajoute alors que ses yeux lancent des éclairs.

– Ok. Mais je n'ai pas dit mon dernier mot…

Il nous regarde une dernière fois, en colère, puis s'en va. La porte claque derrière lui.

Redevenue fébrile, Laure se laisse choir dans le canapé et pose les coudes sur ses genoux. Elle enfouit son visage entre ses mains et ne bouge plus. Je m'approche d'elle doucement, pour ne pas l'effrayer. Je pourrais presque la voir trembler. Cette confrontation l'a essoufflée. Elle se détend lorsque je pose ma main sur son épaule.

– Il va le dire à Léa… murmure-t-elle d'un ton plaintif. Il va tout faire foirer.

Alors c'est ça, elle pense toujours à sa vengeance. En toute franchise, mon cœur espérait autre chose.

– Je reviens, lui dis-je.

Je sors de l'appart en trombe et dévale les marches à toute allure pour rattraper celui auprès de qui j'ai passé tant d'années. Au moment où j'arrive en bas, il est en train de sortir dans la rue, son portable à la main. Je le chope tout de suite et, comme il me l'a fait un peu plus tôt, je l'attrape par le col pour le plaquer contre le mur en béton.

– Écoute, mon grand, je vais tenter d'être clair, alors écoute-moi bien. La vidéo n'était pas un dixième de ce que je suis capable de te faire. Alors parle à qui que ce soit d'elle et moi et je t'assure que tu regretteras de m'avoir foutu en rogne. Pigé ?

Ses yeux me foudroient mais je ne perds rien de mon air dangereux. Il finit par abdiquer, comprenant que je suis sérieux. Je le laisse faire un bref signe de tête, le relâche, puis repars vers l'immeuble. Je me retourne alors :

– Et toi et moi, on n'a jamais été potes.

Non. Jamais.

J'ai laissé Matt sans me retourner. Qu'il se démerde avec sa vie qui part en vrille. Il n'aurait jamais dû nous attaquer. Je suis même à deux doigts de demander à quelques mecs peu recommandables d'aller lui refaire le portrait. Il faudra que j'y pense sérieusement.

Quand je reviens dans l'appartement, Laure n'est plus sur le canapé. Je me dirige donc vers la chambre, où je la trouve en train de remettre sa robe. Ses cheveux sont attachés mais quelques mèches flottent au-dessus de sa nuque. Une vision dont je ne me lasse pas.

Lorsqu'elle se retourne, l'éclat de son regard brille de cette pointe de nostalgie qu'elle a souvent ces derniers temps. Mais elle détourne trop vite la tête. Et quand elle revient vers moi, tout a disparu.

– Il va parler ? demande-t-elle d'un ton neutre.

Je m'adosse à la porte, en la regardant terminer de s'habiller. Elle paraît pressée et évite mon regard.

– Je ne sais pas, avoué-je finalement.

Laure s'arrête et me fait face, en fronçant les yeux.

– Ça ne lui a pas suffi, soupire-t-elle en secouant la tête. On vient de lui pourrir la vie, et il persiste à jouer les sournois. Si Léa apprend ce qu'il se passe entre nous, ça risque de faire foirer toutes nos chances. Il n'est pas question qu'elle me fasse la morale alors que c'est une salope de première. Je ne le supporterais pas.

Laure est en train d'ouvrir les vannes qui la retiennent. Elle lâche prise, submergée par ses sentiments. Elle ne ressemble plus à celle que j'ai connue il y a cinq ans, qui se contenait devant une situation difficile ; ni à celle de ces dernières semaines, qui osait sans regret. C'est comme si les paroles de Matt l'avaient affectée en profondeur. Je ne sais pas quoi faire pour la calmer et ça me gonfle, alors qu'en temps normal je n'en aurais rien eu à foutre.

En soufflant, et après avoir fait trois fois le tour de la pièce, Laure se laisse tomber au bord du lit.

– Je veux en finir, soupire-t-elle un peu perdue.

– Il reste trois mois. Ce n'est rien.

– Tu ne sais pas ce que c'est.

Je quitte ma position pour me rapprocher d'elle, tandis que son regard est toujours porté au loin. Elle a tourné la tête vers la fenêtre et fixe l'extérieur. Une fois près d'elle, je m'agenouille sur le sol pour être à son niveau, pour qu'elle ne puisse pas m'éviter si elle tourne le visage.

– Tu ne sais pas ce que c'est de devoir la regarder sourire, avoue-t-elle tremblante. De la voir vivre comme si elle n'avait rien fait de mal, s'extasier sur son mariage alors qu'elle trompe sans remords son fiancé. Et moi je suis là à la regarder faire. Encore et encore. À attendre mon heure. Je suis épuisée.

Sa voix est plaintive. Ses traits abaissés marquent sa fatigue et sa tristesse. Elle soupire encore avant de continuer.

– Et maintenant Matt ? dit-elle en suffocant. Il sait que c'est toi qui l'as piégé. Il va se précipiter pour lui dire. Ils vont avoir des soupçons sur moi. Ils vont chercher à comprendre et je ne pourrai pas me retenir. J'ai déjà envie de leur vomir dessus chaque fois que je les vois. Il est hors de question qu'il fasse tout foirer ! Après tous ces efforts, tout ce chemin, ça va me retomber dessus et je ne pourrai pas aller jusqu'au bout. Je veux qu'elle souffre, Alex. Je veux qu'elle voie son monde s'effondrer.

Elle serre les poings.

– Et je commence à douter, à me dire que rien de tout ça ne les affectera jamais. Ils sont tellement mauvais. Je ne suis même pas sûre qu'ils se remettraient en question. Alors je fais tout ça pour quoi ?

Pourquoi est-ce que je me tue à petit feu à fermer ma gueule et à leur sourire ? Pourquoi est-ce que j'encaisse encore alors que je devrais exploser ? Tu ne m'avais pas dit que tu voulais me libérer ? Parce que ce n'est pas l'impression que j'ai.

– Laure… je chuchote pour la ramener avec moi.

Sa tête tombe entre ses mains et je vois ses épaules remuer doucement. Sans penser à ce que je fais, je lui attrape la taille, la fais quitter le lit et l'emmène avec moi sur le sol, la faisant reposer sur mes genoux, le visage caché au creux de ma poitrine.

– On va y arriver, la rassuré-je. Ils vont simplement croire que nous sommes amants, pas que nous complotons contre eux. Et si vraiment ça te fait peur, je vais m'occuper de Matt. Il ne dira rien. Ok ?

Elle remue la tête dans mon cou pour acquiescer. Je souris.

– Je ne peux pas lutter si tu es si gentil…

Pourquoi me dit-elle ça ?

– Je ne suis pas gentil. J'en profite pour mater ton décolleté.

Elle se met à rire et provoque le mien. *Ce que j'aime ce son !*

Une minute plus tard, Laure se redresse et descend de mes genoux en s'essuyant les yeux. Quand son regard se rive au mien, son expression change : elle vient de réaliser quelque chose. Elle fronce les sourcils, détourne la tête et perd sa tristesse. Ses yeux contredisent l'attitude de son corps. Alors qu'elle semble recroquevillée, son regard est froid, distant.

En une seconde, elle a revêtu un masque qu'elle s'obstine à porter depuis le départ de Matt. Mon cœur ne comprend pas ce qu'elle fait.

Je m'apprête à la toucher pour lui demander ce qu'il se passe lorsqu'elle m'arrête :

– Je sais que je n'aurais pas dû pleurer. Mais j'avais juste besoin d'être faible une minute.

Bien sûr. Elle croit que je lui en tiendrais rigueur ?

– Maintenant, tu ne me verras plus comme ça, ajoute-t-elle le visage fermé. Et on pourra continuer comme avant.

Je ne veux pas qu'elle me regarde comme ça. Elle n'a plus rien de la fille qui se donnait à moi quelques heures auparavant, plus rien de la fille qui cherche à me séduire, à me faire sortir de mes gonds. Non. Laure est en train d'instaurer un périmètre de sécurité autour d'elle, un périmètre dans lequel je ne peux pas rentrer. Je le vois. Il faudrait être aveugle pour le louper. Elle ne peut pas faire ça. Pas maintenant.

– Laure, qu'est-ce que tu es en train de faire ?

– Ce qu'il faut, annonce-t-elle sûre d'elle. Je dois y aller.

Elle se relève.

– Merci pour ça, dit-elle tout bas en me désignant, avant de sortir de la chambre.

Putain, qu'est-ce que je fous encore là ? Me relevant à toute vitesse, je rejoins l'entrée en quelques enjambées. Laure est en train d'ouvrir la porte et s'apprête à passer le seuil. Je lui attrape le poignet avant qu'elle ne s'en aille réellement. Je ne sais pas ce que je fais. D'habitude, mes actes sont réfléchis et j'en connais toutes les conséquences. Je m'en frotte même les mains la plupart du temps. Mais là, je n'entrevois foutrement rien du dénouement.

– Reste ! je lui murmure en me rapprochant d'elle.

Laure lève la tête vers moi. Son corps est prêt à flancher. Je sais que je la déstabilise. Il faut qu'elle succombe, qu'elle reste. C'est nous contre les autres, maintenant. Elle ne peut pas partir comme ça, alors qu'elle est en train de créer cette distance à la con.

– Je ne peux pas. Pas aujourd'hui.

Elle se dégage de ma poigne et quitte l'appartement. Je la suis des yeux jusqu'à ce qu'elle disparaisse dans les escaliers. Et quand c'est fait, j'ai l'impression qu'elle a emporté quelque chose qui vient de me faire un trou dans la poitrine.

À suivre…

REMERCIEMENTS

En commençant l'aventure Fyctia je ne m'attendais pas à vivre une si intensive et belle expérience, ni à parvenir à un tel résultat.

Je ne serais pas là aujourd'hui, à écrire des remerciements sur un livre publié, sans vous. Je ne serais pas si pleine d'impatience, de stress et de bonheur mélangés. C'est un rêve de gamine qui se réalise grâce à vous. Alors je tiens à vous remercier, tous.

Merci, du fond du cœur, à toutes les personnes qui ont lu, aimé ou commenté cette histoire : celles de la première heure, celles venues en cours de route, celles qui ont débarqué à la fin et celles qui me lisent ou me découvrent aujourd'hui. Pouvoir lire vos retours, vos espérances, parfois votre frustration (et c'est surement la meilleure chose !) est le moteur qui m'a poussé à poursuivre jusqu'au bout.

Je n'ai jamais été si appliquée à travailler qu'en imaginant vos réactions. Je n'ai jamais autant cru en un livre. Comme si l'histoire prenait vie d'elle-même. Et vous m'avez tous poussée à continuer.

Pardon peut-être de n'avoir pas pu vous répondre. Vous m'avez tellement gâtée en commentaires et en messages que j'ai parfois eu du mal à suivre. Mais je les ai tous lus. J'ai eu le sourire à chaque fois. Et je l'aurais encore surement.

Merci à mes amies d'avoir pris le temps de découvrir une de mes passions.
Merci à Marine, la best, d'être si fière de moi. Pouvoir discuter de ça avec toi me gonfle de joie à chaque fois.

Merci à ma famille de m'avoir soutenue au tout début, d'avoir été transportée par mon histoire au même titre que n'importe quel lecteur. Mon frère qui a partagé tout ce que je faisais. Ma mère qui n'a pas été choquée de lire des scènes plutôt osées. Mon père qui m'a fait rire parce que lui l'était !

Merci à l'équipe Fyctia sans qui nous n'aurions pas la possibilité de nous surpasser et de croire qu'on peut y arriver.
Merci à Marine mon éditrice pour avoir su me rassurer, pour ses corrections si pertinentes, pour avoir été disponible et répondu à mes questions.

Et bien évidemment merci à mon mari. Il a été le premier, le plus présent dans l'ombre, le plus patient alors que je passais des heures sur un écran, celui sans qui rien de tout ça n'aurait été possible. Merci pour ses conseils, ses compliments. Il a toujours su avoir les mots justes pour me faire rester dans le droit chemin.

Merci à vous tous. Vous m'avez permis de prendre confiance en moi (ce qui est encore difficile aujourd'hui) et de continuer à le faire. Vous m'avez permis de croire en ce rêve.

Je ne saurais jamais vous dire à quel point j'ai été heureuse de vivre ce moment à vos côtés.

Je ne lâche rien pour la suite.
À très vite.
Elle.

AUDREY CARLAN
CALENDAR GIRL
Mai
Hugo Roman
AUDREY CARLAN
CALENDAR GIRL
Juin
Hugo Roman
AUDREY CARLAN
CALENDAR GIRL
Juillet
Hugo Roman
AUDREY CARLAN
CALENDAR GIRL
Août
Hugo Roman
AUDREY CARLAN
CALENDAR GIRL
Septembre
Hugo Roman
AUDREY CARLAN
CALENDAR GIRL
Octobre
Hugo Roman
AUDREY CARLAN
CALENDAR GIRL
Novembre
Hugo Roman
AUDREY CARLAN
CALENDAR GIRL
Décembre
Hugo Roman

JAY CROWNOVER

Marked Men

MARKED MEN
RULE - SAISON 1

MARKED MEN
JET - SAISON 2

MARKED MEN
ROME - SAISON 3

MARKED MEN
NASH - SAISON 4

MARKED MEN
ROWDY - SAISON 5

MARKED MEN
ASA - SAISON 6

Hugo Roman

Composition et mise en pages
Nord Compo à Villeneuve-d'Ascq